# 映画人・菊池寛

志村三代子
Shimura Miyoko

藤原書店

# 映画人・菊池寛　目次

# 映画人・菊池寛

## 凡例

一　引用の仮名遣いは原文通りとし、漢字は当用漢字に修正した。
一　引用者による補足は〔　〕で示した。
一　注は（1）（2）……で示し、各章末に配した。

# 序　章
# 「文壇人」を超えて

栗島すみ子と菊池寛

## 一　映画と文学の相関関係

菊池寛君を論ずるのは現代を論ずることである。(1)

正宗白鳥が一九二六年に菊池寛を評した開口一番のこの言葉は、菊池寛をあらわした最良の賛辞であったと思う。「文壇の大御所」と呼ばれた当時の菊池寛は、人気作家にして文藝春秋社の社長でもあり、時代の先端にいた著名人であったからだ。しかし、正宗は、菊池寛と「現代」との相関関係を、たんに出版界における成功者の象徴としてのみ捉えていたのではない。「絶えず動揺している」現代を鋭敏に察知する嗅覚を備えた、これまでの作家にはない菊池の資質を見抜いていたのだ。このエッセイが書かれた当時、菊池寛が第一六回普通選挙に東京一区から立候補することが巷間の注目を集めていた。しかも、ブルジョア作家とみなされていた菊池が、与党ではなく、無産階級が支持する野党の社会民衆党から選挙に打って出たのである。菊池の立候補は、貧困や不正義といった当時の社会が抱えていた問題に無関心でいられなかった菊池の面目躍如たるところであり、正宗は、そのような菊池を「存来の引込思案の文人気質とは違つた勇猛心」と称えているのである。

だが、正宗の菊池に対する真の関心は、菊池寛が大衆の代弁者として国政に参画しようとしていた実行家であるにとどまらず、自分自身の欲望にも素直であったことである。たとえばそれは、「文学の社会化」と呼ばれた著作権の確立や原稿料の確保といった文学者の経済的支援を実践していった菊池の行為を指している。だが、従来ならば菊池が採った行動は、当時の文壇では暗に自重を促されていただろう。なぜなら、「意識的にも無意識的にも自己探求という観念的な一種の呪縛に捕えられて[2]」いた文壇にあって、純文学者に象徴される芸術至上主義の営みこそが作家の規範であると考えられていたからだ。そのような狭小な文壇という殻を突き破り、何のためらいもなく作家自身による経済的な要求を主張した菊池に対し、正宗は、「芸術的気取りに捉われないで現代をありのままに享楽して行く」と驚嘆し、菊池寛の気質に「現代的良心を備えた」新しい文学者像を見たのである。このように考えると、冒頭の正宗の言葉は、作家や出版社の経営者といった活字メディアの世界を大胆に踏み越え、破竹の勢いで「現代」を活写する映像メディアに急速に接近していった、のちの菊池寛の姿を的確に予見している。

本書の目的は、一九二〇年代半ばから敗戦直後にいたるまでの文学者・菊池寛（一八八八―一九四八）を中心とした出版、映画、新聞、広告といったメディア間の連繫を検証することであり、とくにこれまであまり注目されてこなかった菊池と映画との関係に注目し、映画人・菊池寛の軌跡をあとづけることである。

インターネットの普及によってメディアを通じた双方向のコミュニケーションが容易になり、メディアを取り巻く環境が戦前とは著しく様変わりした現代において、なぜ戦前の人気作家であった菊池寛と映画との関係を俎上に載せるのか。それは、大衆文化としてのメディアの特性を考慮に入れた場合、映像メディアの訴求力が二一世紀の現代においても依然として他のメディアを圧倒しているからであり、なかでも菊池寛は、映画というメディアの可能性に注目し、映画と出版、新聞、ラジオといった周辺メディアを統合させた「メディア・ミックス」の最初期の仕掛け人であったからだ。

メディア・ミックスとは、複数のメディアに同一の素材を展開してゆくことであり[3]、オリジナルの素材が漫画やアニメーションなどのサブカルチャーへと拡張した現代では、もはや日常的なマーケティング戦略の一つともなっている。戦前はメディア・ミックスと呼ばれることはなかったが、同一の素材の活字メディアと映像メディアを組み合わせることで利益の相乗効果を狙う考え方は同じであることから、メディア・ミックスの源流は一九二〇年代にまで遡ることができるだろう。

よく知られているように、一九二六年末にはじまった円本ブームによる出版業界の好況は、出版社の企業化を加速させ、多額の印税を手にした流行作家の誕生を促した[4]。このような円本ブームに加え、一九二〇年代中頃は、新聞発行部数の大幅増、ラジオ放送の開始（一九二五年）、『週刊朝日』（一九二二年）『サンデー毎日』（一九二二年）『キング』（一九二五年）などの雑誌の創刊ラッシュに続き、これらのメディアを大量に消費する「大衆」という新たな階層が登場することによって、メディアの一大転換が促された時期であった。映画産業は、雑誌や新聞に連載された文芸作品を映画化した「文芸映画」を積極的に製作し、さらにラジオ等の周辺メディアを広告として媒介させたメディア・ミックスを進めることで、市場規模では出版産業を圧倒した。とりわけ菊池寛原作の文芸映画は、その人気の高さから「菊池もの」と呼ばれるほど、他の作家たちの映画化作品に抜きん出た「商品」であった。

人気の小説や戯曲を翻案するのは、当時の映画界の常套手段であった。いやむしろ、日本の映画界は、草創期から歌舞伎や講談といった伝統芸能で繰り返し上演された物語を貪欲に吸収しながら「時代劇(当時は旧劇と呼ばれた)」という類型を確立し発展を遂げてきたのである。一方、現代の物語を題材にした「現代劇」の分野では、原作の提供、シナリオの執筆、映画製作や演出といったかたちで、特定の文学者たちとの関係を深めていった。たとえば、文学者たちの先駆的な仕事として、吉澤商店と佐藤紅録、松竹キネマと小山内薫、そして、大正活映と谷崎潤一郎といった人々があげられる。しかし、留意しなければならないのは、一九一八年から一九二三年までの「純映画劇運動」にかかわった小山内と谷崎の二人は、遅れた日本映画の欧米化を促した「革新者たち」[5]のようにみなされていることである。つまり、先行芸術の分野における著名な文学者たちの映画界への参画は、「幼い映画の進展のために協力する」[6]といった進歩史観的な視点で語られることが多いともいえる。[7]

もちろん、多くの映画史家たちが認めているように、「純映画劇運動」は、たしかに日本映画の革新運動ではあったのだが、肝心の純映画劇の興行成績はふるわず、映画観客の支持を得ることはできなかった。それはたとえば、前衛映画として話題を集めた『狂った一頁』(一九二六年)に、川端康成や横光利一などの新感覚派映画連盟が協力した事例なども同じ文脈で捉えられていると考えてよいだろう。しかしながら、日本映画史を注意深くみていくと、映画界と文学者とのこのような関係とは異なる別の関係が存在することに気づかされる。それが、小山内や谷崎の仕事からやや時代がくだった一九二〇年代半ばからアジア・太平洋戦争の敗戦にいたるまでの、およそ二〇年間にわたって映画界に提供された菊池寛原作の文芸作品と、それにまつわる菊池寛の関与である。

菊池寛が同時代の映画にかかわった文学者たちと明らかに違うのは、彼らの多くが、文学とは異質の表現媒体である映画に関心を示したのちに、自己の文学表現に反映させていったのに対し、菊池寛は、映画産業を中心としたメディア・ミックスが生み出すコマーシャリズムに注目したことである。菊池は、文芸映画に自著の映画化権を積極的に提供し、新聞、雑誌、映画といった異なるメディア間を往還しながら「菊池寛」というブランドネームを流通させることによって、映画界での地位を確立してゆくことになるのである。

映画と文学を相関させた、このようなビジネスモデルを、菊池寛が最初に推し進めたわけではない。だが、戦前の日本の映画界において菊池の存在が重要なのは、正宗白鳥が強調したように、旧来の文学者像を大きく逸脱する菊池の特異な気質が幸運にも発展途上期の映画界と邂逅し、互いに利益を共有することによって共に発展へと向かっていったことである。次に、菊池寛と映画界との相関関係をさらに検証するために、菊池寛の生涯について簡単に触れておこう。

## 二　菊池寛とは誰か

菊池寛は、一八八八年香川県高松市に生を享け、一九〇六年に、県立高松中学を首席で卒業したが、家庭の経済的事情からやむなく東京師範学校に入学した。ところが、一九〇九年に素行不良で同校を除名され、その後菊池は、明治大学法科、早稲田大学文科を経て、一九一〇年九月に第一高等学校文科に念願の入学を果たしたのだが、「マント事件」(8)により、友人を助けるために自ら罪を着て、卒業までわずか三カ月を残して第一高校を退いた。その後入学した京都大学で、上田敏に師事しアイルランド詩を専攻するが、在学中から一高時代の同級生であった久米正雄、芥川龍之介らが主宰した『新思潮』(第三次＝一九一四年、第四次＝一九一六年)に参加、『海の勇者』(一九一六年七月)『身投げ救助業』(一九一六年九月)などを発表した。大学卒業後は、時事新報社に入社し、社会部記者となるが、一九一八年に『無名作家の日記』が『中央公論』七月号に掲載され、まもなく小説家として一本立ちした。

純文学作家としての菊池寛の業績は、『忠直卿行状記』(一九一八年)『恩讐の彼方に』(一九一九年)『藤十郎の恋』(一九二〇年)『父帰る』(一九二〇年)などがあげられる。しかし、一九二〇年に『大阪毎日新聞』『東京日日新聞』で連載された『真珠夫人』が一大ブームを引き起こし、その後、菊池は、通俗小説の執筆に専念することによって、瞬く間に人気作家となったのである。

『真珠夫人』は、従来の家庭小説の転回を画期づけた小説としても知られている。菊池寛以前の家庭小説の主人公は、一般的には抑圧され、自己犠牲を強いられる被害者的な女性像であり、彼女らを縛り付けていたものは、血縁や家族をめぐる「家」の存在であった。ところが、『真珠夫人』の主人公の瑠璃子は、「家」の宿命にまつわる陰湿さから自由な女性として設定されている。たとえば、瑠璃子は、船成金・荘田勝平の奸計から荘田の妻となることを決意するが、彼女は従来の家庭小説の主人公のように、自己犠牲を強いられて妻になるのではなく、自己の欲望と意志の主体として行動する。しかもその目的は、荘田に対する個人的復讐ではなく、「金の力」と「男性本位の道徳」を自らの手にすることにある。それは、瑠璃子が夫婦の契りを拒否することで荘田を翻弄し、荘田の死後は未亡人として莫大な遺産を相続し、彼女が開いたサロンに群がる男性たちに君臨することで明快にあらわされている。このように主人公が、「女性を弄ぶ」すべての男性に挑戦する点に『真珠夫人』の新しさがある。[9]この作品は、当時から不自然な誇張やプロットの誤算を指摘されたものの、瑠璃子の生きざまからは父権制社会に対する異議申し立てを読み取ることができる。

菊池寛は『真珠夫人』の刊行後、一九二三年に発表する『新珠《にいたま》』で、女性の新しい風俗現象として一躍脚光を浴びたモダンガールをいち早く登場させる[10]など、時代のトレンドにも敏感であった。菊池は、『真珠夫人』で女性の主体的な生き方を提示した後、『新珠』以降の通俗小説で、モダンガールの生態を中心に風俗的な新しさを積極的に取り入れることによって、思想と風俗の両面で、従来の家庭小説の読者であった女性を引きつけたのである。

これらの女性読者は、「新中間層」と呼ばれ、第一次世界大戦後、未曾有の好景気によって生み出された新興階級の女性たちである。この新中間層は、一九二五年の時点で、約一二〇〇万の全世帯数のうちの約一四〇万世帯を占めており、発行部数百万を超える新聞購読者がこれら新中間層で構成されていた。また、婦人雑誌の読者層の飛躍的な拡大は、新中間層の家庭を預かる主婦と女子中等教育の充実によって登場した「職業婦人」と呼ばれた女性たちの存在と結びついている。菊池寛は、全国紙や婦人雑誌といった巨大メディアお抱えの流行作家たちのなかでも、作品を間断なく発表し、菊池の通俗小説を熱狂的に支持する女性読者が「菊池宗」と呼ばれるほどの、文壇随一の人気作家へと上り詰めたのである。

菊池寛の多面的な活動は、同時代の文学者たちとは一線を画しているのだが、当然ながら、小説・出版分野だけにとどまるものではなく、急成長を遂げつつあった映画界へと及んでいった。本書が関心を寄せるのは、まさにこの点である。とはいえ、日本映画史では、一九二〇年代半ばに興った文芸映画の原作提供者、映画雑誌『映画時代』の発行人、[11]さらに、大映の初代社長といった、菊池寛の映画界での多彩な業績は既によく知られたところである。また、同時代に映画界と交流した文学者は、菊池ひとりではない。たとえば、『狂った一頁』の製作を支援した横光利一、川端康成などの新感覚派映画連盟、さらに、一九二五年三月に、牧野省三とともに聯合映画芸術家協会[12]を興した直木三十五、同年一〇月に独立プロの特作映画社を設立した近藤経一らがいる。しかし彼らの多くは、映画製作にかかわった期間がわずかであり、また小説にはない別の表現の可能性を映画に見出していたことから、結果的には文学者としての立場を離れることはほとんどなかったのである。[13]しかしながら、菊池寛の場合はかなり事情が違ってくる。菊池の関心は、文学と映画の表現を相対化する議論や実践よりも、映画という新興メディアそのものの可能性に向けられていたのだ。

一九二六年に公開された『第二の接吻』の映画化が興行的に成功すると、「菊池もの」と呼ばれた菊池寛原作の映画化作品が次々と公開されることになるのだが、このような「菊池もの」は、現在確認する限りでは一〇二本にのぼる。[14]「菊池もの」が他の作家による原作の映画化作品と比較して興味深いのは、菊池が原作提供者としての立場を利用しながら、映画化のプロセスに関与していったことである。もちろん、菊池が全ての「菊池もの」に関わったわけではないのだが、たとえば、本書で取り上げる『第二の接吻』、『東京行進曲』、『美しき鷹』といった映画作品は、それぞれ経緯が異なるものの、菊池が関与することによって脚光を浴び、結果的に「菊池もの」の興行価値が高まっていった。さらに映画を中心としたメディア・ミックスが展開されることでマーケットの規模が膨らみ、菊池寛の存在感がますます高まることになるのである。

映画界では、円本ブームから波及した文芸映画の興隆によって、興行価値の高い人気作家の原作がもてはやされてはいたものの、「菊池もの」の本数は他の文学者による原作の映画化作品数と比較すると群を抜いていた。[15]だが既に述べたように、菊池寛が映画界に深く関与し、ときには協働関係を取り結んでいたとはいえ、「菊池もの」の圧倒的な人気の理由を十全に説明したことにはならないだろう。この理由を考えるにあたって、映画批評家の飯島正は、「菊池もの」の意義について興味深い指摘をしている。飯島は、一九二〇年代後期に生まれた左翼的な内容を取り上げた「傾向映画」を説明する際に、傾向映画と菊池寛の文芸映画との相関関係を指摘し、次のように述べている。

たとえばこの時代に菊池寛の小説の映画化が歓迎されたというような事実は、やはり時代の特質を知るうえには、いい参考になる。一九二六年(大一五)に菊池寛の小説で映画化されたものは、『京子と倭文子』(伊藤大輔)、『陸の人魚』(阿部豊)、『受難華』(牛原虚彦)などであり、一九二七年(昭二)には、『新珠』(島津保次郎)、『慈悲心鳥』(溝口健二)、一九二八年(昭三)には、『結婚二重奏』(村田實)が映画化されている。これらは、在来の現代劇映画とはちがい、菊池寛一流の・当時としてはかなり偶像破壊的な観念を盛ったものなので、こういう作品が一般に歓迎された裏には、ようやく批判の目をどこにむけたらいいかという意識が、大衆のあいだにも目ざめてきたことが推察できる。このような文芸映画は、まもなく流行後の退潮をしめしはしたが、それにかわって勃興した傾向映画が、この線をさらに強調することとなった。時代劇映画のニヒリズムと文芸映画(特に菊池寛)の観念的傾向が、いわゆる「傾向映画」を生む下地となったことは事実であったようにぼくはおもう(16)。

注目すべきは、傾向映画に深くかかわった映画批評家の岩崎昶が、菊池寛を「作家兼文芸企業家(17)」と揶揄したのとは対照的に、飯島正は、傾向映画の発端を、菊池寛原作の文芸映画にたずさわった個々の映画監督ではなく、原作者の菊池寛の文学にそれをもとめていることである。菊池寛原作の文芸映画、すなわち「菊池もの」にある「偶像破壊的な観念(18)」が、傾向映画に影響を与えたとする飯島のこの指摘は非常に興味深い。なぜなら、ブルジョア出身の子女が主な主人公である菊池の通俗小説と、権力に対する反逆の精神に基盤を置いた傾向映画の組み合わせは、本来ならば全く相いれないからである。ここで飯島がこれらを同列にみなすのは、両作品群には、傾向映画であれば下層の者や反逆者、菊池の小説であれば女性といった、虐げられた者たちによる社会への抵抗が見出されるからだろう。映画館に集う労働者たちが傾向映画を支持したように、菊池寛の小説の女性読者たちは、『真珠夫人』の瑠璃子が封建的な家族制度によって構築された因習に敢然と抵抗を示すさまに拍手喝采したのである。このように、当時の「菊池もの」の圧倒的な人気は、菊池の小説が持つ「偶像破壊的な観念」を支持した女性読者の存在なくしてはありえなかったのだ。

菊池文学が瑠璃子のような女性の新しい生き方を提示することで、これまでの女性像を破壊していったのと同様に、菊池寛本人も従来の作家像を破壊することをいとわなかった。周知の通り、菊池は、一九二三年に月刊誌『文藝春秋』を創刊し、それを軌道に乗せるなど、雑誌経営の分野においても才能を発揮した。そうした事業家的手腕に加えて、一九二〇年に劇作家協会、翌年に小説家協会を創立したあと、一九二六年には両者の合併による文芸家協会を発足させた。こうした活動を中心に、著作権の確立、原稿料の引き上げ等によって果たした「文学の社会化」は、菊池寛の功績の最大のものの一つであった(19)。菊池は、著作権料や原稿料によって、作家の実生活を保証することに尽力し、自己の文学の達成のためには生活の犠牲をも辞さないといった典型的な作家という偶像を破壊したのだ。しかし、菊池は小説家を自分自身の生産物に対価が支払われる経済的な存在として世間に認知させるだけでは満足しなかった。むしろ菊池寛にとって重要なのは、そのような経済的な問題よりも、文学というメディアそれ自体が他の芸術に抜きん出た社会的存在であることを主張することであったのである。その主張は、里見弴との「内容的価値論争」の発端となった「文芸作品の内容的価値」(『中央公論』一九二二年七月号）の中で次のように明快に述べられている。

当代の読者階級が作品に求めてゐるのは、実に生活的価値である。道徳的価値である。倉田百三氏の作品、賀川豊彦氏の作品などの行なはれることを見ても、思ひ半ばに過ぎるだらう。が、それを邪道とし、芸術至上主義を振りかざして、安閑として居てもいゝのかしら。凡ての他の物に幻覚《イリュージョン》を持つてゐない大人通士にして、猶芸術に対して、初心な神秘説を唱へてゐるものが、頗る多い。芸術、それ丈で、人生に対してそれほど、大切なものかしら。芸術的感銘、それ丈で人は、大に満足し得られるかしら。

私は、芸術はもつと、実人生と密接に交渉すべきだと思ふ。絵画彫刻などは、純芸術であるから交渉の仕方も限られてゐる。（それ丈け、人生に対する価値が少いと思ふ。）幸にして、文芸は題材として、人生を直接に取り扱ひ得るから、どんなにでも人生と交渉し得ると思ふ。それが、画家などに比して文芸の士の特権である。[20]

このエッセイの中で、菊池は、文学作品の芸術的価値以外に、題材自体のもつ人生的価値ともいうべきものを設定し、それを「内容的価値」と呼んだのである。菊池寛がそのように考えるのは、平野謙によれば、「小説という芸術ジャンルにあっては、他の姉妹芸術と異なって、素材の価値あるいは現実性を重視しなければならぬという一点[21]」にあるという。文芸が他の芸術と比較して抜きん出ている点が、現実社会に密着していることであり、また菊池がその点に執着したならば、菊池が映画界との関係を深めていったのはむしろ自然の成り行きであるだろう。いうまでもなく、映画というメディアの本質の一つが現実性である以上、映画はおそらく文学よりも、現実社会をありのままに再現することが可能であるだけではなく、大量にそれらを発信する訴求力を持っていたからである。

そのように考えると、菊池文学が現実に密着し、その現実のなかにある「内容的価値」を提起するには、作者である菊池自身も、現実の社会におこった矛盾、ひいては社会矛盾の根底にある権力に対し、程度の差こそあれ等閑視することはできないだろう。一九二七年に菊池が衆議院議員に立候補した経緯も文学の「内容的価値」に端を発する菊池の正義感が直接行動としてあらわれたものである。菊池寛が活躍した時代は、大正デモクラシーから日中戦争を経てアジア・太平洋戦争へといたる激動の時代であり、特に日本が軍事国家へと変貌を遂げていく戦時下においては、菊池文学が権力と対峙することは必至であったはずである。

## 三　菊池寛の〈工房〉

戦時下の菊池寛は、人気作家でありながら出版社と映画会社の社長を兼務するという特異な地位にあった。現在の日本を見渡してもこのような人物は見当たらない。ところが、従来の戦時下における菊池については、「もっとも人気のある作家であり、新聞社を除けばもっとも影響力のある言論機関の指導者」として「戦争に巻き込まれていくというより、積極的に参加してゆく[22]」言論人という評価が下されてしまっている。また、これまでの菊池に関する評伝や研究では、初期の短編小説を除くとその文学的評価についてはあまり注目されず、そのユニークな人物評、文藝春秋社の経営、そして直木賞と芥川賞の創設者といった出版ジャーナリズムの先駆者としての功績が記されている。敗戦を経たあとの、菊池の晩年については、菊池と交流のあった作家や批評家が言及しており、公職追放による不遇や、それに対する菊池自身の悲憤などが詳らかにされている。しかしそれにもかかわらず、「映画」に関するくだりになると、記述が抜け落ちてしまっている箇所があまりにも多い[23]。

戦時下における菊池寛の活動を考えるとき、「映画」という別の視点を導入すれば、戦時下の菊池の仕事の間隙が埋められるとともに、映画界に移植された、菊池文学を貫く「内容的価値」の変容と、映画を中心としたメディア間の戦争協力の詳細が多少なりとも見えてくるにちがいない。

そこで本書では、菊池の映画界への関与のプロセスを、菊池寛による〈工房〉の実践という観点から考察を進めていきたい。というのも、これまで映画界とかかわった他の文学者たちと決定的に相違する点が、この〈工房〉というアイディアに他ならないからであり、しかもそれは、文学者・菊池寛の長所を強化し短所を補填する役割を果たしていたと考えられるからである。そもそも雑誌『文藝春秋』自体が、社長の菊池寛を筆頭にした〈工房〉の性格を備えており、さらに菊池は、一九二七年には文藝春秋社内で「映画時代プロダクション」を興して自ら映画製作に挑んだ経験を持っていた。

菊池は一九二〇年代に川端康成や横光利一らのために新聞連載小説の代作を依頼したとされており[24]、

自分の名前を冠しさえすれば、菊池より若年の才能ある作家たちに代筆の報酬を支払い、彼らに経済的援助をおしまなかったという。このような菊池の合理的で型破りな経歴に鑑みると、脚色、演出、撮影、編集といった映画製作にかかわる全てのスタッフワークが他人の手に委ねられる映画会社内の〈工房〉の構想は、まったくの絵空事というわけではないだろう。

こうした点に加えて、本書が重視するのは、およそ二〇年間にわたる、菊池と映画界とのかかわりのなかで、最初は、映画人からみれば傍観者的、すなわち文壇という〈外部〉からのアプローチを図っていた菊池が、次第に映画界の〈内部〉へと軸足を移していくことによって、文壇人から映画人へと変貌していく点である。既に述べたように、日本は、大正デモクラシーが生み出した自由の時代を経て、一九二九年の世界恐慌のあおりを受け、記録的な不況を迎えることになる。さらに、軍国主義の台頭により、軍部が国家権力を掌握し、言論統制の圧力が一層強まることになるのだが、映画界もまたこうした勢力に抗しきれず、遂に一九三九年にわが国初の文化立法と呼ばれた「映画法」の施行によって、自由な映画製作の道を閉ざされることになってしまった。一九四三年三月、菊池は大映の初代社長に就任するが、大映は、一九四一年の映画会社の統合によって情報局の肝いりで新設された国策会社であった。以後の菊池は、国策映画を量産するための〈工房〉を先導することによって、大映の製作方針の基盤を築いていくことになるのである。

本書の狙いは、菊池寛が文壇人から映画人へと変貌してゆく軌跡をあとづけることであるのだが、必ずしもその関心は戦前の映画界における菊池個人の軌跡に焦点を絞ったものではない。というのも、菊池が映画界にかかわった当初から、「菊池もの」はもとより、大映の〈工房〉によって生み出された映画作品ですら、必ずしも映画界が菊池寛の文学を忠実に再現することを意味するものではなかったからだ。「菊池もの」は、時代の変容あるいは女性映画や国策映画の内容を問わず、常に綻びや歪みを抱えながら商品化されていったのである。たしかに、国策映画の製作が義務付けられた戦時期の映画界では、映画における文芸的要素がますます重視され、ストーリーテラーとしての菊池の力が必要とされていった。にもかかわらず、国策映画会社・大映の〈工房〉では、「原作者・菊池寛」と明記されてはいるものの、監督を中心とした現場のスタッフによって内容を変えられながら映画化されていった作品が存在していたのである。

したがって、本書が重視するのは、菊池寛と映画界が、およそ二〇年の間に互いの利益を共有しながら作品を生み出していくその過程であり、その経緯の詳細を分析してゆくことによって、文学と映画という異なるメディアの特徴の一端を相対化することである。

## 四　本書の構成

一九二〇年代にはじまる映画界を中心としたメディア・ミックスは、その生成過程において、性質が異なるメディア間における齟齬にはじまり、社会的、文化的に様々な抑圧や軋轢に見舞われることになる。菊池寛は、特定の映画会社と懇意であったわけではなく、「菊池もの」の製作をめぐる映画会社と菊池寛との関係は、一作毎に異なっており、作品によっては菊池の存在が焦点化される場合もあるが、逆に後景に退く場合もある。また、通俗小説から「菊池もの」へと翻案されていくプロセスにおいては、映画界の内外の事情によって内容の変容を迫られることもあり、当初の菊池が意図した内容から逸脱する映画作品すらあらわれた。そこで本書では、菊池が次第に映画人へと変貌していくプロセスを検証していくにあたり、エポックメーキングとなった作品を時系列に取り上げる。当時の映像・文献資料を渉猟しながら、その時々の菊池の発言を交差させる手法を採ることが、メディア・ミックスの豊かな世界を掘り下げることが可能であると考えるからである。

第一章では、まず菊池寛の通俗小説の特徴と女性観客との相関関係を概観し、次に具体的な映画作品の製作プロセスのなかで生じた異同を検証することによって、一九二〇年代の「菊池もの」の輪郭を提示する。

第二章で扱う『第二の接吻』は、「菊池もの」の流行のきっかけとなった作品だが、本作が話題になったのは、タイトル改変をめぐる想定外の検閲によって、世間の注目を集めたからであった。ここでは、理不尽な映画検閲に対して当事者である映画界と、文壇の反応の差異を検証することによって、映画界がかかえていた潜在的なひずみを露呈することになるだろう。

第三章では、映画雑誌『映画時代』と菊池寛が主導した映画製作の実践を考察する。一九二六年に刊行された『映画時代』は、菊池による映画製作の契機となった雑誌であり、人気作家の寄稿によって他の映画雑誌との差別化が図られたが、注目すべきは同誌のなかで菊池を中心とした映画製作が試みられたことである。唯一製作された『海の勇者』を分析することで、当時の文壇人による映画製作の問題点を明らかにしていく。

発行部数一三〇万部を誇った大衆雑誌『キング』に一九二八年から連載された『東京行進曲』は、『キング』での連載終了を待たずに映画化された。しかも本作は、映画化の宣伝のために動員された複数のメディアが生み出す夥しいイメージの氾濫によって、オリジナルの小説の存在が希薄となってしまった顕著な例であった。第四章では、『東京行進曲』のイメージが増殖してゆく過程を詳述するとともに、「菊池もの」のトーキー第一作といわれる『勝敗』と『時の氏神』の批評を参照しながら、トーキー初期の「菊池もの」の変化を検証する。

第五章では、新興キネマのスター女優・志賀暁子がおこした堕胎事件をめぐって当時のメディアが怒涛の報道合戦を繰り広げるなか、菊池寛が自著の『美しき鷹』の映画化によって志賀暁子を救済した経緯を追う。この章では、『東京行進曲』において、小説のオリジナリティが損なわれる憂き目に遭ってしまった菊池が、今度は逆に映画界を中心とした複数のメディアを巧妙に操作してゆくさまを見ることになるだろう。

第六章では、日中戦争の勃発に伴い、映画界が戦時体制へと組み込まれていくなかで、菊池寛が、半官半民の団体である大日本映画協会の理事に招聘され、一九四三年三月に初代大映社長へと就任する経緯を確認する。さらに、シナリオ創作運動から発展した〈工房〉の詳細を分析することによって、当時の菊池が考えていた映画製作の特徴を考察する。

第七章では、日中戦争期の戦争映画である『西住戦車長伝』を取り上げる。陸軍が捏造したにわか仕立の英雄が〝軍神〟として祭り上げられ、その後、評伝、映画化を経て〝昭和の軍神〟の拡散が企図された。ここでは、陸軍の報道をめぐる各メディアの対応によって、それぞれの〝昭和の軍神〟が想像されてゆく経緯を論じていく。

第八章で取り上げる菊池寛の『剣聖武蔵伝』は、川口松太郎の脚色を経て、溝口健二によって演出され、一九四四年に『宮本武蔵』の題名で公開された。この作品が重要なのは、菊池寛と溝口健二が、吉川英治が作り上げたこれまでの宮本武蔵のイメージに対峙し、戦時下の国策を利用しながら『剣聖武蔵伝』においてそれぞれの芸術的野心を達成したことである。個々の作品分析では、「決戦下」という特異な時期に求められた宮本武蔵に対する菊池と溝口の関心を探ってゆく。

第九章で議論する『かくて神風は吹く』は、戦時下の天皇表象を考察するには格好のテクストである。なぜなら、元寇という歴史的主題から決戦下における国民の団結を説いた理想的な歴史映画であったからだ。にもかかわらず、この作品は、阪東妻三郎を筆頭とする四大スターの競演によって過剰な天皇表象がもたらされ、結果的に本来の国策から大胆に逸脱していく。『かくて神風は吹く』の製作過程に注視することは、戦時下の天皇表象の陥穽が露呈されていくさまを見届けることになるだろう。

第十章では、菊池寛の〈工房〉の最終章にあたる『最後の帰郷』と『最後の攘夷党』を取り上げる。これらの作品では、前年に公開された『かくて神風は吹く』に描かれた神国・日本への絶対的な信頼に対する明らかな変化が描かれており、〈工房〉で生み出された作品の中でも菊池寛の意向が最も投影された映画作品であると考えられるからである。それぞれの作品の分析によって、敗戦前後の菊池寛の思考の変遷をあとづけていく。

以上のような構成によって、本書が目指すのは、約二〇年間にわたって展開された映画界と菊池寛との関係がもたらしたメディア・ミックスの全体像と、映画人・菊池寛とは何者であったのかという点を明らかにすることである。メディア・ミックスが蔓延している現在の日本において、菊池寛を論じることの意義は、戦前のメディア・ミックスを回顧的に振り返るというものではない。戦前のメディア間の交流で重要なのは、出版なら出版、映画なら映画といった単一のメディアのみが機能するのではなく、あらゆるメディアが動員され、大きな影響力を持つに至ったことである。とくに戦前のメディアが、明治期以来の「富国強兵」を目指した日本国家の道具となり、ときにはその片棒を担ぐことで国家との連繋を深めていった事実にこそ批判の目を向けねばならない。本研究は、メディア・リテラシーの習得が盛んにいわれる現代において、依然として人気小説（あるいは漫画）の原作に偏重する現代のメディア・ミックスとアクチュアルに対峙するための手掛かりを与えることになるだろう。

**注**

（1）正宗白鳥『文壇人物評論』中央公論社、一九三二年、四一七頁。
（2）小林秀雄「菊池寛論」『小林秀雄全作品9　文芸批評の行方』新潮社、二〇〇三年、四四頁。
（3）大塚英志『物語消費論改』アスキー新書、二〇一二年、三六頁。

（4）近年の研究では、作家が経済力をつけ始めたのは、東京堂の大野孫平が書店から取次へと販売システムを変更した大正八年（一九一九年）であったという（山本芳明『カネと文学――日本近代文学の経済史』新潮選書、二〇一三年）。
（5）岩崎昶『映画史』東洋経済新報社、一九六一年、三六頁。もっともマルクス主義者であった岩崎にとって、純映画劇運動を、映画だけに孤立した運動ではなく、「それは文学でも、美術でも、演劇でも、そのほかのすべての芸術と文化の部面での、全体的な近代化運動の一部」（三二頁）として捉えていた。
（6）岩崎昶、前掲書、三二頁。
（7）そのような見方に異議を捉えた文献としては Aaron Gerow. *Vision of Japanese Modernity Articulations of Cinema, Nation, and Spectatorship, 1895-1925.* (University California Press, 2010) がある。
（8）第一高等学校寮内で友人の佐野文夫が起こしたマントの窃盗事件。
（9）もちろんそこには、大正デモクラシーにはじまる民主主義思想が浸透を経た結果、女性の社会的地位が向上した史的背景なども考慮に入れるべきだろう。現に、瑠璃子のモデルが一九二〇年代に登場した平塚らいてうなどの「新しい女」であるとの指摘もなされているからだ。
（10）『新珠』の登場人物は、瞳、都、爛子という三姉妹であるが、三番目の爛子は、「聡明で快活で、コケットなところもあるといふ、いはゆる善良な意味のモダンガール」であり、菊池は、「小説に現れたモダンガールの最初ではないかと思ふ」と発言している（『東京日日新聞』一九二八年二月一二日号）。
（11）大正末期は、最も多くの映画雑誌が創刊された時期であり、特に、一九二四年に朝日、毎日の両新聞社がそれぞれ映画雑誌を創刊するのだが、その後を受けて著名な出版社である文藝春秋社が本誌を出した意義は大きかったのである（鎌野完「雑誌「映画時代」と菊池寛」『日本古書通信』日本古書通信社、二〇〇一年七月号、二六頁）。
（12）一九二五年三月に創立された聯合映画芸術家協会は、解散する一九二七年までに一五本の映画を製作した。
（13）たとえば、十重田裕一は『狂った一頁』公開以後の横光利一と川端康成の作品を取り上げ、いかに彼らの文学表現が映画によって影響を受けたのかを詳細に論じている。十重田裕一「『狂った一頁』の群像序説――新感覚派映画聯盟からの軌跡」『横断する映画と文学』森話社、二〇一一年。
(14) 江藤茂博編『映画・テレビドラマ　原作文芸データブック』勉誠出版、二〇〇五年、一一七―一二〇頁。その他に、菊池寛をモデルとした映画作品として『末は博士か大臣か』(一九六三年、大映、島耕二監督)、『丘を越えて』(二〇〇八年、高橋伴明監督)がある。
(15) たとえば、菊池寛と同時代の人気作家であった吉屋信子原作の映画化作品は四四本、川口松太郎原作の映画化作品は七四本(いずれも戦後の本数を除く)であった。
(16) 飯島正『日本映画史　上巻』白水社、一九五五年、七七頁。
(17) 岩崎昶、前掲書、一五七頁。
(18) 川口松太郎は、菊池寛について「旧道徳をひっくり返そうとする反抗は、先生の生涯を貫いている」と述べている(「解説」『菊池寛文学全集』文藝春秋新社、一九六〇年、五八二頁)。
(19) 早川和延「菊池寛論」『現代芸術』勁草書房、一九六一年、二五四頁。
(20) 平野謙『現代日本文学論争史』未來社、一九五六年、五一頁。
(21) 平野謙、前掲書、四〇七頁。しかし、菊池は小説の芸術的価値を否定しているのではなく、「その土台の上に、小説作品は素材的に現実と密着すればするほど効果的になるのではないかという一点を強調」していた(平野謙、同上、四〇八頁)。
(22) 大江健三郎「考える書き方――菊池寛の短編」『別冊文藝春秋』文藝春秋社、一九九一年、一九〇頁。
(23) 二〇〇九年三月に、菊池寛の文芸・演劇・映画エッセイを収録した、『昭和モダニズムを牽引した男　菊池寛の文芸・演劇・映画エッセイ集』(清流出版)、二〇一一年には菊池夏樹『菊池寛と大映』(白水社)が刊行された。『菊池寛と大映』の著者の菊池夏樹氏は菊池寛の孫にあたり、同書では、後に大映社長となる永田雅一と二人三脚で大映の礎を築いていった事情が生き生きと語られている。
(24) 片山宏行「菊池寛の航跡――大正十一年の岐路」『青山学院大学文学部紀要　第35号』一九九四年、七頁。

# 第一章
# 女性観客と恋愛映画

『受難華』ポスター

## 一　新派映画から文芸映画へ

一九二六年から二七年にかけての出版業界における最大の事件は、改造社の『現代日本文学全集』の刊行とそれに続く円本ブームであったといわれている。廉価版の文学全集の発売は、これまで読書に縁がなかった大衆の読書熱を呼び覚まし、各社が競って刊行した文学全集は驚異的に売り上げを伸ばし、出版界の活況とそれに伴う資本化を促した。さらにこうした円本ブームの隆盛は映画界にまで飛び火して、出版市場に大量に流通した文芸作品を映画化するという文芸映画のブームを引き起こした。

こうした文芸映画の生産過程において、とくに映画化される機会がきわだって多かった作家が、菊池寛であった。菊池の小説は現在まで一〇二作品の映画化が確認されているが、興味深い点は、一九二六年から三〇年に立て続けに一七作品が公開されており、映画化の時期が集中していることである。それらの多くは、各映画会社のオールスター・キャスト、看板監督で企画され、批評も概ね好意的であり、その人気の高さから映画ジャーナリズムの間では「菊池もの」と呼ばれるようになる。

しかし、文芸作品の映画化は、一九一〇年代から『生さぬ仲』（柳川春葉）、『己が罪』（菊池幽芳）、『乳姉妹』（菊池幽芳）などの家庭小説を母胎にした新派劇の翻案が既になされていた。だが、こうした新派劇の翻案が文芸映画とは定義されないのは、そもそも一九二〇年代半ば以降に勃興した文芸映画が、新派劇の翻案に代わる新しい方向性のひとつとして見出されたからである。

映画界は、「菊池もの」を製作することによって、日本映画の現代劇に女性観客を牽引することを企図していた。なぜなら、当時の日本映画で圧倒的に人気があったのは、男性観客が多数を占める時代劇であり、現代劇は苦戦を強いられていたからである。たしかに、現代劇における新派劇の翻案は、女性観客を中心に安定した支持を得ていたが、幾度も映画化されるうちにやがて飽きられてしまうことになる。さらに、『真珠夫人』のような通俗小説の登場によって、従来の家庭小説に潜在するイデオロギーを時代遅れのものとみなす傾向が映画界においても決定的なものとなったに違いない。つまり、映画界は、女性読者の支持を得た菊池寛作品を映画化することによって、興行的・思想的マンネリズムに陥った新派悲劇のオルタナティブとしての恋愛映画の可能性を探ったのである。

この映画界の目論見は見事に成功し、「菊池もの」は日本映画における現代劇の活性化に大きく貢献したのである。女性観客を対象に、恋愛を中心とした女性の物語を描いた「菊池もの」は、一九三〇年代に大きく花開くことになる『愛染かつら』などの松竹メロドラマを中心に製作された女性映画の先駆けとも考えられる。当時はまだ「メロドラマ」という言葉は使われていないが[1]、菊池の通俗小説とメロドラマとの共通点は、女性の主人公による波乱万丈の人生が展開されるところにあるだろう。そして何よりもメロドラマの多くが流行小説の映画化であることを考えると、「菊池もの」は一九三〇年代のメロドラマを中心とした女性映画の先駆けとして位置づけられることはおそらく間違いない。それでは、映画界は「菊池もの」をどのように女性観客にアピールし、そして成功を収めていったのだろうか。ここでは、菊池寛の通俗小説と女性読者との関係を分析し、それらの映画化の軌跡を辿ることで、一九二〇年代半ばからはじまった「菊池もの」の特徴と女性映画の傾向を論じていきたい。

## 二　恋愛と結婚のイデオロギー

菊池の通俗小説の支持層が「新中間層」の女性であったことは序章で指摘した通りである。この新中間層の女性読者の期待に応えるかのように、菊池の通俗小説は、彼女たちの理想的な生活モデルを提供している。たとえばそれは、帝国ホテル、音楽会、テニス、軽井沢の別荘などといった、新中間層の女性読者にはまだ手が届かない特権階級の豪奢な生活描写であった。だが、それだけでは菊池の通俗小説の人気を説明したことにはならないだろう。菊池の通俗小説には、こうした女性読者の理想的生活モデルを提供するのみならず、女性の恋愛と結婚に関する菊池独自の思想が展開されている故に女性読者の共感を得たのである。

大正期には、西欧文化の洗礼を受けて都市を中心に恋愛をする青年男女が増えつつあった。ところが、日本の慣習はそもそも恋愛を経ない結婚制度を前提としていたために、恋愛に絡む事件がメディアで興味本位に取り上げられていた。現代のように自由恋愛が盛んではなかった一九二〇年代において、菊池は誌上で身上相談の連載を請け負うなど、当時の女性問題全般に関心を寄せた作家であり、いわば女性の人生指南者的な役割をも担っていた。後に、菊池は『恋愛と結婚の書』（一九三五年）をはじめ、『日本女性読本』(一九三七年)『新女大学』(一九三八年)など次々と当時の女性の生き方を教示する女性論集を刊行しているが、これらの女性論集の中の啓蒙的な訓示は、身上相談で培われた経験であるだけに女性の現実に即したリアルなものであったにちがいない。

大宅壮一が菊池寛の通俗小説を評して「あわや文学」と述べたように、菊池の通俗小説では、美貌の主人公が貞操の危機にさらされ、あわやという時に災禍から脱するという定式通りのパターンが何度も反復されることになる。だが、大宅が批判する女性主人公の貞操の危機は、こうした菊池寛の啓蒙的な訓示が説得力を持ちうるきわめて重要なプロットなのである。

たとえば、『新珠《にいたま》』(一九二三年)は、「処女読むべし、男子読むべからず」の宣伝文句で『婦女界』連載中に女性購読者が飛躍的に伸びたという逸話で知られた人気小説である。この作品では、三人の美しい姉妹の隣に住む一見好青年の子爵の堀田が次々と姉妹を誘惑しようとする。長女の瞳は、堀田の誘惑からかろうじて逃れるが、勝気で奔放な性格の次女の都は、恋人がいるにもかかわらず、いとも簡単に堀田の求愛に応じる。その後、都は妊娠し、堀田に捨てられてしまう。

『受難華《じゅなんげ》』(一九二六年)は、女学校を卒業した寿美子、照子、桂子の仲良し三人組のそれぞれの恋愛、結婚模様を描いた物語である。桂子には二年の約束で洋行する信一郎という外交官の婚約者がいる。信一郎は日本で二年の間待つことになった桂子に対し婚前交渉を迫り、桂子は迷いつつもそれに応じる。だが、信一郎は赴任先のフランスで不幸にも病死してしまう。その後、桂子は信一郎の友人の守山と懇意となり結婚を申し込まれるが、桂子が過去の信一郎との婚前交渉を告白したために、守山と別離の危機を迎えることになる。

『新珠』の都と『受難華』の桂子との共通点は、結婚前の婚前交渉に応じたことであり、彼女らはなんらかの試練を迫られることになる。(2) 菊池は「いかなる場合にも、男性に体を許すなといふ鉄則(3)」を自著のなかで繰り返し主張しており、たとえ交際中の男女に揺ぎない信頼関係があったとしても婚前交渉を是としない当時の風潮を支持していたようである。だが、菊池は恋愛そのものを否定していたわけではなく、結婚に発展しない若者の恋愛に警鐘を鳴らしているのである。つまり、菊池の唱える恋愛は、「女性の一生涯の運命を決定的に支配する結婚(4)」と比較すると一過性のものに過ぎず、恋愛を「病気(5)」と言いきることで、結婚生活の重要性を説いているのだ。

こうした菊池の恋愛と結婚に関する姿勢は、通俗小説のなかでもまた鮮明にあらわれている。たとえば、桂子の貞操を指弾した『受難華』では、寿美子と照子の場合においても、恋愛よりも結婚生活の描写に重点が置かれている。『慈悲心鳥』は、三角関係の末、将来を嘱望された官吏と結婚する女性を主人公とした物語だが、ここでは、疑獄事件によって夫が自殺しその後二人の幼い子供たちを抱えて強く生きていく主人公の姿が、男女の三角関係の顛末よりも共感を持って描かれる。

このように、菊池の通俗小説では、主人公が経験する過酷な恋愛は幸せな（ときに不幸せな）結婚生活によって浄化されていく。このようなプロットは、これから結婚する女性にとっては結婚生活への「指南」として、また、主婦にとっては「確認」としてそれぞれの現実を捉え返す装置として作用している。おそらく、菊池寛の通俗小説は、「不自然な誇張と粉飾」を是とする通俗小説の特徴を備えながら、恋愛や結婚というテーマが菊池寛だからこそ書ける現実凝視の視点で捉えられているために、新中間層の女性読者の理想と現実を提供したのだ。

## 三　『婦女界』と菊池寛

菊池寛の通俗小説は、新中間層の理想的な生活を提示する一方で、恋愛と結婚に関する女性の現実をリアルに捉えたために、女性読者に共感された。実際、当時の女性読者の圧倒的な支持には目を見張るものがある。たとえば『報知新聞』における『結婚二重奏』の連載予告広告は、現在の菊池の文壇での地位の賞揚と『報知新聞』執筆初登場への期待、そして菊池の『結婚二重奏』が『ルゴンマッカル叢書』や『女の一生』『ジャン・クリストフ』に匹敵する名著になることを宣言している。この誇大広告ともいえる熱狂ぶりを『結婚二重奏』の後に連載された里見弴の『蛇咬毒』と比較すればその落差は明らかだ。事実、『報知新聞』が『結婚二重奏』連載の社告を掲げると同時に購読申し込みが殺到したとの報道があることから、この『報知新聞』の予告は必ずしも大仰ではないことがわかるだろう。

しかしながら、菊池の思想を最も強く発信したメディアは、『報知新聞』のような不特定多数の読者を抱える新聞よりも、女性読者を対象とした婦人雑誌であり、この婦人雑誌の読者層の中核は、先にも述べた新中間層と呼ばれる新興階級の女性たちであった。大正後期は婦人雑誌の隆盛が文壇の現象として論じられるほど、新中間層による女性読者層の拡大は勢いを増していたのである。

婦人雑誌は、『主婦之友』『婦女界』『婦人世界』『婦人公論』『婦人倶楽部』の主要五誌で構成されており、読者獲得をめぐって激しい競争が繰り広げられていた。そうしたなかで、婦人雑誌の経営者が重視した読者拡大の方策のひとつが、創作欄の拡充であった。とりわけ菊池寛、久米正雄ら流行作家の起用に成功した『婦女界』は、大きな成功を収めたという。[6] また、『婦女界』は、創作欄を拡充するのみならず、菊池寛を中心とした文壇人の寄稿を積極的に奨励した。たとえば、一九二八年三月号の『婦女界』の「目次」を見ると、その巻頭には「恋愛諸相物語」と称して広津和郎、菊池寛、三宅やす子、千葉亀雄などの文壇人の寄稿した特集に続き、菊池の『明眸禍』が掲載されている。婦人雑誌が、子育て、料理、裁縫、家計のやり繰りといった女性読者の生活全般をテーマにした実用誌である限り、恋愛や結婚の記事もまた婦人雑誌で特集される普遍的なテーマであるといえる。だが、『婦女界』が興味深いのは、目次に掲げた雑誌の特集テーマと、菊池の『明眸禍』におけるテーマとが見事に連繋していることである。『明眸禍』は、美貌ゆえに周囲との軋轢を生む女性の恋愛模様を描いた物語である。主人公の珠子は愛の伴わない見合い結婚のあげく、義弟や戯曲家らと恋に落ちるが結局はどちらも成就することがない。菊池は「恋愛諸相物語」のなかでも「恋愛は病気」という自説を繰り返しており、さらに『明眸禍』で誤った見合い結婚と恋愛の虚しさを描いている。このように、『婦女界』は、菊池の連載小説とエッセイを同時に掲載することで、結果的には菊池の恋愛と結婚にかんする思想の強化を図っているのだ。

さらに、菊池は「婦女界批判会」[7]と呼ばれた座談会に定期的に参加しているほか、「私の母に関する座談会」[8]「夫婦愛に関する座談会」[9]「妻の不貞問題座談会」[10]など、『婦女界』が主催する座談会や読者大会に積極的に参画している。それは連載や寄稿以外にも他の作家に比較して、『婦女界』への菊池の露出が際立って多かったことを示している。さらに、『婦女界』は、読者投稿欄の「おたより」のなかに「前号を読みて」というコーナーを設け、愛読者の投稿を掲載した。たとえば、『受難華』の連載時の『婦女界』（第三四巻五号、一九二六年、三二七頁）には、この作品に関する二人の愛読者の投稿を紹介し、「今は悲し友の死に」のタイトルで始まる読者の手紙を掲載している。そこでは、『受難華』の感想と、読者の友人が『受難華』の連載を楽しみにしながら死んでいったことに対する思いが次のように切実に綴られている。

十六日の夕べ、心待にしてゐました御誌を手にした時の喜び、お察し下さいませ。『受難華』の寿美子！　何と可哀そうな運命の人でせう。雑誌を手にした翌日は互ひに訪ね合つて、寿美子の境遇を憐れみ、前途を案じ合ふのが常であつた無二の友、おゝその友は、悲しげに啼く虫の声を聞きつゝ、一人永久に不帰の旅に上りました。彼女も古い愛読者で、哀れな記事を読んでは、涙した事も度々でございましたのに……病床に在る中の寿美子の身に深く同情して、次号(十月号)は如何に、前川と一緒になればよいかと、発行日を待つてゐられた甲斐もなく、おゝ友よ!!　十月号を手にしての喜びは、何時か悲しみに変わつてしまひました。昨日雨の時間に友の墓前に参りました。そして夕べ読んだ『受難華』を心に繰返して、亡き友に告げました。きつと草葉のかげから喜んで下すつた事でせう。情ある先生方、何卒隠れたる愛読者、今は亡き友の為めに冥福を祈つて上げて下さいませ（八月十八日）。

この読者からの便りの文末には、「何といふ悲しいお便りでせう。咲き初めし花の蕾を……かくも熱心な愛読者を失つたとは、返す〴〵も残念でございます。どうしてご冥福を祈らずにゐられませう（記者）」という哀悼の辞が添えられており、この投稿者に深い同情が寄せられている。一方、同じページの「前号を読みて」は、「『受難華』私の大好きの痛快極まる寿美子さん!!! 結んだ縁は仕方ありません。前川さんを思ひ切つて林さんを愛して上げて下さい。可哀想に!!! そして実際の夫を敬慕する林夫人となつて下さい。私の愛する寿美子さん、貴女は余りに我侭すぎます。（解決を憂ふるK子）」という『受難華』の主人公の寿美子の行く末を憂慮する熱心な読者の投稿を掲載している。

これら二通の投稿の共通点は、投稿者たちが菊池寛の通俗小説の主人公に極度に感情移入をしていることである。『受難華』連載とほぼ同時期に『東京朝日新聞』『大阪毎日新聞』で連載されていた『第二の接吻』では読者による感想などは見当たらないことから、婦人雑誌は新聞に比べるとはるかに読者の誌上参加を喚起するメディアであったことがうかがえる。さらに、『婦女界』は、こうした予告広告の他にも「一万円大懸賞」と称する読者プレゼントを実施し、第三回目の懸賞に『受難華』の照子の将来の予想に関する問題を出題している。これは「照子は自殺したか？ 生きてゐるか？」を問いかけることで、読者の誌上参加を促すツールとして活用されている。このように、菊池の連載小説に対するいささか過剰な宣伝広告を見れば、『受難華』の主人公たちの行く末を固唾を呑んで見守る読者を、『婦女界』がいかにサポートしようとしていたかが明らかだ。

もちろん、『受難華』と同時期に連載された久米正雄の『天と地と』などの感想を寄こす読者もいたが、「前号を読みて」にほぼ毎号掲載されていたのは『受難華』の愛読者たちによる投稿であった。『婦女界』における菊池寛の過剰な露出と、愛読者による熱心な投稿は、女性読者と作者の菊池寛の結びつきを一層強固にする。それは結果的に菊池の作品世界を支持する「菊池宗」とも呼ばれた熱狂的な愛読者を生み出すことに成功したのだ。

## 四　モダンガールと映画女優

こうした菊池寛の人気にシナリオ不足にあえぐ映画界が注目しないわけがない。当時の菊池の原作料は非常に高額であったことから、映画界では菊池寛作品を映画化しないという一種の申し合わせが暗黙裡に存在していたという。しかし、次章で紹介するように、直木三十五率いる聯合映画芸術家協会の『第二の接吻』が製作されたことを機に、松竹、日活の二大会社が遂に映画化に乗り出すことになる。

ところで、「菊池もの」が隆盛を誇ったちょうど同時期に、欧米のモダンガールが主に映画を通して流入し、クララ・ボウ主演の『あれ』（一九二七年、クレアランス・バジャー監督）を筆頭にモダンガールが登場する欧米映画が瞬く間にもてはやされることになっていく。当時の新聞は、女性の新しい風俗現象である欧米映画のモダンガールに言及しながら、日本映画の女性像に関して次のように述べている。

日本映画は各社共一般向き、即ち田舎向きを心掛けてゐるから、養母にいぢめられる娘や、男に棄られて泣く女や、父母のために身を売る娘や、やたらにはづかしがる娘等々といふやうな、まづ内気な犠牲的精神に富んだ娘ばかり描いて『あゝ須磨の仇浪全八巻』といふやうに弁士に大いに歌はせる、まだまだモダン・ガールは出てこない(11)。

この記事は、欧米映画に登場するモダンガールの隆盛に対し、いまだにそうした女性が皆無であり、また受け入れる素地がない日本映画の古臭さを指摘している。たしかに、日本の映画会社が「一般向き、即ち田舎向き」の観客層に配慮している限り、「養母にいぢめられる娘や、男に棄られて泣く女や、父母のために身を売る娘や、やたらにはづかしがる娘」のような女性像を求めざるを得なかったのだろう。ここで言う「犠牲的精神に富んだ娘」は、明らかに新派悲劇の主人公を意味しており、この文面からは日本映画では新派悲劇がまだまだ幅を利かせているさまがうかがえる。一方、モダンガールは、新派悲劇の主人公とは全く対照的に、そうした既成概念から自由な女性を想定していたようである。

一九二〇年代後期は「青春期の娘の魂を有頂天にする現代向きの職業」(12)と言われた映画女優が、芸者やカフェーの女給に代わって、ファッション・トレンドのアイコンとして台頭していく時期にあたる。他にも、映画女優になりたい一心から都会へやって来る若い女性の問題を憂う記事(13)が散見されるなど、いかに映画女優が若い女性の憧憬の対象であったかがうかがえる。この映画女優の人気を見越して、製薬会社や化粧品会社は映画会社とのタイアップの如き広告を打ち出し、栗島すみ子をはじめとする人気女優を次々と起用している。たとえば、大木合名会社は、目薬「神霊水」の広告で、「映画女優のような美しい眼、涼しい瞳を作るのと、見る為に眼を使ふ映画ファンの愛用目薬という関係」から「映画女優美眼投票」と称した美眼投票を実施し、その結果を発表している。また、御園白粉では、松竹の『不壊の白珠』の公開に併せて、主演女優の名前をクイズ形式で出題する「映画懸賞」を行っている。それらは「松竹スターが揃って推奨する」との宣伝文句で、御園白粉が、松竹のスター女優が愛用する化粧品であることを印象付けている（図1—1）。

図1—1

こうした映画女優の人気は「菊池もの」の宣伝

に大いに効を奏している。たとえば、大ヒットを記録した[14]『受難華』は、牛原虚彦《きよひこ》の帰朝第一回作品として大々的に宣伝された。牛原によると、映画化に際し、『受難華』の愛読者からの要望が映画製作者のところに殺到し、その反響に驚いたという[15]。一方、『受難華』の映画化の予告を掲載した『婦女界』は、鈴木伝明他三名の男優とともに、寿美子、照子、桂子に扮した栗島すみ子、筑波雪子、松井千枝子の松竹のスター女優三人の写真を並べている。計六名の主要登場人物の配役が一目で判るように配慮されたこの広告からも、『受難華』の読者の関心を煽ろうとしていたのが見て取れる。とりわけ才気煥発なモダンガールの寿美子を演じた栗島すみ子は、松竹のトップスターであるのみならず、現代劇屈指の人気女優であった。その栗島が演じる寿美子に対する女性読者の関心は当然高かったにちがいない。菊池寛の通俗小説の主人公の多くは、新中間層よりさらに稀少な富裕層の女性として設定されており、それが『婦女界』の読者の憧憬の対象になったことは先に述べた通りである。また、映画女優も、同じく女性読者の憧れの対象であるという点では、菊池の通俗小説の主人公とほぼ等価の位置にある。したがって、映画女優は菊池寛の小説世界を忠実に再現できる格好の素材であるといえる。人気女優が菊池の小説の主人公を演じることによって、映画館で菊池寛の小説世界を追体験するという、まさに至福の時間を過ごす可能性が女性読者に与えられるのである。

## 五　難産の恋愛映画

このように、「菊池もの」は、『婦女界』を中心とした女性読者の圧倒的支持を背景に、人気職業として女性の憧れの対象となりつつあった映画女優を新聞・雑誌広告などで最大限に活用することで、興行価値が期待された「商品」として位置づけられていたのである。だが、「菊池もの」は、はじめから興行価値が保証されているが故に、様々な制約が課せられることになる。そのひとつが、「菊池宗」とも呼ばれた女性読者の期待に応えることであり、それは必然的に小説を忠実に映画化することを意味していた。そうでなければ、女性観客の動員が期待出来ないからだ。とはいえ、新聞や婦人雑誌で連載された長編小説を、映画作品という限られた上映時間内で、しかも小説に忠実に映画化することなど至難の業である。この長編小説の映画化の問題は、製作当初から疑問が寄せられていたが[16]、映画界はそれでも敢えて「菊池もの」を製作することを選択した。その結果、公開された「菊池もの」は、小説に忠実である代わりに長尺版にならざるをえず、物語の筋を追っただけのダイジェスト版に陥る作品が多かった。たとえば、溝口健二は『慈悲心鳥』を映画化するにあたり、長編小説の映画化につきまとう不自由さを次のように語っている。

小説の筋《プロット》通り忠実に映画化するか？

小説の筋《プロット》を映画的に生かすか？
と、云ふ問題を考へる時、小説の筋《プロット》通りに映画化する事より、小説の筋《プロット》を映画的に生かす方が、その原作者にも忠実であり、映画の演出者としても本道ではないか、と私は思ふのです。（中略）今までに映画化された菊池氏の創作の多くが写実的なものばかりだつたので、私は、凡てを大胆に様式化して、効果を挙げようと準備をしたのです。然し、その背後には、直ぐ、最も重視しなければならない営業上の問題が控えてゐました為に、やはり、写実的な様式を執ることに決めました。(17)

溝口は、「小説の筋《プロット》を映画的に生かす」ことは「原作者にも忠実であり、映画の演出者としても本道ではないか」と主張しているにもかかわらず、「営業上の問題」のために、「写実的な様式を執ることになったというのである。溝口が指摘するような「写実的な様式」は、小説を忠実に映画化することであり、それは菊池寛の通俗小説の追体験を期待する女性読者への配慮であるといえるだろう。

ところで、溝口の言う「営業上の問題」とは、何を意味するのだろうか。ここでは女性読者への配慮を意味していることは明らかだが、さらに、映画界では「文学者にも、軍人にも、教育家にも、商人にも、酒屋の小僧さんにも、誰にも見せて面白く且つ深い感動を与える脚本がほしい(18)」という現場の声に代表されるような、あらゆる階層や居住地域を考慮にいれた観客層への配慮が求められていたのである。「菊池もの」には、菊池寛の愛読者に加えて、こうした多様な観客層への配慮から、物語の分かりやすさが何よりも求められることになる。

こうした制約は、公開された「菊池もの」に如実にあらわれている。たとえば、『受難華』の主人公の寿美子は、妻子ある前川に恋をするが、小説では寿美子は前川の家庭の事情をあらかじめ承知していた。ところが、「菊池もの」では、前川が妻子のいることを寿美子に告げる場面があり、公開当時、その場面は「観客にひどく涙をしぼらせ」たとされている。『新女性鑑《かがみ》』でも、部分的な改変がなされているが、この作品の場合はさらに深刻である。没落した一家の三人の兄妹の生き方を描いたこの作品では、丸の内の洋品店に勤める次女の久美子が、兄芳樹の後輩で左翼思想の大学生の長瀬に惹かれていく。また、長女の幸枝も不良青年に騙されるが、芳樹は贅沢で傲慢な妻夏江に不満を持ちながらも耐え忍んでいる。小説の終盤では、久美子が芳樹の自宅を訪ね、長瀬を官憲から匿ってくれるよう芳樹に懇願するが、妻の夏江に追い返されてしまう。ところが、映画は、久美子と長瀬が妻の夏江に追い返されるところまでは小説と同じだが、そこで芳樹は夏江に愛想を尽かし、妻のもとを去ってしまうのである。結局、映画は、芳樹と久美子、そして幸枝の三人の兄妹が長瀬とともに社会事業に汗を流して働くというハッピーエンドで締めくくられている。このような『受難華』と『新女性鑑』の物語の部分的な改変が、溝口が指摘する「営業上の問題」を配慮した結果であることは明らかだ。

「菊池もの」における、こうした物語の部分的な改変は、ともすれば、菊池の小説にはない新たな登場人物を作り上げてしまうことさえある。たとえば、日活の『慈悲心鳥』は、看板スターの夏川静江をキャスティングする目的で、モダンガールの声楽家を新たに登場させたため、夏川の演じた声楽家は「わけのわからない存在」と批判されることになってしまった。さらに、「菊池もの」はモダンガールのみならず、モダンボーイと思しき人物も新たに登場させている。松竹の『不壊の白珠』は、主人公のタイピスト俊枝と同僚の成田、妹の玲子、俊枝の会社の専務の片山の四角関係を描いた物語である。小説では、姉の俊枝と成田が時間をかけて恋愛関係に発展するところを、妹の玲子が成田に横恋慕し、早々と彼と結婚してしまう。一方、失意の俊枝に専務の片山が求婚するが、富豪の片山と姉の結婚に嫉妬した玲子が、片山を誘惑しようとする。それが夫の成田を苦しめ、彼が姉の俊枝に妻の玲子と片山の関係を相談したことから、俊枝は片山との結婚を断念することになってしまう。小説の片山は作者の菊池寛を彷彿させる、豪放磊落な好人物として描かれている。ところが、映画では片山の代わりにダンスホールの経営者の澤田が新たに登場し、小説の片山の役割はこの澤田へとシフトしてしまうのである。したがって、美しい俊枝が壮年でしかも醜い容姿の片山に惹かれているにもかかわらず、妹の玲子の横槍によって、俊枝が片山との結婚を思いとどまるというラストにいたるまでの劇的なプロセスが遂にあらわれることはない。それは俊枝が澤田との結婚をほのめかす台詞によって結末を改変されてしまっているからである。このような改変を経てしまった映画『不壊の白珠』は、「頑なな処女」を意味する映画タイトルの「不壊の白珠」とはならないのだ(19)。

以上のように、映画界は、小説をできるだけ忠実になぞりながら、限られた時間内で物語を消化する必要に迫られる一方で、多様な観客層への配慮から、小説の内容の部分的な改変を行っていった。それが『受難華』における大仰な不倫の発覚、あるいは『慈悲心鳥』や『不壊の白珠』における登場人物の追加、さらに『新女性鑑』におけるハッピーエンドの結末を導いてしまった。

これらの改変に加え、「菊池もの」は、厳しい検閲をくぐりぬけなければならなかった。検閲の鋏で切り刻まれた典型的な例として『受難華』と『新珠』の検閲結果を紹介しよう。『受難華』の検閲切除の該当箇所は、桂子が婚約者の信一郎に対し婚前交渉をするか否かをめぐるやり取りである。「僕は洋行する前にあなたと二人の間だけで結婚して置きたいと思うのです」「僕以外の男性と結婚出来ないやうになつて下さい」という婚前交渉を求める信一郎の台詞が検閲によって切除されてしまっている。[20]

一方、『新珠』の切除尺数は六九メートルにものぼるが、待合で長女瞳に迫る好色の子爵・堀田とそれを拒否するやり取り、その後、瞳の誘惑に失敗した堀田が次のターゲットである次女の都に迫り、まんまと都を陥落してしまう場面の二箇所に制限を加えている。[21]

この『新珠』の切除事項のうち、とりわけ興味深い点は堀田の台詞にあたる第一五字幕である。「恋愛は熱病だとある小説家が言つて居ました（中略）然し理屈をつけると愛はより高い形に現れた性慾だとも云へますね」という堀田の台詞のなかの「ある小説家」とは、「恋愛は病気」と『婦女界』で主張し続けた菊池寛その人であり、ここに恋愛と結婚に関する菊池の思想が表明されているのだ。この台詞の後、堀田の瞳への誘惑は失敗に終わり、堀田は長女瞳から次女の都に乗り換えてしまう。傷心の瞳をよそに、堀田と都は急接近し、遂に都は堀田と結ばれることになってしまう。本来ならば、「赤坂待合の一室、恋には弱き都は身も心も堀田に奪われていくのだつた」と書かれた説明辞句が、奔放な都の行動を示唆するのだが、これらの説明辞句は切除されてしまっているのである。

しかしながら、男女の接吻の場面さえご法度であった当時の検閲状況において、婚前交渉をめぐる男女のやり取りが、当然切除の対象となり得ることは映画会社にとって想定内のことであったのかもしれない。また、厳格な検閲があったからこそ、映画会社の自主規制が働き、『受難華』や『新女性鑑』で、物語の部分的な改変を促したとも考えられるだろう。なぜなら、『受難華』における主人公寿美子と恋人の前川の不倫、『新女性鑑』の次女の久美子の恋人が左翼思想の大学生などといった物語設定[22]は、映画化された場合には当然検閲切除の対象になっていたはずだからだ。

だが、「菊池もの」がこうした厳しい検閲制度によってがんじがらめにされていたとは断言できない。というのも、たとえ検閲で性的描写を暗示する台詞や場面がいかに削除されようとも、実際に映画作品を上映する映画館では、弁士の説明口上が切除された場面を補填することなどは充分可能だったからだ。こうした弁士の台詞回しは、川口松太郎や菊池寛自身も苦言を呈しているように新派悲劇調[23]であったという。しかも「菊池もの」は、当時の批評家から、「新派ものの上等品」「新派大悲劇と目すべき作品[24]」と見なされてしまっているのである。

こうした事実を考慮すると、商業映画の「菊池もの」は、多様な観客への配慮と検閲の問題から、女性観客に特化した営業戦略を推し進めることが困難であったことが推測される。映画界は、女性読者による菊池寛の人気に依拠することに専念し、菊池寛の小説が女性読者に支持される真の意味を探ることが出来なかった。正確にいえば、探ろうとはしなかったのだ。「菊池もの」の出発点は新派劇からの脱却であったにもかかわらず、菊池寛の小説が持つ恋愛と結婚のイデオロギーを充分に表象することができなかった。さらに物語の分かりやすさの追求と映画館の弁士の口上によって、菊池もの＝新派劇との評価が下されてしまったのである。以上のように、「菊池もの」は、女性を対象とした、女性が主人公の映画であるにもかかわらず、多様な観客層の視線を常に意識して製作されている。さらにいえば、映画作品を取り巻く環境には、依然として地方を中心に新派悲劇を召還する要素が残されていたのである。

しかしながら、一連の「菊池もの」の興行的成功は、映画会社の戦略が正しかったことを示している。むしろそれは、菊池寛の通俗小説とは別の魅力で観客を魅了したのだ。とりわけ当時のメディアがモダンガールをもっぱら風俗的現象としてのみ取り上げたのに比べると、「菊池もの」はモダンガールを正しく捉えていたともいえるだろう。「菊池もの」における映画女優とモダンガールの連繫は、物語の分かりやすさと相俟って、新派的なテーマを超えた新しい時代に生きる人間のイメージを生み出すことに成功したからだ。それは、菊池の小説が持つ女性の生き方に関する指南書的な役割を放擲しながら、時代の要請に見事に対応することで、女性観客のみならず多様な観客を映画館に向かわせていったのである。

## 注

(1) 日本映像学会第三九回大会（二〇一三年六月三日）における河野真理江氏の研究発表（「日本映画におけるメロドラマの概念の再検討——一九三〇年代から六〇年代まで」）によると、一九二〇年代後期の「菊池もの」を製作した映画会社は「メロドラマ」という言葉を使って宣伝を行ってはいないものの、「菊池もの」を「メロドラマ」と紹介する映画批評家もいたという。

(2) 『受難華』の都は、かつての恋人と結ばれ、一方の『新珠』の桂子は、守山に信一郎との過去が不問にされる。こうした試練を経ながらも、救いの手を差し伸べている点は、「恋愛は病気」という菊池の考えに基づいてのことであろう。

(3) 菊池寛「新女大学」『菊池寛全集　第二一巻』高松市菊池寛記念館、一九九五年、二二一頁。

(4) 菊池寛「恋愛と結婚の書」同掲書、三〇頁。

(5) たとえば、菊池は『主婦之友』の一九二四年八月号に「恋愛病患者」という戯曲を発表しているが、この作品では衝動的な恋愛から生じた娘の結婚に反対する頑迷な父親を登場させることによって、若い男女の無軌道な恋愛に苦言を呈している。

(6) 前田愛『近代読者の成立』岩波書店、二〇〇一年、二二七頁。

(7) 「婦女界批判会」『婦女界』三二巻二号、一九二四年、七—三八頁。

(8) 「私の母に関する座談会」『婦女界』四〇巻一号、一九二九年、二一九—二三六頁。

(9) 「夫婦愛に関する座談会」『婦女界』四〇巻三号、一九二九年、二一九—二三六頁。

(10) 「妻の不貞問題座談会」『婦女界』三七巻三号、一九二八年、一八九—二〇三頁。

(11) 『報知新聞』一九二七年三月二日付。

(12) 「現代婦人就職案内」『婦女界』三一巻三号別冊付録、五八頁。

(13) 文芸批評家の千葉亀雄は、『婦女界』の「婦人界時評」のなかで繰り返し若い女性の映画女優熱について警告を鳴らしている（「婦人界時評」『婦女界』三四巻六号、一九二六年、五頁、三五巻一号、一九二七年、八頁）。

(14)「あの大不況の大正一五年の年末から翌年の正月にかけて、二〇万近い利益を上げたことから、いみじくも日本の映画業者には文芸物は必ず儲かるといふ観念を与えた」(田中純一郎「冒険と危険を伴う文芸名作品の映画化」『映画と演芸』一九二八年二月号、一二二頁)。

(15)「日本全土の映画愛好者から、数多くの注文の手紙が、私の机上に山積しました。自分の思つたような役割を書きしるして、是非かう云ふ配役でやつてくれといつたやうなものや、何処何処の場面、或は、婦女界の何月号の何頁目の所を略してはいけないとか、随分数多くの注文を受けました」牛原虚彦「『受難華』撮影前後」『映画時代』一九二七年二月号、一三頁。

(16)たとえば、川端康成は文芸の映画化について次のように述べている。「文芸の映画化といふと必ず新聞小説だが、元来原作からしてそんなものには価値がないのだし、大抵の新聞小説のストリイは映画的でない。あれはやめてほしい。やるなら原作を大胆に映画化してほしい。映画の見地から自由に改作してほしい。原作に忠ならんとすれば映画に忠ならず、映画に忠ならんとすれば原作に忠ならずだ」(川端康成「映画界に望むこと」『映画と演芸』一九二七年一月号、四三頁)。

(17)溝口健二「慈悲心鳥撮影余談」『映画時代』一九二七年四月号、五二―五三頁。

(18)畑耕一「映画製作者が狙ふ家庭悲劇」『婦女界』三四巻六号、一九二六年、五一頁。

(19)この改変について、西村晋一は「片山専務と玲子との恋愛では、興行価値がゼロなのであらうか」と感想を漏らしている。おそらく映画では、登場人物を美男美女に設定する方が興行価値が高いと考えられていたためであろう。西村晋一「『不壊の白珠』を見る」『映画時代』一九二九年一二月号、三三頁。

(20)『活動写真フィルム検閲時報　第三巻』不二出版、一九八五年、三二八頁。

(21)『活動写真フィルム検閲時報　第五巻』不二出版、一九八五年、六〇頁。

(22)もちろん、『受難華』の寿美子と前川の不倫は性的交渉を伴わないものであった。

(23)「私は新珠を電気館で見た。沢山の弁士が代る〳〵交代で説明してゐる。その多くが、十年も前の古い新派の声色でやつてゐるのにはいさゝか恐れ入つた」(川口松太郎「名作ところどころ――椿姫と新珠について」『映画時代』一九二七年七月号、六一頁)、「自分は試写で一度見た後、更に浅草松竹館で見たが、弁士各位が新派悲劇を説明するやうな口調で、やつてゐるのに閉口した」(菊池寛「原作者の所感」『映画時代』一九二七年二月号、一〇頁)。

(24)『キネマ旬報』一九二七年六月一日号、六一頁。同様の批判として「「佳人薄命」を主題とした相変らずの菊池寛物、今日の観客に、最早こんな有閑階級の遊戯を写した物語から、何等の感激は与えられはしない」(『キネマ旬報』一九二九年一二月一日号、一〇九頁)、『読売新聞』一九二九年六月二四日付にも同様の批判記事がある。

# 第二章
# 恋愛映画のポリティクス
## ――『第二の接吻』(1926年)――

日活『第二のX』広告

一九一九年に創刊された雑誌『キネマ旬報』は、一九二四年からその年の総決算として、映画批評家が優秀な映画作品を選び、それをベストテンという形式で発表していた。注目すべきは、それまで外国映画だけを選出していた『キネマ旬報』が、文芸映画のブームがはじまった一九二六年から日本映画を評価の対象にするようになったことである。これはおそらく、時代劇に比べて質量ともに劣勢とされた現代劇が、文芸映画の勃興によってジャーナリズムから注目され、結果的に日本映画全般の認知につながっていったことと関連する。とりわけ一九二六年以降に公開された「菊池もの」は、この『キネマ旬報』主催の日本映画のベストテンの上位にその多くがランクインしていることを考えると、この時期の「菊池もの」は、現代劇の発展に直接寄与した作品群であるといえるだろう。[1]

なかでも一九二六年に公開された『第二の接吻』は、『キネマ旬報』のベストテンには入っていないものの、聯合映画芸術家協会、松竹、日活の三社が映画化に乗り出し、その話題性に伴った興行的成功によって、「菊池もの」の先駆けとなった作品であった。

『第二の接吻』がセンセーションを引き起こしたのは、この作品のタイトルをめぐって映画にのみ課せられた検閲の問題であった。しかしここで重要なのは、検閲側による理由が明らかに理不尽であったにもかかわらず、映画界は、こうした権力の介入に対してほとんど異議を唱えず、一方の文壇が、無力な映画界に代わって国家権力に対して異議申し立てを行ったことである。いわば、『第二の接吻』の検閲をめぐる両者の反応が、以後の文芸映画の製作をめぐる文壇と映画界とのヒエラルキーを確立する契機となってしまったのである。以下に、『第二の接吻』の公開にかかわる経緯と、検閲の顛末を跡付けることによって、当時の映画界を取り巻く状況と、その問題点を明らかにしていきたい。

## 一　小説『第二の接吻』

菊池寛の『第二の接吻』は、一九二五年の七月三〇日から一一月四日まで『東京朝日新聞』『大阪朝日新聞』で連載され、「異常な好評を博した」[2]と評されたほどの新聞小説であり、その後、一二月一〇日に単行本が改造社から出版された。一九二〇年に『東京日日新聞』『大阪毎日新聞』で連載された『真珠夫人』の大成功以来、当時の菊池寛のブランドネームは絶大なものであったのだが、小説『第二の接吻』の大反響の理由は、当代の人気作家による作品というよりも、「第二の接吻」という斬新奇抜なタイトルにあるだろう。たとえば、『東京朝日新聞』や『都新聞』に掲載された改造社の広告（**図2―1、2**）では、「第二の接吻」というタイトルが広告スペースの半分以上を占めており、センセーショナルなタイトルを目立たせることによって、読者の購買欲を刺激していることが見て取れる[3]。

「接吻」という言葉は、発禁処分とまではならなかったにせよ、当時としては刺激的な言葉であったことは明らかだ。また、『都新聞』の宣伝文句には、「恋愛において、浄きと浄からざるとの境は、只一つの接吻に在りと称せられる。接吻すれば万事休し、接吻すれば万事始まる」と述べられており、「接吻」がいかにこの小説の重要な要素であるかが繰り返し説かれている。実際、『第二の接吻』は、

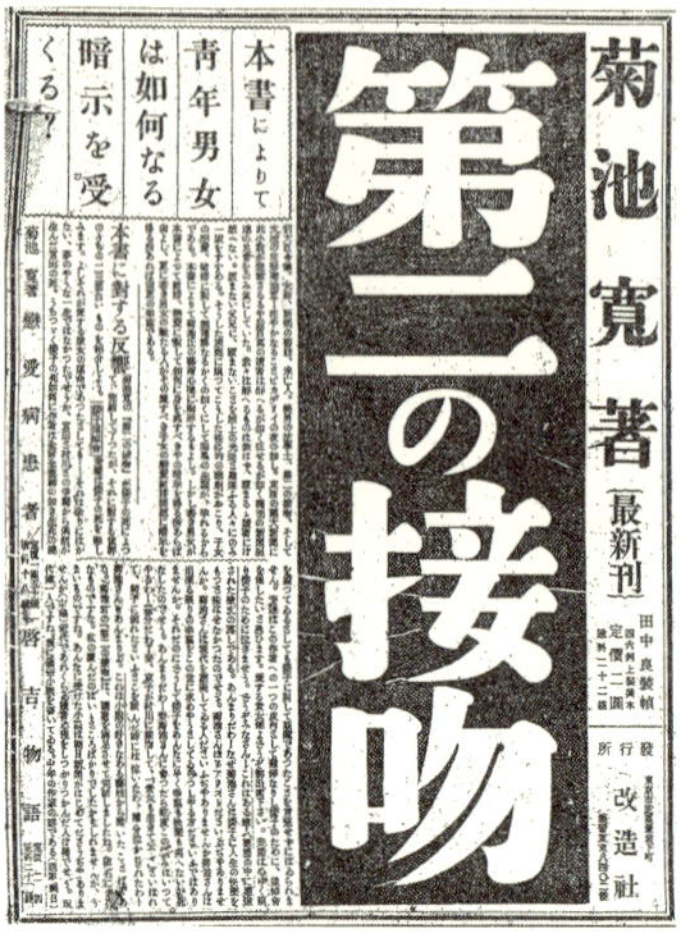

図 2—1 『東京朝日新聞』1925 年 12 月 14 日付

図 2—2 『都新聞』1926 年 1 月 28 日付

タイトル通り「接吻」が物語の重要なカギになっている。ここで菊池寛の小説『第二の接吻』の粗筋を見ておこう。

『第二の接吻』は、貴族院議員で実業家の川辺宗太郎の令嬢である京子、京子の従姉妹の山内倭文子《しづこ》、そして川辺家に寄宿している村川貞雄を中心とした三角関係の物語である。村川は、おとなしくて気立ての良い倭文子に惹かれていくのだが、村川が相手を倭文子と誤解して勝気な京子に接吻してしまうところから波乱の物語が展開する。村川の自分に対する接吻が、倭文子との人違いであったことに気付かされた京子は、「第二の接吻」を村川に懇願する。しかし、それが拒絶されると、村川に復讐するためにあらゆる策を弄して村川と倭文子の仲を引き裂こうとする。その後、幾度も苦難を乗り越え、村川と倭文子は相思相愛の仲を確認するのだが、気弱な倭文子は、京子が存在する世の中でこれからも生きていくことに耐え切れずに、村川を説得して二人で入水自殺を試みる。ところが、倭文子だけが死んでしまい、村川は一人取り残されてしまう。その後、京子は村川の居る病室に駆けつけ、目を覚ました村川が京子に接吻する。京子は今までの非礼を詫びるが、入水自殺を試み、おそらく発狂してしまったであろう村川にとって、京子は倭文子にしか見えなかった。つまり、京子の「第二の接吻」は、またもや相手違いからなされてしまったところで皮肉にもこの物語は終わる。

小説『第二の接吻』では、京子と倭文子という性格が対照的な二人の美女、当時人気を博したハリウッドの男優ラモン・ナヴァロに似ているとされた美男の村川が登場するため、各社のスター俳優をキャスティングするには好都合な作品であった(4)。さらに、スピーディな物語の展開や、倭文子をめぐる二人の男性による海岸での争闘場面などのアクションにも目配りがされているところから、小説『第二の接吻』は、映画化するには格好の素材を備えていたといえるだろう。

ところが、連載終了後に各映画会社が映画化に乗り出したところ、検閲当局から横槍が入ることになった。その経緯について具体的に見ていこう。

## 二 「接吻」をめぐる顛末

『第二の接吻』は聯合映画芸術家協会、松竹、日活の三社によって映画化されている。ただし、直木三十五率いる聯合映画芸術家協会の作品だけが一九二六年の一月二一日に公開されており、一方、

図2―3　聯合映画芸術家協会の公開初日の新聞広告（『都新聞』1926年1月21日付）

日活と松竹の作品は四月二二日に公開された。この封切日の差異と、京都を拠点にした聯合映画と日活、東京を拠点にした松竹という地域による相違が『第二の接吻』の検閲問題に深く関わってくることになる。

ところで、この作品の公開の前年にあたる一九二五年七月一日は、内務省によって「活動写真「フィルム」検閲規則」が施行された年である。この省令は、今まで地方ごとに行われていた検閲の内容を中央省庁で一括して管理するものである。しかし、この統合化によって検閲業務の一元化が計られたにもかかわらず、実際の取り締まりは依然として地方主義が前提となっていたようだ。その一例が『第二の接吻』をめぐる検閲の混乱にも当てはまるといえるだろう。

たとえば、一九二六年一月二一日の『都新聞』に掲載された聯合映画芸術家協会の公開初日の新聞広告には、映画のタイトルが、「第二の接吻」改題「京子と倭子」となっていることから（図2―3）、聯合映画芸術協会では、「第二の接吻」というタイトルを使用することが許されず、改題を余儀なくされたことを意味している。
この件についてはいくつかの報道と証言が残されており、たとえば、聯合映画版の公開日前にあたる一九二六年一月一七日の『東京朝日新聞』では、次のように述べられている。

「接吻」の二文字は特に映画タイトルとしてだけ絶対御法度の趣、下情に通ぜられるその筋御役人様からの厳命に、面食らつて「京子と倭子」と題をあらためたという。（中略）伊藤大輔氏の監督は、例によつて場面の構成とコンチュニティが前半において心地良く運んでいた。（中略）文芸作品を、その文芸価値を保持して映画化する事はすこぶる至難なことであるのを、とにかく文芸関係の人々の手でカメラに収めてくれた。

この『東京朝日新聞』の報道では、聯合映画版の公開に際し、「接吻」の二文字を映画タイトルに使用することが不許可となったため、『京子と倭子』[5]とタイトルが変更された事実が報道されている。だが、「接吻」の映画タイトルがなぜ「絶対御法度」であり、「下情に通ぜられる」については何も語られていない。一方、聯合映画版のタイトル変更については、監督の伊藤大輔と、映画の製作にかかわった稲垣浩が次のように述べている。

伊藤「我々は写真の巻頭に菊池氏の原稿執筆の姿を撮影した。これは「接吻」の二字が内務省の忌避にふれ松竹は「第二の○○」日活は「第二のX」我々は「京子と倭文子」と改題を余儀なくされたが小説の題名としては許されているので、菊池氏の大写の次に、原稿紙の大写をとり、更に表題の「第二の接吻」と肉太の万年筆で書かれるところを大写した。上映の際、全篇を通じて最も観衆の拍手を博したのは、始めて映画に見る当代の流行作家菊池氏の風貌と、この題名の大写の奇手であった……(6)」。

稲垣「内務省の方から「第二の接吻」という題名がいけないというので製作中止になりかけた。直木さんは「第二の接吻」だから客がくるんだというんで相当強く頑張って、競映相手の松竹とか日活なんかとちがうということで「京子と倭子」という題名に変えた。それで直木さんとスタッフはすぐに東京へ出かけて行って、菊池先生に「第二の接吻」と原稿用紙に書いて頂いて、それからキャメラを移動すると、菊池先生の顔が出てくるという二十フィートばかりの写真を撮って、それを一番最初につけた(7)」。

この二人の証言から判断すると、「接吻」の二文字が内務省の忌避に触れ、改題を余儀なくされたことになっている。しかも稲垣によると、「第二の接吻」というタイトルそのものが問題となり、製作中止になりかけたという。しかし、聯合映画版では、窮余策として菊池寛本人と「第二の接吻」と書かれた原稿を撮影し、それを映画の冒頭に挿入した。聯合映画版を観た観客が、菊池寛が出演する冒頭のシーン[8]に最も拍手喝采をしたといわれているが、それはおそらく『京子と倭子』が菊池寛の『第二の接吻』の映画化であることをあらかじめ承知していた観客が、聯合映画芸術家協会による苦肉の策に共感し、賛辞を示したからだろう。とはいえ、こうしたシーンは製作担当の直木三十五と原作者の菊池寛が親友の間柄だったからこそ実現されたのであり、競映相手の日活や松竹ではそうした策は不可能であった[9]。

一方、弱小プロダクションであった聯合映画芸術家協会に比べて、同年四月二一日に同時公開された松竹と日活では、オールスター・キャストが組まれ[10]、松竹は、新進気鋭の監督として注目された清水宏、日活は、モダニズムの作風で頭角をあらわした阿部豊が演出を担当したことからも明らかなように、松竹と日活版は競作の様相を呈している。しかし、後続の日活と松竹の場合においても、「第二の接吻」のタイトルは許可されることはなかった。その後、それぞれ「第二の〇〇」「第二のX」というタイトルで落ち着くはずが、あろうことか「接吻」のみならず「第二の」という文字を使用することさえ許可されなかったのである。この「第二の」の言葉の使用禁止という事態は、査閲申請ギリギリの段階でなされたことが当時の雑誌広告からもうかがえる。たとえば、一九二六年四月一一日号の『キネマ旬報』に掲載された両社の広告（図2―4、5）では、松竹は「第二の接吻」、日活は「第二のX」となっているにもかかわらず、公開二日目にあたる四月二二日の新聞広告（図2―6）では、両社ともに『京子と倭文子』に変更されているからである。

こうした検閲当局の対応に、文壇を中心としたジャーナリズムから一斉に批判の声が出ることに

図 2―5　日活の公開前の雑誌広告
（『キネマ旬報』1926 年 4 月 11 日号）

図 2―4　松竹の公開前の雑誌広告
（『キネマ旬報』1926 年 4 月 11 日号）

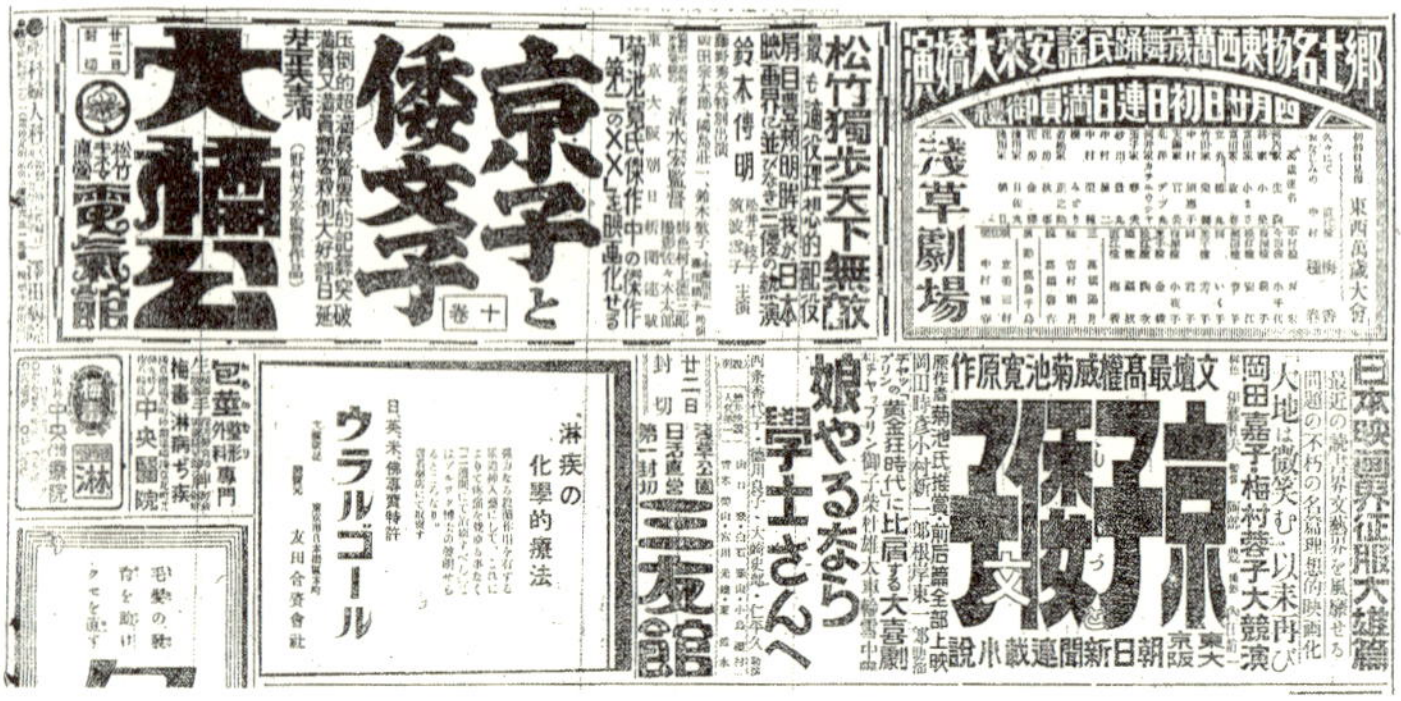


図 2―6　松竹、日活の公開 2 日前の新聞広告（『都新聞』1926 年 4 月 21 日付）

なった。まず、原作者である菊池寛は、次のように述べている。

一体、東西朝日に連載され、天下幾百万人人士の目に触れ、更に改造社の大広告に流布され、字を知る限りの人々の目には、一度は触れたに相違ない題名がなぜ映画の題名として禁止されるのか、それさえ奇怪至極のことである。演劇の題名としては、関東関西において許されているのに、映画の題名としてなぜいけないのか、それほど、映画というものは新教徒的なものか、トラピストの尼僧にでも見せる清浄神聖なものか。外国物の映画において、男女が接吻する生々しい幾情景を許しながら、題名にのみそれを禁じるのか。そんな馬鹿馬鹿しい内規があるのなら、即日撤回してもいいことではないか(11)。

菊池は、映画のみに禁じられたタイトルにかんする矛盾を、いささか感情的な口調で非難することになるのだが、他にも、『第二の接吻』の掲載紙である『朝日新聞』は、一九二六年の四月二四日から三〇日にかけて、日活と松竹の『京子と倭文子』の批評を挟みながら、「映画検閲の問題」と題して、糾弾キャンペーンと思しき報道を連日行った。これらの記事に掲載された識者たちの意見は「接吻」という言葉がいけないという検閲官の今回の判断は今日の常識ではおかしく聞こえるという内容が大半であり、また、今回の処置を検閲官の無能、あるいは無知に起因するものであると断罪するものがほとんどであった。一方、この「映画検閲の問題」の連載記事には、識者による検閲批判の他に『第二の接吻』のタイトル改変にかんする業界裏話が暴露されている。たとえば、四月二四日付の「映画検閲の問題」において星野辰男は次のように述べている。

『第二の接ぷん《ママ》』の題名が全部禁止になつたが、それは最初検閲官が関西で、直木三十五氏などから伺ひを立てられた時に、いけないだろうといつて以来、東京まで持ち越して絶対に相成らんとなり、遂には『第二の○○』も『第二のX』もいけないとなり、最後に『第二の××』と『第二の△△』とかならよかろうといふ所で折合ついたとご消息筋の話であるが、天下この位馬鹿馬鹿しくも腹立たしい事件はない。○○と××の法規上の文字解釈から風俗公安におよぼす影響如何となつたら、恐らく答え得る人は、内務省の検閲官以外、世界の学者を求めてもなからう。

星野によると、直木三十五が関西で伺いを立てたが[12]、その後東京で「絶対に相成らん」こととなり、それが後続の松竹、日活にまで波及し、松竹の『第二の○○』と日活の『第二のX』を経て、『第二の××』と『第二の△△』で折り合ったということになる。だが、先ほども述べたように、タイトル改変をめぐる問題はこれで解決したわけではなかった。一九二六年四月二八日付『東京朝日新聞』の「映画検閲の問題」では、小林いさむは次のように書いている。

もつとも今度は最初の聯合映画が不許可を見越しても「京子と倭文子」を用意していた等のた

め、余計改名を促した形はありましたが……

小林によれば、聯合映画芸術家協会が、東京に申請する際に不許可を見越して小説の原題とは別のタイトルを用意したために、後続の松竹と日活の改名を促してしまったという。一方、こうした聯合映画の対応に、翌二九日の『朝日新聞』では、石井迷花が次のように書いている。

嘗て聯合映画芸術協会の同じ題名の映画が「京子と倭子」になつた時柳井事務官に訊ねたら、あれは申請者が最初から二つの題名を作つて、何方でも差支えない方を選んでくれとのことで、さう決まつたので強て「第二の接ぷん《ママ》」では許さぬ訳ではない、ただ映画の中にキスの場面が一つもないのに、ああした題名を付けて広告などすると、観衆をいつはることになる、だから止めたのだとのことであつた。

　今度の松竹や日活の映画には、キスの場面があつたさうだが、検閲できられて了つた、きつて了へば何時でも無くなる。さして世間ではだれも何とも思はぬ「第二の接吻」を映画にだけ使つてはならぬなどとは全く非常識極まる。

　今までの証言を整理すると次のようなことが推察される。聯合映画芸術家協会が関西で「いけないだろう」と言われたために、東京に申請する際に二つのタイトルを用意した。[13] しかし、東京の検閲当局は、聯合映画版に接吻場面が無かったためにオリジナルのタイトルを許可しなかった。そして、後続の松竹と日活版では、聯合映画の前例を受けて改名せざるをえなくなり、遂には「第二の」という言葉の使用までが禁止されるという不測の事態が起こってしまったのだ。ここで問題となるのは、前年の「活動写真「フィルム」検閲規則」の施行を受けて、検閲業務は原則的には中央で一括して管理されているにもかかわらず、聯合映画が、関西と東京で二回にわたって伺いを立て、二つのタイトルまで用意してしまったことである。東京で「第二の接吻」のタイトルのみを提示していれば、こうした問題は起こり得なかったのかもしれないのだ。[14] 要するに、関西と東京という地域による認識の差異と映画界の及び腰がこうした顛末を招いたことは明らかだ。それもこうした問題は、省令が発令されてわずか一年余りのことであり、従来まで地方主義でなされていた検閲の欠陥がこうした形で露呈されたともいえるだろう。

## 三　「接吻」の他者性

それにしてもなぜ、『第二の接吻』の映画化に際し、「接吻」というタイトルが映画に限って不許可になり、また、「第二の」という言葉までもが映画タイトルから剥奪されてしまったのであろうか。「接吻」が卑猥な性的表現と検閲当局が判断するならば、映画というメディアの本質である直接性、現実性という観点から、『第二の接吻』の映画化禁止という処置もあり得たはずだ。だが、こうした処置がとられなかったのは、原作が『朝日新聞』に連載され大衆に認知された人気小説であり、その映画化を禁止するなどということは、当時の世論からいっても時代錯誤も甚だしいと検閲当局が判断したからである。とはいえ、実際の「接吻」シーンは三社とも全面的に削除が命じられており、たとえば、聯合映画は、京子と村川の顔が接近する場面と、「接吻」、「キッス」にかかわる字幕の切除命令を受け[15]、一方、松竹と日活の場合、京子と村川の接吻のシーンと、「ギブ、ミ、ゼ、セコンドキス」、「接吻」といった字幕の切除命令を受ける処置が取られている[16]。つまり、三社ともに「接吻」にかかわるあらゆる場面と字幕が切除され、骨抜きにされてしまった上で、さらに、タイトルの「接吻」までが奪われてしまったのだ。もちろん「映画の中にキスの場面が一つもないのに、ああした題名を付けて広告などすると、観衆をいつはることになる」という検閲官の言葉通り、挑発的なタイトルに乗じて映画を観に来る観客もなかにはいるだろう。また、検閲当局が、新聞読者とは異なる映画観客、すなわち青少年層に対する悪影響を懸念したことも想像にかたくない。だが、改めて確認しておかなければならないのは、『第二の接吻』は、アンダーグラウンド市場で流通する発禁小説でも何でもなく、一〇〇万人以上の読者を抱える『朝日新聞』という大新聞に掲載されたれっきとした連載小説なのである[17]。

一方、同じ時期に松竹座で花柳章太郎の京子を主役に『第二の接吻』が上演されているが、こちらも「接吻」の台詞は切除されたものの、上演タイトルに関してはお咎めなしであった。それにもかかわらず、映画だけが「接吻」というタイトルにこだわるのはナンセンスであり、当時の批判もまさにこの点に言及していた。しかしこのことは、映画における「接吻」という言葉が持つ特異な位置づけが問題を複雑にしているのである。たとえば、当時の内務省映画検閲官係長事務官の柳井義男は、「接吻」に関する考えを次のように述べている。

接吻は以前には全部切つたそうでありますが、此の頃では性感を起させる様なもの、又は遊戯的のものだけを切除するので、尊敬《サリューション》、挨拶《グリーチング》、愛情《アフェクション》などを表わすものは、外国の普通生活様式であると云うことが知れわたつている以上、大体残すことにしているのであります。尤も劇の筋の関係上止むを得ない場合に「カット」される接吻の儘残して置く場合もあるのであります。外国会社の人で、日本へ行くと「キッス」は全部切られると云つて非難して居られる向もありますが、今日内務省の検閲では「キッス」は全部切つて居るのではないのでありまして、只今申上げました方針に依つて手を入れて居るのであります[18]。

柳井によると、以前の検閲では映画作品の国籍を問わず接吻シーンは全て削除していたが、その方針を改め、外国映画に限ってその慣習を理解し、場面の状況判断により削除か否かを決定しているという。しかしながら、こと日本映画においては別である。柳井は別のページで次のように発言している。

風俗上の支障で、一番眼につくのは「接吻」である。其の大部分は外国物に就ての切除である。

従来外国映画と云えば、直に接吻を連想せしめたが、之は又外国映画の特徴の一面を説明するものと云えよう。これは日本と外国との間に於ける慣習の相違から来る差異、特徴であるが、近頃日本物に全然接吻の描写がないとは云えぬ。寧ろ益々増加の傾向にさへある。これは一は外国風習の移入の結果であり、一は外国物模倣の結果であつて、日本物の現代劇などには、直接接吻を描写せるもの若は之を暗示するもの等が漸次増して来た。従つて、其の切除された数も年々増加して、切除箇所数から見ると、米国物四に対して日本物一の割合にある。因みに接吻の切除に就ては、接吻は総て切除して仕舞うというのではなく、外国物でも過熱情的なるものを整理するに止まり、一般外国の慣習として親子、夫婦間等に行わるる清浄なる感を与うるものに及ばないのである。然し、日本物に関する限り、接吻は看過せざる方針を執る。如何となれば、接吻は日本現在の慣習に許容せられざる事実であるから。

日本物に接吻ある場合は、全く外国物の模倣に過ぎないので、多く恋愛的技巧に用うる。然し、実に不自然なる感を与うる場合が多い。故に、日本物の接吻は其の表現から見ても、又実際の慣習から見ても、現在の処では、之を一般に観覧せしむることは弊害なしと断することは出来ない。[19]

柳井の主張は、「接吻」は外国の風俗であり、外国映画の接吻には慣習上の違いから大目にみるが、日本映画に関しては実際の慣習に鑑みて許容出来ないというのである。この柳井の本は、一九二九年に出版されており、小説『第二の接吻』の発売後、約三年も経過しているにもかかわらず、このような意見が依然として罷り通っていたのである。

そもそも映画検閲において、風俗の違いから、日本映画と外国映画の検閲の基準は厳然と区別されていた。とりわけ風俗面の規制において、日本と外国との差異の象徴ともいえる行為が「接吻」であり、それは、きわめて〈西洋的なるもの〉として認識され、他者性が付与されてきたのだ。「日本物に接吻ある場合は、全く外国物の模倣にすぎない」といいきる柳井義男のこの発言には、日本人が接吻することに対する違和感があらわれている。また、柳井は、「接吻」という性的な慣習が日本にはないことを述べているが、これは江戸期の春画や発禁本を見れば誤りであることは明らかだ。しかし、映画検閲の場においては、たとえ現実がどうであろうとも、「接吻」という言葉がもたらすあらゆるイメージを〈西洋的なるもの〉として捉えていた。言いかえれば、日本の検閲制度は、「欧米映画」と「日本映画」という二重規範《ダブルスタンダード》に支えられており、[20] したがって、欧米映画を見慣れた観客にとって、「接吻」の文字では「頭をフラフラはさせないはず」であり、「接ぷんにはなれきつてゐる」[21]のだ。ところが、『第二の接吻』は、この検閲の二重規範を結果的に反故にしてしまう。なぜなら、日本映画による「接吻」の解禁は、映画検閲の場で守り続けた「接吻」の他者性が否応なく剥ぎ取られ、二重規範の不文律が解かれるきっかけを与えてしまうからである。だからこそ、検閲当局は、『第二の接吻』では、実際のキスシーン、そして「接吻」と「第二の」という言葉までをも禁止することによって、「接吻」を想起させるあらゆるイメージを剥奪することに躍起になってしまったのだ。[22] その後は「接吻」という言葉に対して、多少の譲歩を許しながらも、基本的には現実との差異を抱え続けたまま、敗戦まで禁止されることになるのである。[23]

## 四　京子はモダンガールか？

これまで見てきたように、『第二の接吻』の映画化作品は、検閲によって「接吻」をめぐるあらゆる要素が禁止されてしまったのだが、それにもかかわらず、批評は三社ともに好評であった。なぜなら、伊藤大輔、清水宏、阿部豊らによる演出が評価されたこともさることながら、「接吻」という行為と言葉が削除されようが、活動弁士の口上が、物語を代弁することで、映像の欠落を補填する日本独自の基準《スタンダード》にも支えられていたからである。[24] それらに加えて、これらの作品が興行的にも成功を収めたのは、やはり菊池寛による小説『第二の接吻』の物語が支持されたからに他ならない。

この物語が興味深いのは、何といっても京子のキャラクター造形の新しさにあるだろう。それは、ときにはサディスティックとも取れる京子の大胆な言動であり、その核心が自分への接吻が誤解であると知った京子が、それを承知の上で村川に接吻を迫る描写である。これが小説のタイトルでもある「第二の接吻」であり、その女性の行為の新しさが「接吻」という行為に象徴的にあらわれているのだ。つまり、原作の「第二の接吻」の魅力は、『真珠夫人』の主人公瑠璃子に連なる、菊池寛が描く女性の表現手段の新しさなのである。

『第二の接吻』が刊行された大正期は、女性が主体的な恋愛当事者として出現した時代とされている。

そして、恋愛を論じ、恋愛結婚を推賞する著作が次々とベストセラー化した事実は、大正時代に、都市を中心に恋愛と恋愛結婚を容認する思想が定着しつつあったことを物語っている[25]。『第二の接吻』もその流れを汲んでおり、明治中期以降に現れたロマンチッククラブ・イデオロギーを受け継いでいるのだが、しかし、女性から男性に仕掛ける恋愛を肯定し、「接吻」という行為を前景化したという点において、この作品は、性風俗と女性像というふたつの既成観念の変革を遂げようとしていたともいえるだろう。つまり、『第二の接吻』は、菊池寛以前の家庭小説、あるいはその翻案である、女性の自己犠牲を中心に据えた新派悲劇とは明らかに性格を異にする[26]。

一九二〇年代後半の日本映画の現代劇もまた、ハリウッド映画の影響を強く受けていると言われている。特に欧米のモダンガールが現代劇に移植され一大ブームを築くことになるのだが、クララ・ボウなどのフラッパーと呼ばれた奔放で活動的な女優が人気を博した映画作品の日本公開は一九二七年以降である。一方、当時のジャーナリズムがセンセーショナルに書きたてたモダンガールは、なによりも断髪と洋装といった外見と、既成道徳にとらわれない行動で人目をひき、性的風俗の面から興味をもたれたといわれている[27]。だが、従来の新派悲劇調の女性像[28]とは全く相容れない『第二の接吻』の京子は、モダンガールの奔放さを先取りしてはいるものの、風俗面から見ると、京子が和装である限りにおいて、当時のメディアで流通した、断髪で洋装のモダンガールのイメージとは合致しない。だとすれば、映画におけるモダンガールがブームを呼ぶ以前に、自由恋愛や自己主張を謳歌する『第二の接吻』の京子のような和装の日本女性の存在は、映画観客にとって新鮮であったに違いない。

『第二の接吻』の映画化に際し、映画担当の検閲官は「接吻」というタイトルや描写そのものに性的刺激を見出すよりも、後者の女性像の新しさにも注目する必要があったのだ。ところが、検閲官は「接吻」という他者性に極度に囚われていたために、菊池寛の小説の新しさに気付くこともなく、その後続々と製作される「菊池もの」の氾濫を予見すら出来なかったのである。

『第二の接吻』をめぐる検閲の顚末でおそらく最も重要なのは、タイトル改変をめぐる想定外の検閲によって、映画界がかかえていたひずみを顕在化させたことである。この作品の検閲の中で問題にすべき点は、実はタイトル改変なのではなく、検閲官の柳井の発言に象徴されるような二重規範が存在する映像表現の問題であったにもかかわらず、それについてはほとんど何も触れていないことである。おそらくそれは、検閲批判が、当事者の直木三十五はじめ、原作提供者にすぎない菊池寛やジャーナリズムの側で行なわれたからであり、本来ならば肝心の映像表現の問題に表立って抗議の声をあげなかった映画界の姿勢こそが問われなければならない。(29)

以上のように、現代劇の発展期に文芸映画が生成されていく過程にあって、文壇と映画界のヒエラルキーが次第に規定されていくことになるのだが、権力と対峙した際の映画界の対応がほとんど無力であったために、映画製作における文壇の主導権が確立されることになっていくのである。

## 注

（1）たとえば、一九二六年のキネマ旬報ベストテンでは、『陸の人魚』が第三位、『受難華』が第六位、一九二七年度は、『海の勇者』が第五位、『慈悲心鳥』が第七位を獲得した（『日本映画作品大鑑』キネマ旬報社、一九六〇年、三三二頁）。
（2）『映画と演芸』一九二六年五月号、一七頁。
（3）その他にも『東京朝日新聞』における改造社の広告では読者の反響が事細かに述べられているが、こうした試みは一八九七年から約五年半にわたって『読売新聞』で連載された尾崎紅葉の『金色夜叉』などの例があり、それほど珍しいことではないだろう。
（4）たとえば、ナヴァロ主演の『少尉候補生』の映画の宣伝記事においても「村川に似たナヴァロ所演の最初の兵学校生活の映画」と紹介されている（『東京朝日新聞』一九二五年九月二四日付、六頁）。
（5）聯合映画芸術家協会のみ『京子と倭子』、松竹と日活は『京子と倭文子』のタイトルで公開された。
（6）「聯合映画と伊藤大輔」『日本映画史素稿六　聯合映画芸術家協会資料』フィルムライブラリー協会、一九七一年、一九頁。
（7）「稲垣浩・香西登　対談・奈良の聯合映画時代を語る」、前掲書、二四頁。
（8）このシーンは映画題名『京子と倭子』の先に付け加えたために、「直接映画と関係なきものと認めて許可してゐる」とある（松居浩二「映画検閲」『週刊朝日』一九二六年一月一七日号、朝日新聞社、二五頁）。
（9）直木三十五のもう一つの功績は、『第二の接吻』の映画化作品の興行的成功を機に、他社が追随し、その後の「菊池もの」隆盛のきっかけを作ったことである。「直木の僕に対する功績は「第二の接吻」の映画化だ。あれまでは僕の活動写真は上演料が高いんで五社聯盟でやらぬと云って居つたんだよ。「真珠夫人」か何かやつたあと、やらなかつたんだよ。「第二の接吻」やってあれが成功したもんだから、外の者が色々やりだした」（「直木三十五を偲ぶ座談会」『文藝春秋』一九三四年四月号、四〇二頁）。
（10）松竹と日活の配役は以下の通りである。

松竹、京子＝筑波雪子、倭文子＝松井千枝子、村川＝鈴木伝明。日活、京子＝岡田嘉子、倭文子＝梅村蓉子、村川＝岡田時彦。

(11) 菊池寛「映画検閲の非道 「第二の接吻」の題名について」『日本映画史素稿六 聯合映画芸術家協会資料』フィルム・ライブラリー協議会、一九七一年、三七頁。

(12) おそらく聯合映画芸術家協会の地元の管轄官庁である京都警察署であると推察される。

(13) 当時、聯合映画芸術家協会は極度に経営が逼迫していたため、撮影期間に余裕がなく、検閲当局と交渉をする時間がなかったのも理由のひとつであろう。

(14) 中央官庁で検閲が通過したフィルムでも、地方の所轄警察署は、興行の禁止を通達する権限を依然として持っていた。おそらく聯合映画芸術家協会は、『第二の接吻』の上映禁止という最悪の事態を考慮したために、二つのタイトルを用意したものと思われる。

(15)『映画検閲時報』不二出版、一九八五年、一三三頁。

(16) 前掲書、一一八―一一九頁。

(17) ただし、一九二五年一二月一〇日に改造社より刊行された初刊本は、発行されるとすぐ発売禁止の処分をうけたが、発行元では、その禁止処分の対象となった個所を、字数分だけ××で伏せ、改めて同じ発行日の日附をもつ刊本を作成し、市販した元版を回収した。したがって、完本と伏字本の二種が現存する。しかし、その対象個所は官能的な表現に限られており、五年後に刊行された平凡社版『菊池寛全集』ではすべて伏字が解禁されているところから、映画のような不可解な処分ではなかったといえるだろう（「解説」『菊池寛全集 第七巻』高松市菊池寛記念館、一九九四年、六三二頁）。

(18) 柳井義男『活動写真の保護と取締』有斐閣、一九二九年、五八一頁。

(19) 柳井義男、前掲書、六八〇頁。

(20) しかしながら、「接吻」の文字は外国映画のタイトルにも規制が敷かれていた。たとえば、一九二五年九月一一日号の『キネマ旬報』誌上において、配給元の中央映画社が『Kiss me again』（一九二五年）の「題名懸賞募集」を行っている。この募集広告にも「接吻という文字を使用せざる事」とあり、一般公募の結果、『当世女大学』が第一等を受賞し、その題名で公開された。
(21) 畑耕一「映画検閲の問題」『東京朝日新聞』一九二六年四月二七日付。
(22) たとえば、十重田裕一氏が指摘するように、『第二の〇〇』『第二の△△』などの伏字を用いたタイトルは、より強力な想像力を読み手に喚起してしまう。だからこそ、「第二の」を使用禁止することで、伏字の想像力を封印しようとしたのである(二〇〇五年七月二〇日のCOE成果研究発表会における筆者の発表に対するコメント)。
(23) その後、一九三四年に『接吻市場』(日活多摩川、田口哲監督)、翌三五年に『接吻十字路』(松竹蒲田、佐々木恒次郎監督)が公開され、「接吻」という言葉に対する禁止は解禁されることとなったが、実際の接吻シーンは依然として禁止され続けた。敗戦後にGHQの管理下で製作された『はたちの青春』(一九四六年、松竹、佐々木康監督)などの「接吻映画」は、戦前の「接吻」がいかにタブーであったのかを物語る意味でも興味深い。
(24) 「しかるに、何と諸君よ、笑止千万なのは「接吻」なる字の代わりに「唇に烙印を押す」といふ字幕は何とも申されず、弁士が甘い声で語るをお咎めにならず、」(松井浩二、前掲書、二五頁)。
(25) 井上輝子「恋愛観と結婚観の系譜」井上輝子・上野千鶴子・江原由美子編著『セクシャリティ　日本のフェミニズム六』岩波書店、一九九五年、七四頁。
(26) たとえば、村川は態度の煮えきらない倭文子に対して以下のような台詞を述べている。「恋を譲るとか、自分を犠牲にして周囲の円満を計るとか、そんなことは古い間違った道徳だと僕は思うのです。自分自身の本当の心を押し曲げたところに、本当の生活はないはずです。あなたは、僕を愛していてはくれないのですか」(『第二の接吻』文藝春秋、二〇〇二年、七六頁)。この台詞は、女性の自己犠牲が美徳とされた「新派悲劇」を明快に否定している。
(27) 香取俊介『モダンガール――竹久千恵子という女優がいた』筑摩書房、一九九六年、八一頁。
(28) 同時期に上演された松竹座の『第二の接吻』の劇評では、以下のように「新派劇」と呼ばれているが、おそらくそれは、『第二の接吻』の主要人物である倭子が村川と心中し、その後村川が発狂する結末が考慮されているからだろう。「夜の第一は菊池氏の「第二の接吻」である。現代の上流の風俗を見せた新派劇を久しぶりに見たのが珍しかった、花柳の京子が若くて美しくて、早熟で我儘でヒステリー的なのが此人にすっかり嵌まった、こういう現代式の女性を演出し得られる役者は新旧を通じて此の人が第一だろう、花柳の芸には大いに未来があると思う、第二幕で村川が人違いの事を告白するので、復讐を誓う所が全曲中で見ものである」(「劇評　花柳と寿三郎」『都新聞』一九二六年三月六日付)。一方、この上演では、花柳章太郎が演じる京子の人物造形の新しさに焦点が当てられることで、「接吻」をめぐる混乱は回避された。この批評にみられるように問題にすらほとんどされなかったのだ。

(29) 一九二五年には東西の映画業者が結束した大日本活動写真協会が成立し、翌年の八月一四日に内務省を招いて第一回検閲評議会が開催されたが、大した成果を得ることもなかったという(「時報　平凡に終わった第一回検閲評議会」『キネマ旬報』一九二六年八月二一日号、一二頁)。一方、同時期に中小映画会社の団体である全日本映画業組合が設立され、内務大臣に請願書を提出したが、それは検閲手数料の減額と地方庁検閲制度延期を求めたもので、検閲内容の詳細までには至らなかった(「時報　全日本映画業組合が内務大臣に請願書を提出」『キネマ旬報』一九二六年一一月一一日、二二頁)。こうした弱腰の映画界に対し、菊池寛も『映画時代』誌上において苦言を呈している(菊池寛「映画雑事」『映画時代』一九二六年九月号、一九頁)。

# 第三章
# 映画雑誌『映画時代』の創刊と「映画時代プロダクション」の設立

『映画時代』1929年10月特別号

## 一　一九二六年の映画雑誌の概況と『映画時代』

映画『第二の接吻』は、「接吻」というセンセーショナルな言葉に対して映画だけに課せられた検閲をめぐって話題を集めたことから、結果的に人気を博し、「菊池もの」の流行の契機となった。当の菊池寛が、『第二の接吻』で経験した文芸映画の市場価値を目の当たりにしながら、映画産業に食指を動かさないはずがない。たとえば、菊池は、松竹と日活の『京子と倭文子』の封切約三カ月後の一九二六年七月に、次のように述べている。

此の頃、小説家が戯曲をかく傾向が、いよいよ盛んであるやうだが、それは小説と云ふ表現形式に飽いたり行きつまつたりして、戯曲と云ふ新形式に走しろうと云ふのであらう。だが、私のやうに初めから小説と戯曲とをやつてゐるものは、さう云ふ方向転換なりを、何処へ向けていいのか。強ひて、これを求むれば映画製作だらうと思つてゐる。（中略）文芸、殊に小説戯曲が一九世紀から、二〇世紀初頭にかけての寵児であつた如く、映画が二〇世紀中葉のあらゆる芸術中の寵児でありはしないか。私はそんな気がする。(1)

菊池の映画製作にかんする最初の試みは、このエッセイの発表と同時期に刊行された映画雑誌『映画時代』からはじまった。『映画時代』は一九二六年七月に発刊されることになるのだが、文藝春秋社は、その約三カ月前の一九二六年四月に『演劇新潮』を発刊するなど、映画・演劇にかんする雑誌の発行によって、映画及び演劇界への積極的な進出を企図したのである。しかし、『演劇新潮』は、一九二七年七月号で休刊となり、文藝春秋社の演劇界への進出が頓挫してしまった事実と比較すると、同社は演劇界よりも映画界に注目していたことが考えられる。

『映画時代』の発刊が一九二六年七月であることを考慮すれば、改造社の山本実彦が、『現代日本文学全集』の刊行を先導したのは同年末のことであり、円本ブームよりも数カ月先行している。たしかに円本ブームは、これまで読書に縁がなかった一般庶民に全集を廉価で提供し、それが好評を博すことによって、結果的に出版界の規模拡大を促したという点で「出版界の大革命」ではあったのだが、基本的には出版業界内部の革新であったことは否めない。それに対して、同時期の文藝春秋社による『映画時代』が重要なのは、出版社がたんに事業の拡大を目的として映画事業に関与しただけではなく、菊池が自ら組織的に映画製作プロダクションを興して映画界に参画し、出版界と映画界という異なるメディアを架橋するという新たな媒体の役割を模索した点である。このような文芸映画の勃興期における映画製作の実践からも、後年の大映社長としての菊池自身による〈工房〉の萌芽がうかがえる。

『映画時代』の詳細に立ち入る前に、当時の映画雑誌の発行状況について簡単に説明しておこう。一九二六年に発行された映画雑誌は、『蒲田』や『日活』といった映画会社が発行する自社宣伝雑誌、『映画』、『映画と演芸』、『劇と映画』、『演芸と映画界』のような、主に映画スターのグラビアに紙幅を割いたファン雑誌、研究論文を中心とした『映画往来』などの映画研究誌、そしてファン雑誌と研究誌の内容を折衷した『キネマ旬報』のような総合映画雑誌の概ね四種類に分類されているといってよい。『映画時代』は、「天下唯一の映画研究娯楽雑誌」という触れ込みにもみられるように、映画研究と娯楽を兼ね備えた雑誌として企図されたことがうかがえる。(2)

菊池寛が『映画時代』の創刊にあたって、「高尚なる品位を保つと共に、興味中心でやつて行きたいと思ふ」(3)、「『映画時代』はあくまで商売的にやるつもりである」(4)と述べているように、『映画時代』の娯楽にかんする記事については、『文藝春秋』と共通点がみいだせる。(5)たとえば、『映画時代』の、匿名で映画界の実情を暴露する「映画春秋」や、「本邦映画女優採点表」は、それぞれ、『文藝春秋』における×□△による「文藝春秋」と「文壇諸家価値調査表」の模倣であり、他にも『映画時代』が「本誌にして初て行ひ得る試み」と自賛した有名文士と映画女優の対談「一問一答」(6)は、たしかに同誌のみが実行可能な企画だろう。(7)

このように、『映画時代』は、『文藝春秋』の映画版といってよいほど誌面構成が似通っており、しかも『映画時代』の執筆者の半数は文藝春秋社お抱えの文士であることから、有名文士たちの寄稿こそが他の映画雑誌にはない同誌の特色となっていたのである。創刊号の文士の顔ぶれは、正宗白鳥、犬養健、室生犀星、小山内薫などであり、以後も、主な執筆者として、直木三十五、白井喬二、三宅やす子、吉屋信子、近松秋江(以上、一九二六年八月号)、江戸川乱歩、武者小路実篤(以上、一九二六年九月号)、宇野浩二、長谷川伸、徳田秋声(以上、一九二六年一〇月号)、久米正雄、佐佐木茂索、谷崎潤一郎（以上、一九二六年一一月号）、岡本かの子、中河与一、長田幹彦（以上、一九二六年一二月号）、川端康成（一九二七年八月号）などが続く。とりわけ『映画時代』ならではの記事として興味深いのは、芥川龍之介の自殺の二週間前に、川口松太郎が芥川にインタビューし、そのなかで、芥川が近頃の文芸作品の映画化の流行に関して、あるいは自作の『杜子春』の映画化のエピソードなど、自身の映画観を披瀝した「故芥川龍之介映画を語る」（一九二七年一〇月号）であろう。他にも、文士たちによる映画作品の合評会、左翼演劇人の村山知義による映画論やシナリオなど、他の映画雑誌では実現不可能な『映画時代』ならではの多彩な執筆人には目を見張るものがある。

こうした文士たちの随筆の内容は、玉石混交であるのだが、共通するのは、日本映画と日本映画界にかんする不満であった。だが、このような文士たちの映画観は、とくに奇抜なものでもない。なぜなら、文士をはじめとする当時の文化人の大半は、映画鑑賞といえば、外国映画を観ることであり、映画作品の質、興行成績ともに圧倒されていた日本映画を蔑視する意見が少なくなかったからである。発行人の近藤経一が創刊号の「編集後記」で「よきライターの無いことは映画界の嘆きだ」と語っているように、創刊当時の『映画時代』は、日本映画や映画界に対する不満を綴った文士の随筆を積極的に掲載することによって、既存の映画雑誌のみならず、当時の映画界に対してもゆさぶりをかけているのである。

## 二　文壇人 対 映画人

しかし、こうした文士の随筆は、一部の読者の批判を招いた。たとえば、読者の投稿欄の「グリーンルーム」では、「映画雑誌である本誌に「私は映画が嫌ひです」だの「映画は一年一度位ひ見ます」なんて記事が載る。文藝春秋社の雑誌なるが故にとは万承知だが吾等キネマファンに実際無駄物だ。貴重な頁が惜しい[8]」などの苦情が寄せられることになったのである。もちろん、批判を受けた当の映画界もこのような文壇人の意見に対してたんに手をこまねいていたわけではない。『映画時代』の創刊およそ二カ月後の一九二六年九月に、新感覚派映画連盟による『狂った一頁』が公開され、大きな話題をさらったのだが、同誌の創刊号では川端康成のシナリオ、次号で合評会速記録といった『狂った一頁』にかんする記事が相次いで掲載された。さらに、同誌は、次号以降で新感覚派映画連盟の映画製作に反発する意見も掲載したのである。

具体的には、一九二六年八月号（「批評家への不満」）において、まず、映画監督の島津保次郎が、「何でも、わざ〳〵問題にされ想な、時機に投じた所謂芸術界の流行？に投じたもので訳の余りはっきりしない映画を作るのだそうだ。そしてそれにむづかしい肩書を図々しくも、最初からつけてわざ〳〵騒がせるのだ。（中略）それが市場に出て所謂斯界の権威の御批評を相累らはせると、『行きづまれる我映画界に投じた一大波紋』なんださうだ」といった挑発的な内容の随筆を寄稿している。この島津の随筆では、作品のタイトルこそ伏せてはいるものの、『狂った一頁』に対する批判であることは明らかだ。これに対して、新感覚派映画連盟の片岡鉄兵は、『映画と演芸』九月号で応酬するのだが、一方の島津は、『映画時代』一一月号（「片岡鉄兵氏の蒙を啓く」）で、「私一個人に対してのみならば、或は黙つて引込んでゐるもするが、事稍映画監督の全てに亘るの口吻を認めるから用捨はならぬ一寸此処で片岡氏の蒙を啓いて置き度く思ふ」といい、『映画と演芸』における片岡鉄兵の批判を、島津個人のみならず、全ての映画監督に敷衍する問題へと発展させた。

島津保次郎の片岡鉄兵への批判の核心は、『狂った一頁』の興行価値を問題とせず、「斯界の権威の感覚と頭脳に呼びかけた」という片岡の姿勢である。島津は、片岡が「無知」と蔑む大衆が、一九二一年に公開された芸術映画である『カリガリ博士』を歓迎したのであるから、一方の『狂った一頁』が「若しも立派なる芸術的価値を有せん」作品であるならば、「無知なるものも双手を挙げて謝辞を呈するに必ず吝かなるものではない」といい、一般観客に支持された『カリガリ博士』と必ずしも支持されなかった『狂った一頁』を対比させることによって、後者を一刀両断するのである。

島津は、最後に映画製作の現状について次のように述べている。

現在の映画会社が、等しくねらふ所のものは、民衆に対する単なる娯楽品を製作することにあるのである。そしてこれを興行的製作法と云ふのである。（中略）併し私は、私達が片岡の云ふ様に芸術品と称せられるものを製作し得ないとは思はない。否私は立派に世に誇る芸術的作品を作り得るてふ《ママ》自負すらも持つてゐる。そうしてその娯楽品を作る中にも、人しれずその努力は払つてゐるのだ。そうして妥協し乍らもその作品を唯単なる娯楽品のみとしては終わらせてはゐない心算である。[9]

島津保次郎は、大衆本位の娯楽映画を製作せざるをえない現況においても、監督の才能次第では、娯楽映画が芸術的作品として成立することは可能であると主張しているのである。[10] もちろん、これまでの映画界が、島津のいう芸術的作品の製作を企図したことがないわけではなかったのだが、島津が主張するように、想定された映画の観客層が、「『キング』や『ポケット講談』の愛読者程度位」[11]、「一番数の多い低級な観客」[12] である限り、映画製作は必然的に「大衆」に焦点を合わさざるをえなかった。ところが、新感覚派映画連盟の『狂った一頁』の作品的成功を契機に、文壇人主導で芸術的な映画を製作する機運がふたたび興ってしまった。しかし、興行価値を重んじた娯楽映画の製作を旨とする映画会社を相手に日々格闘する島津のような映画監督にとって、映画会社という資本家との軋轢を考慮に入れず、映画の芸術性を唱える文壇人の映画論は机上の空論にも等しいのだろう。[13]

三宅幾三郎は、こうした映画の製作における「興行価値」と「芸術」に関する議論について、「吾々文壇人は、映画に対していろ〳〵の注文をする。そして、よく映画界の人達から叱られる。しかし議論になると、お互にトンチンカンの場合が多い。それは、吾々は映画を一つの芸術と見て論じてゐるし、映画界の人達はさうではないからであらう」と述べ、両者で繰り広げられる不毛な議論を解決する手立てとして「映画の実用方面と、芸術表現の一様式としての映画との間に、もつとはつきりとした限界を設けたい[14]」と主張したのだが、このような三宅の意見は、島津のような映画監督よりもむしろ、興行価値をもっぱら重視する、映画会社を経営する資本家へと向けられていたのである。

以上のように、『映画時代』は、文壇の映画界に対する関心が強まるなか、映画界における「作家」の立場にあたる映画監督の本音を引き出すことによって、「商品」としての映画が抱える「興行価値」と「芸術」の問題に切り込んでいった。しかし、ここで重要なのは、『映画時代』が、映画人と文壇人の論争を媒介する役割を担っただけではなく、「巻頭言」や「映画春秋」といった『映画時代』自らが意見を発信する場で、先述した三宅のように映画界の機構そのものを糾す意見を表明していることである[15]。たとえば、一九二七年四月号の「巻頭言」は、次のように述べている。

映画の製作配給の経済的分立の期近づけり

吾人が本誌の各号に於て、機会ある毎に、繰り返へし唱へ来れる、日本の映画界に於ける映画の製作と、その配給との経済的分立の時期は、遂に近づいた。

かく云ふと、今日の日本の映画界の資本家達——大会社の幹部の人達——は、直ぐに危険思想か何かの様に思つて、眉をひそめるが、これは果して、危険思想であらうか？　資本家が眉をひそめる性質のことであらうか？　私は、反対に、資本家の為めにも利益になり、従つてむしろ資本家も喜んでいゝことだと思ふ。

請ふ意味は、撮影所に働く人々が、総て、会社の利益、損失に何等の関りのない月給取であるといふ今日の状態こそは、撮影所に於て、資本家達が考へることも出来ない程の浪費が費やされつゝある直接の原因だからである。であるから、一度此の点に気の付いた資本家は、その現在の月給取達に、何等かの方法で、自分の仕事に直接の利害関係を持たしめること、即ち映画の製作といふことを配給と経済的に分立せしめることが、彼等自身にとつても喜ぶべき結果を齎らすであらうといふことを確信するに至るであらう。(16)


この「巻頭言」では、要するにこれまで度々言及された「興行価値」と「芸術」という二項対立の解決策として、映画会社が製作と配給を独占する、いわゆるブロックブッキングを廃止する代わりにフリーブッキングが提唱されているのである。

『映画時代』によるフリーブッキングの提言とそれに対する反論は、「松竹キネマ株式会社を励ます」（一九二六年一二月号）を端緒に、近藤経一の「松竹キネマ株式会社への公開状」（一九二七年四月号）、さらに、近藤への反論として、松竹キネマの常務である堤友次郎の「敢て私見を披瀝し「映画時代」の公開状に答ふ」（一九二七年五月号）がそれに続いた。さらに近藤は、堤友次郎の反論が掲載された同号で「五大映画会社の献策」を寄稿した。近藤経一は、一連の主張のなかで、当時の五大会社である、松竹、日活、帝キネ、東亜映画、マキノの各社首脳に対し、現在の監督、俳優などの主要スタッフに対する専属契約制を解除し、自由契約による映画製作を提唱した。この映画の自由製作が実現すれば、島津保次郎のような映画監督が資本家に縛られることなく、才能を発揮する機会が与えられるからである。その後、小笹正人が「寄近藤経一氏　プロダクションを論ず」（一九二七年七月）にて、現在の映画事業では、いかに製作と配給の分離が困難かを説き、たとえ映画の独立製作に特化したプロダクションが興ったとしても、上映館が全国でも千館程度しかなく、しかもそれらの配給権のほとんどが日活、松竹をはじめとする大手の映画会社に掌握されているため、独立プロダクションの映画を上映すべき映画館がないことを指摘している。

小笹正人は、ブロックブッキングが確立されてしまっている日本の映画界の現状に鑑みて、独立プロダクションの作品の映画配給が実現不可能であることをはっきりと近藤及び『映画時代』に対して突きつけた。しかし、『映画時代』による小笹への返答は、翌月の「映画時代プロダクション公告」の告知をもって代えられたのである。

## 三　映画時代プロダクションの設立

『映画時代』一九二七年八月号の見開き二ページを割いた「映画時代プロダクション公告」は、プロダクション第一回作品として、菊池寛の『海の勇者』を製作することを告知した。フリーブッキングの可否をめぐる論争が交わされた直後の公告掲載に、文藝春秋社の事業戦略の巧みさがうかがえる。

こうしたフリーブッキング及び映画の自由製作にかんする主張を実践したのは、「映画時代プロダクション」だけではなく、一九二五年三月に直木三十五が牧野省三らとともに設立した「聯合映画芸術家協会」が先行した。だが、「聯合映画芸術家協会」の製作が無計画であったのに対し[17]、一方の文藝春秋社の場合、『映画時代』の創刊号から懸賞脚本を公募し[18]、その当選作の著作権をあらかじめ同社に帰属させるなど、映画製作を前提とした企画を採用した。それらに加えて、「巻頭言」や「映画春秋」で、フリーブッキングの確立や映画製作の自由化をくり返し提言するなど、創刊当初から同社内での映画製作の好機を周到に準備していたのである[19]。

近藤経一が、「今日までの所謂文芸映画と、その原作との関係のみを見てゐられた諸君には、今度の此の「海の勇者」の映画化は、ちょっと驚きを与えるだらうと思ふ[20]」と公言しているように、「映画時代プロダクション公告」が掲載された翌月九月号から四回にわたって『映画時代』誌上に『海の勇者』のシナリオが連載された。既に論じたように、映画界では、菊池寛原作の「菊池もの」が興行的成功を収めていたことから、文藝春秋社は、自社製作の第一回作品に菊池の作品を選定し、シナリオライターと連携することによって、同社主導で映画製作を進めていったのである。

映画時代プロダクションの設立からやや遅れて、中村武羅夫、直木三十五、加藤武雄らの文壇人が中心となって創設されたプロダクションに日本キネマ株式会社がある。中村武羅夫は、日本キネマの設立にあたって、『映画時代』に「文芸と映画との握手――日本キネマ株式会社の創立について」を寄せ、日本キネマ株式会社の目的は、「「文芸映画」の製作」であり、「映画と文芸との密接な提携なくしては、正統的にすぐれた映画製作の可能性を信じられない」と述べている。中村によれば、『最後の人』、『ジャンヌ・ダルク』、『アッシャー家の末裔』は、「映画的な「よさ」が、文芸的要素を圧倒し」た作品であるという。しかし、中村は、これらの映画は「極めて特殊的、専門的なものであって、大衆にアッピールするためには、映画的よさの上に、どうしても文芸的要素が基調とならなければならない」[21]と主張することによって、文壇人による日本キネマ創設の意義を説いている。

このように、中村武羅夫をはじめ、映画における文芸的要素を重視する見方は、文壇人の大勢を占めていたのだが、それは映画批評にも及んでおり、当然ながら作品の巧拙を主に撮影技巧の面から評価する映画批評家と意見が衝突し、両者の対立は『映画時代』創刊当初からしばしば誌上を賑わせてきた。[22]たとえば、片岡鉄兵は、「文学者の映画批評は、ストオリイにばかり拘泥してゐる、とよく専門家から笑はれる」と前置きしつつ、「専門的映画批評家が、高級な見方の名に於て、ストオリイを無視する事から、ストオリイの愚劣性を合理化する結果を導き易いのは、今我々の考慮すべきことではないかと思ふ」といい、「映画はまだ、文学的要素から独立した対象とは成り得てゐない」と主張する。[23]同じく、脚本家の小田喬も「映画の最初で、そして最後のものは、ストーリーだ。何と言ったってストーリーだ」と断言した。[24]

しかし、映画評論家の袋一平は、片岡や小田に対し、「映画のストオリイは、総理大臣が演説した記事であり、貴婦人が姦通した雑報である」と反論する。つまり、こうした「文学以前の単なる材料」を、「文学者はこれを文学に移す自由を有すると同時に、映画脚色家はこれを映画脚色に組立てる自由を有する」のであり、それは「即ち、〔映画の〕ストオリイは、それ自身、文学でない事は勿論だし、又、文学的要素と独立してゐるか、乃至は何等これに関係する必要を持たぬものである」という。さらに、袋一平は、その考えの根拠として、世評の高かった『サンライズ』、『結婚行進曲』、『陸の王者』といった作品をあげ、これらは、「文学的」ストオリイを感じずとも、「とにかく観るものを陶酔させて居る」と主張する。したがって、「ストオリイ乃至映画脚本が文学的形式をかりて、「読まれる文章」として発表され」た場合、「それは、疑ひもなく「読物」であり、一つの文学的属性である」ことから、それは「最早や映画の構成分子たり得ぬ映画そのものとは全く縁無き衆生」であり、「仮りに、そういふストオリイ乃至脚本が映画化されたとしても、文学的属性であつたストオリイ乃至脚本とは赤の他人」であるといい切ることで、映画の文芸的要素を重視する片岡鉄兵と小田喬の意見に真っ向から反駁したのである。

## 四　映画『海の勇者』

『映画時代』では、袋一平のような意見は少数派であり、映画における文芸的要素の優位を信じて疑わない文士たちの意見が大勢を占めていた。だからこそ、映画時代プロダクションや日本キネマのような文壇人たちによるプロダクション構想も、文芸作品の映画化が主流となっていた当時の日本の映画界では、一定の説得力があったのだろう。

では、映画時代プロダクションが満を持して製作した『海の勇者』はどのような作品であったのか。具体的に見ていこう。「映画時代プロダクション第一回作品」と掲げられた一九二七年の『映画時代』一一月号の広告では、原作・総指揮の菊池寛を筆頭に、映画化に近藤経一、脚色に村上徳三郎、総監督に城戸四郎[25]、監督に島津保次郎の名前が『海の勇者』のタイトルの右横に掲載され、左横には主演の鈴木伝明、松井千枝子の名前が並び、「我が映画界に一時代を画すべき雄篇終に完成せり。十月中旬封切の日を待たれよ」という宣伝文句が続いている。島津保次郎が『海の勇者』の演出を引き受けている点が興味深い。『映画時代』誌上で「芸術品と称せられるものを製作し得ないとは思わない」と片岡鉄兵に対して啖呵を切った島津にとって、『海の勇者』を演出することは、映画作家としての面目を誇示する絶好の機会であったにちがいない。

一九一六年に発表された菊池寛の戯曲『海の勇者』は、よく知られているように、ジョン・ミリントン・シングの『海へ騎りゆく人びと』（一九〇四年）から構想を得ている。土佐の貧しい漁村を舞台に、人命救助のために長男を喪った老夫婦が、再び末子の末次郎を海難事故で失う。末次郎が、難破船に子供が同乗していることを知り、嵐の中、幼い命を助けようと海へ飛び込み落命したためである。漁村民の生活の基盤であると同時に人間の生命をも否応なく飲み込んでしまう海という自然の過酷さを背景に、たとえ対立する村の人間であろうと、自己犠牲を厭わない末次郎の勇気や人間性、老いた母親の慟哭で終わるこの戯曲には深い感動をおぼえずにはいられない。

一方、映画『海の勇者』では、シナリオが大幅に増補・改変されている。具体的には土佐の漁村・

香西村の若者末次郎と、長年対立する浅見村の娘・お豊を恋人に据えることで、主人公にあたる末弟の末次郎の人物像をふくらませている。さらに、彼らの仲を引き裂くために、末次郎の両親と兄は彼を東京の商船大学に進学させる。末次郎は、お豊と結婚の約束を誓うが、商船学校で水泳部に入部し、そこで友人の山崎、その妹の愛子と出会う。末次郎はダンスパーティで美しい愛子と踊り、東京での享楽的な生活を満喫する。さらに水泳の記録保持者でもあった山崎を競泳大会で接戦の末に破り、愛子を感激させる。しかし、末次郎は競泳大会が始まる直前に「アニシンダスグカヘレ」と書かれた電報を受け取っており、勝利に酔う暇も無いまま郷里に戻ってゆく。帰郷した末次郎を待ち受けていたのは、兄の死と悲しみにくれる老いた両親の姿であった。相変わらずお豊の住む浅見村の漁民とは犬猿の仲であり、お豊の親は、末次郎が戻ってきたことを知ると、彼女を別の男と結婚させようとしていたのだ。

大嵐のある日、香西村が管理する海域で船が難破する。本来なら、籤引きで救助する男達が選ばれるのだが、しかし、難破船の乗員が浅見村の人間だと判ると、大嵐の中、誰も助けに行こうとはしなかった。ところが、末次郎は、今にも転覆しそうな難破船に同乗するお豊の姿をみとめてしまう。末次郎は、母親のおよしが必死で止めるのも聞かず、命綱をつけて荒れ狂う海に飛び込み得意の水泳で奮闘するものの、終に力尽き落命してしまう。海辺に並んだ末次郎とお豊の死体の前で、対立する村民たちは、末次郎の勇気に心打たれ互いに和解することを誓う。

映画『海の勇者』では、末次郎とお豊というまるでロミオとジュリエットのような漁村のカップルを中心に物語が展開していくのだが、しかし一方で、東京での末次郎の華やかな学生生活を描き、またモダンガールの愛子を登場させることで、これまでの「菊池もの」を好む観客にも配慮を見せている。とはいえ、結局、長兄の死によって東京から郷里に回帰する末次郎の姿とその死は、厳しい環境のなかで漁業を営む村落共同体の生き様を肯定している。

菊池は、映画『海の勇者』について次のような感想を述べている。

> 「海の勇者」は、映画化された自分の作品中、もつとも完全なものと云つてもよいだろう。自分は、「海の勇者」でイヤ味や雑音が少しもなくて、しかも面白い映画を作ろうと思つてゐた。その目的は、充分達せられたと思う。
>
> あのストリイ《ママ》は七分通、自分が作つたのだが、こまかい所は村上徳三郎君の脚色である。村上君が、よく僕の意を体し、しかも同君自身の手腕を発揮してゐる頭のよさを認めずにはゐられない。だが、あの映画は島津保次郎氏の力に依るものだ。氏が作品に対する根本的な正確な理解の上に立つて、冴えた技巧を振つてゐる点は、今更ながら感心した。
>
> 自分が、脚色家や監督に望みたいことは、作品に対する根本的の理解である。作品中の性格に対する尊重である。面白い場面を作るために、筋を曲げたり、性格を滅茶にされる位閉口なことはない。
>
> また監督の趣味で原作とは全然別な味の映画を作る位閉口なことはない。原作をある程度尊重

しないのなら、撮影所だけでの原作脚色映画を作るに如かずである。

（『映画時代』一九二八年一月号、六頁）

菊池は、原作を映画向けに誂え、それを脚色・演出した村上徳三郎と島津保次郎の手腕を賞賛し、映画『海の勇者』の出来に満足している。また、「原作をある程度尊重しないのなら、撮影所だけでの原作脚色映画を作るに如かずである」と言っていることからも明らかなように、映画における文芸的要素の重要性を力説している。ところが、文芸的要素を重視し、いわば文壇人の自家薬籠中ともいえる、文芸映画の製作に万全の体制で臨んだ映画『海の勇者』は、批評は概ね好評であったにもかかわらず、興行成績は芳しいとはいえなかった。[26]『海の勇者』は、菊池寛原作ではあるものの、いわゆる女性読者向けの通俗小説ではなく、初期の短編小説の翻案であったことも興行成績が伸び悩んだ一因ではあるだろう。末次郎とお豊の悲恋、東京での学生生活が盛り込まれたシナリオも、観客は「菊池もの」ほど支持することはなく、『海の勇者』の興行的失敗によって、映画時代プロダクションによる映画製作はその後告知されることもなかったのである。

## 五 『映画時代』の終焉

『映画時代』は、一九三一年一二月号で終りを告げ、同時に映画時代プロダクションもいつの間にか立ち消えとなってしまった。映画雑誌の経営は予想以上に厳しく、創刊から一年が経過した一九二七年七月号の「編集後記」では、同誌も結果的に「かなり大きな損失をして来た」とその苦しい台所事情を正直に告白している。一九三〇年九月号から、『映画時代』の経営は文藝春秋社を離れ古川緑波へと引き継がれることになるのだが、次第に同誌の内容が他の映画雑誌とさほど代わり映えしなくなってしまったことも、廃刊の理由の一端として考えられるだろう。

文藝春秋社が刊行した『映画時代』はおおよそ二つの役割を果たしている。ひとつは『文藝春秋』を中心とした文壇と映画界を架橋し、彼らの論争を煽ることで、当時の映画界に潜む問題点をあぶりだした点である。二つ目は、『映画時代』を媒介に、出版社自らがオルタナティヴな映画製作を企図した点である。文壇人たちは、コマーシャリズムに狂奔し、理不尽な権力に対して沈黙する映画界よりも、オリジナルのストーリーを提供できる自分達の方が、文芸映画の製作に相応しいと考えていたのだろう。ところが、映画時代プロダクションの第一回配給作品である『海の勇者』は、興行的に失敗し、文芸的要素を重視した映画製作のあり方の限界と、一筋縄ではいかない映画興行の困難さが露呈されてしまったのである。だが、文壇人たちによる映画製作の行き詰まりは、何ら映画における文芸的要素の優位を揺るがすものではなかったのだ。映画界が自らオリジナルのストーリー、すなわち菊池がいう「撮影所だけでの原作脚色映画」を生み出さない限り、映画界と文壇における歪なヒエラルキーを変化させることは到底叶わなかったのである。

## 注

(1)「文藝春秋」感想文集『菊池寛全集　補巻第二』武蔵野書房、二〇〇二年、一四九頁。

(2)このような『映画時代』の誌面構成は、同誌の創刊一カ月後に休刊となったプラトン社の『演劇・映画』の影響がうかがえる。『演劇・映画』は、「内容本位の純然たる研究雑誌を作らうではないかと云ふ話がプラトン社の中山社長と文藝春秋社の菊池寛氏との間に持ち上がつ」(「編集後記」『演劇・映画』一九二六年一月号、一一八頁)た経緯もあり、『演劇・映画』の創刊号から三号までの巻頭に菊池寛の随筆が掲載されている。また、『演劇・映画』の執筆者でもあった古川緑波が『映画時代』編集部員として文藝春秋社に入社し、直木三十五や、一九二七年一一月号から『映画時代』の編集に参加する川口松太郎など、執筆者の重複も見られることから、『映画時代』は休刊した『演劇・映画』の後継誌とはいえないまでも、その編集方針をある程度受け継いだ雑誌であるともいえるだろう。

(3)「編集後記」『演劇・映画』一九二六年八月号、一四四頁。

(4)「編集後記」『文藝春秋』一九二六年六月号、一四二頁。

(5)菊池寛は、一九二六年八月号から一〇月号の三カ月連続で「編集後記」の筆頭に登場し、その後は同誌の表舞台から姿を消すことになるのだが、たとえば、第二号の「編集後記」では、「創刊号二万三千刷つたのであるが、売行がよいのに甘へて、二号は二万五千位刷るつもりである」、「最初は予定定価二十五銭であつたが、雑誌の性質上写真を沢山入れたいし、万事積極的にやつて行きたいので、定価は三十銭にした。その代わり動かさない」と宣言するなど、初期の『文藝春秋』の「編集後記」と同じく、発行部数や定価に関して明確な規範を提示している。

(6)一問一答録の第一回目は、栗島すみ子と菊池寛であった。他にも岡田嘉子と谷崎潤一郎(一九二六年九月号)、松井千枝子と永井荷風(一九二七年九月号)、泉鏡花と梅村蓉子(一九二八年一月号)、吉屋信子と林長二郎(一九二八年三月号)など、映画雑誌に滅多に登場しない有名文士と俳優の対談が実施された。このような有名文士と女優の組み合わせは、当時の文壇と映画界との力関係を示している点でも興味深い。

（7）『映画時代』は、『文藝春秋』以外の文芸誌の企画も借用している。たとえば、『映画時代』編集部や著名人たちによる映画作品の合評会は『新潮』の「新潮合評会」、また、一九二七年九月号からはじまった「映画界展望台」は、同じく『新潮』の「文壇展望台」からの借用である。
（8）「グリーンルーム」『映画時代』一九二七年二月号、一三二頁。
（9）島津保次郎「片岡鉄兵氏の蒙を啓く」『映画時代』一九二六年八月号、五六頁。
（10）この「片岡鉄兵氏の蒙を啓く」に対して、片岡鉄兵は、「あれは何なのだらう。今更らあんな芸術的初歩を、一生懸命に綴られた労を謝す。お互ひにさう云ふ所から議論しなければならぬのなら、恥しいことだ」と批判している（片岡鉄兵「殺陣に非ず」『映画時代』一九二六年一一月号、四二頁）。
（11）「衣笠貞之助座談会」『映画時代』一九二八年八月号、二六頁。
（12）武田晃「宇野浩二氏と語るつもりで」『映画時代』一九二七年一一月号、四五頁。
（13）森岩雄は「文壇人対映画人」という随筆で、映画人としての立場から「映画界へからかひ半分に乗り込んで、乃至は小使稼ぎに飛び込んで来て、二年や三年の苦労に参つて悪口三昧を並べ立てる」文壇人を諌めるとともに、「映画に対する心持の深浅」が両者の融和を促す唯一の道であると説いている（森岩雄「文壇人対映画人」『映画時代』一九二七年七月号、一四―一五頁）。
（14）三宅幾三郎「映画の実用化と芸術化」『映画時代』一九二七年二月号、二九頁。
（15）たとえば、「巻頭言」では、『第二の接吻』の映画化の際、映画題名の改題が余儀なくされ、主に文壇から大反発を招いた映画検閲の問題が議論された（「巻頭言」『映画時代』一九二六年一〇月号）。
（16）「巻頭言」『映画時代』一九二六年一二月号、一頁。
（17）「聯合映画芸術家協会」における直木三十五の破天荒で無軌道な映画製作については、植村鞆音『直木三十五伝』文藝春秋、二〇〇五年、一一八―一四一頁に詳しい。
（18）創刊号で公募された「本誌創刊記念弐千円懸賞当選脚本」は、「優秀作ナシ」として一九二六年九月号で再募集し、一九二七年五月号で荻野夢子の「久遠の華」が選ばれた。
（19）近藤経一は、映画時代プロダクションの計画について、「実は、ずつと以前からあつたのであるが、そして、いろ〳〵の機会も、ないことはなかつたのだが、自重の上にも、自重した我々は、容易に動かなかつたのである」と述べている（近藤経一「片影片言」『映画時代』一九二七年八月号、一二〇頁）。
（20）近藤経一「片影片言」『映画時代』一九二七年九月号、四四頁。
（21）中村武羅夫「文芸と映画の握手――日本キネマ株式会社の創立について」『映画時代』一九三〇年一月号、三―四頁。
（22）八田元男は、「既成文壇人の映画界進出（?）となつて、わが映画評論もくつきりと二種の対立、分岐点を見せる様になつた」と前置きしつつ、映画人の評論を「局部的構成のよさ、一局部の演出技巧の云々、光へのよき意味の眩惑から、局所的分析の力の働きすぎる憾がある」といい、また、文壇人の映画評論を「ストーリーのよさ、わるさを云々するか、或は俳優の演劇的演技の巧拙を論ずるのみで、論評の焦点たるべき構成の問題に触れて居ない」とし、「ストーリーの映画に於ける位置は、材料美にしか過ぎず、映画的構成と云ふ形成過程を経て、始めて批評の対象となる」と論じることで、双方の長所・短所をそれぞれ指摘している（八田元男「映画評論への道」『映画時代』一九二八年八月号、二頁）。
（23）片岡鉄兵「ストオリイに就て」『映画時代』一九二九年二月号、一八頁。
（24）小田喬「自問自答一束」『映画時代』一九二九年二月号、六五頁。
（25）城戸四郎と島津保次郎が関わっていることからも明らかなように、『海の勇者』は松竹が配給を請け負っている。
（26）『海の勇者』の脚色を担当した村上徳三郎は、同作の菊池と松竹大船撮影所の所長・城戸四郎の反応について以下のように述べている（「写真はうけた。が、あがりは思つた程ではなかつた。歩で原作の映画化権を提供した菊池氏は失望した。菊池氏一派の人々は勿論城戸所長でさへ小首をかしげた」村上徳三郎「文芸作品の映画化」『映画時代』一九三二年四月号、七三頁）。

# 第四章
# 輻輳されるメディア
## ――『東京行進曲』(1929年)――

『東京行進曲』の一場面

これまで見てきたように、一九二〇年代半ば頃からはじまった文芸映画の流行は、原作である小説の市場価値に依存するにしたがって、映画製作における文芸的要素を重視する傾向が優勢となっていった。袋一平などの映画評論家は、このような考えに異を唱えたが、そうした意見は、文壇のみならず映画界ですら大勢ではなかったのである。(1)

映画時代プロダクションや日本キネマ株式会社といった文壇人による映画製作の失敗例を通して、当時の文芸映画とその原作小説との関係を改めて考えてみた場合、果たして文芸映画にとって、原作小説の市場価値は本質的な要素として規定されうるのだろうか。たとえば、前田愛は、菊池寛、あるいは当時の代表的な通俗小説作家である久米正雄などの通俗小説は、単行本で再読されるだけの牽引力に乏しく、読み捨てにされる場合が多かったのではないか、と述べるとともに、菊池や久米の通俗小説がベストセラーに進出するのは、それが映画という新しい媒体と結びついた大正末年から昭和初頭にかけてのことであったらしいと論じている。(2) つまり、前田は、菊池や久米の通俗小説が映画化されることによって生じる、小説と文学両方の相乗効果を指摘しているのだが、とくに、菊池のような人気作家の原作が映画化された場合、映画産業のみならず菊池の小説を連載した新聞や雑誌等のメディアにこぞって映画化作品に関する広告が掲載され、巨大なマーケットが形成される。その典型的な例としてあげられるのが、菊池寛の『東京行進曲』とその映画化作品(溝口健二監督)である。

『東京行進曲』は、一九二八年六月から雑誌『キング』に連載が開始された通俗小説であり、日活で映画化された際に、当時の雑誌、レコードなどの周辺メディアが動員され、それが効を奏したために、興行的に大きな成功を収めたことで知られている。ところが、菊池寛の小説が、『キング』誌上での連載終了を待たずに早々と映画化されてしまった結果、[3] 小説、映画化作品双方にとって失敗作とも取られかねない事態を引き起こすことになってしまったのである。

本章では、菊池寛の『東京行進曲』の『キング』誌における連載と、映画化の過程を明らかにすることによって、文芸映画の製作をめぐる問題点を検証する。とりわけ重要なのは、『東京行進曲』という小説の映画化において、広告も含めて動員された複数のメディアがどのように輻輳し、そのことが文学と映画の相互関係をどのように規定しまた変質させたのか、その過程を具体的にあとづけることである。

## 一　小説『東京行進曲』

『東京行進曲』は、一九二八年六月から一九二九年一〇月まで雑誌『キング』に掲載された。『キング』に菊池寛が長編小説を執筆することはひとつの事件でもあったようだ。たとえば、平林初之輔は、「昭和四年の文壇の概観」の中で「通俗小説の勢力」の話題を筆頭に挙げ、「第一線の作家が、従来主として新聞と婦人雑誌とによつてゐたのが、近年眼《ママ》だつて、娯楽雑誌にまで進出して、娯楽雑誌専属のお抱へ作家の勢力が急激に屏息《へいそく》して来たこと、そして所謂「文壇」から通俗小説の作家が頻々として現われて来たことは、特に昭和四年度における著しい特徴の一つだと言へよう[4]」と述べている。この中で平林が指摘する「第一線の作家」が菊池寛であることはほぼ間違いないだろう。要するに、平林は、娯楽雑誌の『キング』に小説の執筆を請け負った菊池の姿勢を暗に嘲笑しているのであり、それは「娯楽雑誌専属のお抱へ作家」やカギ括弧つきの「文壇」という言葉に端的にあらわれている。

実際、一九二九年の菊池寛の活躍は目覚しく、「菊池寛氏としてはこんなに多作した年は、最近珍しいだらう(5)」と評されたほどで、『キング』の他にも『婦女界』『朝日新聞』『国民新聞』『婦人倶楽部』『講談倶楽部』『現代』と、七社の執筆を菊池は請け負っていたのである。平林のような「文壇」側の人間からすれば、『キング』のような、いわゆる大衆娯楽雑誌への執筆は、同じ活字媒体である新聞と比較するとはるかに低俗であると思われただろう。ところが、菊池寛にとってはそうではなかった。『キング』に代表される、より広範囲な読者層を持つ大衆娯楽雑誌で執筆しようとする背景には、主に婦人雑誌で繰り返されてきた通俗小説のストーリーからの脱却を図ろうとする菊池の意図がみられるからだ。その意図とは、菊池がかつて一度は試みた社会派小説への志向である。もちろん、こうした菊池の軌道修正はまた、当時のプロレタリア文学の興隆とも無縁ではない。プロレタリア大衆に最も好まれた雑誌であり、「立身出世」を掛け声に当時およそ一三〇万部の発行部数を誇ったとされる巨大メディアの『キング』という雑誌の性格を考慮した上での軌道修正でもあったにちがいない。

それでは、『キング』でふたたび企図されることになる菊池寛の社会派小説志向とはいかなるものであったのだろうか。菊池寛が、一九二二年三月二六日から八月二三日まで『大阪毎日新聞』『東京日日新聞』で発表した長編小説の三作目にあたる『火華《ひばな》』は、社会派小説を志向する通俗小説の新傾向を先導した作品として知られている。この作品の主人公は、一介の労働者であり、菊池の通俗小説では主役であった特権階級の美貌の主人公は脇役に甘んじている。つまり、従来の婦人雑誌に登場する、家格と名誉に執着する貴族にかわって、冷酷な資本家が敵役を振り当てられているのである。[6]

菊池寛の『火華』や中村武羅夫の『群盲』などに代表される通俗小説の社会化は、前田河広一郎によって既存のプロレタリア通俗小説の存在意義を問われるなど、当時の心境小説の退廃とあいまって一定の影響力を持ったという。前田は『火華』以降に発表された『新珠《にいたま》』『陸の人魚』『受難華』『第二の接吻』『赤い白鳥』などの菊池の通俗小説を評して「〔菊池は〕『火華』に見られた社会小説への志向を放擲して、ブルジョアの結婚生活の諸相を巧みに描き分けた『受難華』の制作に没頭していた[7]」と述べている。だが実際は、『東京行進曲』の連載を機に、菊池寛は七年ぶりに『火華』以来のテーマに取り組むことになるのである。

それでは、『火華』以来ともいえる『東京行進曲』におけるテーマとは何か。それは「富める者に教養あるか。貧しき者に罪悪と堕落があるか」という小説『東京行進曲』の宣伝文句に端的に示されているように、ブルジョア資本主義とプロレタリアの二項対立である。これはおそらく従来の菊池の通俗小説ではほとんど取り上げられなかったテーマであり、それが『東京行進曲』の物語の主軸となっているのである。

ここで『東京行進曲』のストーリーを紹介しておこう。東京の大富豪の藤本家の長男良樹は、自宅で友人たちとテニスに興じていたところ、誤ってボールを崖の下に落としてしまう。崖の下には貧民街があり、偶然そこに居た道代がボールを拾い、良樹は美しい道代に一目惚れをしてしまう。だが、育ての伯父の失職により、道代は新橋の芸妓になり折枝と名乗ることになる。良樹の親友佐久間が折枝を見初め、その後良樹も偶然宴席で出会った折枝がかつての道代であると気づき、改めて折枝に惹かれることになる。良樹と佐久間のそれぞれから求婚された折枝は苦悩するが、そこに良樹の父親で好色で知られる藤本が折枝を愛人にしようとする。ところが、偶然折枝が落とした指輪から、実は折枝は、藤本がかつて捨てた女の遺児であったことがわかる。藤本の懺悔の告白により、良樹と折枝が異母兄妹であることが判明し、彼らの恋は破綻を迎える。一方、良樹の妹でその美しさと驕慢さから「社交界の孔雀」と呼ばれた早百合子の華やかな交友関係が綴られ、その後早百合子が豪放磊落な性格の佐久間に心が移っていくさまが同時進行的に語られていく。

崖の上のブルジョア家庭と崖の下の貧民街といったあからさまな二項対立、あるいは菊池寛最初の通俗小説『真珠夫人』で追求された、社会悪の根源を「金の力」と「男性本位の道徳」にみる思想は、『東京行進曲』では大富豪の令嬢早百合子の傲慢さと、彼女の父親である藤本の女性に対する非道な扱いに象徴的にあらわれているのである。

しかし一方で、芸妓の折枝が資本家藤本の私生児であったという設定は、『己が罪』『乳姉妹』以来の、いわゆる家庭小説で使い古された陳腐なモティーフの一つである。こうした新派悲劇的なプロットが反復される点においては、『東京行進曲』は、『真珠夫人』や『火華』と比較すると低調の感は否めないが、それは新聞や婦人雑誌の読者よりも大衆的とされる『キング』読者への配慮であるとも取れるだろう。さらに、この作品では「社交界の孔雀」というような大げさな形容に象徴される令嬢早百合子の豪奢な生活描写や、菊池寛作品に頻出する帝国ホテル、帝劇、軽井沢、テニス、音楽会などの、庶民の憧れともいえる舞台も随所で描写されている。だが、小説『東京行進曲』は、こうした従来の通俗小説のモティーフを資本主義の権化に反転させることで、ブルジョア批判を行っているともいえるのである。

## 二 『東京行進曲』の宣伝

『キング』が菊池寛を招聘したことは、『キング』と菊池双方にとって、一つの転機であったことはほぼ間違いない。『キング』は人気作家菊池寛による小説の連載を得たことによって、さらなる発行部数の増加を期待していただろうし、一方の菊池寛は、婦人雑誌などでは書く機会がおそらくなかった社会派小説への志向を多少なりとも発揮できる機会に恵まれたからである。発行部数が日本一の大衆娯楽雑誌と、「文壇の大御所」菊池寛の連携が文壇以外においても注目されないはずがない。これを証拠に『東京行進曲』が『キング』に連載が開始されたわずか一カ月後の『読売新聞』では、『東京行進曲』に関する報道が以下のようになされている。

道頓堀行進曲、浅草行進曲、銀座行進曲と映画に劇に行進曲は大流行所が文壇の大御所菊池寛氏が雑誌キングに発表してゐる長編小説が称して東京行進曲、此の小説に対する菊池氏の意気込みは非常なもの
此の一本こそ今迄を通じて第一の傑作とするといつて心血を注いでゐるが、読書界も又大騒ぎ、早くも映画会社の上映権獲得運動が猛烈を極めてゐるさうだ。[8]

この『読売新聞』の記事によれば、早くも映画会社による上映権獲得の熾烈な争いが始まっているというのである。菊池寛が、そうした映画化の動きを意識せずに連載を進めていったとはおそらく考えられないだろう。そうしてみると、菊池寛の『東京行進曲』は、映画化をにらみながら小説の執筆が進められていたと考えてもけっして不自然ではないのである。

実際、『キング』も、映画化の動きに合わせて『東京行進曲』の宣伝を行っていることがうかがえる。監督の溝口健二が『日本橋』の撮影を終え、次回作の『東京行進曲』に取り掛かる旨の報道がなされているのが一月下旬である[9]ことから、『東京行進曲』の映画化は少なくとも一九二九年早々には決定されていたことが推察される。『キング』の側では、そうした映画界の事情に鑑みて、新聞広告や宣伝文に工夫を凝らしている。たとえば、一九二九年四月号の『キング』に掲載された『東京行進曲』の本文末尾の宣伝文では次のように述べられている。

恋の葛藤！　愛の競争は、いよ〳〵熾烈にいよ〳〵深刻に渦巻いて居た！　良樹は？　佐久間

は？　折枝は？
　瑠璃子は？　山雨到らんとして風楼に満つ。次号こそは本篇の最高潮場面である。雨か？　風か？[10]

　一九二九年四月号の『東京行進曲』は、芸者の折枝をめぐって良樹と親友の佐久間が一時期絶交するところで終わっている。『キング』の編集部によるこの最初の宣伝文には、良樹と佐久間の絶交を一つの佳境ととらえていたことが見て取れる。というのも、既に二月中旬には日活で撮影が開始されていたため、『キング』サイドもその約一カ月後にあたる四月号の発売頃には映画作品が完成すると見込んでいたことが考えられるからである。ところが、主役の夏川静江の病気などが原因で撮影は約一カ月以上も遅延してしまうのである。

　一方、日活においても、先行発売された他メディアを引用する宣伝が行われている。日活宣伝部は、映画公開に先立ち、西條八十作詞、中山晋平作曲、映画小唄『東京行進曲』のレコード千枚を東京市内の蓄音機のあるカフェーに配布するという新たな宣伝方法を打ち出した。佐藤千夜子が唄う『東京行進曲』の歌詞が全国津々浦々にまで浸透し、『東京行進曲』が映画主題歌第一号として大きな成功を収めたのは周知の通りである。また、『キネマ旬報』一九二九年四月一日号の『東京行進曲』の広告には、『キング』四月号に掲載された「暫らくの絶交」と書かれた章の一部と、映画小唄の三番目の歌詞が並べて掲載されており（**図4―1**）、先行発売されている他メディアの言説が巧みに引用されている。

　しかしながら、こうした雑誌、小唄、映画という三つの異なるメディアが連携した宣伝方法は、ときには齟齬をきたしてしまうこともある。五月四日の『都新聞』に掲載された『キング』の広告では、「映画でも大人気!!」と書かれているが[11]、日活の撮影がトラブル続きでいまだ映画は公開されずじまいなのであり、四月には映画が公開されていたであろうと見込んでいた『キング』サイドの予想が見事に外れたさまが露呈した宣伝文句となってしまっている。

　撮影が遅れに遅れた映画『東京行進曲』は、五月二五日に東京に先行して京都の新京極の帝国館、大阪南地の常盤座で公開される[12]ことになるのだが、そのわずか一一日前の『読売新聞』の五月一四日付には、『キング』六月号の『東京行進曲』単独の広告が映画公開に先立って掲載されている（図4—2）。

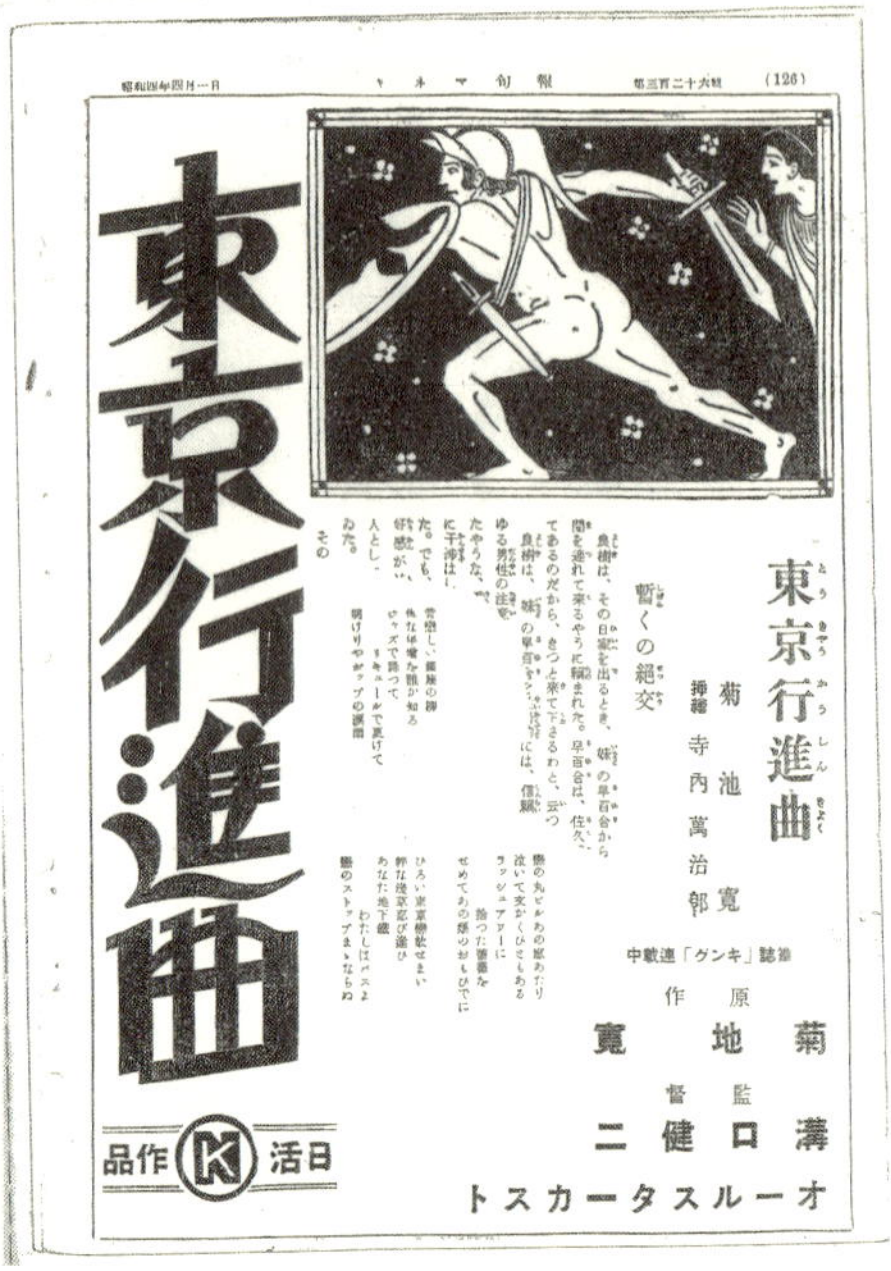

**図4—1　『東京行進曲』の広告**
（『キネマ旬報』1929年4月1日号）

図4—2　『キング』6月号の『東京行進曲』単独の広告
（『読売新聞』1929年5月14日付）

「菊池寛氏の大傑作」に並んで『東京行進曲』の大文字が躍り出たこの広告には、好色の資本家の藤本が折枝の実の父親であったことが判明する粗筋が挿絵とともに掲載されている。「キング六月号は到るところ非常な評判」という宣伝文句が末尾にあるものの、これが間近にせまった映画公開をにらんだ宣伝であることは明白で、『キング』の宣伝もそのついででしかないような印象すらあたえてしまっている。このように、映画『東京行進曲』は、雑誌『キング』の積極的な新聞広告や映画小唄の爆発的な普及といった、他メディアによる積極的な宣伝が大きく功を奏し、興行的には大きな成功を収めることとなったのである。

一九二九年は、新宿の武蔵野館や浅草電気館などが外国映画のトーキー興行を開始した時期にあたる。技術的な問題等で結局実現にはいたらなかったものの、『東京行進曲』は、日活がトーキー映画として企画した作品であった。[13]トーキー映画という新しい試みは『東京行進曲』の宣伝に大いに貢献している。たとえば、『キネマ旬報』四月二一日号に掲載された『東京行進曲』ではタイトル『東京行進曲』の横に「発声映画」の文字があることから、日活は直前までトーキー映画の実現に苦心していたことがうかがえる。おそらく、日活は、外国映画のトーキー興行に歩調を合わせることによって、商業映画としては本邦初の公開に踏み切る公算であったように思われる。

『東京行進曲』は東京では富士館、みやこ座などの日活直営館で公開されているが、外国映画専門館であり高級映画館として知られた新宿武蔵野館が『狂った一頁』に続いて二年ぶりに日本映画を上映することでも話題を提供している。『東京行進曲』の公開された五月下旬は、客足が伸びる、いわゆる「シーズン」ではなかったが、もし当初の予定通り、集客が望める四月上旬に公開されていれば、さらなる収益を見込めることが可能だった[14]のである。

## 三　小説と映画の相違点

映画『東京行進曲』は、原作のストーリーをほぼ忠実になぞってはいるものの、その結末は小説とは異なっている。しかし、脚色者の木村千疋男は、菊池寛と打ち合わせをした際に「結局良樹は父の昔の罪に殃《わざわ》ひされて破局に至り、道代は佐久間と結婚する」という菊池の意図に基づいて、「境遇展開の航路や芝居の肉づけは脚色者が拵えなければならなくなった」[15]と述べている。つまり、結末に至る過程については自由にシナリオ化が可能であったが、映画の結末は菊池の意図に従っているにもかかわらず、小説と映画の結末はなぜか異なってしまっているのである。

ここで、小説と映画の内容の相違点を整理してみよう。『東京行進曲』の物語内容における最大の関心事は、折枝に言い寄っていた資本家の藤本が折枝の実の父親であり、したがって、良樹と折枝は腹違いの兄妹であることが判明する件と、折枝をめぐる良樹と親友の佐久間の三角関係、佐久間に惹かれていく早百合子の恋の顛末の三点に集約されるだろう。

まず、資本家の藤本と折枝が実の親子であることが明かされるシーンでは、映画の場合、待合で藤本がまず折枝に告白をし、その後良樹を呼んで折枝とともに事情を話すと、良樹は父親の告白に絶望し、その後ピストル自殺まで図ろうとする。一方、小説では、親子の告白は非常に楽観的に捉えられ、良樹も折枝も実の兄妹であることを素直に受けいれることになるのである。たとえば、小説では「「お父さま、ほんたうですか。なるほど、それで僕はあの折枝に惹きつけられたのですな。僕は、あれを愛したことを恥ぢません」良樹は、嫉妬の地獄の中から、明るみへ飛びだしたやうに、ほがらかに叫んだ」と書かれている。だがこれは、脚色者の木村が菊池との打ち合わせで合意した映画の筋書き、すなわち「良樹は悲劇的な境遇に陥つたままで幕になる」という結末の内容と明らかに矛盾している。

次に良樹、折枝、佐久間、早百合子の交錯した恋愛関係に関していえば、映画では、折枝が実の妹であることを知らされた良樹は苦悩しつつも彼女を佐久間に譲る決心をする。その後、折枝が佐久間の部屋を訪ね、そこで折枝を佐久間に託す内容が書かれた兄良樹の手紙を二人で読み、折枝は良樹が実の兄であったことを佐久間に告げる。そこに早百合子が佐久間の部屋を訪れ、一緒にいた折枝を芸妓という理由だけで侮辱する。佐久間は「芸妓芸妓つて何です先刻から！　誰が芸妓を生ませるのだ！　金力を悪用する貴女がたの社会こそ多くのこういふ不幸な女性に対して責を負うべきなのです！」という罵声を早百合子に浴びせる。その後晴れて佐久間と折枝は結婚し、早百合子の恋は破れてしまう。

『東京行進曲』を観た当時の観客は、このきわめて唐突な資本家批判めいた佐久間の台詞に拍手喝采したという。[16]興味深いことに、菊池寛が『キング』連載時に打ち出そうとしていた社会派小説への志向は、小説よりもむしろ、映画の中の佐久間のこの台詞により鮮明にあらわれていたのであり、観客が共感したのはおそらくその点だったのだろう。他にも、互いに惹かれあった若い男女が実は血を分けた兄妹であったというプロットの描写は、繊細さという点では映画の方が小説よりも優れている。映画の中の折枝は、小説のように良樹を兄として楽観的に受け入れることはない。それはラストシーンでイギリスへ旅立つ良樹を見送る際に、クロースアップで捉えられた折枝の複雑な表情からも見て取れるのである。一方、小説では、良樹の煩悶はイギリス出立にすり替えられ、道代は妹として良樹に従い尼僧院の附属女学校にいるというところで物語は完結し、[17]一方の佐久間は早々と折枝をあきらめ、しかも早百合子が佐久間と結婚してしまうという意外な結末になってしまっている。このように、菊池が当初企図した社会派小説への志向は、ブルジョアの早百合子が恋に勝利するという大団円を迎えることによって、小説ではもろくも崩れ去ってしまっているのである。

## 四　『東京行進曲』の映画批評

小説『東京行進曲』の結末が当初予定されていた内容とは異なってしまったという事実については、「映画の冒頭で菊池寛自身が「キング誌上に連載中の小説だから、映画の結末と小説の結末と相違するかも知れない」と云ふ意味のことを断つてゐる」と当時の批評も言及していた[18]。たしかに、菊池が執筆途中で内容を変更することも可能性としてはあり得るだろうし、あるいは、菊池は、映画作品とは異なった結末を提示することが『キング』の読者へのサービスであると考えていたのかもしれない。だが、こうした事情を考慮したとしても、小説が本末転倒のような結末になってしまった理由として、本来の作者であった菊池寛でさえ、先行公開された映画『東京行進曲』の影響を受けてしまった可能性も考えられるのである。

一方、映画『東京行進曲』の場合においても、監督である溝口健二の作家的手腕はかろうじて評価されたものの、公開当時の批評は総じて芳しくないものであった。とりわけ問題とされたのが脚色の不備である。たとえば、鈴木重三郎は「『東京行進曲』を観る」の中で次のように述べている。

恐らくこの映画の中で、最もいけないものは脚色であるといえる位に。何がいけないか、というと、「竜頭蛇尾」式な組立方である。いや、それよりも主要な人物を最初からハッキリさせてそれを中心として動かさなかつたゝめに観者の心を統一集中することが遂ひに終りまで出来なかつたことである。（中略）早百《ママ》合と山野の関係により以上の興味を繋ぐ、――最初の運びがさうであつたから観客の期待を裏切つて、一路結末へと突進し始めた。終りに近く、小杉勇の佐久間をして「金力を悪用する君達の社会が芸妓を生ましたのだ」と少々突如として絶叫させてゐるが、こんな言葉で、全容的な空虚を満たすことは到底出来ない[19]。

当時の批評は、脚色の不備を指摘するにあたり、映画の前半部で中心的人物とみなされた令嬢早百合子とピアニストの山野、劇作家の島津という三角関係を丹念に描いておきながら、後半部において、それら三人の存在がまったく忘れられていると述べており、他の批評においても鈴木と同様の指摘がなされているのである[20]。だが、これらの批判は、映画批評家たちが菊池寛の小説を読んでいないことを端的に示しているともいえるだろう。というのも、そもそも小説においてもまた、物語の前半で主に活躍した令嬢早百合子とピアニスト山野、そして劇作家島津の三角関係に重点が置かれているにもかかわらず、後半では山野と島津の存在は忽然と消えてしまっているからである。その後も彼らについては何の言及もされることなく、物語の重心は芸妓の折枝をめぐる良樹と佐久間の三角関係、藤本による親子の名乗りや、早百合子と佐久間との関係にシフトしまっているのである。したがって、映画『東京行進曲』においても、これらの前後の脈絡を欠いた筋の運びは原作そのままとなっており、脚色者の木村は菊池寛の小説をなぞっているに過ぎないのだ。

## 五　文芸映画の興行価値

映画『東京行進曲』は、大ヒットを記録したにもかかわらず、脚色の欠陥を指摘された失敗作という評価が下されることになってしまった。だが、こうした指摘の多くは、前半部に活躍した令嬢の早百合子とピアニスト山野、劇作家島津の三角関係が後半において全く姿を消してしまったことにある。繰り返すが、こうしたストーリーにおける欠点は、映画ではなく菊池の小説の方にあり、映画化するにあたって、脚色者の木村が小説に忠実になりすぎたあまりこうした陥穽に嵌ってしまったのである。しかし、こうした木村の対応は何も珍しいことではなく、文芸映画を製作する際に、映画会社のシナリオライターを常に悩ませる問題であった。たとえば、木村の次のようなコメントは映画界の大勢を占めていた。

著名な文芸作品の映画化の場合に、功利的な立場からは、最も肝要なことは、原作の境遇と「芝居」の運びを失つてはならないといふ用意である――と僕は信じてゐる。断はつて置くが、これは商品映画としての功利的な立場からの見解である。

つまり、木村は、あくまで小説をオリジナルとみなし、それを忠実にシナリオ化することが、「商品」

としての映画作品という観点に立った場合に重要であるといっているのだ。これは、あくまで映画を観に来る観客の大部分は小説の読者であると想定されてしまっているからだろう。現に木村は「その小説を読んだ人は、その小説が宏く読まれその小説がセンセイションを捲き起したものならば——九十パーセントまで其小説による映画化に興味を抱いて、観に来るに違ひない」と主張している。[21] だが、こうした立場に異論を唱える者も当時はいた。たとえば、同じ脚色者の村上徳三郎は、木村の意見を引用しながら『東京行進曲』の映画化について次のように述べている。

事実、大衆小説による映画の興行価値が、他の映画に比して傑れてゐるのではあるが、しかし私は、必ずしもそれは、その小説の読者によつてのみ作られる興行価値ではないと思ふのである。読者の他に——たとへば、或有名な大新聞に毎日『東京行進曲』といふ映画の広告を、二ヶ月か三ヶ月間出しつゞけると仮定したならば、どうであらう?[22]

村上は、文芸映画の興行価値とは、単に小説の読者のみではなく「菊池寛氏の名声と、レコードによつて宣伝された唄と、その二つによつて知られた『東京行進曲』なる題名の作り出した興行価値である」[23]と主張している。たしかに村上のいうように、映画公開に先行してカフェーに配布されたレコードは、「行進曲」という言葉の流行や映画公開の遅延が相まって爆発的な普及力を持っていたはずである。加えて『キング』や日活による映画予告の広告も手伝って、『東京行進曲』というタイトル自体が持つ宣伝力がすでに絶大な力を擁していたことは、疑う余地がない[24]。

こうした事情を考慮すれば、小説の読者のみが映画観客の中核を占める存在ではないことは明らかであり、「原作者が許す範囲内に於て、より映画的により面白く「変改」することが商品映画としての功利的な立場からでも結局正しいということになる[25]」と主張する村上の意見は的を射ているのだ。もっとも、村上は「映画が現在のように一般性を持たなかった時代においては、文芸作品の映画化は小説に忠実な方が読者の関心を誘うだろうが」と、一応は注釈をつけている。しかしながら、木村が主張する、「『東京行進曲』の読者の大多数は映画『東京行進曲』の観客の大多数として現はれる」ということは当時において既になかった。要するに、映画小唄を聴いてから映画を観に行く者もあれば、その反対の者もおり、また、映画を観てから雑誌を買い求めるという者も当然いたはずである。『キング』連載の小説から始まる『東京行進曲』においては、オリジナルなどというものは最早存在しない。映画小唄、映画作品などの様々なメディアで構成される複合体こそが『東京行進曲』として成立してしまっているのだ。したがって、様々な顧客を生み出す興行価値として理解されるべきなのは、むしろ『東京行進曲』というタイトルがもたらすメディア横断的なイメージの輻輳性なのである。

このように見てくると、『東京行進曲』は、空前の大ヒットを記録したものの、結果的には作家と脚色者双方にとってはむしろ不幸な結末を生んでしまったともいえるだろう。菊池寛の『東京行進曲』は、『火華』の社会派小説的な視点や『真珠夫人』に連なる金満主義に対する批判のテーマを内包しており、明らかに新聞、婦人雑誌で繰り返されてきた「通俗的恋愛小説」とは一線を画していたにもかかわらず、支離滅裂な結末を招いてしまった。つまり、菊池寛でさえ先行公開された映画の圧倒的な影響力に抗すことが出来ず、映画のストーリー展開に引きずられてしまったのだ。

一方、映画『東京行進曲』も、溝口の演出手腕がかろうじて評価されたものの、『キング』に掲載された小説の内容を忠実になぞったおかげで、物語の前半部と後半部のバランスに支障をきたし、結果的には「プロレタリア解放運動の熾んになろうとする時代に迎合しようとした作品」との評価がくだされてしまう。[26] こうした脚色者による小説尊重の姿勢は、小説を読まずに映画主題歌を作詞したとされる西條八十とはおよそ対照的である。しかしながら、映画『東京行進曲』は、結末部分においては菊池寛の小説の内容を凌駕することになったのである。

こうした不評を招いた元凶は、文芸映画を製作するにあたって、小説をあくまでもオリジナルと見なし、小説の読者だけを念頭に置いた興行価値にとらわれ続けた文壇と映画界双方の姿勢にあるだろう。そのことは、映画界が「映画的な面白さまで犠牲にして、小説をなぞる位にまで、そうした人々の「勢力」を尊重しなければならないものであろうか」という村上の意見を参照するまでもなく明らかだ。

『東京行進曲』をめぐる顛末は、宣伝の力が台頭してきた時代の顕著な例の一つにちがいない。このとき映画界は、文芸映画をめぐる主導権を文壇側から奪取するよい契機に立ち会っていたのだと言うこともできよう。ところが、実際にはこうした文芸作品の映画化の興行的成功は、小説が持つ人気によるものであると誤解されるきっかけをまたしても与えてしまい、映画のオリジナリティが軽視され、文芸映画のストーリーにおける原作偏重へとますます傾斜していく結果を招いてしまった。[27] またそれは、菊池寛に代表される文壇の映画界における地位を、不動のものとして必然的に確立させることにもなっていったのである。

## 六　サイレントからトーキーへ

先述したように、『東京行進曲』は、当初、トーキー作品として公開が予定されていたが、結果的にはサイレント作品に変更された。『東京行進曲』に映画史上第一号となった映画主題歌が用意されていたのも、『東京行進曲』が「菊池もの」である点に加え、トーキー化による話題性によって日活がさらなる利益を見越していたことが考えられる。

一九三一年八月一日に公開された日本初の本格的なトーキー映画である『マダムと女房』（松竹、五所平之助監督）と、それに続く日本映画のトーキー化は、これまでの映画製作を一変させたといわれている。なぜなら、莫大な設備投資を要するトーキー映画の出現によって、資本力のない独立プロダクションが淘汰され、ますます大手映画会社の寡占化が進められてしまったからである。したがって、日本映画のトーキー化は、一九二〇年代後半に興った映画時代プロダクションや日本キネマといった文壇主導による映画製作の可能性を摘み取ってしまうのだが、しかし、それは、映画と文芸の関係が疎遠になることを意味するものではなかった。というのも、トーキー映画は、登場人物が台詞という

〈声〉を獲得することによって、これまでの無声映画の文法を崩壊させ、映画と文芸の関係は新たな段階へと踏み出してゆくことになるからである。とりわけサイレント期の文芸映画は、通俗小説に頻出する会話場面の演出等で様々な制約を強いられていたが、トーキー化が実現すると、台詞表現の不自由さが緩和された結果、新たにトーキー作品に特化したシナリオ構成が考えられたはずである。では、一九三二年以降の日本映画のトーキー化によって、「菊池もの」はいかなる変容を遂げたのだろうか。

「菊池もの」の最初のトーキー作品は、松竹の『勝敗』と日活の『時の氏神』である。『勝敗』の封切が一九三二年の三月一八日、『時の氏神』が四月一五日であり、前者の公開が約一カ月早いものの、パートトーキーである『勝敗』に対し、『時の氏神』はアフレコのPCL方式が採用されたことを考慮すれば、「菊池もの」の製作をめぐってしのぎを削ってきた松竹と日活が、ほぼ時を同じくして「菊池もの」のトーキー化に踏み切ったといってもよいだろう。

とはいえ、『勝敗』と『時の氏神』が公開された一九三二年前期の日本映画界では、『マダムと女房』の公開から間もないこともあって、依然としてトーキー技術は安定せず未だ手探りの状態であり、とくに画像と音声の同期にかんする録音技術に試行錯誤が重ねられていた。「菊池もの」の批評においても、トーキー技術に関する意見に紙幅が割かれており、たとえば『勝敗』の批評では、音声の処理に関して次のような意見が掲載されている。

〔『勝敗』は〕殊にパート・トオキイであるといふもののトオキイとしての効果は全然なく却つてトオキイであるがために不愉快になるといふ程度のものである。俳優のエロキューションは極めて拙劣であり、レコーディングも不明瞭である。監督の音響処理法は全然なつてゐない。トオキイとして問題にならない。島津氏の作品としてはレベルに達せぬ駄作である。[28]

一方、アフレコの『時の氏神』のトーキー技術に関していえば、「所作と発声とがうまくはまつてゐる」と評されてはいるものの、『時の氏神』は「殆んど舞台の模写にすぎ」ず、「三つか四つしかない部室の中を、それぞれカメラが固定して了つて只俳優がベラベラ喋るだけでは之は原始時代のトーキーであつて、今更なくもがなの代物である」という厳しい意見が述べられた。『時の氏神』は、録音の条件次第で撮影方法に制限が加えられる同時録音と違い、自在にカメラを動かすことが可能なアフレコが採用された。にもかかわらず、この作品は、一幕物の戯曲の映画化であり、セットが少なくしかもカメラが固定された撮影法であったことから、アフレコの利点をうまく活かしきれていなかったのである。[29] さらに『時の氏神』は「処々伴奏として八木節、ストトン節、カチューシャの唄等を入れてゐるのは何うしたものか。今更おかしさを通り越して、この製作者の意図の低さが悲しくなる」[30]と嘆息されている。日活の『時の氏神』は、土橋式トーキーの松竹に対抗しPCL方式を採用した意欲作であったにもかかわらず、「『マダムと女房』に較べると、格段の違ひがある」[31]との評価がくだされてしまったのである。

『マダムと女房』の公開以降、ようやく日の目を見始めた日本映画のトーキー化にかんして、雑誌『映画評論』は、一九三二年六月号で「日本トオキイ研究」のタイトルを冠した特集を行なった。上野一郎は、アメリカのトーキーとソ連のトーキーとの比較によって日本トーキーの展望を論じているのだが、そこで、先行するアメリカのトーキーの特徴を「音と画の同時性」、すなわち「音は画面へのプラスであり、音は無声映画への色づけに過ぎない」ことから「アメリカ・トオキイの余りにも早い行き詰まりは此処から生じてゐる」と断じている。さらに上野は、日本のトーキーはアメリカのそれを模倣することによって、アメリカ映画が経験した「シンクロニズムの行詰りを日本で再び繰り返へさうとしてゐる」と主張する。そこで上野は、「芸術的に僕達を何等啓発しないで退屈させたばかりのアメリカのトーキーよりも、ソビエトのトーキーこそが「トオキイの芸術的地位を決定する」」、「音と画のアンチ・シンクロニズム」であり、「〔音と画の〕同時性と非同時性は直ちに映画興行価値中心と芸術価値中心を意味するものだ」と述べている。上野は、ソビエトのトーキーが唱えた音と画の非同時性に芸術価値を見出すことで、その優位性を主張し、さらにアメリカと同じく芸術価値よりも興行価値を優先する日本の映画界を揶揄する喩えとして次のように述べている。

前者〔ソビエト〕に於ては、映画は人民の教化に使用され、より良く教化するためにはより多く芸術性を持たねばならないであらう。これに比して、後者〔日本〕に於ては、映画はただ資本家が儲けるためにのみ製作するに過ぎないからである。教化するのではなく欺瞞するがためであるからである。だから、芸術性などはテンデ問題にはならない。菊池寛の通俗小説のストオリイを生のままで出せば良いのである。[32]

この上野の発言が興味深いのは、「興行価値中心」の日本の映画界にあって、その元凶とみなされているのが「菊池寛の通俗小説のストオリイ」すなわち「菊池もの」であるということだ。既に論じたように、一九三〇年代前半からはじまったサイレントからトーキーへの本格的な移行は、映画会社の淘汰を促し、既存の映画会社をして「興行価値中心」へと傾斜させた結果、興行価値が保証された「菊池もの」がますます重用されたことが推察される。だが、トーキー最初期の「菊池もの」は、松竹の島津保次郎や日活の溝口健二のような当時の一流といわれた映画監督たちを起用し、女性観客を中心に絶大な人気を誇っていたにもかかわらず、「芸術性などはテンデ問題にはならない」とサイレント期の「菊池もの」と同じく批判されていたのである。一方、『時の氏神』を演出した溝口健二は、上野の発言とほぼ同時期に「興行価値中心」という問題に関して次のように述べている。

之〔『時の氏神』〕を選んだ理由は現在の映画界の資本関係を考慮に入れて、第一には撮影時間を少くする、実際の処日活の太秦のスタディオでサイレントで一週間撮影、それにP・C・Lでアフターレコーディングに一週間しか費やしていません。そんなに簡単に撮られても困ると外の監督さん達から文句が出ました。第二に原作品としてのポスターバリュウ、第三には俳優の数を少

くする、と云ったわけで畑本秋一君小林正君と三人でプランを立てたのです。(33)

この溝口の発言からは、撮影、録音の期間を短縮し出演俳優の人数を削減するなど、製作費を抑える一方で、「原作品としてのポスターバリュウ」を重視した日活の営業戦略がうかがえる。最初のトーキーとして期待された『東京行進曲』を頓挫させた日活は、『東京行進曲』と同じく溝口が演出する「菊池もの」こそ、日活最初のトーキーに相応しいと考えたのだろう。このように考えると、当時の日活、あるいは大手の映画会社にとって、興行価値の高い「菊池もの」は、トーキー作品という付加価値によって、製作費のリスクを最大限に回避できる「商品」であったことは明らかである。

それでは、サイレントからトーキーへの移行期に製作された文芸映画は、肝心のシナリオに関してどのような変化を遂げたのだろうか。そもそも、菊池の原作に限らず当時の通俗小説は会話場面が多かったために、サイレント期の文芸映画は、台詞を字幕で代用するなど様々な制約を強いられたが、先述したように、トーキー映画では、登場人物に〈声〉を付与することで、原作の通俗小説の中の台詞を正確に再現することが可能となった。そうしたトーキー映画の利点を考えると、「菊池もの」においてもトーキー作品に見合った新しいシナリオ構成に考察が加えられるべきだろう。ところが、最初の「菊池もの」のトーキー作品である『勝敗』と『時の氏神』の批評には、このようなトーキー化によるシナリオ構成に関する議論は見当たらない。たとえば、『勝敗』を評した和田山滋は次のように述べている。

例のやうに菊池寛の原作は、人物に或る種の「型」を与へてゐる。従って脚色はそれらの「型」と「型」との組み合わせにだけ腐心すれば宜い《ママ》訳だ。これは脚色ばかりではない。監督についても言へる事だ。蒲田で作る菊池寛物の映画化には、もうすべての点で固定した一つの型が出来ているのである。(34)

和田山は、菊池寛の原作はそもそも「或る種の『型』」があり、それを映画化した「菊池もの」は、「もうすべての点で固定した一つの型が出来ている」と指摘する。したがって、北村小松の脚色は「その固定した型を遵奉してゐるし、島津保次郎の監督についても同様なことが考へられる。無難であるが、独創性に欠ける」と述べて、あたかも「菊池もの」には脚色や演出の創造性など必要ではないとみなすことで、批評の俎上に乗せようともしない。他にも『勝敗』を評した松井寿夫が、脚色を手がけた北村小松の「菊池もの」に対する態度について、皮肉を交えながら冒頭で次のように述べている。

菊池寛氏の作品は大衆的な興味があるのか無闇に映画化されて通常その作品は興行価値の上からみて非常に成績をあげてゐるらしい。それは単にその原作者のネーム・ヴァリュウの問題がそうさせるといふよりも原作のもつテーマなり、ストオリイが極めて平凡であり、現代の婦女子の頭の程度とぴつたりと調和し、婦女子の心境をしつかりと把つてしまふ点にあるらしい。菊池氏の原作のみならず所謂文芸映画といへば不思議と婦人の観客が列をなして常設館の前に並んでいる。そうゆう点からして日本の婦女子の理想なり情操なり常識なり思想などが丁度文芸物程度のものであるといふことができる。それ故文芸映画が必らず受けるといふこともあながち暴言ではない。(35)

松井は、北村小松の脚色を批評する以前に「菊池もの」の流行についてあげ、その理由を「原作者のネーム・ヴァリュウの問題」以上に「原作のもつテーマなり、ストオリイが極めて平凡であり、現代の婦女子の頭の程度とぴつたりと調和し、婦女子の心境をしっかりと把ってしまふ点」と述べることで、「菊池もの」の観客層を「婦女子」と限定してしまっている。松井によると、『勝敗』の北村小松による脚色は、「婦女子」に支持される「菊池もの」という条件下でなされていることから、その評価も次のようなものになる。

脚色者北村小松氏は原作の意を摑み而も文芸映画愛好者の心理を十分諒解し乍ら、大衆的興味を目指して筆を運んでゐる。それ故に文芸物脚色として何らの手落ちやギャップは先づない。無難な脚色だ。恐らく観衆の感覚の程度を失礼ながらこれ位のものだと見下げて脚色したと見るべきである。もし北村小松氏が真剣になつて脚色したと見るならば此の脚色法には非常な不満があるばかりでなく多くの欠点を持つている。(中略)文芸物脚色として先づ無難といへるかも知れないが単に無難であるのであつてそこには従来の北村氏の脚本に於けるやうなセンシビリティの鋭敏さ、アクティビリティな筆の触り、新しさといふものがない。原作を興味本位にだらだらと脚色し、取捨選択の正鵠さもない[36]。

既に紹介したとおり、和田山は、『勝敗』における北村と島津の仕事を「無難」と評したが、松井も、北村小松による『勝敗』の脚本について、「無難」という言葉を二度も用いることで、北村の「文芸物脚色」に対する態度を批判しており、「無難」の要因として「菊池もの」を支持する「婦女子」向けに「見下げて脚色した」と考えているのである。

当時の「菊池もの」に対する映画批評家による不評の多くは、和田山や松井がいうように「人物に或る種の『型』があり、「ストオリイが極めて平凡で」あるために、「現代の婦女子の頭の程度とぴつたりと調和」する菊池寛の通俗小説を、北村小松のような脚本家が「無難」に脚色していることであった。だがもちろん、文芸映画の脚本家もこうした批判に対して沈黙を貫いているわけではなかった。たとえば、一九三二年六月号で「日本トオキイ研究」を特集した『映画評論』は、その二カ月前に「映画脚本研究」と題した特集号を刊行している。その中で、脚本家の村上徳三郎は、処女作の長田幹彦原作『波の上』から菊池寛の『真珠夫人』、そして映画時代プロダクションが製作した『海の勇者』にいたるまでの脚色の経緯を述べている。村上は、当初の目標を「原作の思ひ切った改変を決行」することによって、「映画的に」脚色するとしていたのだが、最終的に「『映画的』である必要はない」と考えるに至った理由について次のように述べている。

『海の勇者』以後の私の「文芸映画」のシナリオは全部ヒットした。私は上手な脚本を書こうと努力はしない。

だから私は今でも上手な脚本は書けない。面白い材料を蓄へることに努める。しかも「映画的」と云ふ型にはまることを、懸命に避けてゐる。見物の要求するものは面白いものである。それは決して「映画的な面白さ」のみではない。あらゆる面白さである。だから活動写真は決して必ずしも「映画的」である必要はないのである。

その点通俗作家達は、活動作者達よりも、面白いものの多くを知つてゐる。少なくとも活動作家達は「映画的」と限定された世界に於て、通俗作家達に一歩ゆづらなければならないと、私は考へてゐる。

映画は映画自体の要求する、オリヂナルなストオリイを用ひなければ、よき映画は生れない。――批評家やファンや、製作者達でさへもが、そう口にする。が、しかしそうした夢想は早く捨てることである。オリヂナルなストオリ《ママ》には、「映画的に」といふ拘束された気持ちの上に弱みがある。あらゆる大衆を喜ばせるものは、あらゆる面白さでなければならない。

そう云つた点から、大衆に喜ばれた文芸作品は、大衆に喜ばれる映画に適する。そして映画化する上に於て、脚色家が忘れてはならないことは「此作品の何処が大衆に喜ばれたか」であり、それがたとへば映画的でなかつたとしても、決して削除すべきではない。文芸作品の映画化に際して、私の心がけてゐることは、自分を映画人であるといふ意識から解放することである。[37]（傍点原文）

村上によれば、文芸映画を「映画的に」脚色する、すなわち「原作の複写のやう」ではなく、映画というメディアの特性を配慮し改変を施した脚本は、たとえそれが「映画的な面白さ」であったとしても、「映画的」と限定されているために、通俗作家達が提供する「あらゆる面白さ」に敵わないというのである。ここで村上がいう「あらゆる大衆」とは、主に「婦女子」が想定されているのは間違いないが、しかしこれまで見てきたように、『第二の接吻』の検閲問題、大衆誌『キング』連載小説の映画化である『東京行進曲』といった個々の作品の製作背景を考えると、「菊池もの」の観客層を「婦女子」に限定することは困難であった。だとすれば、「菊池もの」と「婦女子」を結びつける松井のような映画批評家たちの「菊池もの」に対する見解は、あながち間違いではないものの、それだけではやはり片手落ちであり、「菊池もの」の観客層は、村上のいう「婦女子」を含めた「大衆」でなければならないのだ。

『マダムと女房』の公開以後、各映画会社によるトーキー化への試みが始動する過程において、文芸映画は〈声〉を得ることによって、シナリオを中心としたそのあり方に何らかの変容を迫られたはずであった。当時の「菊池もの」の観客層は、実際には「婦女子」を包摂する「大衆」であり、映画批評家たちが想定する以上に幅広い観客層に支持されていた。しかし、当時の文芸映画の象徴ともいえる「菊池もの」は、依然として「婦女子」のための映画と規定されることによって、真に批評の対象とはならなかったのだ。

**注**

（1）たとえば、森岩雄は、映画批評家の持つ「ピクチュア・センス」を認めつつも、「技巧の批評、部分の批評」に終始する点を懸念し、現在の日本映画が純粋映画を扱っているのならともかく、大衆を相手に通俗小説を映画化している限り、主題や内容への批評を下す必要性を主張している（森岩雄「二つの途」『映画時代』一九二七年一二月号、一三頁）。

（2）前田愛『近代読者の成立』岩波書店、二〇〇一年、二七三頁。

（3）連載小説の終了を待たずに映画化された事例は、『修羅八荒』（一九二六年、日活、松竹、マキノの三社競作）、『砂絵呪縛』（一九二七年、日活、マキノ、東亜、阪妻プロの四社競作）などの時代小説の映画化作品があげられる。『砂絵呪縛』は、連載開始からわずか四二日後に映画化が発表された。

（4）平林初之輔「新潮評論　昭和四年の文壇の概観」『新潮』一九二九年一二月号、三頁。

（5）『新潮』一九二九年一二月号、五六頁。

（6）前田愛、前掲書、二四八頁。

（7）前田愛、前掲書、二五三頁。

（8）『読売新聞』一九二八年七月一七日付。

（9）『キネマ旬報』一九二九年二月一一日号、一一一頁。

（10）『キング』一九二九年四月号、一〇四頁。

（11）『都新聞』一九二九年五月四日付。

(12)『東京行進曲』は、首都圏では五月三一日に富士館、みやこ座、武蔵野館で公開された。

(13)当時の報道では「大会社が興行的成算を以って、トーキーに乗り出したのは之が最初」とある。日活は日蓄と提供し、ヴァイタフォン式によるトーキー製作を試みた。具体的には芦ノ湖上、軽井沢、銀座のカフェーなどのシーンで約四五分を予定していたという(『映画時代』一九二九年五月号、五三頁)。

(14)たとえば、武蔵野館の支配人・高橋貫道は、「最近会ふ人毎に「『東京行進曲』は当つたそうですね『鉄化面』より入つたといふぢやありませんか」と極まつたやうに言われる」と回想している(高橋貫道「武蔵野館に於ける『鉄化面』と『東京行進曲』の成績」『キネマ旬報』一九二九年七月一日号、四七頁)。

(15)木村千疋男「『東京行進曲』と『結婚悲劇』——菊池氏と武者小路氏のもの」『映画時代』一九二九年五月号、五二頁。

(16)『映画往来』一九二九年七月号、五一頁。しかし一方で、小説とは異なる佐久間の人物造型について「真にブルジョアに対して反感を抱くプロレタリアの味方ではなくして、モガ早百合子を劇的に克服するために原作者が案出した一種の恋愛的にヒロイックな男」であり、佐久間が早百合子に対して投げかけたブルジョア批判も、佐久間の結婚披露宴の描写が盛大であるゆえに、「彼自身一個の小ブルジョアに過ぎぬ故に、何等の権威も有しない」といった批判が寄せられた(佐相勉『溝口健二・全作品解説6』近代文芸社、二〇〇九年、一六〇—一六一頁)。

(17)小説では、道代を実の妹として受け入れた良樹は、道代と佐久間を結婚させようと仲介役となるが、既に佐久間は早百合子に惹かれていた。それで佐久間は「妹を貰ってくれないか」という良樹の言葉を道代と思わず早百合子と誤解し、早百合子との結婚を承諾してしまうのである。

(18)『キネマ旬報』一九二九年六月一一日号、八四頁。

(19)鈴木重三郎「『東京行進曲』を観る」『映画時代』一九二九年七月号、九頁。

(20)たとえば、次の批評を参照されたい。「ピアニスト山野、創作家島津、等の主要人物——前半の事件は此の山野と早百合子のラブ・アフェア――に過半の重心を置いて居た所から観ても、決して端役ではないのである――の途中立消えと云ふ致命的なギャップとあいまつて、クライマックスの興奮を抹殺した」（人丸京平『東京行進曲』を観る」『キネマ旬報』一九二九年六月一日号、三八頁）。「これは正しく脚色者が焦点の置き所に困惑した結果である。脚色者は未完成の原作に忠実に、暢達に整理したが結末に悩んだらしい。さればこそ、結末の為に前半に活躍したピアニスト山野、劇作家島津を後半に紛失させたのであらう」（『キネマ旬報』一九二九年六月一日号、八四頁）。とはいえ、木村が菊池の小説に対して、すべてが忠実であったというわけではない。たとえば、冒頭で良樹たちが自宅のテニスコートでボールを崖下に落とし、それを崖下の道代が拾って、彼らに投げ渡そうとする場面では、良樹の友人の敏男は、尻かくしに携帯していたカメラでテニスボールを投げる道代の写真を撮っているのである。ダブルスのテニスゲームをしている際に、尻かくしにカメラとはかなり無理がある設定には違いない。だが、芸妓となった道代と良樹が再会した際に懐中時計に入れた道代の写真を見せ彼女の記憶を呼び起こそうとする場面、また、道代と佐久間の結婚式の際に良樹が和解のしるしとして道代の写真を見せながら懐中時計を佐久間に手渡す場面などは、多少の強引さはあるものの、写真という視覚メディアを効果的に用いた映画的な工夫であるといえるだろう。

（21）木村千疋男「シナリオ「東京行進曲」に就て」『映画知識』一九二九年七月号、五六頁。

（22）村上徳三郎「小説の映画化に就て「東京行進曲」から得た雑感を中心に」『都新聞』一九二九年九月二九日付。

（23）村上徳三郎、同掲紙。

（24）小説、主題歌、映画が動員された『東京行進曲』の強力な宣伝手法に対し、次のような感想が漏らされた。「「先づ健康！」と云う標語があるが、資本家殊にキネマ企業家等にとつては「先づ宣伝」である。たくみなる宣伝はよく近代人の末梢神経を刺激する――／実物より先づ宣伝である。此のいい見本にここに「東京行進曲」なる日活映画がある」（佐相勉、前掲書、一六七頁）。

（25）村上徳三郎、前掲紙。

（26）『日活四十年史』日活株式会社、一九五二年、九四頁。だが、この作品は、溝口健二という監督の特質を考える上では非常に重要である。溝口は主に芸者、芸人、遊女などの女性に代表される社会的弱者を描く点で特に優れた監督として知られているが、『東京行進曲』における芸妓折枝の演出の巧みさは高く評価されることとなった。同年、溝口は『東京行進曲』の後に、傾向映画の代表作とされる『都会交響楽』を発表するが、『東京行進曲』の冒頭で示された貧富の格差を示す巧みなモンタージュは『都会交響楽』へと継承されていく。こうした点からも、『東京行進曲』は『都会交響楽』や『瀧の白糸』などへ継承される習作とも位置づけられるだろう。

（27）たとえば、『国際映画新聞』は「内容本位が安全と　文芸作品の映画化各社で目論まる　引張り凧の大衆作家」の見出しで「日活の『東京行進曲』や松竹の『多情仏心』が予想外の好成績なので夏から秋へかけて大作は文芸物全盛の有様である」という記事を掲載している（『国際映画新聞』一九二九年第一三号、三頁）。また、木村千足男の意見を論駁した村上徳三郎自身も、同時期に別の雑誌で「原作者の名声も知らず、原作を知らざる観客も、文芸映画を喜ぶのである。少なくとも堪能するのである。それが殊に映画的でない文芸作品に依る映画に於て、よりいちぢるしいのである。（中略）そこから、我々は文芸映画に就いての研究を出発させなければならないのだと思う」（村上徳三郎「文芸映画一説」『映画時代』一九二九年九月号、三三頁）と述べており、文芸映画の不可思議な興行価値に嘆息している。

（28）『映画評論』一九三二年一二月号、一三九頁。

（29）他にも『時の氏神』の批評には、「甚だ舞台的」（上野一郎「日本トオキイ雑感」『映画評論』一九三二年六月号、五二頁）、「舞台劇の様」（『キネマ旬報』一九三二年五月一日号、六五頁）との指摘がなされた。

（30）『時の氏神』で八木節等の唄が挿入された点については、「何等トオキイ的に映像の上に働き掛けない下らない思ひ付きに過ぎないのである。この伴奏的な音楽は二輪加芝居の囃子のやうに、下司い感情を挑発するだけ」という感想も漏らされた（上野一郎「日本トオキイ雑感」『映画評論』一九三二年六月号、五二頁)。一方、監督の溝口は、『時の氏神』を「日本のオペレッタにしたかつた」と発言している(『映画と演芸』一九三二年五月号、二九頁)。
(31)『キネマ旬報』一九三二年五月一日号、九六頁。
(32)上野一郎「日本トオキイ雑感」『映画評論』一九三二年六月号、五〇頁。
(33)『映画と演芸』一九三二年五月号、二九頁。
(34)『キネマ旬報』一九三二年四月二一日号、七四頁。
(35)『映画評論』一九三二年五月号、一三八頁。
(36)『映画評論』一九三二年五月号、一三八頁。
(37)『映画評論』一九三二年4月号、七三―七四頁。

# 第五章
# 映画女優とスキャンダル
## ――『美しき鷹』（1937年）――

志賀暁子（『美しき鷹』より）

映画『東京行進曲』の映画化過程では、菊池寛の小説『東京行進曲』は、新聞、雑誌、ラジオなどの様々なメディアが広告として動員されることによって、「東京行進曲」というイメージの一部に過ぎないものとなり、原作者である菊池寛ですらその氾濫するイメージに絡め取られてしまった。オリジナルであったはずの小説『東京行進曲』は、「東京行進曲」のイメージを駆動させる装置にすぎなかったのだ。ところが、映画『東京行進曲』の興行的大成功が、映画界における原作小説の市場価値に対する盲目的な信仰を加速させ、映画における文芸的要素がますます重視されることになってしまったのである。それは、映画製作がサイレントからトーキーへと移行した一九三〇年代においても揺るがなかった。「菊池もの」は、依然として各映画会社が映画化権の獲得に躍起となり、看板監督を起用する「大作」として位置づけられており、とりわけ最初のトーキー作品である『勝敗』と『時の氏神』は、トーキー設備の原価償却のためのリスク回避として、あるいはトーキー作品という宣伝を目的に「菊池もの」が選択されたのである。このような「菊池もの」の人気は持続し、少なくとも一九三七年七月八日の盧溝橋事件までは、婦人雑誌・日刊新聞で連載された菊池寛の通俗小説は次々と映画化され続けており、いささかも衰えることはなかったのだ(1)。

トーキー作品の「菊池もの」のなかでも、とりわけ話題をさらった作品が一九三七年一〇月一日に公開された『美しき鷹』であった。この作品は、日活、PCL、新興キネマの三社によって映画化され、同時公開されることで大きな話題を提供したのだが、この三社競作の引き金となったのが、新興キネマの女優である志賀暁子が起こした堕胎事件というスキャンダルであった。

堕胎、いわゆる人工妊娠中絶は、戦前の日本では犯罪として厳しく取り締まられており[2]、とりわけ事件発覚当時の「非常時」では、折からの富国強兵政策の一環である、「産めよ、殖やせよ」のスローガンが唱えられ、産児制限にも冷淡であったことから、堕胎は「産む性」である女性の、国家に対する背信行為に等しかったといえる。しかも、その堕胎行為の当事者が一般女性ではなく、志賀暁子のようなスター女優であったために、この事件の波紋はきわめて大きかった。

ところが、有名女優が起こしたこのようなセックス・スキャンダルは、本来ならば当の女優にとっては致命的なイメージダウンとなり、運が悪ければそのまま映画界から葬り去られてしまうのだが、志賀暁子の場合はそうはならなかった。なぜなら、事件の当事者である志賀暁子本人の告白を契機に、菊池寛を筆頭とした文壇人と、新聞、総合雑誌、婦人雑誌、そして映画という四つのメディアが彼女の告白に動かされ、結果的に志賀暁子は映画界からの追放を免れたからである。

志賀暁子の復帰は、とくに、菊池寛の存在抜きではあり得なかった[3]。戦時下の大映社長時代を除き、『美しき鷹』ほど菊池自身が映画化の過程に深く関与した例はないのだが、菊池は、新聞や婦人雑誌、そして総合雑誌の志賀に対する反応をにらみながら、映画界を操作することによって、志賀暁子を「菊池もの」のヒロインの座に据えることに成功したのである。以下で、有名女優のセックス・スキャンダルをめぐる当時のメディアの状況、とくに戦時下の「産む性」であった女性の言説に対する権力とメディアの反応を参照しながら[4]、菊池が企てた映画『美しき鷹』の製作過程と三社同時公開にいたるまでの顛末を明らかにしていきたい。

## 一　映画女優・志賀暁子と堕胎事件

事件の詳細に立ち入る前に、志賀暁子のプロフィールについて簡単に説明しよう。良家の子女として生まれた志賀暁子は、もともとピアニスト志望だったが、厳格な父親から意に沿わない見合いを押し付けられて家出し、生活の糧を得るためにダンサーになった。その後、人気俳優の中野英治と知り合い、中野の紹介で一九三〇年に帝キネに入社、城りえ子という芸名でデビューするのだが、そのとき交際していたイギリス人男性に女優業を反対され、いったんは引退した。しかし一九三三年に、監督の木村恵吾の紹介で新興キネマに入社し、阿部豊の『新しき天』で注目され、翌年村田實の『霧笛』のらしゃめんお花役で、そのエキゾチックな容貌が評判を呼び一躍スターの座に躍り出ることになった。

志賀暁子の特長は、異国風で妖艶な美貌を備えた「近代的妖婦型《ヴァンプ》」であり、その後も『山の呼び声』(5)『花咲く樹』（ともに一九三四年）『女の友情』（一九三五年）などの村田實作品(6)において実力を発揮し、新興キネマのトップスターの一人となった。ところが、一九三五年七月一六日、堕胎罪で産婆とともに取り調べを受け、そのことがメディアに知られることとなり、大手新聞社は一斉にこれを報道した。そもそも、この事件は、暴力団の恐喝事件の検挙を契機として発覚したもので、暴力団員に恐喝されていた人物の一人が志賀暁子であったわけだが、メディアは人気女優のスキャンダルとしてこれを大

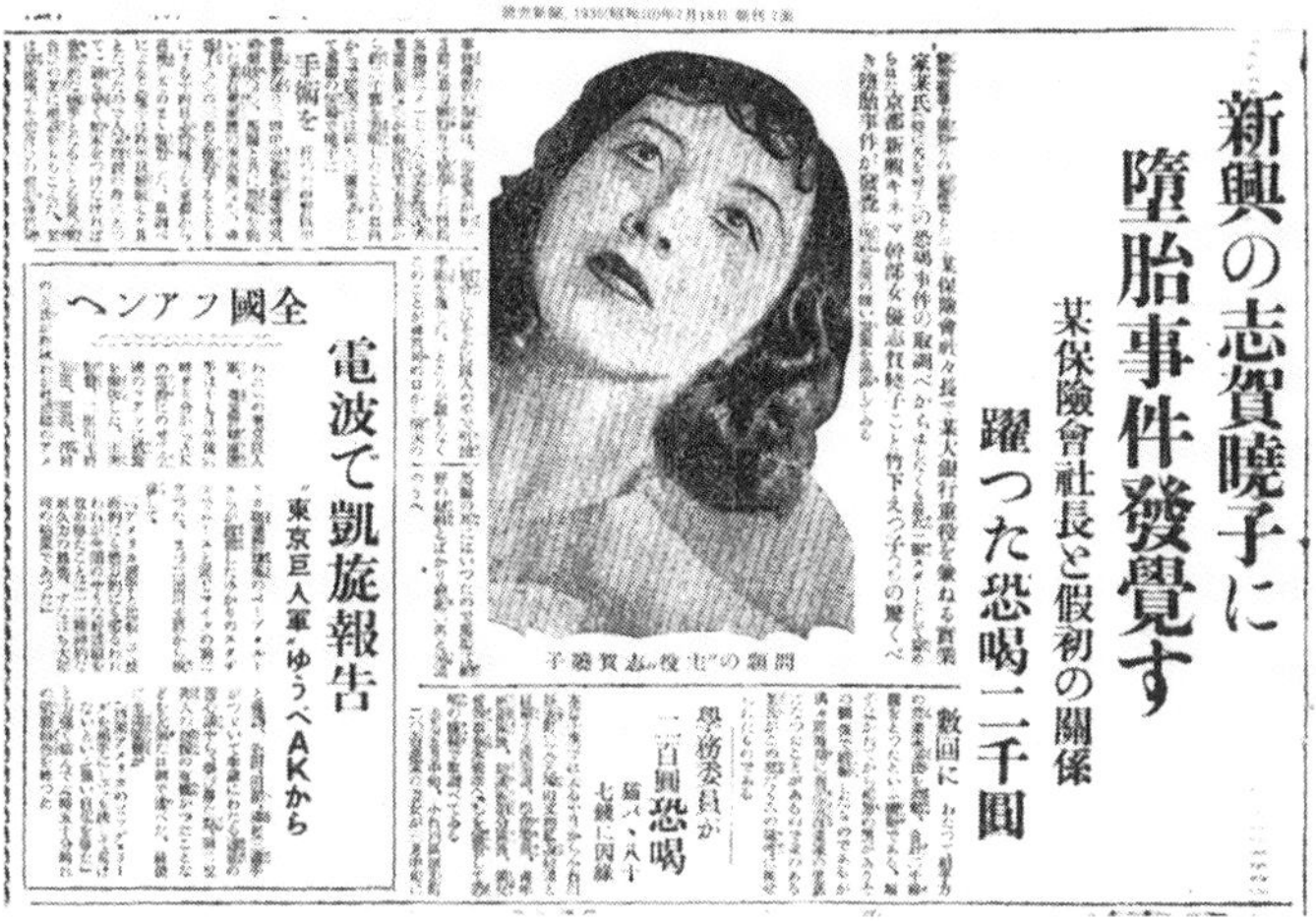
新興の志賀曉子に
墮胎事件發覺す
某保險會社長と假初の關係
躍つた恐喝二千圓
問題の"女優"志賀曉子
學務委員が
二百圓恐喝
全國ファンへ
電波で凱旋報告
"東京巨人軍"ゆうべAKから

図5―1　『読売新聞』1935年7月18日付

きく取り上げたのである。

たとえば、『東京日日新聞』（一九三五年七月一八日付）では、「新興キネマの女優　志賀暁子が堕胎　恐喝した男の口から暴露して池袋署に留置さる」という見出しで、志賀暁子の顔写真が、同じ時期に窃盗罪で捕まった「美容界の女王」メイ・牛山とともに掲載されているのだが、彼女らを説明するキャプションには「醜い心の二人」（傍点引用者）とある。一方、『読売新聞』（一九三五年七月一八日付）は、挑発的な眼差しの志賀暁子の写真を掲載し（図5―1）、「京都新興キネマ幹部女優志賀暁子こと竹下えつ子（二六）の驚くべき堕胎事件が発覚し映画女優の醜い裏面を暴露してゐる」（傍点引用者）と書き立てており、『東京日日』『読売』の両紙は志賀暁子を明らかに醜悪なイメージとして捉えている。(7)

　さらに、翌日の『東京日日新聞』（一九三五年七月一九日付）は、「志賀暁子と産婆　嬰児殺しの罪か生れた子供を桑畑に埋め掘り返してコマ切り」というセンセーショナルな見出しをかかげ、志賀暁子と産婆の二人が、堕胎罪のみならず、遺体遺棄罪で起訴される可能性を報道しているのだが、『東京日日新聞』がこうした猟奇的な趣向の見出しによって読者の関心を刺激していることは明らかだろう。

志賀の堕胎事件に関して、メディアの報道が苛烈となっていくなかで、志賀暁子が片岡千恵蔵と共演した話題作である『情熱の不知火』[8]が八月一日に公開されることになるのだが、七月二四日の『読売新聞』は、「暁子映画の御難　タイトル・ポスターなどから名を消して漸く上映」という見出しで、「某団体では『志賀出演の映画を見るな』云々のビラを撒いた程で一時は上映不可能と見られていた」と報道した。しかし、実際は、『情熱の不知火』の封切日にあたる八月一日付の『東京朝日新聞』の新聞広告を確認すると、志賀暁子の名前は記載されている。[9]しかも、『情熱の不知火』の監督である村田實は八月一日の『都新聞』のインタビューで「彼女の共演の名もカットする等の話もありましたが警察でもそれには及ばんといふ話でもあり、女優として葬るのは反対、罪は罰するがそれで将来を抹殺するのは、といふ御意見だそうで、私も同感出来れば引続き私の作品にも出て貰うつもりで居ります」と述べている。村田のインタビューが『情熱の不知火』の封切初日であることから、同作品の宣伝であることは充分考えられるのだが、いずれにせよ、『東京日日新聞』にみられる猟奇的な見出しや、『読売新聞』がいかにも上映禁止を求める団体が存在するかのような思わせぶりな報道をしていることなどからも推察されるように、メディアは故意にこの事件をセンセーショナルに取り扱おうとしたことが考えられるのである。

新聞を中心とするメディアは、この事件の発覚以降、志賀暁子の動向を克明に報道していくことになるのだが、注目すべき点は、事件の詳細が明らかになり、志賀暁子のプライバシーが暴露されるにしたがって、彼女のイメージが変遷していくことである。『東京日日新聞』がかかげた「醜い二人」のキャプションが象徴的に示しているように、メディアは、事件当初の志賀暁子を「悪女」とみなして「懲罰」を与えたのだが[10]、しかしその後、志賀暁子をめぐる報道は徐々に変わっていく。その転機となったのが、一九三五年七月二八日の『東京朝日新聞』の報道であろう。この記事が興味深いのは、池袋署の取調べが終了し、志賀暁子の帰宅が許されたという事実の報道に加えて、志賀暁子の告白記事を掲載していることである。この記事によると、志賀は、生まれた子供に「せめて産湯を使わせてやつてくれ」と産婆に頼んだにもかかわらず、産婆がその願いを振り切ったこと、さらに「この暗い罪を犯すに至つた動機について左の如く告白してゐる」と、次のように志賀暁子の告白記事を掲載している。

映画女優として身を立てるにはパトロンを得る事と監督の愛を同時に得ることが絶対的に必要なのです、これがなかつたら如何なる芸、如何なる美貌の持主でも駄目なのです、私もパトロンを作り、又誘はれるまゝに阿部監督に許しました、しかしこれらの男は身重になれば必ず去つてしまうのです、これが恐らく多くの女優の落ちてゆく初めでせう、子供が出来る事は女優にとつて致命的です、殊にこの子供が、父なし子であると考へたらどんな反省も考慮もなく暗い罪に走つてしまつたのです、私はクリスチャンでした、しかし生れる父なし子の将来を考へてはどうしても我慢ならなかつたのです。

## 二 母性をめぐって――メディア報道と『女の一生』

この『東京朝日新聞』の報道を契機に、生まれた子供に対する愛情と、映画女優を取り巻く悲惨な環境[11]を自ら告白することによって、志賀暁子が、実は母性を持った女性であったという事実が印象づけられ、ここに、映画監督から騙され搾取された「犠牲者」としての哀れな女優というイメージが立ちあらわれることになるのだが、この「犠牲者」としての志賀暁子のイメージは、翌年の一九三六年六月四日の保釈の際に志賀の写真が掲載されることによって決定的となる[12]。たとえば、『読売新聞』(六月六日付)では、「女性への赤信号　堕胎スターの烙印に流すは悲しくも若き〝女〟の涙」の見出しとともに、憔悴しきった志賀の写真が添えられている(図5―2)。このお下げ髪で着物姿の志賀暁子は、これまでの映画のなかの妖婦のイメージとはおよそ正反対のものであった。

『都新聞』(六月四日)は、保釈直後の志賀の様子を「藤色の羽織、淡色の着物、たゞ起訴当時断髪だつたのが少女めいたお垂髪に変わつてゐるだけだ」と記し、写真を掲載するのみならず、志賀の地味な着物の柄と髪型をも注記することで、妖婦から少女へと激変した志賀暁子の変貌を強調しているのである。

読売新聞 1936(昭和11)年6月6日 朝刊 7面

戀愛曲線に描く

志賀暁子 豫審終結公判へ

女性への赤信號

墮胎スターの烙印に流すは

悲しくも苦き"女"の涙

海軍の"夜明け前"

九十翁が放送

五稜郭戰爭の秘録を

スパイは發く

廿年の謎

元帥キチナーの最期

大戰悲劇、毛布に包む爆彈

ハ號沈没の眞相

図5—2 『読売新聞』1936年6月6日付

志賀暁子は、判決まで一貫して着物姿でメディアにあらわれる(13)。こうした着物姿の志賀の写真とともに、メディアは、彼女の不幸な生い立ち、自活するためのダンサー生活、実業家の愛人生活を経て映画界に入った後の男性関係と、妊娠・堕胎に至るまでの経緯、そして懺悔する現在の志賀の心境を詳細に述べ、「調書が語る彼女の行状は一がいに〝悪の華〟として彼女だけを責めるわけにはいかない」などの、志賀暁子を擁護する記事を掲載するようになっていく(14)。

こうした新聞報道に先立って、志賀暁子に対する擁護論をいち早く展開したのが、菊池寛であった。菊池は、一九三五年九月号の『文藝春秋』で、「「志賀暁子嬢の事件も、気の毒である。あゝ云ふ事は、七、八分迄男性の罪である。新興も映画ファンも、彼女に対して、今一度更生の機会を与へるべきであらうと思ふ」と書いており、管見によればこれは、著名人が志賀の事件に言及した最も早い事例であった。

志賀暁子に関する公判は、一九三六年七月七日から計四回に及び、初回の公判は傍聴券を求める見物人が殺到したという[15]。メディアは逐一公判の様子を報道していくのだが、注目すべき点は、一一月一四日の第三回目の法廷で、志賀暁子の「罪」を追及する際に、未婚の母で私生児を育てる女性の物語である、山本有三の長編小説『女の一生』を例にあげて、志賀暁子の母性の欠如を指摘する検事の論告がなされたことである。検事は『女の一生』の主人公に比べて「わが国家族制度から「母」及び「女」の立場から観察するとき暁子は明らかに「女」として「母」として欠くる点がある」と述べて、志賀を糾弾したのだが、これは、先述したように、志賀暁子自身がメディアに向かって子供への愛情を語ったことに対する反論でもあるだろう[16]。

公判で山本有三の『女の一生』が参照された件は、『東京朝日新聞』『読売新聞』『都新聞』の三紙で報道されることになるのだが[17]、この検事の論告における「引用」にメディアに続いて反応したのは、『女の一生』の原作者である山本有三当人であった。山本有三は、『東京朝日新聞』に一九三六年一一月一七日から三度にわたって「検事の論告と『女の一生』」を連載することになるのだが、山本は、「『女の一生』といふ文字が何よりも先に眼に」つき、「すぐその記事を読んで見た」のだが、「読み終わった時、私は何かごそりとしたものを感じた。たゞそれだけだつた」（傍点原文）と書いている。

山本有三が感じた「ごそりとしたもの」とは果たして何なのか。この「ごそりとしたもの」を説明するために、山本は「現代は黙つてゐることが一番上手な世渡りの道とされてゐる。けれども私は、このまゝ黙つてゐることに、ある息苦しさを感ずる。志賀暁子なる女性には何等のゆかりもないが、たまく私の作品が公判廷で引き合ひに出されたから、この事件について、作家の立場から一言述べて見たいと思ふのである」と前置きし、翌日一八日から検事の論告を検証していくのである。

翌日のエッセイで、山本は、「一、志賀暁子は母性愛のない女である　二、かゝる女に実刑を科すべしといふ二点につゞまると思ふ」と事件の本質をこのように総括して、「検事は『母性愛』『母たる資格』といふところに、非常な力点をおいてゐるやうであるが、暁子は果して母性愛のない女であらうか」と検事の論告の核心に疑問を呈し、「本人がいくら母になりたいと思つても、なり得ない事情が伏在してゐるのではないか。それが事件の最も重大な点ではないのだらうか」と述べることで、当時の母になりたくてもなれない女性の立場に言及している。そして、一一月一九日の最終回において、『女の一生』のなかの主人公允子《まさこ》が未婚の女として私生児を生み育てる決意を述べた一節を引用し、こうした允子の決意は、どんな女性にでもあるものであり、それは、「受胎したものゝ本能」であるという。また、山本は、志賀暁子が允子のように強くなれなかった理由を、「その性格、その意志だけを指すのではない。さう決心させるに足る、大きなものが欠けてゐたのではないだらうか」と語っている。

このように、山本有三は、志賀暁子の堕胎の責任を志賀個人のみに帰するのではなく、「彼女を誘惑し、彼女をみごもらせ、彼女を捨てた男は今どうしてゐるか。彼は名誉こそ多少傷きたれ《ママ》、ステッキを振つて自由に街頭を歩いてゐるではないか」と書き、非難の矛先を志賀暁子の交際相手の男性へと向けていく。さらに山本は、「女は妊娠、分娩の苦痛を受けるうへに、なほかういふ刑罰を受けなければならないものだろうか」と締めくくることで、堕胎に関する刑罰が、産む主体である女性にのみ課された現行刑法にはっきりと疑問を突きつけている。

この山本有三のエッセイが興味深いのは、志賀暁子が置かれた不条理な立場に同情し、批判の標的を男性に向けたことだけではない[18]。山本は、「文芸の社会的意義を、今度の法廷における場合ほど、強く、はっきり伝へてくれたことも少いと思ふ。小説とか戯曲といふと、とかく文学青年か婦女子の慰安物のやうに考へられてゐるものもなほ少なくない今日、検事によつて、文学の社会性が高められたことは、われ〳〵のひとしく喜びとするところである」と述べ、さらに「自分の意見を述べる前に、私はまづ何よりも担当の井本検事に感謝したい」と、初回のエッセイで検事に対する感謝の意をあらわしているのだが、肝心の志賀暁子の事件のコメントが翌日に後回しにされている。つまり、山本の真の関心は、志賀暁子の事件よりも、小説『女の一生』が、「冷たい法理だけで処断するところ」とみなされていた公判という政治的な場で引用されたことなのである。

有名作家の山本有三が、三回にわたって『東京朝日新聞』に志賀暁子の公判についてのエッセイを寄稿したことによって、志賀暁子のスキャンダルは文壇へと本格的に波及することになっていった[19]。

神近市子は、志賀暁子の事件について、「世間は事件当初の一方的な批判を止め、この近代的な特殊職業の裏面を開かされて唖然とした形である。社会一般に溢れてゐる女性軽侮、優位にあるものゝ劣位にある者の人格無視の現象が、偶々ここにその一つの例を示したまでゝあつて、個人としての若い女性に、あれほどの社会的精神的な懲罰は多くは当らないと考へてゐるやうである」と志賀暁子の事件を要約するのだが、「今度の公判での特殊的な出来事は、寧ろ検事の論告にある」（傍点引用者）と、検事が『女の一生』を取り上げて、「自己の告発を正当化しようとした点」に注目した。

しかし、神近は、「いはゞ文芸を蔑視しつゞけてゐるやうに思はれて来たこの種の役人」が「そこから単純に母性愛だけを抽出して、黴の生えた家族制度の擁護に利しようなどゝいふ考へは、文芸を冒瀆するものといはなくてはならない」と、『女の一生』についての検事の「誤読」を一刀両断している。「歪んだ読方」という神近の記事のタイトル通り、文学の社会的意義が高められたことに注目しつつも、文学を取り上げた権力側の、恣意的な解釈とその利用のありように対する、神近市子の警鐘は、文学が国策に本格的に利用されていく直前の言説として注目に値する。[20]

他にも、山本有三に対する反論として当時話題となった記事に久米正雄の「二階堂放話」（『改造』一九三七年二月号）がある。このエッセイのなかで、久米正雄は、菊池寛と山本有三の二人が志賀暁子を擁護していること、また菊池が婦人雑誌で「明かにその男性の名を指摘させてゐる」ことに不快感を示し、志賀の交際相手であった監督の名前をJと名づけ、久米のゴルフ仲間でもあったJの擁護論を展開した。「Jよ。君も、謂はゞ吾々の代表者として、殉教したものに過ぎぬ。ステッキを打振り、銀座を平気で歩け！」という末尾のJに対する激励ともとれる言葉は、「ステッキを振つて自由に街頭を歩いてゐるではないか」と皮肉を述べた山本有三の『東京朝日新聞』のエッセイに対する明らかな反論であるだろう。

この『改造』に掲載された久米正雄のエッセイに対し、『文藝春秋』（一九三七年三月号）が志賀暁子の弁護人であった鈴木義男[21]の「志賀暁子のために　久米正雄に与ふ」を掲載した。「菊池先生　『改造』二月号に載せられた久米正雄氏の二階堂放話を読みました。そしてそれは標題通り無責任極まる放話であることに驚きました」とはじまる鈴木の反論は、詳細な捜査記録が存在しているにもかかわらず、Jの話を鵜呑みにし、志賀暁子を著しく侮辱する久米の軽率を激しく論駁した。鈴木義男に久米の「二階堂放話」を知らせ、鈴木義男に『文藝春秋』での反論の機会を与えたのは、先述したように、最も早い時期に志賀暁子を弁護した菊池寛であった。

こうした総合雑誌における論争に加えて、志賀暁子のスキャンダルについてもっとも敏感だったのが、『婦人公論』と『主婦之友』を中心とした婦人雑誌であった。興味深い点は、モダンガール型で進歩的といわれた『婦人公論』と、世話女房型といわれた『主婦之友』というおよそ性格が正反対の二大婦人雑誌が、そろって志賀暁子の弁護に動いたことである。

たとえば、一九三七年六月号の『主婦之友』では、「新女性」三部曲として、日本に初来日したヘレン・ケラーとイギリスのシンプソン夫人、そして志賀暁子の三人が同格に扱われている。[22]一方、『婦人公論』は、一九三五年九月号で、山田三郎の「志賀暁子が罪を犯すまで」と志賀の実兄である竹下千萬夫の「妹・志賀暁子に代りて世に詫びる」を掲載した。山田による記事の最後部にある「悲しい銀幕裡の犠牲者としての志賀暁子の半生には、涙に濡れた幾枚かの頁が重たく貴女方の手によつて繰られて行くであらう」の言葉からも明らかなように、『婦人公論』の場合も、志賀暁子を「犠牲者」として捉えている。さらに、一九三七年新年号の『婦人公論』では、志賀暁子の告白記事をはじめ、作家の広津和郎、弁護士の鈴木義男、山川菊栄が一斉に志賀暁子に関する記事を書き、この『婦人公論』は「志賀特集号」[23]とさえ呼ばれることになったのである。

『婦人公論』の常連執筆者であった山川菊栄の「暁子の場合」は、「検事が山本有三の『女の一生』を引用したことは、異常な注意をひいた」と神近市子と同じく『女の一生』が法廷の場に引き合いに出されたことに注目しながら、「この事件が一般職業婦人に対する警告としても意味が深いものであつた」と述べている。さらに、山川は、「小説の中の幸福な主人公と比較して責められるには、現実の職業婦人の場合は、余まりに深刻な、余りに悲痛な要素をもちすぎて[24]」おり、「暁子とその子を捨てゝ、あくまで父親としての責任を回避した男の態度は責められなければならぬ」と男の無責任を一応は問題としながらも、志賀が男の責任を追及しなかった点は「決して同情に値するものとは思われない」と批判しており、ここで山川は「暁子は、進んで責任を負はうとしない男に対して、私生児認知又は養育費支出の訴訟ぐらゐ当然起さねばならず、それが子供に対する母としての義務でもあつたのである。彼女にこれをさせなかつたものは、監督と女優といふ特殊な関係によつて生じた利害であつて、そこに彼女の弱みがあり、男に乗ぜられる隙があつたのである」と断言している。

山川は、「女優は芸をもつて立つものでなく、内実はパトロンや監督との取引きで立つ、いはゞ私娼類似のものといふ世間の印象は、彼女達の職業をも同時に卑しめる結果となつてゐる。真に芸をもつて立とうとする矜持こそは、職業婦人としての女優に私達の望んでやまないところである。暁子に寄せられる同情は、自分で自分の権利を護る力のない無知な女性への憐憫であり、同情であつて、決して新しい、自覚ある女性の誇りとすべき種類ではない」といい切り、職業婦人としての立場から、女優という職種に対する偏見の払拭、さらに女優業を糧とする女性の自立を説き、志賀の事件を契機に私生児に対する周囲の理解と母性保護法の立法まで問題を広げているのだ。

以上のように、志賀暁子の告白は、発言の内容自体がセンセーショナルなものであったために、メディアから黙殺されることはなく、新聞、総合雑誌、婦人雑誌等の様々なメディアがそれぞれの視点から反応を示した。それでは、現役の女優によって、自身の恥部を内部告発された、当の映画界はどのようにしてこの事件に応えたのだろうか。

## 三　志賀暁子の「更生」——映画『美しき鷹』の製作過程

志賀暁子は、四回の公判を経て、一九三六年一一月二四日に懲役二年執行猶予三年の判決が下されたのだが、早速メディアは、裁判長の傍らにいる、「築地あやめ模様銘仙の袷羽織の」志賀暁子の写真とともに、「志賀暁子に執行猶予　〝良心にしたがつて正道を歩め〟と裁判長　情けの判決に更生を誓ふ」(『読売新聞』一九三六年一一月二五日付)、「洗はれた志賀暁子　銀幕へ返り咲き」(『都新聞』一九三六年一一月二五日付）などの見出しで報道した。とりわけ、『都新聞』は、「自分の犯した罪の恐ろしさに、泣き、汚れた過去を涙で洗ひ流して、かよわい女に返つた志賀暁子――竹下悦子（二七）は別項の如く執行猶予の寛大な判決が下され、世間から好奇な目を以て見られてゐた一巻の幕を閉ぢたが、思い切り嘲られた女。志賀暁子はそれだけでも、もう充分過ぎる位の贖罪をした一方この事件を通じて暁子への世間の関心は、別な意味から旧にも増し、同情と共にそれはいやが上にも新たな人気を作つてゐるが、早くもこゝに目をつけたのが旧知の映画関係者や興行界で、彼女の更生第一回を銀幕に返り咲かさうと既に各方面に計画がめぐらされてゐる」と述べている。[25]

『読売新聞』、『都新聞』の見出しにもあるように、志賀暁子の「罪」は執行猶予という形で一応は許され、そして志賀が映画女優に復帰すること自体を、メディアは「更生」と名づけるのだが、これを契機に志賀に関する報道には「更生」という言葉が氾濫することになっていく。

平林たい子は、「志賀暁子のこれから」（『読売新聞』一九三六年一一月二七日付）というエッセイにおいて、志賀が執行猶予になったことに安堵し、「健忘症な世間は一年もたてばもうこの事件をめつたに思ひ出さないであろう」といいつつも、「女の身で刑務所住居の記憶さへ印した一女性の将来の運命といふ点では、問題は解決されたどころか今新に提出されたばかりである」と、スキャンダルにまみれてしまった志賀暁子の今後を心配し、「どこかの映画会社に利用されて、事件で有名になつたのを売物にスクリーンで踊る姿を思ふのは、それよりももつと惨しい」と述べているのだが、平林が懸念するまでもなく、判決が出た直後から、新たなイメージをまとった志賀暁子に、古巣の映画界が接近する

ことになるのである。(26)

志賀暁子は、新興キネマを休職扱いで謹慎中であったのを、菊池寛、山本有三らの取り成しで新興大泉に復帰することになるのだが、(27)新聞各社は、判決後の志賀暁子の動向について引き続き報道し、四月に早くも東宝が志賀の引き抜きを画策(『読売新聞』一九三七年四月一日付)、志賀暁子の次回復帰作を村田實演出の『女の一生』と報道(『読売新聞』同年四月一五日付)した。

ところが、志賀暁子の恩師であった監督の村田實が六月に病死してしまう。村田が病床にいる間にも、「われも病床　志賀暁子　師の枕頭へ花束　村田監督を泣かせる」の見出しとともに、病床に臥す志賀の姿(『読売新聞』一九三七年六月一五日付)、村田の死後、(28)退院に向けて荷造りをする志賀の姿(「〝嘆きの花〟志賀暁子　余りにも悲し彼女の運命　病める身を抱いて歩む孤独の道」『都新聞』一九三七年七月一五日付)(29)が逐一写真入りで報道され、「更生」する志賀暁子のイメージがますます強化されていくことになるのである。

このように、映画界による志賀暁子の女優復帰計画は着々と進められていくのだが、村田實亡き後の志賀暁子のいちばんの庇護者は、既に何度も述べたように、スキャンダル発覚後に志賀を擁護する文章を率先して書いた菊池寛であった。(30)菊池が、山本有三をはじめとする、これまでの志賀暁子の擁護論者と一線を画しているのは、自ら映画界を操作し、志賀を表舞台に引き上げたことである。たとえば、志賀暁子の復帰作は、四月に報道された山本有三の『女の一生』ではなく、菊池寛の『美しき鷹』に決定するのだが、この小説は、美しく頭脳明晰なヒロインが、その自由奔放な性格が災いし本人の意思に反して周囲と軋轢を引き起こしてしまう物語であり、『東京日日新聞』『大阪毎日新聞』に一九三七年四月一六日から同年九月一二日まで一五〇回にわたって連載された。ところが、この作品は連載途中で既に日活での映画化が決定していたのだが[31]、新聞連載中の六月には早くもPCLでも映画化が決まったことで、二社間で揉め事がおきそうだと報道され（『読売新聞』一九三七年六月一八日付）、その後、新興キネマが参戦することで、三社競作となり、「菊池もの」の競作は、一九二七年の『新珠《にいたま》』以来およそ一〇年ぶりとなったのである[32]。

競作は一方において広告効果はあるにせよ、興行的には危険な賭けであったことは確かであり、このような三社競作という事態になってしまったのは、菊池寛の思惑が深くかかわっていると考えられる[33]。志賀暁子は、四月一六日の『都新聞』のインタビューのなかで、菊池寛から新作の映画化権をもらうと答えており、『美しき鷹』の『東京日日新聞』『大阪毎日新聞』の連載開始時期が志賀のインタビュー掲載日と同日の四月一六日であることを考慮すると、志賀がいう菊池の新作が『美しき鷹』である可能性が高いといえる。つまり、菊池は、『美しき鷹』が将来映画化されることを見込んで、最初から志賀暁子主役で『美しき鷹』の映画化を想定していたにもかかわらず、日活、PCLにも映画化権を与えてしまったのだ[34]。

こうして菊池寛の『美しき鷹』は、日活（監督＝千葉泰樹、主演＝轟夕起子）、PCL（監督＝山本嘉次郎、主演＝霧立のぼる）、新興キネマ（監督＝田中重雄、主演＝志賀暁子）の三社によって一〇月一日に同時公開された。同時封切にあたって、三社はそれぞれ広告に趣向を凝らすことになった。たとえば、日活では、宝塚出身の轟夕起子が現代劇に初主演ということで話題となり、現代劇初主演についての感想と、それに続くミツワシャンプーの宣伝文が轟夕起子自身の言葉で語られている（『東京日日新聞』一九三七年九月二八日付）。

一方、PCLは、『美しき鷹』と同時期に『主婦之友』で連載されていた菊池寛の『禍福』を、成瀬巳喜男監督、入江たか子主演作として『美しき鷹』の併映作品に据えることで、女性観客の吸引を図った。PCLの新聞広告では、『美しき鷹』と『禍福』の二大タイトルが並列してはいるが、『禍福』では、主演の入江たか子以外にも高田稔、竹久千恵子、逢初夢子ら共演者の顔写真が並んでいるのに対し、『美しき鷹』の場合、主演の霧立のぼるの写真とともに、「こんな奇妙な、そして限りなく美しい近代娘に扮するのはなんと嘗って宝塚少女歌劇随一の美人と謳はれた霧立のぼるなのです」と書かれている。日活とPCLがともに、主演女優の轟夕起子と霧立のぼるを前景化していることからもわかるように、『美しき鷹』の興行価値は、ひとえにヒロイン弓子のキャスティングにかかっていたのである。

轟夕起子というネームバリューを備えた日活、『禍福』という「菊池もの」を併映作品に据えたPCLに対し、新興キネマの場合、菊池寛が、志賀暁子に特別の便宜を図っている。たとえば、『読売新聞』（一九三七年九月二七日付）の新興キネマの広告では、「安宅弓子とは誰か？　志賀暁子の変名なり」という大胆な宣伝文の下に「志賀暁子さんの更生」というタイトルで、菊池寛の文章が掲載されており、次のように述べられている。

図 5—3 『都新聞』1937 年 9 月 27 日付

『美しき鷹』に於て、僕は現代の新しい女性の一つの型を描いて見た。奔放自在とみられる弓子の性格を、現代の女性達は幾らかづゝは持つてゐるに違ひない。しかし、これを映画にするとなると、弓子を演る女優はなかなか難しいであらう

新興ではこの役を志賀暁子さんに演らせることになつたと云ふ。

僕は執筆中に志賀暁子さんとは弓子のやうな女性じゃないかしら、と度度考えた。これは志賀暁子さんで映画化したら、きつと成功するに違ひないと思つてゐた。映画「美しき鷹」によつて志賀さんが名演技をやつてくれて、新しい暁子ファンがうんと出来てくれることを望んでゐるわけだ。

女性は弱し、不幸人生明暗の岐路につまづきたる志賀暁子の更生を「美しき鷹」に依つて、認めて頂きたい。

さらに菊池寛は、別の新興キネマの広告（『都新聞』一九三七年九月二七日付）において、直筆で先の引用文の末尾の「女性は弱し、不幸人生明暗の岐路につまづきたる志賀暁子の更生を「美しき鷹」に依って、認めていただきたい」を載せているのである（図5―3）。このような菊池の発言からも『美しき鷹』のモデルが志賀暁子であるということが裏付けられたわけなのだが、「菊池もの」の宣伝のために、菊池寛が自筆で推薦文を書くことはきわめて異例であり、この自筆の推薦文だけでも絶大な広告効果があったことがうかがえる。その後も菊池は『読売新聞』の新聞広告（九月二九日付）でヒロインの弓子は「志賀君が最も適役だと思ふ」と言い切り、他にも『都新聞』（九月二七日付）では、新興キネマ版『美しき鷹』の試写後に菊池寛が志賀暁子と対談する記事が掲載されるなど、[35]日活の轟夕起子、ＰＣＬの霧立のぼる二人に比較すると新興キネマの志賀暁子は、菊池寛から別格の恩恵を受けたのである。[36]

当初、競作による減収が懸念されたにもかかわらず、[37]三社三様の話題性が加わった結果、『美しき鷹』は大ヒットを記録した。[38]しかしながら、「この作品で『轟』といふ弗箱を一つ拾つた様なもの」（『キネマ旬報』一九三七年一〇月一一日号、九一頁）という評言にあるように、轟夕起子が現代劇女優として前途有望だという評価があった他は、ＰＣＬの霧立のぼる、[39]新興キネマの志賀暁子ともに不評であり、とりわけ『美しき鷹』のヒロイン弓子の実質的なモデルとされたはずの志賀暁子は、志賀の役柄を生かそうと万全の策を講じ、弓子の年齢を、女学校卒業後三年を経た結婚適齢期に設定したほどであったにもかかわらず、三人の女優のなかでもミスキャストといわれることが最も多かったのである。[40]

「われ〱が活字を通して読んだ弓子は、たしか「その行為と言葉なぞには真実と嘘とが背中合せに仲良く隣り合つてゐる」処女であったが、志賀暁子の『美しき鷹』には処女の香りさへなく、その行動には邪気の跡が印せられて行くのである」（『キネマ旬報』一九三七年一〇月一一日号、九一頁）、「志賀の弓子は鷹より鷲の感じだ、鋭いし、妖気さへ漂ふ、美しさも処女のそれでない、芝居は相当しつかりしてゐる、ここ一年の休みは何のひけ目にもなつていないが彼此差引して日活の轟には及ばない」（『都新聞』一九三七年九月三〇日付）などの志賀に対する当時の批評は、志賀の演技よりもヒロインに相応しいかどうかに重点が置かれている。『美しき鷹』のヒロイン弓子は処女という設定であったが、スキャンダルにまみれてしまった志賀暁子には、はじめから処女を演じることは不可能であり[41]、結局、三社競映の結果、作品評価はPCL、ヒロイン弓子は轟夕起子に軍配があがった。[42]

こうして、せっかくの菊池寛の尽力にもかかわらず、志賀暁子は、『美しき鷹』に主演した後、話題にのぼることなく、再び菊池寛原作の『現代の英雄』（田中重雄監督）で力演するものの、一九四〇年の『嵐に咲く花』（東宝、萩原遼監督）を最後に映画界から引退してしまうのである。[43]

## 四　「女優」志賀暁子

これまでの志賀暁子をめぐるスキャンダルと『美しき鷹』の製作経緯を整理しておこう。堕胎事件というセックス・スキャンダルをおこしてしまった志賀暁子は、当初はメディアによって「悪女」の烙印を押されることになるが、しかし映画界から追放されることはなかった。おそらく、それは事件発覚後、『東京日日新聞』を端緒に、志賀暁子自身の告発記事[44]があらわれたことが重要な転機になっている。こうした女性による告発記事は、一九二〇―一九三〇年代の婦人雑誌に典型的に見られるように、女性たちが、自らの性を自ら語るようになったことを意味している[45]。だがここで重要なのは、志賀暁子という一人の女優の「語り」が、新聞報道のみならず、文壇、婦人雑誌、映画界という他のメディアを動かし、それぞれが別のまなざしでこの事件を解釈したことである。

新聞は、事件発覚直後は志賀を非難し、「懲罰」を与えたにもかかわらず、公判が進むにしたがって、志賀自身の言説と、かつてのスクリーンの妖婦のイメージとは全く対照的な打ちひしがれた着物姿の志賀暁子に、手のひらを返したように「犠牲者」のイメージを付与していった。一方の文壇は、公判という政治的な場において文学が引用された点に注目し、何よりも文学の社会性が認められたことを評価した。次に、志賀暁子という女性が置かれた立場を文芸作品と照らし合わせながら擁護し、それを契機に『改造』や『文藝春秋』などの総合雑誌における議論へと発展していったのである。

婦人雑誌は、懺悔する志賀暁子に、同性として何を見たのだろうか。かつての憧れのスター女優と公判時の志賀暁子の落差に好奇心をあおられたこともあっただろうが、『婦人公論』と『主婦之友』という、およそ正反対の性格を持つ婦人雑誌が、こぞって志賀暁子の同情論に傾いたのは、女性のみに科された刑罰に対する反発や憤りといったものが、職業婦人や主婦などの立場や階層を問わず多くの女性に共有されたからだ、と捉えるべきであろう。さらに、映画界はこうした「菊池もの」の観客の中核を占める婦人雑誌の女性読者による世論の流れに乗じて、志賀暁子の「更生」という名のもとで、女性観客の動員をあてこんだ志賀主演の映画を画策し、コマーシャリズムに奔走したのである。

フェミニストとして知られる菊池寛[46]は、以前から母子心中の問題や、マーガレット・サンガーが唱えた産児制限にも賛成の意をあらわすなど、女性問題全般に関心を持っており、志賀暁子の堕胎事件も、たんなるお気に入りの女優という理由だけで志賀暁子を擁護したわけではない。注目すべきは、八年前の『東京行進曲』では、映画の結末を考慮するあまり、原作の結末までもが変更を余儀なくされ、オリジナルの価値が失墜するという事態を招いてしまったが、『美しき鷹』の場合、菊池は、新聞や婦人雑誌といった活字メディアの志賀に対する反応を見据えながら、巧妙に総合雑誌と映画界をコントロールしたことである。具体的には、自身の『文藝春秋』で、志賀の担当弁護士である鈴木義男の反論を掲載し、総合雑誌における論争を仕掛けるとともに、志賀をモデルとした通俗小説を大新聞に連載することによって、「菊池もの」の素材を映画界へ提供し、彼女を救済したのである。

映画は、志賀暁子の「更生」を目の当たりに確認するメディアであり、そのお膳立てとしての「菊池もの」のヒロインは、志賀暁子のもっとも華やかな女優復帰の「場」であった。菊池寛は、このような映画というメディアの本質を見抜いており、自身の立ち位置と文壇と映画界とのヒエラルキーについても充分に理解していた。だからこそ、最初から志賀暁子をモデルに『美しき鷹』の連載小説を執筆すると同時に、競作となるように映画界を巧妙に操作し、志賀暁子の復帰に尽力したのである。

このように、鳴り物入りで公開された『美しき鷹』は、好成績を収め、「菊池もの」の興行価値に対する信頼に拍車をかけるとともに、ますます映画界における菊池の影響力が増すことにもなっていったのだが、志賀暁子の復帰のために、出版、新聞、そして映画界を巧みに動かした菊池寛のこうした手腕は、およそ六年後に始動する〈工房〉の先触れともいえるだろう。

志賀は、妖婦、「悪女」、「犠牲者」、「菊池もの」のヒロインと、場合に応じて様々な役柄を演じさせられてきたのだが、そうした意味においても、志賀暁子はまさに「女優」であった。結果的には、女優復帰の正念場であった『美しき鷹』のヒロイン役が、ミスキャストといわれ、志賀は、結局スキャンダル発覚以前の人気を取り戻すことはかなわなかったのだが、しかし、メディアが本格的に統制へと向かう直前に、大衆は次々と変転するスター女優の身体とそのイメージを鑑賞する恩恵に束の間でも与ったのである[47]。

『美しき鷹』が公開される三カ月前には日中戦争がはじまり、当初の戦局の好調も手伝って、ニュース映画が大流行する[48]。特にこの時期は「時局もの」と呼ばれる速成の戦争映画が乱発されたため、「菊池もの[49]」の内容も変容を迫られることになるのだが、それと同時に映画に求められる女性像も、公判で検事が志賀に求めた「母性」が大きなウエイトを占めるようになっていくのである。

## 注

(1) 一九三〇年から一九三九年まで五九作の「菊池もの」が製作された。

(2) 日本では、一八六九年に明治政府が堕胎禁止令を出してから、八〇年に旧刑法、一九〇七年には現行刑法に堕胎罪が規定された。キリスト教と家父長制の価値観から堕胎を禁じる欧米列強をまねて近代社会の体裁を整え、富国強兵政策を進めるために、堕胎罪が必要とされた。戦後は、食糧難・住宅難で増え過ぎた人口を減らす必要に迫られ、堕胎罪はそのままにして、中絶の許可条件を定めた優生保護法が四八年に制定される。二〇一三年時点でも、堕胎罪は刑法二一二―二一六条に存続している(『女性学事典』岩波書店、二〇〇二年、三三九―三四〇頁)。

(3) 志賀暁子は、後年自伝(『われ過ぎし日に』学風書院、一九五七年)を著すが、その中でも一章(「菊池寛先生」)を割いて菊池寛への感謝の意を述べている。

(4) これまでにも澤地久枝(「志賀暁子の『罪と罰』」『昭和史のおんな』文藝春秋、一九八〇年)、田辺聖子(『近代日本の女性史　第一二巻　愛憎の罪に泣く』集英社、一九八一年)、小池真理子(『悪女と呼ばれた女たち』集英社、一九八六年)などの作家が、堕胎が女性の罪とされた戦前の事例として、志賀暁子のスキャンダルを取り上げており、さらに週刊誌などのメディアが過去のセックス・スキャンダルとして断続的にこの事件を取り上げている。二〇〇三年五月二八日―六月一日までシアターVアカサカにて、方の会第三二回公演「過ぎし日々――女優志賀暁子のこと」(市川夏江作、原田一樹演出)が上演された。

(5) この作品における志賀の評価は高く、「こゝでかの女は「霧笛」以上のものを見せて居り、村田好みの女性であり過ぎるとはいへようが、兎にかく特異な存在として将来が楽しめる」(『読売新聞』一九三四年九月五日付)と評されている。

(6) 村田實は『春のめざめ』(一九三四年)以降、『情熱の不知火』まで続けて四作品に志賀暁子を主演級で起用し、それらの作品の多くが高評価を得ていることから、不振を指摘され続けていた村田にとっても、志賀暁子という逸材との出会いによって、自己のスランプを脱しえたといえるだろう。

（7）『東京朝日新聞』（一九三五年七月一八日付）は「志賀暁子召喚さる」という見出しで扱いも小さかったが、『都新聞』（一九三五年七月一八日付）は、「新興スター志賀暁子　堕胎罪で池袋署に留置　某大実業家の恐喝から暴露」の見出しとともに、帽子で右眼が隠れた志賀暁子の顔写真を掲載している。

（8）『情熱の不知火』は、村田實初の時代劇であり、「マノン・レスコウ」の翻案であることから、志賀暁子はファムファタールにふさわしい女優として村田の期待が寄せられていたといえる。

（9）後年の志賀暁子に関する記事には、『情熱の不知火』でタイトル・ポスターの名前が削除されたこと、そして、新興キネマから馘首されたことが必ず言及されているのだが、実際はそうではない。

（10）事件当初の志賀暁子の「悪女」のイメージは、これまで志賀が主に演じてきた役柄である妖婦《ヴァンプ》に近接していることから、メディアは女優・志賀暁子が本来持っている妖婦のイメージを事件に投影していたことがうかがえる。

（11）志賀暁子のスキャンダルとほぼ同時期に、松竹のスター女優の水久保澄子が服毒自殺未遂を起こし、この事件もメディアによって大きく取り上げられた。このスキャンダルに対し、「最近映画女優問題が続け様に起り社会の視聴が撮影所の内部に向けられればじめ女優と監督の間柄がバクロされはじめたやうである」と前置きしながら、主演映画の撮影を突然キャンセルした水久保の見識が問われたコラム（『都新聞』一九三五年九月八日付）が掲載されると、「監督や技師に貞操と金品を提供しないものは危険な演技を強ひられたり、其の他あらゆる機会に高岡直式の意地悪をされるのです、（中略）自己の純潔を守るには死を選ぶより外に道がないのです、このまゝでは悲惨事は次から次へと出ることでせう」と訴えた投書（『都新聞』一九三五年九月一二日付）が「牢内の女」の筆名で掲載されるなど、映画女優の不条理な待遇に対し世間の関心が集まった。

（12）志賀は、いったん病気のために聖路加病院に入院したものの、その後の関係者の取り調べで、生まれた嬰児が三日間生存していたことが判明し、嬰児殺しの嫌疑で再び一九三五年八月二七日に強制収容され、九月五日に堕胎、遺棄致死ならびに死体遺棄罪で起訴され予審に付されることとなった。

（13）『読売新聞』（一九三六年九月三〇日付）は、「紫地お召銘仙にゐンじの単へ帯、髪をひつゝめた質素な姿で入廷、満員の傍聴席にチラリ目をやつてニコリとふくみ笑ひを漏らす、憂愁の身ながら薄化粧の双眸にはさすがにほんのりとした媚態が感ぜられる」と第二回公判での志賀暁子の様子を克明に説明している。

(14)『都新聞』(一九三五年一一月一三日付)は「聴け〝母暁子〟の声! 荊棘の路を越えて世に訴ふ血涙の手記 切々・死児に詫びる贖罪の姿」の見出しで九段にわたって志賀暁子の記事を掲載している。

(15)たとえば、『読売新聞』(一九三六年七月八日付)では、「銀幕スター法廷でも大もて けふ志賀暁子の公判」の見出しで、「銀幕のファンが実演でもみる気になつて朝早くから押かけ二百枚の傍聴券の奪ひ合ひでたうたう怪我人を二人ほど出す――それも一人は腕を挫いたといふ騒ぎ方だ、広い陪審法廷も好奇の眼を光らした日大生の団体や、若い女などで満員立錐の余地もない有様」と報道している。

(16)『読売新聞』(一九三六年一一月一五日付)は井本検事の論告を次のように報道した。「「すなはち家庭の女は子供を育てるのが「母」としての偉大なる任務であり、天与の責務である、如何に明眸であり、また学識その他に卓越した女といへども子供を育てるといふ母としての資格なきものは最も悲しむべき女である、作家山本有三氏の〝女の一生〟の中にも「私生児を妊娠したが弱き女性が兄弟友人らの切なる堕胎の勧告を退け敢然母性愛に覚めて飽くまで自分の手で生れた子を育てあげよう」とする一節がある、これこそ日本女性の美しい母性愛でなくてはならない」と峻烈に〝女性の社会的立場〟を論断、被告席で静かに聴入る暁子は首低く俯むいたまゝ心から感に打たれた様子」。

(17)検事の引用による『女の一生』がクローズアップされたのに対し、志賀暁子の弁護人である鈴木義男の弁論の内容は一紙(『読売新聞』)のみであった。

(18)それだけならば、菊池寛も『主婦之友』における座談会(「恋愛と結婚を語る座談会」『主婦之友』一九三七年一月号、一〇九頁)で相手の男の実名を挙げて批判している。

(19)志賀暁子の堕胎事件が発覚した直後、『中央公論』(一九三五年九月号)で北山虎造が「映画女優は何故堕落するか」という記事のなかで、志賀暁子の女優以前の経歴、新興キネマ入社後の奔放な恋愛遍歴を赤裸々に綴っている。
（20）文学が政治的に本格的に利用される、ペン部隊の派遣は一九三八年の八月からであった。
（21）鈴木義男は、戦後の片山内閣（一九四七年五月二四日―一九四八年三月一〇日）で法務大臣を務めた弁護士である。
（22）『主婦之友』一九三七年六月号の広告ではヘレン・ケラー、シンプソン夫人、志賀暁子を同列に取り上げることについて次のように述べている。「弱い女性の宿命的な悲劇に泣く場合女性として世界最大の歓喜に酔ふ場合、そして遂に女性永遠の栄光に輝くケラー女史の場合!! あらゆる女性は一身に、この三つの場合を持つてゐるのです」。
（23）『東京朝日新聞』一九三六年一二月二四日付。
（24）山川はその根拠として、『女の一生』の主人公允子の場合は「母性愛といふ主観的な要素ばかりでなしに、子供を育てながら自活し得る客観的条件が備はつてゐた点を、現実の職業婦人としては稀な幸運に恵まれてゐる。彼女が、子供の父親からの経済的補助の申込みを一蹴した果敢な態度は、この客観的な条件によつて裏付けられる」と述べている。
（25）志賀暁子の判決の記事が掲載された一九三六年一一月二五日付の『都新聞』の二面の左側に阿部定の第一回公判が開かれる様子が伝えられており、このように、世間を騒がせた女性二人による事件が同じ紙面を飾っているのは、おそらく偶然ではないだろう。
（26）「判決があってからは、世論も志賀暁子を一日も早くカムバックさせるべきだという同情論が圧倒的でしたので、会社も世論に便乗するし、私もファンの御同情御庇護に甘えて銀幕復帰を決意しました」（志賀暁子、前掲書、一一四頁）。
（27）志賀暁子の女優復帰は、新興キネマの内部事情が大きく関係していた。すなわち、伏見直江、信子の姉妹が実演に転向し、霧立のぼるがPCLに引き抜かれ、新興キネマの現代劇部門である大泉撮影所のスター女優の不足が深刻化しており、「女軍三銃士」として山田五十鈴、志賀暁子、渡辺はま子の三人を新たに契約することでスター女優を確保する計画であった（『都新聞』一九三七年四月二九日付)。

(28)村田實は、一九三七年六月二六日に死去し、これまでの日本映画界開拓に尽した貢献を讃えるために、映画界初の「映画葬」として葬儀が執り行われ、会葬者は五〇〇人を数えた。『東京朝日新聞』(一九三七年六月三〇日付)では「人目を惹いた志賀暁子さん」の見出しとともに、「入院中の聖路加病院から実兄に扶けられつゝ参列した志賀暁子さんの憔悴した喪服姿が人目をひいた」と書かれている。

(29)ただし、この記事では、村田の死に対するショックが原因であるのか、志賀自身は「今年いっぱいは気持を落ちつかせたいのです、私のスケジュールは秋迄軽井沢の奥、千ガ淵で静養し乍、独り読書をして、秋には此の病院で院長さんの取り計らひもあり、(中略)是非此処の日曜学校で働きたいと思つています」と述べている。

(30)志賀暁子の判決直後に、菊池寛は次のような文章を発表している。「志賀暁子が、執行猶予になつたのは、名判決であつた。フランスなどでは、女性は人を殺しても、なか〳〵罰せられないさうであるが、日本などは女性が、いろ〳〵不利な条件の下に、生活してゐるのだから、たとひ法に触れても、法は出来る丈寛大な処置をしてもいゝのではないかと思ふ。殊に、志賀の場合など、山本有三の云つた如く、相手の男は平然としてステッキをついて銀座を歩いてゐるのだから、あまり片手落過ぎるのだ。この上は、映画界が、志賀に対し、更生の道を開けてやれば、更にいゝだらうと思ふ」(菊池寛「話の屑籠」一九三七年一月号『菊池寛全集 第二四巻』高松市菊池寛記念館、一九九五年、三四五―三四六頁)。

(31)たとえば、『東京朝日新聞』(一九三七年七月二八日付)の、「映画界の新戦場(上) 一流創作家の原作を争奪す たゞ向ふ見ずに権利を得て画にならぬ失敗百話」では、「一流新聞に登場する連載小説はその花形スターの観あり、まだ社告も出でず、勿論第一回分の掲載されぬうちに、早くも映画会社の企画委員等がその原作者を聞き込んで自宅を訪問し、上映権獲得の交渉を行ってゐる現状で、たゞ先陣を争ふあまり多くの場合原作の内容を検討する間もない」と映画界の無計画な新聞連載小説の映画化を難じている。

(32) ただし、『新珠』は二社（聯合映画芸術家協会、松竹蒲田）の競作であり、三社が映画化した「菊池もの」は一九二六年の『第二の接吻』（聯合映画芸術家協会、松竹蒲田、日活）があるが、封切日が異なるため、三社競作とはいえない。

(33) たとえば、菊池が映画化権を譲渡してからも、菊池の意向が次のように映画界に伝えられた。「三社競映の「美しき鷹」に原作者が公開延期を希望」（『都新聞』一九三七年九月八日付）では、「原作者菊池寛氏は小説も近く完了するから、この映画は原作完了一カ月後に封切されたい旨の希望を製作三社に通じた」とある。

(34) 日活、PCL、新興キネマによる三社競作によって、菊池が得た映画化権は合計五千万円にもなったという。文芸映画の一般的な映画化権は一本五百万円といわれていたことから、三社競作によって菊池寛がいかに得をしたかがよく分かる。

(35) 菊池がヒロイン弓子を創造するにあたって「一体僕はあの小説はもつと延ばして弓子を色んな男に交き合はさうかと思つてゐたが、さうすると弓子が悪くとられるかと思つて切つてしまつたんだ、その点では此の脚本は君の更生にはいいやうになつてゐる」（『都新聞』一九三七年九月二七日付）と証言していることからも分かるように、『美しき鷹』のヒロインは志賀暁子であったことが確認できる。

(36) 当初は新興キネマに『美しき鷹』の映画化を許可していたにもかかわらず、最終的に三社競作となってしまった事情を考慮し、菊池寛が志賀暁子に格別の処遇を図ったことが考えられる。

(37) 過去に日活と新興キネマが『利根の川霧』（一九三五年）、日活と東宝が『宮本武蔵』（一九三七年）で失敗していただけに、東京地区では、東宝系四館、新興系三館、日活を合わせると一〇館を観客で埋めることができるのか懸念されていた（「又も嘗めるか　競映の苦杯　三社の『美しき鷹』」『都新聞』一九三七年九月二九日付）。

(38) 『美しき鷹』は興行的成功を収めたものの、「松竹ブロックでは『美しき鷹』を機会に、今後は同ブロックの競映は絶対に廃止して狡猾なる原作者の手にかゝらぬやうに決議した」という。この報道に対し、映画批評家の友田純一郎は、「新興、日活は菊池寛のペテンにかゝつて損をしたかの如きこへるが、現代劇に当るものなき日活、新興はともかく二週続映出来る現代劇を菊池寛のおかげでものにすることが出来たのだ。映画会社が金を儲けさして貰つて文句のある筈はないのだが、これに対する感謝の代りに人を狡猾よばはりするのも非常時精神と云ふものであらうか？」と皮肉を述べている（友田純一郎「日本映画月評」『映画の友』一九三七年一二月号、七七頁）。

（39）ＰＣＬの霧立のぼるの弓子の批評は次の通りである。「「美しき」の肩書に文句はないが「鷹」らしい智と鋭さには不足してゐる」（『都新聞』一九三七年一〇月五日付）、「霧立のぼるは、若い美貌をもつた女優には違ひないが、彼女には溌剌たる面影もなければ理智もない。むしろ、悲劇女優の道をすゝむべきひとであつて、その霧立が溌剌たる行為をしようとすればするほど、軽佻浮薄な印象をのこして行くにすぎなくなる」（『映画評論』一九三七年一二月号、一二五頁）「この映画の生命線を扼す安宅弓子は不幸霧立のぼるの個性のなかに見出し難いのであつた」（『キネマ旬報』一九三七年一〇月一一日号、九一頁）。

（40）もちろん、「久々の出演ながら、よく動き、あつぱれ更生の気を吐いてゐる」（『東京日日新聞』一九三七年九月三〇日付）「新興の志賀暁子は、概してミス・カストの一言のもとに排せられてゐたやうだが、弓子の分別をとにかくも現してゐたのは、この女優だけではなかつたらうかと思ふ。良き分別とつぎ〳〵に矛盾してゆく悲しみを、志賀暁子は相当に表現してゐた」（『映画評論』一九三七年一二月号、一二五頁）「志賀暁子が思つたより好演であつた」（山本幸太郎「三つの『美しき鷹』をめぐつて」『キネマ旬報』一九三七年一〇月二一日号、一三頁）などの好意的な批評もあつた。

（41）おそらく、菊池は、『美しき鷹』のヒロイン弓子の、「奔放自在」さが原因で自らの意思に反して周囲と軋轢を起こしてしまう、その不条理な状況と、女優・志賀暁子の置かれた状況に類似点を見出したのかもしれない。しかし、このような女性像は現実感が稀薄であり、『美しき鷹』を観た平林たい子は、「『美しき鷹』の弓子が、よしんば実在のモデルによつてゐたとしても、かういふ事件や性格が、女として何となく一般性を持たないからであつた。詰り社会現象として例外的であり、偏つてゐるからだつた。この映画の与へる興味は、いはゞ変つた女から受ける驚きで、日常生活意識に於ての共感は薄い」（平林たい子「小説に描かれる女——何と本質性に乏しきことよ！」『読売新聞』一九三七年一〇月一八日付）という感想をもらしたのである。

(42)『美しき鷹』の三社競映と通俗小説の映画化の総括として次のような批評がなされた。「通俗小説を映画化すと云ふことは、日本映画が二十年も歩いてきた道であるが、未だに日本映画は通俗小説を映画化することに未熟であり、無能力であり、貧相でさへあることを『美しき鷹』の競映は僕に痛感させるのである。（中略）これでは日本映画は通俗小説の映画化を行ふのではなく、たゞ原作の市価にあやかつてゐると云ふ簡単な意味をしか含まないではないか？　各社にわたるこの傾向が何時までつゞくことか？　過去の長期の歴史を回顧すれば何時果つ可しとも思へない。が、少なくともこの状態を脱しなければ日本映画は強力な娯楽的性格を具備することは出来ないことをせめてこの競映に際して明言して置こう」（『キネマ旬報』一九三七年一〇月一一日号、九一頁）。

(43) 後年の志賀暁子に関する評価では、志賀が『美しき鷹』以降、スター女優を維持できなかった理由に関して『情熱の不知火』の批評「トオキイ女優としての志賀は前途遼遠」（『東京朝日新聞』一九三五年八月五日付）を引いているが、『美しき鷹』において、志賀の発声に難色を示した批評はなかったことから、映画界における戦時体制の強化によって、志賀暁子のような妖婦型の女優が活躍する場がなかったことが一番の理由であろう。志賀暁子の自伝においても、「私のように異国的な匂いをただよわす個性の持主には、映画にはそれらしい人物が登場しなくなって来て、思うような仕事が出来なくなることを早くも感じました」（志賀暁子、前掲、一三七頁）と述べている。

(44) しかし、志賀暁子が告白したとされる、女優が監督に一方的に搾取される関係は、公判の中では一転して否定され、志賀暁子は女優としての出世のためではなく、阿部豊を愛していたことを九月二九日の第二回目の公判で明らかにしている。また志賀の弁護人の鈴木義男も「本件に関連して我ジャーナリズムに於ては、「女優はよい役を割り当てて貰ひたいばかりにその貞操を監督に売るものだ」と云ふやうな、漫評がなされて居るのでありますが、本件記録を通読して見てもどこにもそんな功利的動機は見当たらないのであります。被告は当時自然のコースを経て、Aとの恋愛に陥った丈けであります。弁護人は一般女優の名誉の為めにこの機会に弁明してやつて置き度いと思ふのでありますと述べている（鈴木義男「志賀暁子の為めに」『婦人公論』一九三七年一月号、一五八頁）。

（45）一九二〇―三〇年代の婦人雑誌には、女性たちの告発記事の他に、産児制限・避妊その他、人的資源の再生産をめぐる記事が氾濫していたのだが、その背景の一端として、菅聡子は、新中間層が代表するような、従来の性的因襲にとらわれない人々が都市にあふれたことをあげている（菅聡子編『コレクション・モダン都市文化　第二三巻　セクシャリティ』ゆまに書房、二〇〇六年、六六二―六六三頁）。

（46）私生活では艶福家であったともいわれる菊池は、才能のある女性の社会進出を支援していたことでも知られている。河野多恵子の「フェミニスト菊池寛」（『菊池寛全集　第七巻』高松市菊池寛記念館、一九九四年）に詳しい。一九三〇年から八年にわたって菊池の秘書を務めた佐藤翠子は、『人間・菊池寛』（新風社、二〇〇三年）の中で、菊池との出逢いと別れを軸に、自身の文才が開花していった過程を活写している。

（47）志賀暁子のスキャンダルにインスピレーションを得た小説に、織田作之助の最初の長編小説『青春の逆説』（一九四一年）がある。この作品は、二部構成だが、第二部の『青春の逆説』で、主人公の毛利豹一が恋する元映画女優村口多鶴子は志賀暁子がモデルとされている。萬里閣から出版された初版『青春の逆説』は、刊行直後、発禁処分をうけたが、一九四六年六月、両編を併せた長編小説『青春の逆説』が三島書房から出版された。『青春の逆説』の本文では、元女優村口多鶴子を描くにあたって、堕胎という言葉を著者は一度も使っていない。藤沢桓夫はそれを織田作之助の「表現上のダンディスム」と説明している（藤沢桓夫「織田作之助の人と作品」『織田作之助全集　二』講談社、一九七〇年、三七七頁）。

（48）たとえば、次のような新聞記事を参照されたい（「事変と興行　バカ当りの各ニュース劇場　各劇場挙つて軍事物を上演」（『都新聞』一九三七年八月二一日付）、「あゝ映画時代！　只今ニュース全盛冷房完備と料金の安いが好評　但し時にインチキもこれ有候」（『都新聞』一九三七年八月一六日付）、

「戦争映画ならどんな古物でも　満洲事変以前のものまで傍へ寄れぬ鼻息」（『都新聞』一九三七年九月一日付）。

（49）日活版『美しき鷹』のラストシーンには、ヒロイン弓子の相手役の恭一が応召兵士として出征するという時局的内容が盛り込まれた。この原作とは違うラストの改変について、『東京朝日新聞』の新映画批評（一九三七年九月二八日付）は「〔恭一役の〕小杉勇を活かすためと、物語を端折るためとはいへ随分乱暴な脚色振りである。（中略）これでは弓子の性格は丸で出鱈目なものとなつた憾みがある」と述べている。

# 第六章
# 戦時期の菊池寛

大映社長就任式の日の菊池寛（左端）（菊池寛記念館提供）

## 一　大日本映画協会の設立

日本における戦時期とは、本来、柳条湖事件（一九三一年九月一八日）から敗戦（一九四五年八月一五日）までの約一五年間を指す。しかし、映画史を概観すると、同じ戦時下といえども、柳条湖事件から盧溝橋事件（一九三七年七月七日）までの期間と、アジア・太平洋戦争の開戦後では、映画界を取り巻く状況がまったくちがってくる。

映画界の実質的な「戦時下」は、一九三九年の映画法が施行されて以降のことである。もちろん、日中戦争開戦以後、映画界では、当時「軍事映画」と呼ばれた戦争映画など、時局を反映した映画作品も次々と公開されたのだが、しかし、松竹が手がけたメロドラマは依然として女性観客を中心に支持されており、「菊池もの」もその一翼を担っていたのである。たとえば、建前上は「戦時下」であった一九三〇年代の「菊池もの」の製作本数を概観してみよう。日中戦争の勃発から敗戦までに公開された、菊池寛原作の映画化作品は、計二二本にのぼるが、そのうち、「菊池もの」は一三本を占めていた。アジア・太平洋戦争以降は、「菊池もの」は製作されず、全て国策映画に転じることになったのだが、しかし、菊池寛の小説が日刊新聞や婦人雑誌の連載を経て映画化されるという、これまでの「菊池もの」の典型的な流通パターンは依然として反復されていたのである。要するに、菊池寛のネームバリューと菊池が生み出すストーリーは、「戦時下」といえども有効に機能していたのだ。

しかし一方で、一九三三年二月八日には、国家が映画のプロパガンダ性を認め、政治的利用に価値を見出した、いわば映画法の発端ともいえる「映画国策樹立に関する建議案」が、第六四帝国議会衆議院を通過するなど、国家が映画を管理下に置こうとする動きは、実は一九三〇年代初頭から着々と進行していたのである。

一九三五年一一月には、半官半民の団体として組織された大日本映画協会が設立される。菊池寛は、同年一一月にこの大日本映画協会の理事に就任するが、当協会への参画を機に、菊池は、戦時下の映画界に積極的にコミットしていくことになるのである。

大日本映画協会とは、映画事業の改善発達、健全なる娯楽映画製作を期して組織された内務省の外郭団体である。同協会設立の目的は、国家が映画の持つ宣伝力と教化性を認め、国民教化の道具として映画界に積極的に関与することであり、それは、国家による映画統制の実質的な第一歩を意味していた。さらにいえば、国家が、従来の検閲業務を中心とする消極的な政策から、作品の内容にまで踏み込む積極的な政策への転換を図るとともに、欧米映画に比べ、作品内容、興行収益ともに劣勢とされた日本映画の支援に本格的に乗り出したともいえるだろう。

大日本映画協会は、官庁（国家）側と映画会社との意見交換の場＝統制の接点[1]としての機能を担っていたことから、官庁、業界のいずれの利害にも左右されない立場で、率直に日本映画の改革に意見を表明する菊池寛のような第三者的な文化人を求めていた。なぜなら、同協会の目的のひとつである、日本映画の質的向上を図るには、普段日本映画を観ない文化人にもアピールし、世論に大きな影響力を持つ彼等の関心をひくことが必要であったからである。たとえば、「活動写真は四五時間も見続けても快く見続けることが出来る、(尤も之は西洋物の就いての話で、自分は日本物の映画には宥和しがたき嫌悪を感ずる)[2]」「大多数のインテリ階級は三十本くらゐの日本映画を見るか、見ないかくらゐの割合である。中には外国映画ばかり見て廻つてゐるくせに、日本映画は一本も見ないなどという極端な人もあるのである[3]」などの意見に見られるように、文化人の多くは欧米を中心とする外国映画を好み、日本映画を蔑視していたのである。

第三章で既に論じたように、『映画時代』に随筆を寄稿した文壇人の多くが日本映画にほとんど関心がなかったが、約一〇年を経てもなお、文化人たちの日本映画に対する考えはあまり変わっていなかった。こうした事態を改善するためにも、菊池寛の大日本映画協会の理事就任は、日本映画の質的向上と文化人たちに日本映画への興味を喚起させる第一歩でもあったのだ。

## 二 雑誌『日本映画』

大日本映画協会における菊池の最初の仕事は、雑誌『日本映画』の刊行であり、同誌は、一九三六年四月に、文藝春秋社の全面的な協力で創刊された[4]。菊池が『日本映画』の「創刊の言葉」で「現代の如何なる事業も、宣伝なしにはやれない」と述べたように、『日本映画』は大日本映画協会の宣伝誌の役割を担っており、これまで日本映画に関心のなかった文化人に対する宣伝も兼ねていたのだが、さらに菊池は「日本映画ファンの真只中に飛び込んで行く[5]」と宣言した。これは、日本映画を改革するには、従来の日本映画の主な観客である大衆を無視することは不可能であるという立場を踏まえたものであり、映画が通俗小説と同じく、大衆相手の仕事であることを熟知した菊池寛らしい発言ともいえるだろう。

事実、「映画は他の芸術に較べて、圧倒的に多数の人間を吸収できるところに最大の特長がある[6]」「映画くらゐ大衆的な芸術はない。現代の青年男女で、本を読まない者はあつても、映画を観ない者は絶無と云つてよい。従つて映画は若い国民にとつては、感情や思想や知識を培ふ糧である[7]」といった菊池の発言からも明らかなように、菊池は映画の最大の特長を大衆動員力に見ていたのである。

菊池は、大日本映画協会の理事に就任することで、日本映画と政治的に向き合い、文化人として映画振興の旗振り役となっていく。日本が中国をはじめとする近隣諸国との関係を悪化させ、軍国主義へと傾いていくなかで、映画が国家の強力な宣伝装置であることを認知されたとき、国家が菊池寛を必要とし、それと同時に、菊池自身も映画が持つ大衆性にひかれ、こうした国家の要請を引き受けたといえるだろう。とくに、菊池は、彼にとって二度目の映画雑誌ともいえる『日本映画』において、これまで培ってきた雑誌経営の手腕を発揮することによって、同協会の強力なスポークスマンの役割を担うことになったのである。

だが、菊池は、すぐさま映画界に積極的にかかわったわけではない。菊池は、『日本映画』の編集プランに目を通しつつ、不定期にエッセイを寄稿していたのだが、その内容は、映画の感想の他、映画俳優学校設立の提言[8]、日本映画の水準、映画女優の恋愛と結婚、戦争映画について、「藤十郎の恋」と林長二郎など、多岐にわたっていた[9]。だが、それらはあくまで「文壇の大御所」の私見を超えないものであり、映画界の〈外部〉からみた傍観者的立場にすぎなかった[10]。

しかし、菊池のこうした立場に軌道修正が迫られるのは、一九三七年七月七日におこった盧溝橋事件にはじまる日中戦争の勃発である。当時の近衛内閣は、事件を重視し、挙国一致体制を早急に確立するために、政界、財界および言論界の協力を求めた[11]。文学の国家への協力は、事変のおよそ一年後の文学者の戦場視察、いわゆるペン部隊の中国大陸への派遣によって実行に移され、『文藝春秋』はじめ、総合雑誌における作家の従軍記事が氾濫するようになる。

だが、菊池は、はじめから全面的に国家協力に応じていたわけではなく、盧溝橋事件の勃発直後、次のように発言している。

北支に於て、日支が戦端を開いた事は遺憾である。数年来の抗日機運の避けがたい結果であらうが、日本と支那とが、ローマとカーセージのやうな仇敵関係になり、十年目二十年目に、戦争をしなければならぬとすると、東洋に於る平和や文化のために、一大障碍となるであらう。いかに日本の武力を以てしても、あの大国と四億の民衆とを徹底的に屈服させてしまふ事は、不可能であらう。いく度、生殺しに叩きつけても、十年二十年経つと、国力を恢復して、向かつて来るだらう。その度に、叩きつけ叩きつけなければならぬとすると、将来の日本に取つて、負担とも脅威ともなるのではないだろうか[12]。

しかし一方で、菊池は、かねてから文壇の社会的地位の低さに不満を述べていたが、文壇に対する国家の協力要請に対しては、「雑誌の社会的位置をハッキリ認めたことで、雑誌経営者に取つても、雑誌の読者にとつても、会心の事であると思ふ」（「話の屑籠」一九三七年九月）と好意的に受け止めていたのである。第五章で確認したように、山本有三が、自著の『女の一生』が、裁判という公的な場で引用されたことに対して、「検事によつて、文学の社会性が高められたことは、われわれのひとしく喜びとするところである」（傍点引用者）と述べたように、文学の社会性が国家によって認知されていくのもまた、映画と同じく国家が軍国主義へと傾いていく時期であった。

ところが、菊池は、国家の協力要請に応じたものの、言論統制の強化については、「事変勃発当初、我々は生活やその他の点に於て、いろいろ不自由を忍ぶ覚悟をしてゐたが、事変開始後既に半年になるが、事変から来る影響など殆ど感じられない。たゞ、その中に於て感ぜられるのは、言論文章に対する取締の強化丈である」（「話の屑籠」一九三八年一月）という意見を述べており、繰り返し苦言を呈していた[13]。このような菊池の国家に対するアンビバレントな態度は、戦局が進むにしたがって、国家協力へと次第に傾斜していくことになっていくのだが、こうした菊池の方向転換は、彼が置かれた社会的立場にもよるのだろう。

序章でも紹介したように、戦時中の菊池寛は、同時代の「もっとも人気のある作家であり、新聞社を除けばもっとも影響力のある言論機関の指導者」であった。支那事変以降、言論統制の圧力が強まるなか、「実行家の塊」といわれた菊池寛に期待された役割は、言論界の中枢として何らかの意見を表明し、雑誌ジャーナリズムの牽引役を果たすことであった。国家による言論界への協力要請と、言論統制という圧力の狭間で、菊池寛が最終的に選択した方策は、国民精神総動員の気風を大衆に「鼓舞奨励」することであった。それは「精神総動員の建前上、国民の気風を一新するために、あらゆる方面に積極的に鼓舞奨励が行われるべきであらう。消極的な取締りや弾圧は、下策だと思ふ」(「話の屑籠」一九三八年一月)と菊池自身が述べていることからも明らかだ。つまり、菊池は、むしろこうした非常時にこそ、文壇が先手を打って自由闊達な議論を展開すれば、国家による雑誌ジャーナリズムへの過度な介入を防御し得ると判断したのである(14)。

戦時下の「言論の自立」を目的とした菊池の国家協力に対するこのようなスタンスは、その後、菊池が映画界に参画するにつれて、文壇のみならず映画界にも提言されていくことになる。これまで『日本映画』に不定期に掲載されていた菊池寛のエッセイは、一九四〇年一月号から「思ひつくまゝ」のタイトルで連載が開始され、本格的に菊池の映画に関する言説が生み出されることになるのだが、菊池による「思ひつくまゝ」の定期連載は、映画界の〈外部〉という傍観者的であいまいな立場から脱却し、映画界の〈内部〉へと参入していく契機となっていくのである。

## 三　文学と映画の狭間で——「思ひつくまゝ」と「話の屑籠」

次に、『日本映画』の一九四〇年一月号から四四年一月号まで掲載された「思ひつくまゝ」と、『文藝春秋』のエッセイ「話の屑籠」（一九四四年五月号より「其心記」に改題）における菊池寛の発言を追いながら、戦時下における菊池寛の活動を検証していきたい。「思ひつくまゝ」と同時期に執筆された「話の屑籠」は、菊池が戦争協力になし崩しに突き進んで行く過程がつぶさに記され、また、文学、演劇、映画などの文化の現況に対する菊池のアクチュアルな意見が表明されたエッセイである。同時期に書かれた「思ひつくまゝ」と「話の屑籠」を検証すれば、文壇と映画界という二つの業界を往還していた菊池が、時勢の変化にしたがって、いかに文壇から映画界へと傾斜していったかが明らかになるだろう。

菊池寛が雑誌『日本映画』で、「思ひつくまゝ」の連載を開始する前年の一九三九年は、一〇月に映画法が施行され、本格的に映画の国家利用が実施された年であった。劇映画では、一九四〇年一二月に誕生した情報局の指導のもと、恋愛映画やチャンバラ映画など、大衆に支持される作品は排撃され、国策の意図が盛り込まれた慰安目的の「健全な」娯楽映画の製作が急務とされた。しかし、時局迎合の映画は量産されたものの、それらの多くは駄作に終り、興行的にも失敗する結果となった。当時の映画会社の企画では、時局的主題を組み込むことで、説教臭さが先行し、映画の本来持つ娯楽性が削がれることになりがちだった。その結果、作品そのものが破綻してしまうことが多かったのである。

こうした国策映画の製作方針をめぐる映画界の混乱について、菊池は、「思ひつくまゝ」で打開策を提案していくのだが、その中で最も力を入れた主題がシナリオの問題であった。菊池にとって、劇映画の生命は「ストーリイ」[15]にあり、稚拙なシナリオが日本映画の貧困の要因のひとつであると考えていたからだ。そこで、菊池はストーリー第一主義を掲げ、「雑誌が映画製作に対して撮影所の外部から強力に作用できる唯一の方法」(「思ひつくまゝ」一九四三年三月)と唱えた「シナリオ創作運動」を提起し、『日本映画』誌上にシナリオを積極的に掲載することで、映画会社の企画に左右されないシナリオライターの育成を推進していく。実際、雑誌『日本映画』で掲載されたシナリオが映画化されるにしたがい[16]、菊池のもとへ既存のシナリオライターや志望者が集結し、菊池寛を中心とした映画製作への地固めが進んでいくことになっていったのである。『日本映画』における、読者参加型ともいえるこうした改革は、既存の映画会社から束縛を受けずに、雑誌主導で有望な新人を発掘、育成し、映画化を進める点で、往年の『映画時代』の手法を継承しており、ここにも菊池の映画製作の意欲の一端、すなわち菊池寛による〈工房〉の実質的な兆候がうかがえる。

戦時下では、文化映画が台頭し、映画の記録性や迫真性が重視されることになるのだが、その一方で劇映画においては、国策映画の質をめぐって、試行錯誤が繰り返されていくなかで、国策映画の企画、ストーリー、シナリオ構成などの、映画表現以前の文学性[17]の必要が問われることとなった。一方の文壇においても、「国家的な文化建設を主眼としている」[18]文壇の現状に鑑みて、映画界への協力を提起する意見もあった[19]。第三章で検証したように、文芸映画が発展する一九二〇年代半ば以降、文芸映画が発展する過程において、時には論争まで引き起こした映画における文芸的要素を重んじる傾向が、国策映画の製作をめぐって本格的に台頭することになるのである。

ところで、菊池寛が、『日本映画』での「シナリオ創作運動」の推進と並行して、本業の文壇で、〝舌の従軍[20]〟といわれた文芸銃後運動にかかわっていたことは、菊池が文壇から映画界へと活動をシフトさせる上で大きな意味があったともいえるだろう。ペン部隊の派遣に次ぐ文壇の国家協力である文芸銃後運動は、文芸家協会主催で一九四〇年五月から開始され、春秋二季に分けて日本はもとより朝鮮、台湾の傷病兵の慰問や講演活動を行うものであったのだが、約四〇名の文壇人が生身の身体と声を通して戦争協力を大衆に訴えたのである。文芸家協会会長の職にあった菊池は、文芸銃後運動の中心人物として、精力的に全国各地を回り、この運動を成功させたのだが、しかし菊池は、同年の文壇人の翼賛体制ともいえる日本文芸中央会が結成されると、同会の発足にあたって次のように述べている。

文士の団体行動と云ふものは、雑誌出版とか講演とか、ごく限られた範囲である。殊に、新雑誌出版は、不可能である現代では、団体的運動を起すことは極めて困難である。結局、各人の創作を通じて、大政翼賛の実を挙ぐる外はないと云ふことになるのである。

（「話の屑籠」一九四〇年一二月）

菊池は、自ら発案した文芸銃後運動で中心的役割を果たしたにもかかわらず、この発言のなかで、文芸銃後運動の活動を「ごく限られた範囲」と指摘することで、戦時下における文学の役割の限界を認めてしまっている。たしかに菊池が指摘するように、一九四〇年八月に商工省が用紙配給機構整備要綱を発表した結果、新雑誌の創刊がほぼ不可能となり、文学による国家奉仕は、既存の作家による創作に頼らざるをえなくなった。菊池は「国家から頼まれたことは、何でもやる」(「話の屑籠」一九四〇年五月)と宣言し、文芸銃後運動を組織したものの、大衆を大量に動員するという点で、結局は文士の団体行動が局所的であることを実感した。つまり、菊池は、文芸銃後運動を通して、じかに大衆に接した結果、彼らに発信する強力な宣伝装置の必要性を肌で感じ取ったのである。菊池が、大日本映画協会の理事就任時点から映画の特性を何よりも大衆動員力に見ていたことを思い出そう。文壇での文芸銃後運動のかたわら、一方の映画界で「シナリオ創作運動」を軌道に乗せていた菊池が、映画の大衆動員力を信じて映画界へ接近するのはもはや時間の問題であった。

## 四　映画臨戦態勢へ

菊池寛の映画への志向が決定的になった契機は、一九四一年九月にはじまる映画臨戦態勢である。日米関係の悪化に伴い、生フィルムの輸入がストップされ、八月に入ると「民間に回すフィルムは一フィートもない」という官庁側の突然の通告により、当時一〇社あった映画会社が二社に統合されるという強硬案が提出された。官庁と業界とのあいだの攻防の末、最終的に東宝、松竹の既存の二社と、日活の製作部門、新興キネマ、大都映画の三社が統合された大映という、劇映画三社の案で落ち着くことになったのだが、国家（情報局）は、日米開戦を前に映画作品の検閲のみならず、抜本的に映画業界の機構改革を行うことで、映画行政を完全に掌握し、国策映画の量産体制を確立しようとしたのである。

この映画界の臨戦態勢以前の「思ひつくまゝ」は、もっぱらシナリオに関する話題が中心であったのだが、臨戦態勢以降、エッセイの内容がガラリと変化する。たとえば、臨戦態勢が発表された直後の一九四一年一〇月の「思ひつくまゝ」は、「いま日本は、国史の上に、いく度か起つた国難の何れよりももつと重大な危機に立つてゐる」という文章の後、次のように書いている。

とにかく、映画界は、一団となつて、この革新体制の確立に尽すべきである。もはや映画人には、映画憂国の赤心があるばかりである。いま、真に国家が必要とし、国民が求めてゐる映画も、映画人以外の誰も、作り得ないのである。映画行政官などの想ひ到らないやうな崇高な感動的な国民映画の創造も、映画作家の手中にあるのだ。映画作家は、耿々たる映画憂国の誠心と、芸術家としての誇りとを失つてはならない。

（「思ひつくまゝ」一九四一年一〇月、傍点引用者）

このエッセイが興味深いのは、菊池寛が「真に国家が必要とし、国民が求めてゐる映画」「映画行政官などの想ひ到らないやうな崇高な感動的な国民映画」の担い手が誰であるかを「映画人」という言葉ではっきりと名指していることである。それは、新体制以後、情報局をはじめとする国家や、映画評論家などの映画界の〈外部〉によって常に批判に晒されてきた映画界に対する叱咤激励であると同時に、支那事変勃発の際に、菊池が言論の自立を担保に文壇の国家協力に応じたように、同じく映画界においても、表現の自立を構築するよう呼びかけているのだ。この発言の内容からも分かるように、菊池寛は、映画臨戦態勢を機に、国家や映画評論家などと同じく〈外部〉にいた立場を離れて、映画界の〈内部〉へと足を踏み入れていったのである。

一九四三年三月二五日、菊池寛は、臨戦態勢によって誕生した大映の初代社長に就任する(図6—1)。就任直後、「話の屑籠」で菊池は次のように述べている。

これは、自分としては予期しないことであつた。が、頼まれて見ると、元来映画に関心を持つてゐる自分は、引き受けたのである。自分の思ひ通りの映画を作つてみたいと云ふ希望が、昔からあつたのである。現時に於ける映画製作の目的も自ら判明してゐる。国策への協力、それ以外に他の目的があつてはならない。しかし、その協力は映画芸術の本性を充分発揮することに依つて達成せられるのだ。映画の持つ芸術的力を以て、国策を宣伝し、人心を昂揚するのでなければ、ウソである。愚作や悪作で、いくら協力しても、本当の協力にならないのである。

(「話の屑籠」一九四三年五月)

図6—1　大映就任式の日（1943年3月25日。菊池寛記念館提供）

　これらの言葉は、一九二三年の『文藝春秋』創刊の際に綴られた有名な「創刊の辞」を鮮やかに蘇生させたものであり、菊池寛は、「自分で考へてゐることを、読者や編集者に気兼ねなしに、自由な心持で云ってみたい」という願望をまさしく二〇年後の映画界で実現しようとしたのである。ただ、二〇年前との違いは、菊池が大映の経営に一切関与せず、文字通り自由に映画製作に専念することが可能であったことだろう[21]。戦時下で「自分の思ひ通りの映画を作ってみたいと云ふ希望」が叶えられる望みがあったからこそ、菊池は、文藝春秋社の社長を兼務していたにもかかわらず、「『文藝春秋』のはうは居ても居なくてもいいのだから、大映専門にやってもいいと思ってゐる」とまで発言しているのだ[22]。

菊池寛の社長就任を後押しした原因のひとつに、新興キネマ、日活の製作部門、大都映画三社の寄り合い所帯である大映の事情も介在していた。創設当時の大映は、東宝、松竹という二大会社に対抗できる力など到底なく、その基盤の弱さゆえに、早急に製作体制を整備する必要があったのだ。そうした事情を考慮すれば、菊池寛は、良質な映画製作の指南役として、さらに東宝、松竹のいずれの派閥にも属することのない第三の映画会社のトップとして最適の人材だったのである。

菊池寛の大映社長就任は、映画界の一大事件となり、メディアはこぞってこのニュースを取り上げた。「文壇きっての映画通」である作家の中村武羅夫でさえ、菊池の映画界入りに驚愕し、次のように述べている。

さう言つては従来の映画製作会社の首脳部に対して悪いかも知れないが、どうも今までの映画界には「人」はゐなかつたと思ふ。映画会社の首脳者と言へば、多くは文化意識や、芸術的な頭脳は第二第三で、事業家として手腕の揮へるといふやうな人物が、主として活躍してゐたやうに思ふ。芸術的な頭脳が尊重されるよりも、事業家として「ウデ」を揮ふことが、重んじられるといふ傾向だつたのである。菊池氏ほどの人物が飛び込んだのは多少「掃き溜めに鶴」の感じがなくもない。(23)

こうした皮肉極る意見が当時は大勢であり、それだけ文壇と映画界の社会的地位の格差は歴然としていたのである。この中村の感想のなかで留意すべき点は、「芸術的な頭脳」というくだりである。中村武羅夫は、約一三年前に、映画における文芸的要素を説いて、直木三十五らとともに日本キネマを設立したひとりであった。おそらく、中村がいう「芸術的な頭脳」とは、文芸的要素の会得を含意しており、文壇人のなかでは、映画における文芸的要素を重視する傾向が未だ優勢であり、先述したように国策映画の製作における文芸的要素を重視する傾向が、既に決定的になってしまったのである。

文壇の反応とは対照的に、当の映画界は菊池寛の大映入りを歓迎した。たとえば、映画評論家の清水千代太は、菊池を囲んだ座談会の席上で、「菊池先生が音頭をとつて、日本の映画界としてみんな一緒になつて戦ふといふ、さういふ気運ですね。それを大いに助長していただきたいと思ふ」「文化人としての社長は大映を以つて嚆矢とする――といふ大きな自負で映画界全体を引づつて行つて貰いたいですね[24]」などと述べている。こうした意見からは、映画界が、映画臨戦態勢という特異な事情の只中で、進むべき方向に迷いあぐねていたため、映画界全体の発展と保身の手段として菊池寛の招聘に賛同したことがうかがえる。要するに、菊池寛という文化人が大映のトップに君臨することは、大映一社の問題のみに留まらず、また文壇と映画界を接続するパイプ役を演ずるだけではなかった。それは、映画界の社会的地位を必然的に押し上げることをも意味していたのだ。狭量な専門的観点に縛られ閉鎖的とみなされた当時の映画界は、菊池寛を迎え入れることによって、「お世辞抜きで、〔大映は〕もつともいい素人を得た[25]」といわれることになったのである。

## 五　大映社長・菊池寛の製作理念

それでは、大映社長就任後、菊池は肝心の映画製作でどのように采配を揮ったのであろうか。菊池が目指した映画製作のスローガンは「国策、芸術、大衆」という「三位一体の映画」というものであったのだが[26]、菊池はこの「三位一体の映画」に関して次のように述べている。

> 僕は、現在の映画に大衆娯楽映画、国策映画、芸術映画などの区別があるのを不思議に思つている。
>
> 知的水準の低い大衆を、国家の運命などとは無関係に泣いたり笑はせたりしようとする映画。映画ずれした知識層の賞賛をあてにした映画。かういふ映画は、みんな映画製作の邪道だと思つてゐる。
>
> ほんたうに立派な映画なら、この二つの層を、同時に惹きつけ得るものだと思ふ。映画芸術の仕事にたづさはる者は、それだけの熱情と才覚とをもつてゐなくてはならないと思う。
>
> これからの映画は、広い意味において、すべてが国策映画でなければならない。
>
> 国策を扱つて、彼等をも惹きつけうるほど美しく、感動的に映画的に表現できたとき、日本映画は初めて、何千年、何百年の歴史と伝統をもつた他の日本諸芸術と同等以上の地位を、与へら

**図6—2　第一回懇談会**（菊池寛記念館提供）

れるものだと思ってゐる。
映画といふ新しい芸術の能力と役割は、かういふ性質のものだと思ってゐる。
（「思ひつくまゝ」一九四三年五月、傍点原文）

つまり、「三位一体の映画」とは、大衆娯楽映画と芸術映画の垣根を取り払い、全てを国策映画へと収斂させようとすることであるのだが、そこで菊池は、国策映画があらゆる観客層を惹き付けるために、「思ひつくまゝ」で展開し続けてきた、「誰の心をも強く打つやうな作品」[27]をつくるシナリオ創作力を重視したのである。
このように見てくると、この「三位一体の映画」こそ、一九三九年の映画法施行以来、国策映画の製作をめぐって、監督官庁と映画界が試行錯誤と攻防を繰り広げながら、依然として達成され得ないままとなっていた、まさに国家にとって〈理想的な〉映画であるといえる。これまでの映画の大衆性と芸術性、あるいは娯楽性と教化性をめぐる国家と映画界の軋轢からも明らかなように、それらは「水と油のやうに混ざり合わないもの」[28]とまで指摘され続けたものである。もちろん、これまでにも映画批評家が様々な国策映画論を著してきたのだが、当代随一の人気作家であり、映画界に莫大な興行利益をもたらしてきた「菊池もの」の原作提供者であった菊池寛が改めて主張したからこそ、それらは傾聴に値するものであった。

## 六　テーマ小説との親和性

このような菊池の国策映画論は、常に大衆を対象とした文学を執筆してきた菊池ならではの主張ともいえるのだが、興味深い点は、国策映画の製作方針が、国策という唯一の主題に絞って作品が構築されるという点において、一九二〇年の『真珠夫人』以前の短篇小説における、菊池の「テーマ小説」のあり方と明らかに通じるものがあるということだ。

平野謙は、菊池寛の「テーマ小説」と、菊池の文学的特色について次のように説明している。

犀利な真理的洞察とそれを明快に一点にひきしぼる劇的状況の設定とは、歴史小説と時代小説をつらぬく菊池寛の文学的特色である。世にこれを菊池寛のテーマ小説とよぶ。

しかし、テーマ小説はいかにも菊池寛の発明にかかる独特なものにちがいないが、ひとたびテーマ小説という方法が確立されてしまうと、テーマにたどりつく過程はすべて結論たるテーマを浮き上がらすための一手段と化してしまう。菊池寛の作品が明快に割り切れていればいるほど、それは含蓄に乏しい単純なものとなるおそれがある。(29)

作者はビラビラした文学的装飾など最初から見向かず、いわばそのものズバリに、ひとつのテーマだけをうきださせる。そのテーマはすべて現実主義的な作者の人間的覚悟というようなものに裏づけられた、斬新な心理的切断面にほかならぬのである。(30)

平野が指摘する、菊池の「テーマ小説」の特長である「犀利な真理的洞察とそれを明快に一点にひきしぼる劇的状況の設定」は、戦時下の国民映画のシナリオに転用すれば、果たしてどのような結果を得ただろうか。おそらく、「テーマ小説」の手法に倣ったプロットに対し忠実に映画化されていれば、それは国家にとって有益な国策映画になっていた可能性があるだろう。しかも、「ひとたびテーマ小説という方法が確立されてしまうと、テーマにたどりつく過程はすべて結論たるテーマを浮き上がらすための一手段と化してしまう」という「テーマ小説」の欠陥ともいえる点ですら、国策の伝達と浸透が最重要課題であった国策映画の製作にはむしろ有効であったといえる。しかし、それだけならば、これまでの国策映画も、国策の宣伝を最優先するために製作されてきたことを考えれば、何ら違うところはないのであるが、菊池の「テーマ小説」の手法が国策映画の製作に有効なのは、たんにそれだけではない。文学者菊池寛のもう一つの特長、すなわち、一つのテーマ（国策）を浮き上がらせるための「現実主義的な作者の人間的覚悟というようなものに裏づけられた、斬新な心理的切断面」が、国策映画に導入され、それが国策を感動的に、共感をもって観客に伝達することができる手法となったのである。

さらに平野は、菊池を評して「文章や技法などというものは、ひとつのテーマを説明するための手段にすぎぬ、と推断しているようなところが、むかしからこの作者にはあった」と述べているのだが、しかし、集団製作を前提とする映画製作は、このような菊池の文学者としての欠陥を反故にする。なぜなら、分業体制化された映画製作では、菊池が提示するテーマ（国策）を最も有効に浮かび上がらせるための「斬新な心理的切断面」に裏打ちされた「題材そのものの持つアクチュアリティ」のみを抽出し、それを監督という他人の手によって演出することができるからだ。つまり、「テーマ小説」の手法が映画製作に転用されれば、分業体制としての映画製作の利点によって、文学者としての菊池寛の長所と短所のそれぞれが活かされることになるのである。

こうした「テーマ小説」の手法を映画界に転用するひとつの実践として、本書では大映における菊池寛による〈工房〉の可能性を提起したい。

菊池は、一九四六年一二月までの社長就任中に、八本の原作を提供した。[31] 大映製作の作品に限ってみると、『最後の攘夷党』『明治の兄弟』以外は、全て映画作品のために書き下ろされた、映画オリジナルといえるものであるのだが、しかし、管見の限りでは、原本はおろか草稿すら存在しておらず、

図6—3　大映社長就任後、初の京都撮影所視察（菊池寛記念館提供）

しかもシナリオは他人の手によるものである。

このように考えると、菊池が、映画の企画をまずは起案し、それをもとにシナリオライターがシナリオを執筆し、それをまた菊池が確認し、内容やプロットに不備があれば、指導し、またそれをシナリオライターが修正するといった、一連の作業がなされていたのではないだろうか。もっとも、この作業では、菊池が企画を起案せずとも、大映社内で立案された企画を「原作＝菊池寛」と冠することもまた可能である。前述したように、菊池は、大映のすべての企画、シナリオに目を通していることから、実際には原作を書かずとも、一本の映画作品の全体像を監修することで、「原作＝菊池寛」というラベルが貼られていたのかもしれないのだが、しかしそのラベルの社会的、興行的価値が、きわめて高かったであろうことは想像にかたくない。

菊池は、第三章で既に論じたように、一九二七年に自ら映画プロダクションを興し映画製作に挑んだ過去があり、映画製作には関心を持っていたにちがいない。また大映社長に就任する以前からシナリオ研究会を主宰し、シナリオライターの地位向上のためにも、積極的に「原作=菊池寛」の威光を利用し、シナリオ執筆を奨励していたことが推察される。菊池の大映社長時代における、このような映画製作のプロセスは、あたかも菊池寛を冠した〈工房〉のようである。とくに、菊池は、一九二〇年代から、川端康成や横光利一に、新聞の連載小説の代筆をさせて経済的支援を行っていたという証言もある。もちろん、新聞の連載小説と、国策映画の原作では事情は異なるが、かねてから菊池は、原作を持たない映画のオリジナル性に価値を見出していたことから、映画オリジナルのシナリオライターを育成するためにも、菊池を中心とした〈工房〉を積極的に展開していたことが考えられるのである。

しかし、戦時体制以前の「菊池もの」が、菊池が提唱した恋愛と結婚のイデオロギーを正確に描写することができなかったように、映画というメディアは、必ずしも、その原作のエッセンスを正しく伝えるわけではなく、そこには映画監督をはじめとする「作家」や、興行価値を重視する「資本家」、あるいは映画の大衆性を慮った「分かりやすさ」といった様々な思惑が存在する。つまり、映画は、原作の持つエッセンスを過剰に受け止める一方で、ときにはそのメッセージをたくみにすり抜け別のメッセージを捏造する装置であり、それは、戦時下の国策映画という強固な鋳型にはめられたときでさえも、同様に機能するのだ。

次章から、その具体例として日中戦争の只中に公開された『西住戦車長伝』（一九四〇年、松竹、吉村公三郎監督）、決戦下の『宮本武蔵』（一九四四年、松竹、溝口健二監督）と『かくて神風は吹く』（一九四四年、大映、丸根賛太郎監督）、そして敗戦前後に公開された『最後の帰郷』（一九四五年、吉村廉監督）、『最期の攘夷党』（一九四五年、稲垣浩監督）を取り上げ、テキスト分析を行うことによって、原作と映画作品の齟齬について考えてみたい。

## 注

（1）加藤厚子『総動員体制と映画』新曜社、二〇〇三年、二九頁。
（2）「新時代流行の象徴として観たる『自動車』と『活動写真』と『カフェー』との印象」『中央公論』一九一八年九月号『菊池寛全集　補巻第二』武蔵野書房、二〇〇二年、一二八—一二九頁。
（3）中村武羅夫「日本映画発展のために」『日本映画』一九三六年四月号、五一頁。
（4）雑誌『日本映画』の創刊を提案したのは菊池寛であったが、菊池は編輯プランに目を通し、実際の編輯は多根茂があたった。
（5）『日本映画』一九三七年六月号、九六頁。
（6）菊池寛「思ひつくまゝ」（一九四〇年八月）『菊池寛全集　補巻』武蔵野書房、一九九九年、四二六頁。
（7）菊池寛「思ひつくまゝ」（一九四〇年九月）前掲書、四二八頁。さらに菊池は「映画くらゐ大衆的な芸術はない」と言葉を、再び「思ひつくまゝ」の同年一一月号（四三〇頁）で繰り返している。
（8）この提言等を契機に、日本映画学校が一九四三年に五月に創立され、菊池は演技科の学科講師（文学担当）を務めた（『映画旬報』一九四三年六月一日号、四頁）。

（9）他にも、映画オリジナルと原作の問題、純文芸の映画化など、映画、演劇、文学におけるメディアの特性を述べたエッセイを発表している。

（10）菊池は、『日本映画』の創刊号（一九三六年四月）で「創刊に際して」を巻頭に発表した後、一九四〇年一月号からの「思ひつくまゝ」の連載開始までに、一四回寄稿し、二回の座談会（「レビュー出身の女優座談会」一九三六年八月号、「戦争映画座談会」一九三八年一二月号）に出席した。

（11）言論界に対しては、新聞通信各社代表四〇名、四大総合雑誌（『中央公論』『改造』『日本評論』『文藝春秋』）の各代表を招致し、協力を要請している。

（12）菊池寛「話の屑籠」（一九三七年九月）『菊池寛全集　第二四巻』高松市菊池寛記念館、一九九五年、三六〇頁。

（13）一九三八年四月（三七五頁）、五月（三七七頁）、一九四一年一二月（四七七頁）に同様の意見を繰り返している（同右）。

（14）もちろん、菊池の「方向転換」は、事変当初の戦局の好況や、それに続く大本営発表に対する盲目的信頼といった「政治的無知」（岩崎昶）であり、戦後、戦争責任を問われた大きな理由のひとつである。

（15）「大映新社長と語る」『日本映画』一九四三年六月号、三五頁。

（16）『日本映画』に掲載されたシナリオ「母の地図」は東宝で映画化された（島津保次郎監督、一九四二年九月三日公開）。『母の地図』は、『素晴らしき日曜日』『酔いどれ天使』で知られる脚本家植草圭之助のデビュー作である。

（17）「映画が人々のこゝろを打ち、感銘を与へるのは、実は映画の表現そのものではなくて表現せられたもの――内容――映画以前のもの――文学的要素――思想――文学――であると、私は言ひたいのである。映画の表現あるよりも、その内容――文学性でなければならないと考へてゐる」（中村武羅夫「映画時評」『日本映画』一九四三年一一月号、八頁）。

（18）「映画時評」『新潮』一九四三年三月号、七二頁。

(19) 中村武羅夫、前掲書、九頁。他にも、映画配給社の第一年度余剰金四八〇万円の使途に関して、日本文学報国会に映画シナリオ研究費として映画文化研究基金から五万円を供出することが決定した(『映画旬報』一九四三年九月一日号、四頁)。なお、菊池寛もこの第一回実行委員会の委員として出席した。

(20)『読売新聞』一九四〇年三月三〇日付。文芸銃後運動は、文藝春秋社と文芸家協会と共同主宰であったが、実務はすべて文藝春秋社が行なったという(『文藝春秋三十五年史稿』文藝春秋新社、一九五九年、九四頁)。

(21) 菊池寛が大映の経営に関与しなかったことは次の言葉を参照されたい。「僕としては映画の製作に一生懸命になるといふだけで、経営とか人事といふものを最初からやる気持はない」(「大映新社長と語る」、前掲誌、三〇頁)。

(22)「大映社長に訊く」『映画旬報』一九四三年五月一日号、一二頁。

(23) 中村武羅夫「映画時評」『日本映画』一九四三年五月号、一〇頁。

(24)「大映社長に訊く」、前掲誌、一六頁。

(25)「大映社長に訊く」、同前、一四頁。

(26)「大映社長に訊く」、同前、一〇頁。

(27) 菊池寛「思ひつくまゝ」一九四〇年八月、四二七頁。

(28)「大映新社長と語る」、前掲誌、三二頁。

(29) 平野謙『平野謙全集　第六巻』新潮社、一九七四年、一四二頁。

(30) 平野謙『平野謙全集　第七巻』新潮社、一九七四年、二八七頁。

(31) 菊池寛が一九四三年三月二五日に大映社長に就任以降、公開された大映の作品は、一九四三年は一三本、一九四四年は一六本、一九四五年が一三本、一九四六年は二六本であった。

## 第七章
# 想像された“昭和の軍神”
## ――『西住戦車長伝』（1940 年）――

昭和の軍神

西住戰車長傳 (一)

菊池寛 作

伊原宇三郎 畫

『昭和の軍神　西住戦車長伝』連載第一回
（『東京日日新聞』1939 年 3 月 7 日付）

## 一　〝昭和の軍神〟の登場

菊池寛の『昭和の軍神　西住戦車長伝』は、一九三九年三月七日から同年八月六日まで『東京日日新聞』『大阪毎日新聞』に連載され、その後松竹で、野田高梧の脚本、吉村公三郎の演出によって映画化された。本作は、菊池寛が、従来の女性向けの通俗小説から脱却し、国策文学に手を染めるようになった最初期の作品であり、また、映画化を手がけた松竹にとっても、初の本格的な戦争映画であった。

〝昭和の軍神〟とは、戦車隊細見大隊高橋隊に所属し、一九三八年五月一七日に徐州会戦南鎮西北方面の戦闘において弱冠二五歳で戦死した西住小次郎中尉のことである。満州事変以降、このような将兵の戦死をめぐる、いわゆる軍国美談は、メディアを通じて次々に国民に提供されたが、そのなかでも最も有名であったのが、一九三二年の上海事変で戦死した「爆弾三勇士」だろう。この「爆弾三勇士」は「軍神」と称されることはなかったものの、当時のメディアが関心を寄せ、報道に国民が衝撃を受けたのは、彼らが鉄条網を爆破するために、破壊筒を抱いて体当たりしたとされる、その壮絶な死に様にあった。[1]ところが、一方の西住中尉の場合、その戦死の状況が特異であったというわけでもなく、しかも、西住の戦死直後は死亡記事すら報道されなかったのである。にもかかわらず、死後七カ月も経過した一九三八年一二月一八日の『東京日日新聞』と『東京朝日新聞』において、「近代

図 7—1 『東京日日新聞』1938 年 12 月 18 日付

図 7—2 『東京朝日新聞』1938 年 12 月 18 日付

戦の寵児「戦車」に捧ぐ」、「戦毎に燃え上る猛然たる戦闘精神」、「〝庭訓〟が産んだ武人の鑑」（『東京日日新聞』）、「陸軍全学校教材を飾る偉勲」、「鉄牛部隊の若武者」（『東京朝日新聞』）などの見出しとともに、西住中尉は、〝昭和の軍神〟と名づけられたのである。

その後、この〝昭和の軍神〟は、数々の評伝の刊行をはじめ、主題歌、映画などの他メディアに伝播していくことになるのだが、そのなかでも、菊池寛による『昭和の軍神　西住戦車長伝』とその映画化作品である『西住戦車長伝』は、無名の士官であった西住中尉を〝昭和の軍神〟に祭り上げる最適のメディアであった。

本章では、『昭和の軍神　西住戦車長伝』と、映画『西住戦車長伝』にみられる〝昭和の軍神〟像の比較検討によって、軍神像の表象をめぐるメディア間の差異を検証する。周知の通り、新聞、出版、映画、ラジオといった当時のメディアは、多かれ少なかれ軍国主義国家が掲げるあらゆる国策の宣伝機関と化してしまっていたが、留意すべきは両作品もまた、軍神の創造をめぐって取り結ばれた、国家とメディアの共犯関係から免れることはなかったのである。国家に奉仕したメディア間の連携を裏付ける意味でも、まずは、〝昭和の軍神〟報道の発端である新聞報道の検証からはじめたい。

## 二　過熱する新聞報道

既に述べたように、〝昭和の軍神〟報道は一九三八年一二月一八日の『東京日日新聞』と『東京朝日新聞』の二大新聞からはじまった。たとえば、『東京日日新聞』は、故西住大尉（戦死後、一階級特進により大尉任官）のこれまでの中国大陸における戦果と戦死の状況を詳しく取り上げるとともに、勇猛果敢で部下思いの素顔を紹介した。さらに「この勇士にこの母　阿蘇南麓に生家を訪ふ」、「小次郎の霊よ大陸にあれ！　母の膝元に帰る勿れ」の見出しで、生家と生母を取材した。記事によると、故郷の熊本県上益城郡甲佐町は西南戦争の古戦場であり、古来勤皇精神にあふれた土地柄であること、また西住の父親が台湾征伐、日露戦争に従軍した退役軍人であり、西住は軍人一家に育ったこと、それらに加えて、息子の戦死にもかかわらず涙を見せない気丈な母親の姿が紙面約六段にわたって紹介された。

『東京朝日新聞』の記事の内容も、西住大尉のこれまでの戦果と戦死の状況、そして気丈な母親の姿という点では『東京日日新聞』とほぼ共通している。これら二大新聞の記事は、報道前日に行われた千葉大久保にある陸軍戦車学校で、戦車学校教導隊長の細見惟雄の「故西住大尉について」の講演を取材した新聞記者らによるものである。『東京日日新聞』によると、徐州戦において西住大尉の部隊に従軍記者が随行していなかったために、同大尉の戦果や平素の行動等を伝える手段がなかったことをうけて、細見隊長が、戦車学校に取材に来た新聞記者たちに自分の講演を通して西住大尉の報道をすることを依頼したという。『東京日日新聞』と『東京朝日新聞』の両紙は細見隊長の意向にしたがって、翌日の紙面で西住大尉を〝昭和の軍神〟と書きたてたのである。

一方、同日の『読売報知新聞』は、「〝あゝ西住大尉〟を細見部隊長が放送」との小見出しで、同月二五日に西住大尉についてのラジオが放送されると告知する程度であり、扱いはきわめて小さかった。他にも『都新聞』が「讃えよ昭和の軍神」の見出しではじめて故西住大尉を報じたのは、『東京日日新聞』、『東京朝日新聞』、『読売報知新聞』の三紙に遅れること八日の一一月二六日であった。「今事変数限りなくある武勇のうちで西住小次郎大尉の勇敢な行為は「昭和の軍神」としてたゝへられても充分だ」の文面からは、西住大尉が軍神と呼ばれた具体的な理由がまったく説明されておらず、唐突な印象を受けるが、これは、『都新聞』の記者が戦車学校の細見隊長の講演を聞いておらず、他紙の報道を受けての後追い記事だったからかもしれない。

戦車学校で行われた細見隊長の「故西住大尉について」の最初の講演から西住大尉を〝昭和の軍神〟と称して詳しく紹介したのは、『東京日日新聞』と『東京朝日新聞』であった。ここで注意しなければならないのだが、戦車学校での細見隊長の講演タイトルが「故西住大尉について」、そして、AK放送のタイトルが「噫、武人西住大尉」とあるように、当初西住大尉は「軍神」とは呼ばれていない。これはおそらく、「軍神」という用語が公式の用語ではなかったため、陸軍は新聞を手はじめに、メディアの力によって西住大尉の名前を全国に知らしめることが先決だと考えたのだろう。『東京日日新聞』、『東京朝日新聞』の両社は、こうした陸軍の意図を速やかに理解し、西住大尉を「軍神」として大々的に報道したのだ。ところが、『東京日日新聞』はこの報道だけにとどまらなかった。翌日から〝昭和の軍神〟のキャンペーンを展開していったのである。

『東京日日新聞』は〝昭和の軍神〟報道があった翌日の一一月一九日に、「戦争文学の二大雄篇」の大見出しで、菊池寛の『昭和の軍神　西住戦車長伝』と火野葦平の『海と兵隊』の連載告知を掲載している。同年八月に実施された文学者を戦地へ特派する、いわゆるペン部隊の派遣に主導的な役割を果たした流行作家の菊池寛と、従軍作家として「麦と兵隊」、「土と兵隊」の著作で一躍時代の寵児に躍り出た火野葦平の二人の作品を掲載することにより、『東京日日新聞』の連載小説は戦争文学一色となっていった。

この『昭和の軍神　西住戦車長伝』の連載告知において、菊池寛が陸軍当局の委嘱により、その後援を得て、この伝記を執筆することが述べられるとともに、『東京日日新聞』が「特にこの評伝を発表連載するの光栄を得た」、と書かれていることから分かるように、陸軍が菊池寛に執筆を依頼し、それを『東京日日新聞』に掲載する段取りが少なくとも西住大尉の〝昭和の軍神〟報道の以前において、お膳立てされていたのである。さらに、翌年三九年三月一八日に松竹大船で菊池寛原作『昭和の軍神　西住戦車長伝』の映画化が発表された。

『昭和の軍神　西住戦車長伝』の連載告知のあった同日一二月一九日の報道においても、「あゝ軍神西住大尉」の見出しで、『東京日日新聞』の特派員が上海戦線で西住大尉から聞きとった、戦闘の模様や「支那兵が意気地がない」などの談話を紹介している。先述したように、陸軍戦車学校の細見隊長が西住大尉の名をメディアに知らせようとした発端は、西住大尉の所属する部隊に従軍記者がいなかったため、この勇猛果敢な武人の存在を銃後の国民に知らせることが出来なかったことを遺憾に思い、細見隊長が報道記者に講演を行ったのだ。にもかかわらず、『東京日日新聞』が、大場鎮での戦闘の際に西住大尉が「戦車上に馬乗り」になったと、大尉の描写を克明に報道しているのはいかにも奇妙である。しかも、記事とともに掲載されている写真は、「大場鎮付近におけるわが戦車隊と細見戦車隊長」と説明され、乗員の顔が判別できない匿名の戦車隊と細見隊長の顔写真が確認されるのみで、どこにも西住大尉の姿は確認できない。こうしてみると、細見隊長の講演の採録があたかも従軍記事であるかのように掲載されたことは一目瞭然なのであるが、こうした後追い記事に加え、『東京日日新聞』は翌一二月二〇日に「国民の感激・噫西住戦車長」の見出しで、西住大尉の生前の顔写真や生家とともに、同乗した戦車、大尉血染めの日記など、西住大尉ゆかりの品々の写真を掲載し、また一二月二一日には〝軍神〟報道に刺激されて、日露戦争の軍神である橘中佐の神社建立の動きを追った記事を掲載した。

このように〝昭和の軍神〟をめぐる報道はバラエティに富んでいるのだが、興味深いのは、「近代戦に輝く戦車の威力　大戦後・素晴らしい発達」の見出しで、陸軍戦車学校の角中佐による「列強戦車の発達」の解説文を掲載し戦車の紹介に尽力しているように、〝昭和の軍神〟が、軍神像とともに戦車という最新兵器を前景化したことである。

『東京朝日新聞』は〝昭和の軍神〟報道で『東京日日新聞』に遅れをとったが、戦車報道では『東京日日新聞』以上に力を入れている。たとえば、『東京朝日新聞』は、東京、大阪、名古屋の各都市で戦車展覧会、戦車講演会を主催するとともに、一九三九年一月一一日に東京の日比谷公会堂で「戦車大講演会」を開催、その講演速記録である『闘ふ戦車』を刊行した。この『闘ふ戦車』には、陸軍歩兵大佐以下四人の講演が掲載されているが、そのなかに細見大佐による「軍神西住大尉」も収録されている。陸軍の講演では、近代戦における軍の機械化の重要性と戦車の拡充が説かれているが、注目すべきは、彼らは日本の軍備が欧米に比べて劣勢であることを強く意識していることであり、近代戦を勝ち抜くために必要な近代二大兵器の装備に立ち遅れていた日本軍にとって、メディアと連携した展覧会、講演会の開催は、挙国一致体制で軍備拡張に尽力することを国民に理解させる有効な宣伝手段であった。とりわけ軍備の立ち遅れを兵士の精神力で補っていた陸軍当局が、精神的象徴を軍神に求め、それを国民にアピールしたのだ。

『東京日日新聞』は、一二月二四日に「あゝ声なし〝日本の魂〟戦車に仰ぐ軍神の血」の見出しで、細見隊長をはじめ、生前の西住を知る面々が〝昭和の軍神〟を語る座談会を催した。その三日後の一二月二七日には細見大佐によるラジオ講演「武人西住大尉」の内容が掲載され、「遺品を前に〝血の実感〟細見大佐の声は震へた」という見出しで、「「年齢僅かに弐拾五歳、あゝ……」といったまゝふるへ勝ちだった大佐の声はしばらく途絶えてしまった」と綴られた文面には、西住大尉というかけがえのない部下を失くした細見大佐の悲憤が強調されている。

〝昭和の軍神〟誕生の直接的な立役者は、西住大尉の直属の指揮官であったこの細見大佐であるが、それを強化し支えた人物がもう一人いた。それが西住大尉の母親である千代である。『東京日日新聞』で「小次郎の霊よ　大陸にあれ！　母の膝元に帰る勿れ」の見出しとともに紹介された西住千代は、〝昭和の軍神〟報道の最初から愛息の戦死の悲しみに耐える気丈な母親として紹介されたが、その後、『東京日日新聞』の招きで上京し、靖国神社に展示された戦車を見学（「オ、あの子の机……〝軍神の母〟ほろり」一九三九年一月七日）、続いて、菊池寛と対面（「菊池氏に母堂が語る」一九三九年一月八日）、翌日に代々木練兵場の陸軍始観式を陪観（「おゝ小次郎よ　〝鉄牛〟堂々の大行進」一九三九年一月九日）、その後『東京日日新聞』主催の「昭和の軍神を偲ぶ講演会」（一九三九年一月一〇日）にも出席した。「軍神の母」を一目見たいと聴衆は母千代が壇上に上がることを熱望し、結局千代はそれを固辞したのだが、逆に姿を見せない彼女の奥ゆかしさに聴衆は「またく感銘しばし場内厳粛な気に打たれ」たという。このようにメディアに登場した西住千代は、まさに理想の「軍国の母」であり、それが西住大尉の〝昭和の軍神〟の価値を高め、銃後の模範的な家族として報道されていった。

以上のように、〝昭和の軍神〟の誕生の背景には、中国戦線から帰国し陸軍戦車学校教導隊長に転任した細見惟雄大佐が、自分の優秀な部下で徐州戦線で惜しくも戦死した西住小次郎大尉を陸軍記者倶楽部に向けた講演で紹介したことからはじまった。『東京日日新聞』、『東京朝日新聞』の二大新聞の報道をきっかけに、その後雑誌で次々と〝昭和の軍神〟特集が組まれていくことになるのだが、そこでは、戦車という最新兵器に搭乗し、部下思いで勇敢な硬軟両面を備えた典型的武人のイメージが付与されていった。(2) それらに加えて、九州の風光明媚で素朴な理想郷としての生家で、「軍国の母」のもとで代々軍人一家である質実剛健な家風に育った規範的な軍人家族が表象されていったのである。そこには、膠着しつつある日中戦争に伴う軍備拡張に国民の理解を得るための精神的象徴としての〝軍神〟を欲した陸軍情報部と、日中戦争の報道合戦にしのぎを削るメディアの欲望が作動していた。とりわけ、当代随一の人気作家の菊池寛がこの〝昭和の軍神〟についての評伝を執筆し、それが松竹によって映画化されることは、陸軍と『東京日日新聞』の思惑が合致する格好の宣伝となったのである。

## 三　菊池寛の『昭和の軍神　西住戦車長伝』

『東京日日新聞』は、一九三八年一二月一八日の〝昭和の軍神〟報道の翌日に、早くも菊池寛執筆による『昭和の軍神　西住戦車長伝』の新聞連載の社告を発表したが、一二月二五日に、第二弾の連載告知を掲載した。それによると、菊池は「故大尉の旧友部下と膝を交えて語り、東奔西走に寧日なく、幾多の貴重な新資料を得、更に帰郷の途、軍神の郷里熊本県甲佐町を訪れて、その山川風物に接し、母堂千代女史から親しく愛児の生立ちや日頃の行状を聴取してきた」という。『東京日日新聞』は、菊池の評伝に対する精力的な活動を紹介した後、「軍神の魂と一世の文豪の心とは完全に結ばれ、伊原画伯の精密な挿絵と相俟つて若き西住戦車長は再び本紙上に生けるがごとく浮かび出る」とこの文面の文字を強調しながら高々と宣言している。さらに、『東京日日新聞』は「〔この評伝が〕最も権威ある伝記と信ずる」と述べる陸軍情報部長の清水盛明大佐の談話を掲載し、「〔菊池寛の執筆によって〕この決定的正伝を得たことは本社の誇りとするところ」と締めくくっているのだ。[3]

菊池寛の『昭和の軍神　西住戦車長伝』は、メディアが報道した夥しい〝昭和の軍神〟像のなかにあって、西住戦車長の具体像を活き活きと提示することで、そのイメージの普及に大きく貢献したといってよい。菊池が陸軍情報部から評伝執筆を打診され、陸軍、『東京日日新聞』、菊池寛の三者の合意によって周到な準備が事前になされていたのは既に述べたとおりなのだが、菊池寛本人も、この評伝執筆に意欲を示し、評伝を通して、国策文学に対する菊池自身の回答を出そうとしていたことがうかがえる。

既に言及したように、一九三七年七月七日の盧溝橋事件にはじまる日中戦争の勃発により、当時の近衛内閣は挙国一致体制を早急に確立するために、政界、財界および言論界の協力を求めた(4)。しかし、こうした言論界に対する内閣の協力要請とは、同年の人民戦線事件をはじめとする言論統制をますます強化するための布石であり、いわば協力要請と言論統制は、国家目的に従わない言論を封殺するためのアメとムチとの関係にあるともいえるだろう。こうした国家の姿勢に対し、かねてから文壇の地位の低さに不満を述べていた菊池は、協力要請は言論界の社会的地位の確立の証明であると受け止め、好感を持つ一方で、言論統制の強化については、『文藝春秋』のエッセイでくり返し苦言を呈していた。

一九三八年四月の国家総動員法の制定をはじめ、国民の結束が連呼され、言論統制の圧力が強まるなか、菊池が打ち出した方策は、むしろこうした非常時にこそ、文壇が自由闊達な議論を展開し、国民精神総動員の気風を大衆に「鼓舞奨励」することであった。つまり、先手を打って言論を構築することで、国家による雑誌ジャーナリズムへの過度な介入を防御し得ると考えていたともいえよう。しかし、それが「言論の自立」を目指した試みであったとはいえ、そもそも国家の協力要請という庇護に応じてしまった以上、国家方針に相反する言論形成などというのは実質的に不可能であり、その結果として、国家奉仕に加担せざるをえない言論が形成されてしまうことになるのである。たとえば、国家奉仕の観点から戦争と文学者のかかわりについて様々な議論が興ったが、菊池は戦争と文学者について次のように述べている。

戦争と文学者に就いて、いろいろな御注文があるが、小説家に取つては、無理であらう。詩人なれば、軍歌でも作れるが、小説家としては、生々しい材料を直ぐ書けと云ふのは、無理であらう。書けば、低俗な際物小説以上のものは、出来るわけはない。殊に、作家としては、戦争の真実、戦争の惨禍にも眼を閉ぢるわけには行かないだらうし、よき戦争小説が出来るとしても、二、三年の後であらう。又実際戦場に立たないものにとつて、戦争小説を書けと、云つても無理であらう。たゞ、文学者としては、戦場視察に行く位が、現在のところ、為し得る頂点であらう(5)。

菊池は、国民の最大の関心事である戦争を題材とする戦争文学ならば、次第に強化されつつある言論統制に抗しつつ、書き手の側から積極的に国民を鼓舞奨励することが可能になると考えていたのである。だが、日中戦争が勃発した一九三七年の時点で菊池は既に四九歳となっており、実際に戦場に赴き、戦争文学に活路を見出すには歳を取りすぎていた。「戦争文学は、どうしても従軍の士でなければ書けない」といい切る菊池が、戦争文学にかろうじて接近する方法として、実際に戦地に赴く戦場視察を選んだことは無理もないところだろう。この戦場視察というアイディアは、一九三八年八月、ペン部隊（漢口攻略戦従軍）が計画され、実行に移されることになる。こうした文壇の国家協力は、あくまでも文壇主導で文学を生み出すために菊池が編み出した苦肉の策と、国家の思惑が不幸にも合致してしまった例である。しかし、ペン部隊はあくまで作家の「現地視察」にすぎず、同時期に従軍作家として『麦と兵隊』、『土と兵隊』などの戦争文学によってセンセーションを巻き起こした火野葦平などに比べると、圧倒的な劣勢を菊池は痛感していたのではないだろうか。そうした時期に、菊池が陸軍から依頼されたのが、〝昭和の軍神〟の評伝執筆であった。菊池はこの評伝の執筆を通して火野のような兵隊作家とは別の方法で国策文学を構築する機会を得たのである。

菊池は、当初西住大尉を〝軍神〟として崇める評伝を執筆すべきなのかどうかについて少なからず躊躇していたようである。だが、そのためらいは〝昭和の軍神〟誕生の仕掛け人であり、西住大尉の上官であった細見大佐との出会いによって解消されていく。『昭和の軍神　西住戦車長伝』は、「発端」、「その人となり」、「戦歴」、「戦死」の四章から構成されているが、菊池は序章の「発端」において、細見大佐を紹介し、西住大尉を顕彰する際に生じた彼の遠慮や気兼ね、悩み等を述べ、そうした逡巡にもかかわらず戦車学校の同僚で陸軍情報部にいる知人たちの後押しによって大佐が公表を決意していくまでの詳しい経緯を明らかにしている。(6)また、菊池は、現代の戦争における皇軍の兵士は、尽忠報国のために戦っているゆえ、赫々たる武勲も世に現れずして終わる人々が多いと嘆息し、細見大佐の熱意によって、西住大尉の武勲や人格が普く世に伝えられると述べており、大佐が西住大尉を懐《おも》い、その真実の精神人格を誤りなく世に伝えようとする熱心さに心打たれることになる。そして、西住の旧部下と語り、旧部下の亡き隊長に対する憧憬と敬慕に依って、西住大尉の為人《ひととなり》を知り、真に典型的な好武人であることを、菊池自身が納得したのだろう。[7] それはこの序章の末尾で述べられた菊池の次の言葉に集約されている。

さて、茲で私は、最初「作者の言葉」として、書いて置くべきことを書こうと思ふ。それは、この西住大尉伝は、小説でなくして伝記であると云ふ事だ。純粋無垢な青年士官の生涯に仮作や想像を容れる余地はないのである。また小説的に書けるやうな筋《ストーリー》があるわけでもないのだ。ただ、西住大尉の平素の面目は、日常生活の瑣末事の中に現はれてゐるのだ。尤も、現代の如何なる英雄偉人の面影も、散文的な現代に於ては、結局小さい行動の中に、その真骨頂を見出す外はないと思ふのである。[8]

菊池寛が、若い西住の生涯が「小説的に書けるやうな筋があるわけでもない」ことに戸惑いながらも、その後の現地視察と綿密な調査によって細見大佐と西住大尉の人間性に関心を示し好感を抱いたことは明らかである。前章では、菊池の文学の特長である「テーマ小説」と国策映画の親和性に言及したが、『昭和の軍神　西住戦車長伝』では、西住戦車長という一個人に関する「人間的興味《ヒューマンインタレスト》」にしたがって、細見大佐の逸話や旧部下たちの証言、彼らによる手記を多数採録し、それらに対する菊池の率直な感想を綴ることになるのである。

たとえば、小林秀雄は「菊池寛論」のなかで、菊池寛の「人間的興味《ヒューマンインタレスト》」の小説について次のように述べている。

氏の作品は読者を人間的興味の中心にしょうたいする為に、面倒な技術は一切御免蒙っているという意味だ。心理描写だとか性格解剖だとか或は何とも言えない巧さだとか、さては人生の哀愁だとか人類の苦悩だとか、そういうものには一切道草を食わず、直ちに間違いのない人間興味の中心に読者が推参出来る様に、菊池氏の作品は仕組まれているという意味だ。(9)

「面倒な技術は一切御免蒙っている」と小林秀雄がいうように、『昭和の軍神 西住戦車長伝』において、菊池の「人間的興味《ヒューマンインタレスト》」にもっとも多くのページが割かれたのは、第二章の「その人となり」である。そこで菊池は、西住ゆかりの人物たちの手記を引用しながら、西住戦車長の逸話を紹介し西住がどのような性格であったのかを具体的に語るとともに、菊池自身の感想が述べられることになる。菊池の「人間的興味《ヒューマンインタレスト》」は、戦闘の合間に起こる些細な事件に向けられており、たとえば、出産間もない中国人の主婦が夫とはぐれ、怪我をしているところを、西住戦車長が中心となって介護にあたるエピソードにとくに関心が払われている。ところが、この中国人主婦は、翌日赤ん坊を置き去りにし逃げてしまったため、当の赤ん坊は死んでしまう。西住の部下達はこの主婦の行為に憤るが、西住は彼らを諭し赤ん坊の墓を作ってやる。菊池は、中国人主婦に対する西住戦車長の行為を「何と云ふ美しい情景であらう」と感嘆し、「大尉の慈悲の手に背きて逃げ去つた主婦を憎まず、母に依つて捨て去られた、小さき生命を弔ふ。大尉の心は光輝いてゐると思ふ」と述べて西住の人間性への賛辞を惜しまないのである。(10)

関係者への綿密な聞き込みと対象人物の人間性に肉薄していくこのような書き方は、火野らの従軍作家たちが実戦で経験した生々しい戦場の描写とはおよそ対照的であったといえる。『昭和の軍神　西住戦車長伝』は、軍が先導した明らかな国策文学であるにもかかわらず、菊池の主な関心が様々なエピソードを通してみた西住戦車長の人間性に向けられていることで、単なる軍神称揚や戦意昂揚のための戦記物と違う視点があらわれることになるのである。(11)

もちろん、このような西住の優しさだけではなく、西住戦車隊の勇猛果敢な戦闘ぶりも書かれてはいるものの、その戦闘を描く文章は戦闘詳報に近く、こうした場面における菊池の感想はほとんどない。それとは対照的に、人間・西住戦車長の、傷病兵への見舞いや激励をはじめとする部下に対する格別の思いやり、あるいは敵国の非戦闘員に対する優しさ等のエピソードが、旧部下による手記と菊池の文章のなかでたがいに反射しあい、結果としてこの評伝において「飽く迄も理詰めな構成、無駄のない人物の動かし方や会話、人間心理の正確な観察、健康な倫理観(12)」といった、菊池文学の真骨頂が存分に活かされることになるのである。菊池寛は、『昭和の軍神　西住戦車長伝』の末尾で次のような感想を述べている。

初、私が、之を書くことになつた時、どんな風に書いていゝか分らなかつた。小説風の構想や、描写をすれば、話がウソになつてしまふし、又若い武人の短い一生に小説的な筋があるわけではないのである。また、近代の英雄、偉人などの偉さは、日常の細かい行動に現はれる味である。小説的な事件などは、現はれつこはないのである。殊に、私は、西住大尉に一面識もないのだ。結局西住大尉を知つてゐる人々に、大尉を語つて貰ふ外はないと思つた。その結果、こんな形式の伝記になつたのである。(13)

序章で語られた菊池の言葉が終章においても繰返されているのだが、しかし、菊池が二度にわたって正直に告白するように、若い武人の短い一生に小説的な筋もなく、少しの誇張や修飾も加えられていないとすれば、当の西住戦車長は果たして「軍神」と呼べるのだろうか。実際、最終章の「戦死」における菊池の文章は事実が羅列されているのみでまことにそっけない。さらにいえば、タイトルこそ「昭和の軍神」と銘打ってはいるものの、本文中、どこにも〝昭和の軍神〟の言葉は見当たらないのである。

山村建徳は自著の『軍神』で、明治以来、誕生した軍神を①部下を思いやりながら戦場で斃れた中年の指揮官、②大決戦を勝利に導いて英雄となった将軍・提督、③死を免れない作業を集団で遂行した若手将兵の三種類に分類し、それぞれ分析を行っている。西住戦車長の場合、①の要素はあるものの、弱冠二五歳の若者であっただけに、どの分類にもピタリとは当てはまらず、それが後年「地味な印象はぬぐえない[14]」と言われる所以になっているのかもしれない。また、西住戦車長が、戦車学校の教導隊長に転任した細見大佐の愛する部下という偶然が重なって生み出された俄仕立ての軍神にすぎず、また、「爆弾三勇士」のように凄惨な戦死を遂げたわけでもなかったために、「軍神」として崇めるのがそもそも無理な話といえるのだが、こうした地味な軍神のイメージは、当然ながら映画『西住戦車長伝』にも引き継がれていくことになるのである。

## 四　映画『西住戦車長伝』

それでは、映画『西住戦車長伝』はどのような作品だったのだろうか。雑誌『キネマ旬報』は、女性映画の製作で知られた松竹大船が本格的な戦争映画を作るにあたり[15]、単に客層を女性から男性へとシフトさせたのではないと前置きしながら、以下のように述べている。

映画の企画は娯楽を頒布する立場から前進して国家と国民の要望する地点に立つたのである。菊池寛が西住大尉の伝記編述に当つたのも、従来の小説家としての立場からでなく、時代が文学に付与した光栄に小説家的才能を全的に献ずる心意からであつたにちがひない。

いま映画は国家と国民から如何にその有用性を認識されてゐるか知らない。国民の立場からみれば有用無類であつても、国家の現実からみれば無用にちかいかもしれない。従つて、「西住戦車長伝」の成果は大きな立場からみた映画の位置に重大な関係を持つてゐる。映画が国家と国民に貢献し得るものであるか、どうか、その試練の上にかゝつてゐるわけである。われわれが、この作品を期待して成功を祈るのはこゝにも由来してゐる。(16)

日本映画界は国民の嗜好に応じてこれまで主に娯楽映画を量産してきたが、ここでは前年の一九三九年に制定された「映画法」にしたがい、国家の意向が加わることによって国家と国民両方のための映画製作に専念することを説いていることが見て取れる。菊池寛は、国家が文学を軽視することに憤慨していた。映画の場合、そのことは文学の比ではなかったのだが、一九三七年に日中戦争が勃発し、翌年の国民精神総動員法の制定を経て、映画法が施行された今、映画界をめぐる状況が激変した。当然ながらこの作品には国策映画としての使命を全うするのみならず、映画界の地位向上を担うことも期待されていたのだ。

菊池寛が評伝執筆のために、現地視察を行ったことは既に述べたが、脚色者の野田高梧も、挿絵を担当した伊原宇三郎とともに、菊池の現地視察に同行していた。このことからも、陸軍省が菊池に評伝の執筆を依頼したのとほぼ同時期に、松竹に対して映画化を要請し、評伝と映画化によって〝昭和の軍神〟のイメージを国民に浸透させようとしていたことがうかがえる。

野田は、菊池、伊原とともに二月中旬に現地視察から帰国後、菊池と再三内容について打ち合わせし、その後、一時帰還した細見大佐を訪ねており、菊池の伝記は伝記、野田のシナリオはシナリオとして別々に並行して進めることになったという。菊池寛も野田のシナリオについて「脚色と云ふよりも、創作である。つまり、同じ材料で、野田君がシナリオを創作したと云ふべきだ。普通の脚色の意味に取られると、野田君に少し気の毒である。野田君も僕と支那へ同行して、いろいろ苦心して題材を集めたのである」と述べている[17]。

野田のシナリオでは、冒頭にアナウンスを使って西住の生立ちを詳細に述べた後、上海方面の激戦のなかを駆け抜ける騎馬伝令とその報告を聞く部隊長のシーンに変わる。その後、苦戦が続く上海方面の戦闘の突破口を開くために戦車隊が出動を命ぜられ、そこで西住戦車長が登場するのだ。

野田は、『西住戦車長伝』のシナリオを書くにあたって、「「伝記」という劇的要素の少ない材料をどういう形で劇的に運ぶかという点に焦点を絞った」と述べているように[18]、苦戦を強いられる上海戦線に待望の戦車隊が華々しく登場するはじめのシーンは、〝昭和の軍神〟誕生の仕掛け人である細見大佐の出会いからはじまった菊池の評伝とは大きくスタイルを異にしている。しかし一方で、菊池が西住の勇猛果敢な戦闘ぶりよりも、部下思いの西住戦車長の人間性に深く共感したように、野田のシナリオもまた、戦闘の合間の西住と部下の兵隊たちとの交流や日常会話に重点を置いている。ところが、映画『西住戦車長伝』は、野田のシナリオの粗筋にほぼ忠実ではあるものの、菊池と野田が注目した西住の人間性とは別の要素に重点が置かれることによって、どのメディアとも違う西住戦車長を描いてしまっているのである。具体例を見ていこう。

映画『西住戦車長伝』では、監督の吉村公三郎みずから、映画の冒頭で製作意図を次のように述べている。

私は茲に西住戦車長を通じて我が戦車隊将兵の精神と今次事変に於ける戦車戦闘の実相を描こうと試みました。そして若しも此の映画によつて軍機械化の重要性を再認識して頂けたら私の特に喜びとするところであります

皇紀二千六百年　吉村公三郎

これを読むと、「我が戦車隊将兵の精神と今次事変に於ける戦車戦闘の実相を描こうと試み」たと前置きしてはいるものの、吉村の意図は、西住戦車長個人ではなく、軍機械化の重要性、すなわち人間よりも機械の描写に比重を置いているようにも読めてしまう。実際吉村の言葉通り、撮影された映像には、戦車による戦闘が頻繁に描かれた。この映画を観た陸軍大尉の久保達夫は、「これまでの戦車を描いた映画が戦車の真の姿を伝え得るものは先づ絶無であり、一般に不鮮明で少しも迫力を感じ得ない」としながら、吉村が『西住戦車長伝』において、「よく戦車を理解し且之れを咀嚼し、戦車戦闘の各種様相を克明に描写して戦車の価値を語り重要性を認識せしめて居る」と述べ、『西住戦車長伝』が、「劇映画としても文化映画としても貴重な資料を提供し且又将来に多くの示唆を持ったもの」と称賛した。(19) 残念ながら久保の批評には、この作品のどのシーンが戦車の描写としてすぐれているのかといった具体的な指摘がない。しかし『西住戦車長伝』を観る限り、久保が念頭においているのは、

おそらく、味方の歩兵をも蹴散らし、「四五六」と書かれた西住の戦車が轟音とともに画面を横切り、レンガ作りの頑強な壁に体当たりし、次々とそれを打ち破っていくシーンが何度も出てくるところなのであろう。事実、陸軍の後援を得て、戦車をふんだんに使って戦闘場面が撮影された画面は、スペクタクル映画としての魅力も備えており、「映画の主人公は寧ろ戦車そのものになつてゐる」という感想が一部でもらされたほどであった[20]。

これらの戦車の映像のほかに、この映画が注目するのはもちろん、主人公である西住戦車長であり、松竹はトップスターの上原謙に戦争映画の主演をあてることで、スマートな二枚目俳優という上原の従来のイメージからの脱却を図ったのだが[21]、しかし実際の映像は、上原の優男ぶりを強調するかのような印象を与えてしまっている。もっとも象徴的な場面は、西住戦車長が最初に登場するシーンであり、軽快な音楽とともに、戦車の上蓋を開けて登場する上原謙は、二枚目俳優としての刻印をまったく消し去っておらず、当時においても「あすこまでやればいゝだらう」[22]と彼の努力を買う批評もあるものの、「全くこれが我が陸軍の「軍神」かと思ふと情けない」[23]と上原のミスキャストを指摘する厳しい意見が出されたのである。ところが、この上原謙の西住戦車長はその二枚目ぶりゆえに、思わぬ効果をもたらしている。西住が戦死に至るまでの最期の過程が彼の部下たちとの交流を軸として劇化されていることが、映画と〝昭和の軍神〟を描いた他のメディアとのもっとも大きな違いであったのだが、その過程がきわめて印象深いのは、他の俳優とは一線を画す上原謙のスター性がもたらす効果なのである。

ここで、西住戦車長が戦死するまでの過程を具体的に見ていきたい。西住の戦死の描写に関しては、菊池の評伝、野田のシナリオも共に、細見大佐の講演の通りであり、また〝昭和の軍神〟を報じた新聞、雑誌にいたるまでこの点に関しては異口同音であった。具体的には、大腿部を撃たれた西住が、部下たちに囲まれながら彼らや家族に別れを告げ、最後に「天皇陛下万歳」と三唱し絶命する件である。(24) 野田のシナリオでは、「天皇陛下万歳」の言葉は省略されているものの、大筋においては細見大佐の新聞発表の内容を踏襲している。

ところが、映画の場合、西住戦死のシーンのために、二人の兵隊が西住とともに焦点化され、死への準備が段階的になされていく。その二人の兵隊とは、原保美演じる初年兵の荒川二等兵と、五人の子持ちで炊事を担当する坂本武演じる後藤一等兵である。この二人は実戦経験がなく、ともに西住の指揮のもと戦場で闘うことを希望している。荒川二等兵は、西住部隊の最初の犠牲者となるが、映画『西住戦車長伝』では、まずこの荒川の戦死が西住の死に先立つシーンとして準備される。

別部隊が土産に持ってきた酒樽を囲んで西住部隊が飯盒に次々と酒を注ぎ、陽気な宴会が催されるシーンにおいて、荒川二等兵がハーモニカを吹き、西住を中心にして部隊は歌を歌いはじめる。しかし、西住は歌の途中で自分の前を通って担架で運ばれていく死者の列に気づいて歌を止め、死傷者の列に向かって敬礼する。他の部下たちも西住に続いて敬礼するが、ハーモニカを吹き止め敬礼する荒川二等兵の顔だけがバスト・ショットで画面中央に捉えられる（図7—3）。その後、荒川は念願叶ってはじめて戦闘に参加することが許されるのだが、クリークの渡河点を測定する任務を志願し、西住

図7―3　原保美演じる荒川二等兵

図7―4　死の暗示――クリークの渡河点を測る西住の後姿

図7―5　反復される西住の後姿

図7―6　臨終の際の西住戦車長

から一蹴され戦車に戻れと命令されてしまう。戦車に戻ろうとした荒川は戦車の扉を開けたところで狙撃され死亡する。『西部戦線異状なし』のラストシーンを想起させるこのショットの直前に、西住戦死の直接のきっかけとなる、クリークの渡河点を測る西住の後姿が映され（図7―4）、荒川の死によって西住の死が暗示されることになる。

一方、来る日も来る日も炊事をやらされ、実戦に参加出来ない中年の兵隊・後藤一等兵も、西住戦死のシーンに立ち会う重要な人物である。後藤は黄大庄附近の戦闘で晴れて西住戦車隊に加わることになるのだが、西住はクリークの渡河点の深さを測った後（図7―

5）、高梨中隊長へ報告に行こうとしたその直後に後藤たちの目の前で狙撃されてしまう。
この西住狙撃場面において、興味深い点は、敵である支那兵の視点が加えられていることである。瀕死の支那兵は、倒壊した民家の瓦礫の間隙からクリークの渡河点を測っている西住を狙っている。観客は、西住の死を既に知っているだけに固唾を呑んで見守ることになるのだが、支那兵は引き金を必死で引こうとするが力が及ばずその場に倒れこんでしまう。しかしその直後、高梨中隊長に報告しようとした際に突然、鋭い銃弾の音とともに西住の身体が倒れる瞬間が映し出され、引き延ばされた西住の死が訪れることになる。

撃たれた西住は、悲しむ部下たちに向かって「どうしたんだ。いやにしめっぽいじゃないか」「俺はまだ死なんぞ。生きて、漢口、武昌、重慶へどこまでも行く。西住は断じて死なんぞ」と言う。正面からミディアム・クロースアップで捉えられた西住戦車長の恍惚とした表情（図7―6）は二枚目スターとしての上原謙がもっとも輝く瞬間であり、また西住が口にする生への渇望は、従来の死期を悟って部下や家族に静かに別れを言い渡す戦死の描写を根底から覆すものである。

だが、映画『西住戦車長伝』における、西住戦車長の戦死の描写で驚かされる場面はこれだけではない。既に戦死した（と思われる）西住の身体は戦車に乗せられ、細木部隊長（佐分利信）たちが待機する本部に戻ってくるのだが、西住と対面した細木部隊長は、「どうした？ 西住」とまず西住に問いかける。それは、下を向いた西住戦車長が部下二人に両腕を抱えられた姿で戻ってきたからであり、細木隊長はおろか、観客までもが一見すると西住戦車長がまるで生きているかのように錯覚を起こしてしまう。

西住戦車長の死後、後藤一等兵は、泣いている部下たちに向かって、「人間誰でもいつかは死ぬ。俺は平気だな」と嘯き、同僚を激怒させるが、彼らが去った後、「俺だって悲しいんだ」と言いながらひとり涙を流す。このような後藤の姿は、西住戦車長の死のセレモニーを一層盛り上げているともいえる。

さらに、後藤のそっけない態度に怒った二人の兵隊は、その怒りの矛先を、西住を殺した支那兵に向けていく。日本映画は、敵を滅多に描かず、敵愾心を昂揚させることに不得手だったといわれていたが[25]、映画『西住戦車長伝』は、かけがえのない上官であった西住戦車長を失ったことで、部下の兵隊たちが敵愾心を昂揚させる戦争映画としても成立しているのである。

## 五　それぞれの〝昭和の軍神〟

軍部先導でメディアに登場した〝昭和の軍神〟は、上海事変の際の「爆弾三勇士」と違い、ある素朴な疑問に対する回答が遂に不問に付されたまま、報道だけが先行していった。その疑問とは、何故、西住戦車長が〝昭和の軍神〟として顕彰されなければならないのか、という単純なものである。西住戦車長の上官であった細見大佐が西住の戦歴や人柄をいかに饒舌に語ろうとも、そのような経歴の尉官級の武人はさほど珍しくはなく、しかも、軍人が「軍神」に昇華するもっとも大きな要素であった西住戦車長の戦場での死に様がいかにも凡庸であったからである。
メディアは〝昭和の軍神〟の背後にある近代戦の象徴としての戦車の宣伝、ひいては軍備の増強を企図した陸軍の思惑を理解していたにちがいない。だからこそ、メディアは〝昭和の軍神〟の欠陥を補うために、西住の生家や退役軍人の父親、そして息子の死を悲しまない「軍国の母」を華々しく登場させたのだ。

　菊池寛の評伝執筆とその映画化は〝昭和の軍神〟を国民に浸透させる、もっとも有効な宣伝手段のひとつであった。言論ジャーナリズムの牽引役としての立場から、政府に協力し、戦争文学に意欲を示した菊池寛は、自身の「人間的興味《ヒューマンインタレスト》」に照らして西住の豊かな人間性を抽出し、当時隆盛の戦争文学のもうひとつのあり方を模索した。

　一方の映画『西住戦車長伝』は、戦車という新しい被写体に注目し、劇映画でありながら記録映画風のスタイルを部分的に取り入れた点で評価されもしたが、「戦車長その人に何にも話がない」この映画を「ごく平凡な善良青年、西住戦車長をメーンとした戦場での仲良しクラブ[26]」として描いたのである。しかし一方で、監督の吉村公三郎は、〝昭和の軍神〟における戦死の自明性を転倒させ、本来ならばごく平凡な善良青年の特徴のない戦死の有様を、二枚目スターの上原謙を中心に演出してしまった。菊池の評伝では、最終章の戦死の場面が事実の羅列に終わったことを考慮すると、原作と映画は対照的ではあるのだが、おそらく、西住戦車長の場合、「爆弾三勇士」のような国民の記憶に刻まれた壮烈な戦死ではなかったために、こうした改変はさほどの違和感を与えなかったといえる。とはいえ、映画『西住戦車長伝』の臨終のシーンで西住が口にした生命への情熱は、戦時体制への批判とまではいえないにせよ、菊池寛が西住戦車長に見出した「人間的興味《ヒューマンインタレスト》」をとらえ返す試みでもあるだろう。

しかし、注意しなければならないのは、日本が中国とだけ戦争していた時期であったからこそこうした映画が製作可能であった、ということだ。その後日本の戦局は泥沼化し、真珠湾における九軍神はじめ、アジア・太平洋戦争に突入後、軍神は大きな変貌を遂げ、戦争映画で『西住戦車長伝』のように臨終の場面を演出することが実質的に不可能な、真の「神」となっていく。(27) 〝昭和の軍神〟は、そのような時代に突入する以前の、いわば過渡期に想像された、様々な解釈を許容する可塑の〝神〟であったといえよう。

## 注

(1)「爆弾三勇士」（あるいは「肉弾三勇士」）とは、一九三二年の上海事変で「我が身を犠牲にして敵の防禦線突破を図った」工兵隊の三兵士を指す。当時の新聞は、彼らの戦死の状況を軍国美談としてセンセーショナルに報道し、浪花節、演劇、映画と他メディアに広がり一大ブームを引き起こした。また国民の反響も他の戦死者にくらべて圧倒的に大きかったという。ところが、彼らの決死の体当たり作戦は、実は破壊筒の故障によるものだという意見もあり、当時から新聞の捏造報道の疑いが噂された。現在では新聞の特ダネ競争の最中、国民の関心のなかで生まれた軍国美談であるとの見方が定着している（山村建徳『軍神』中公新書、二〇〇七年、一八九―二六〇頁、上野英信『天皇陛下萬歳　爆弾三勇士序説』筑摩書房、一九七一年、「「肉弾三勇士」物語」『朝日新聞』二〇〇七年六月一三日付などを参照)。

(2)雑誌における主な〝昭和の軍神〟報道は次の通りである。岩崎榮「軍神西住大尉」『雄弁』一九三九年三月号、「軍神西住大尉の母堂を囲んで　殊勲の戦車部隊長の感激座談会」『主婦之友』一九三九年三月号、清閑寺健「あゝ軍神西住大尉」『少女倶楽部』一九三九年二月号、山中峯太郎「感激小説　軍神西住大尉」『日の出』一九三九年二月号、「軍神西住大尉」『写真週報』一九三九年一月一八日号、「戦車の華　西住大尉」『大陸』一九三九年二月号、「全国青年通信」『大日本青年』一九三九年一月一五日号、「軍神西住大尉母堂と菊池寛対談録」『話』一九三九年三月号、「昭和の軍神　西住大尉の母堂訪問記」『婦人倶楽部』一九三九年二月号。なお、『主婦之友』と『婦人倶楽部』は婦人雑誌らしく西住大尉の母親に焦点を当てており、『少女倶楽部』は西住の妹・孝子の視点から兄・西住大尉を描いている。

(3)『東京日日新聞』が、菊池による評伝を正当化するのには、一九三八年の〝軍神〟西住大尉の新聞報道以来、〝昭和の軍神〟西住大尉に関する著作が既に相次いで刊行されていたという事情が関係している。だからこそ、『東京日日』は、「文壇部隊」の部隊長格で従軍した菊池寛と、陸軍情報部長のお墨付きを得て、三度にわたって連載予告を掲載したのである。連載第一回目の挿絵は、主人公の西住大尉ではなく、南京付近の車窓で本を読む作者の菊池寛が描かれており、当時の菊池寛の人気のほどがうかがえる(本章扉図版)。

(4)言論界に対しては、新聞通信各社代表四〇名、四大総合雑誌(『中央公論』、『改造』、『日本評論』、『文藝春秋』)の各代表を招致し、協力を要請している。

(5)菊池寛『菊池寛全集　補巻』武蔵野書房、一九九九年、三六二頁。

(6)菊池は、評伝の執筆を依頼されてから、『東京日日新聞』の社告にもあるように一九三九年一月二四日に空路上海に向かい、約二週間余りにわたって、上海、南京の戦跡を視察したが、そこで菊池に始終同行した人物が細見惟雄大佐(隊長)であった。

(7)菊池寛『昭和の軍神　西住戦車長伝』東京日日新聞社、一九三九年、二一四頁。

（8）同前、二四頁。

（9）小林秀雄「菊池寛論」『小林秀雄全作品9』新潮社、二〇〇三年、三四頁。他にも大江健三郎が同様の指摘をしている（大江健三郎「菊池寛と人間的興味の小説」『文学界』一九九二年八月号、二三四—二四七頁）。

（10）作家の光岡明もこのエピソードにおける菊池の関心の高さについて「その文学のように、まっすぐ健康な庶民の感覚を大事にした菊池寛の生身がのぞくのではないか」と述べている（光岡明「『西住戦車長伝』と『満鉄外史』」『菊池寛全集　第二〇巻』高松市菊池寛記念館、一九九五年、六三三頁）。なお、このエピソードは映画『西住戦車長伝』にも登場する。

（11）同前、六二九頁。

（12）小林秀雄、前掲書、三三頁。

（13）菊池寛、前掲書、四二二—四二三頁。

（14）山村建徳、前掲書、二六七頁。

（15）松竹は、社長の城戸四郎が一九三八年七月に戦時体制下の現状に即応、映画粛正第一歩として「健全なる国策の線に沿ふ指導的社会教化と娯楽性、芸術性を強調する云々」の声明の後、火野葦平原作の『土と兵隊』、『麦と兵隊』の映画化が発表され（『都新聞』一九三八年一二月一日付、一二月二六日付）、日活の『土と兵隊』、『麦と兵隊』の二部作との競作が報道された。だがその後、火野原作の映画化についての松竹の動向が一切報道されていないため、松竹の戦争映画の企画は『西住戦車長伝』一本になったと考えられる。

（16）『キネマ旬報』一九四〇年一一月一日号、五頁。

（17）菊池寛「話の塵」一九三九年一一月『菊池寛全集　第二四巻』高松市菊池寛記念館、一九九五年、六四六頁。

（18）野田高梧「一言」『日本映画代表シナリオ全集第四巻』キネマ旬報社、一九五八年、六〇頁。

（19）久保達夫「戦車と映画」『日本映画』一九四〇年一二月号、七一—七二頁。

(20) 吉村公三郎は、戦車による戦闘場面を中心に活動写真的要素を取りいれるにあたって、ジョン・フォードの『駅馬車』を参考にしたという。だが、このような迫力のある画面は、戦況の説明（たとえば、地図やアニメーション）を使わなかったため、「同じような戦闘描写が単調に繰返されるという印象を与え、戦記映画としてはどうも距離感と時間の観念が全体に欠けてゐるのは惜しい」と言われることになってしまった（Q「新映画評　西住戦車長伝」『朝日新聞』一九四〇年一二月四日付）。

(21) 上原謙は、一九三八年の最大のヒット映画である『愛染かつら』で田中絹代とコンビを組んだが、戦時下だけにこの作品のメロドラマ的内容が、映画批評家を中心に大きな批判を招いた。上原が『西住戦車長伝』で主役の西住戦車長を演じるにあたり、映画雑誌『新映画』は表紙に西住戦車長に扮した上原謙を掲載し、上原本人にインタビューを行っているが、そのなかでも、『愛染かつら』の役柄との比較がなされており、インタビュアーの片山公夫は、『西住戦車長伝』を松竹が製作するにあたり、「大船は『愛染かつら』だけ、撮つてゐるんぢゃないといふ、デモになりますね」と述べている（片山公夫「『西住戦車長伝』と上原謙」『新映画』一九四〇年七月号、八五頁）。

(22) 「西住戦車長伝合評」『キネマ旬報』一九四〇年一二月一日号、五六頁。

(23) Q　前掲紙。

(24) 細見隊長の講演では、西住の戦死の状況を次のように語っている。「自分（西住）を介抱する高松上等兵に「御前達と僅か一年で別れるとは思なかつた。自分が居なくなつても、平素自分が言ふてゐた軍人の魂、軍人精神を基として中隊長殿初め各幹部方の教へに従ひ立派な軍人にならなくてはならん」と諭して居ります。愈々命の目睫の間に逼りまするや、自若として少しも取り乱すことなく、次の最後の言葉を遺しました。当時戦車は轟々と真暗な畑中を一意本部の位置に走つて居ります。其の中で「部隊長殿、隊長殿、西住は御先に満足して往きます、しつかりやつて下さい。御母さま、小次郎は御先に往きます、自分は満足して居りますが、御母さまは御一人で淋しい事と思ひます。可愛がつて頂きました姉さん、色々御世話になりました。弟――立派に……」尚言葉は若干ありますが既に力なく、また戦車の音で聴き取ることが出来ません。天皇陛下万歳を三唱し奉り、後は一語なく、遂に常に生死を共にしたる其の戦車の中で、真に従容として名誉の終焉を遂げたのであります」(細見大佐「(附)軍神西住大尉」『闘ふ戦車』朝日新聞社、一九三九年、八七―八八頁)。

(25) ピーター・B・ハーイ『帝国の銀幕――十五年戦争と日本映画』名古屋大学出版会、一九九五年、一七二頁。

(26) 吉村公三郎『わが映画黄金時代』ノーベル書房、一九九三年、一五八頁。

(27) 敗戦末期の特別攻撃隊に代表されるように、太平洋戦争以後の軍神たちの身体の多くは、体当たり作戦によって兵器もろとも消滅してしまうからである。太平洋戦争以後の軍神の表象不可能性の考察については今後の課題としたい。

# 第八章
# 「決戦下」の映画
## ——『剣聖武蔵伝』(1944 年)——

直木三十五と菊池寛の「宮本武蔵合戦」
(『読売新聞』1932 年 10 月 27 日付)

菊池寛は、『昭和の軍神　西住戦車長伝』執筆からおよそ五年後に、ふたたび評伝に取り組んだ。それが宮本武蔵を取り上げた『剣聖武蔵伝』である。宮本武蔵といえば、数々の決闘で並み居る強豪を打ち負かし、とりわけ巌流島の決闘において、ライバルの佐々木小次郎を斃した逸話や『五輪書』の作者としても知られる、おそらく現在においてももっとも人気のある江戸時代初期の剣豪である。(1)宮本武蔵を有名にしたのは、作家の吉川英治であったことは周知の通りだが、(2)吉川英治の『宮本武蔵』は、『大阪朝日新聞』『東京朝日新聞』において、一九三五年八月二三日から一九三九年七月一一日（途中一九三七年五月二一日―一九三八年一月四日まで休載）まで連載され、その後刊行された単行本の驚異的な売り上げから「戦時下最大のベストセラー」(3)と呼ばれた小説であった。

吉川版『宮本武蔵』がこれほどの人気となった理由は、主人公の新免武蔵《たけぞう》という喧嘩の強い一介の暴れん坊が、様々な人間との出会いを経て、巌流島での決闘にいたるまでの物語そのものの面白さによるのだろう。それに加えて重要なのは、この小説では、武蔵が自己の精神の葛藤を乗り越え、剣の道のみならず精神修行の道にも目覚めていく過程が描かれていることである。すなわち吉川英治によって活写された武蔵の成長譚が、当時の読者の共感を呼び、その結果「剣によって自己完成を目指していく宮本武蔵の生き方は多くの人々にとって人生の指針たり得た」(4)のである。しかし同時に、この小説が書かれた時代にもやはり留意すべきだろう。日本が戦争に向かって漸進していくなかにあって、吉川版『宮本武蔵』に描かれた、保守的な世界観や忍従の精神は、当時の軍国主義イデオロギーと無関係ではは当然なかったために、戦後、戦時下日本人の「精神的バックボーン」(5)として、様々な形で批判を受けることになるからだ(6)。

吉川版『宮本武蔵』によって創造された、宮本武蔵のイメージは、演劇、朗読、浪花節などの様々なメディアに波及していったのだが、もちろん映画も例外ではなく、吉川英治原作の映画化作品が次々と製作され、吉川版『宮本武蔵』のイメージの確立を促した。しかし、戦時下の宮本武蔵のイメージは必ずしも不変であったわけではなく、吉川版『宮本武蔵』のイメージから逸脱した時期がわずかながら存在した。それがアジア・太平洋戦争以降の、「決戦下」といわれた時期であり、当時大映社長の職にあった菊池寛は、その時期に『剣聖武蔵伝』をしたためたのだ。さらに、この『剣聖武蔵伝』は、菊池が社長を務めた大映ではなく、松竹によって『宮本武蔵』のタイトルで映画化され、溝口健二が演出にあたった。

『剣聖武蔵伝』の原作者である菊池寛と、その映画化作品の監督である溝口健二は、ともに、「吉川の〝武蔵〟か〝武蔵〟の吉川か(7)」といわれるほど国民的人気を誇った吉川英治の宮本武蔵のイメージと対峙しなければならなかった。しかも、作家の自由な想像力が極度に制限されていた戦時下という時代を考えれば、菊池寛と溝口健二を取り巻く環境はけっして平坦ではなく、彼らはいわば二重の枷をはめられた状況下にあったはずだ。しかし、逆にいえば、銃後の国民が厭戦状態に陥りつつあった「決戦下」という特異な状況であったからこそ、菊池と溝口は、吉川版『宮本武蔵』とは別の武蔵像を描出し得たとも考えられるのである。

本書では、大映社長時代の菊池寛による映画製作の手法を〈工房〉と名付けることにより考察を進めてきたが、『剣聖武蔵伝』は、菊池寛原作とはいえ別会社の松竹で製作されたため、菊池の〈工房〉で生み出された作品ではない。しかし、この作品は、戦時期における映画会社間の隔壁を超えた菊池寛の役割と、戦時下のヒーローであった宮本武蔵のイメージを検証する意味でも重要である。菊池寛の『剣聖武蔵伝』とその映画化作品である溝口健二の『宮本武蔵』の製作過程を詳細にみていくことで、戦時下における宮本武蔵像の変遷と、彼らの作家的想像力の核心を明らかにしていきたい。

## 一　精神性の昂揚——決戦下の宮本武蔵のイメージ

菊池寛の『剣聖武蔵伝』と溝口健二の『宮本武蔵』の分析に入る前に、戦時下の宮本武蔵のイメージについて確認しておこう。新聞を中心とするメディアは、吉川英治の『宮本武蔵』の連載終了後も、掲載紙の『朝日新聞』に限らず、吉川版『宮本武蔵』の人気に乗じて、武蔵の名前を冠した記事やイベントを新聞紙上にくり出すことになっていった。たとえば、「丸腰で敵将生捕り〝宮本武蔵〟の少尉　大兵の敵役飛ばす斥候」という見出しで魯南戦線での武勇伝を讃えた記事（『読売新聞』一九三八年六月一日付）では、中国人捕虜と並んで満面の笑みで写真に納まったこの記事の主役と思われる少尉の姿が記事とともに掲載されており、ここでの「宮本武蔵」は、戦場で武器を携行せず丸腰で敵陣に突っ込んでいく、無謀な勇敢さを称賛されている。

このように、剣豪武蔵のイメージは当時最大の話題であった日中戦争における兵士の強さになぞらえられた。しかし、注意しなければならないのは、戦時状態が長引くにつれて、武蔵の名前を冠した記事では、巌流島の決闘を「捨身必殺」の原理に喩えるエッセイ（『読売新聞』一九四二年一二月八日付）に象徴されるように、宮本武蔵の肉体的強さよりも武蔵の武道に内在する精神そのものが注目されるようになっていったことである(8)。

しかし、こうした宮本武蔵のイメージは、吉川英治がつくりあげた武蔵とはいささか異なっている。もちろん、『宮本武蔵』の連載中に、吉川自身が『宮本武蔵』の主題について「他に勝ち自己に勝ち、処生の百錬を超えて、自分を完成する」と述べているように(9)、吉川版『宮本武蔵』の主題が、「修業による人格修養の重要性(10)」、すなわち精神性にあったことは疑う余地がない。だが、それと同時に、「この小説は飽まで、読者と共に主人公が、常に人生に希望を希望をと見つけて歩んでいく(11)」とも書かれていることからも明らかなように、吉川版『宮本武蔵』で重視されるのは、剣、精神ともに未熟な主人公が、希望を求めて遮二無二突き進んでいく、その成長過程なのである。

とりわけ、「決戦下」と呼ばれた、アジア・太平洋戦争以降の新聞紙上にあらわれた宮本武蔵のイメージは、吉川が主に描いた若年期の武蔵の姿よりも、『五輪書』を執筆する頃の晩年の武蔵を連想させるものであった。メディアは、『五輪書』や『独行道』のなかの格言を度々引用し(12)、宮本武蔵を「武士道」精神を体現するモデルに祭り上げ決戦下の国民を叱咤激励したのだが(13)、こうした宮本武蔵の精神的側面を重視する傾向は、戦争が長引くにつれて、次第にエスカレートしていったのである。たとえば、一九四四年六月二八日に大日本剣道会が主催し日比谷公会堂で催された「剣聖宮本武蔵三百年記念」の「剣道と近代戦講演会」では、「北九州爆撃と日本国民の覚悟」と「武蔵の生涯に就いて」が講演され、「本土決戦」と武蔵の生涯を同列に並べることで、空襲に屈することがない強靭な精神を持つ模範的な人物として宮本武蔵を位置づけたのだ。(14)

以上のように、戦時下の宮本武蔵は、戦局が悪化の一途を辿るにしたがって、ブームを作った吉川英治の手を離れ、メディアによって戦争完遂のための規範的な人物として持ち上げられた結果、武蔵の精神的側面を一層重視する見方が優勢となっていったのである。

## 二　菊池寛の『剣聖武蔵伝』

菊池寛の『剣聖武蔵伝』は、その掲載紙とともに長らく所在がつかめないままとなっていたが、近年発見され、二〇〇三年に『菊池寛全集　補巻第四』に収録された、いわくつきの作品である。おそらくこの作品が長らく「幻の作品」とされていたのは、一九四四年三月一日から四月二六日までという連載期間と『毎日新聞戦時版』という発表媒体に理由の一端があるのだろう。

『毎日新聞戦時版』は、戦時下の物資不足のなかでの逼迫した紙不足を背景に、政府主導で創刊された新聞である。(15)同紙の注目すべき点は、「産業戦士」という、新聞購読者の特定の読者層に焦点をあわせているために、(16)通常の戦局や日々の暮らしの記事とは違う文体が一部で採用されていることである。たとえば、一九四四年一一月一二日付の国民映画に関する記事は、文体が「ですます」調になっており、「国民映画とは何か」という問題を分りやすく解説するというスタイルを採っている。このことからも、『毎日新聞戦時版』が産業戦士のための慰安のみならず、「啓蒙」というもうひとつの目的を持って創刊された新聞であることがうかがえる。菊池寛の『剣聖武蔵伝』は、『毎日新聞戦時版』の創刊号から掲載されることになるが、当代随一の人気作家であり、また歴史小説の書き手でもあった菊池は、『毎日新聞戦時版』の創刊号を飾るにはもっとも相応しい作家であったといえるだろう。

だが、産業戦士をターゲットとした慰安と啓蒙を兼ねた読物であったことを考慮すると、『剣聖武蔵伝』は、いささか硬派の感を免れえない。平野謙が、歴史小説家としての菊池寛を、「歴史ばなれ」と評するように、菊池の歴史小説の主眼は、歴史の事実性を重視するというよりも、ときには創作を加えながら、歴史上の人物を活写することにあった。とはいえ、菊池が、『剣聖武蔵伝』を執筆するにあたって、これまでの「歴史ばなれ」の手法を捨て、評伝というスタイルを選んだのは、先行する吉川英治が創造した宮本武蔵のイメージを強烈に意識していたからである。

吉川英治は、一九三二年の『読売新聞』の座談会（「作家一代楽屋話」[17]）に出席し、宮本武蔵をめぐって直木三十五と論戦したことを契機として、その三年後に『大阪朝日新聞』『東京朝日新聞』両紙で『宮本武蔵』の執筆をはじめたのだが[18]、しかし、この『読売新聞』の座談会以前に、菊池寛と直木三十五による「武蔵偉人説」をめぐる論争が先行していたのである[19]。このように考えると、菊池寛が、かつての座談会で自分と同じく「武蔵偉人説」に与した後に宮本武蔵のブームをつくった吉川英治を意識しないはずはなく、『剣聖武蔵伝』を執筆するにあたって、吉川版『宮本武蔵』とはまったく対照的な形式を採っているのである。

『剣聖武蔵伝』は、題名が示すとおり、宮本武蔵に関するあらゆる文献が引用され、それらに菊池が注釈を加えて自説を述べた評伝であり、連載の第一回目の冒頭から「宮本武蔵は、過去の日本人の中で、百人の偉人を選べばその中にはいる人である。いな僕のひいき目から云へば、二〇人の中にでも入りかねない」（菊池寛「剣聖武蔵伝」『菊池寛全集　補巻第四』武蔵野書房、二〇〇三年、二五一頁。以下頁数のみ記載）と、菊池自身の考えが明快に述べられた後、『独行道十九ヶ条』や『五輪書』を書いた知識人でもあった武蔵の一面が紹介されている。これを読むと、菊池が宮本武蔵の剣豪としての側面のみならず、文武両道の達人であったことを強調することによって、「武蔵偉人説」を支持した自説を継承していることがうかがえる。

また、菊池は、「吉川氏の小説は、武蔵が剣道修業の径路を描いて、武蔵の一面を描破した興味満点の作品ではある」（二五二頁）と評して、吉川版『宮本武蔵』のストーリーの面白さをほめてはいるものの、「しかし、いかに考へても、武蔵はお通やあけみなどとは凡そ縁の遠い存在である」（二五二頁）と書き、吉川が、『宮本武蔵』のヒロインであるお通と朱美という架空の人物を導入したことを批判している。そして、最後に「武蔵の一生には、小説らしい筋はない。たゞ逸話の連続である。小説らしい筋を作ると、武蔵の真相は、書けなくなる。僕はなるべく正確に、武蔵のことを書きたいと思つてゐる」（二五二頁）と締めくくり、吉川版『宮本武蔵』以前に書かれた講釈と、吉川が採った小説という形式を暗に批判している。ここで菊池はこれまで流通した講釈や小説の虚構性を否定し、武蔵に関する様々な資料を渉猟することによって、宮本武蔵の「正史」を構築することを宣言しているのである。

このように、菊池寛は『剣聖武蔵伝』の連載初回で、自らの考えを明確に述べた後、第二回目以降に『五輪書』等を引用しながら、武蔵の生立ちや父親との関係、最初の仕合に言及する。一方、吉川に対する反論は連載初回にとどまらず、「〔武蔵は〕隣近所で、乱暴するやうな不良少年ではない」(二六〇頁) などと書き、さらに、武蔵と沢庵の関係についても、「京都で、沢庵と武蔵とが一度や二度は逢つたかも知れぬと云ふことは、想像されてもいゝ」と留保をつけつつも、吉川版『宮本武蔵』のなかで武蔵が沢庵の鉗鎚を受けたように書いているのは「同氏の創作だらう」(二九二頁) といい切っている。

こうした筆法は吉川英治のみにとどまらず、小次郎擁護者の一人であり、武蔵の遅刻戦法に関して、かつて武蔵を非難していた斎藤茂吉にも向けられている (二六七、二八二頁)。菊池は、巌流島の決闘における武蔵を非難する斎藤に対し「当時の仕合は文字通り生死を賭けた勝負である」と一刀両断し、「相手が期に後れたからと云つて、ジリジリするやうでは、既に心理的に負けてゐる」(二六七―二六八頁) と述べながら、一方で「武蔵遅刻卑怯説」に対する反駁の文献を引用する (二八二―二八五頁) など、かつての論争相手に対する反論を積極的に展開している。

吉川英治や斎藤茂吉など、これまで宮本武蔵に言及した著名人の実名をあげ、逐一論拠を示して自説の正当性を主張してはいるものの、菊池寛自身も宮本武蔵についての「正史」を構築する困難さを実感していたようである。おそらく、史実が少ないことに加え、武蔵があらゆる異説伝説に彩られた人物であったからだろう。しかし、菊池はこの点についても、「一つの事実が、二つの伝説となつて伝はつてゐるのである。一つの事実が、変じて一つの伝説となり、二つの伝説になり、三つの伝説にもなるのである」（二六九頁）と、一つの事実が伝説に転じてしまうメカニズムを説明しながら、それでもなお、「やはり事実の真相は、ある程度まで把握することができるのだ」（二六九頁）と論じている。その主張を実践する試みとして、菊池寛は、『剣聖武蔵伝』で一つのエピソードにまつわる様々な異説伝説を並列し、そこで自らも推論を重ねながら、宮本武蔵の真実の姿に近付こうとするのである。

こうした武蔵に関する菊池独自の解釈のなかで、彼の本領が発揮されるのが、巌流島以降の兵法者としての武蔵の生き様とその精神である。菊池はまず、小次郎との仕合に勝利し晴れて天下無敵となった武蔵が、なぜ「諸国を歴遊しながら、どこかの大名に仕えなかったか」（二八九頁）という疑問を投げかけ、それに対する回答として『独行道』を示し、そこに「世俗的な欲心を断絶しようと考へていた」（二八九頁）と、武蔵の心境を説明する。

ところが、菊池は「武蔵は一介の兵術者とて偶せられるのでは満足いかなかつたらしい」（二九〇頁）と述べ、「武蔵の志は、もし、仕官するならば、将軍に仕へて、天下の政治に対して、自分の抱負を述べたい気持ちがあつた」（二九〇頁）と主張することで、世俗的な欲心を断絶したはずの武蔵の複雑な心内にも言及するのだが、しかし、幕府には既に適当な指南番が存在していたため、武蔵はその機会に遂に恵まれなかったと推測している。このように考えると、菊池は、宮本武蔵を「一介の武人でなく大理想を抱く哲人」として規定するのみならず、「兵法者として天下国家の経営に関与したかった武蔵の、生涯にわたる無念の欲望を読み取っている」[20]のである。

さらに、菊池はこうした武蔵の人物像に関して独自の読みを展開した後、連載の回を追うにしたがって『五輪書』や『独行道』を引用し晩年の武蔵の死生観に触れながら、いよいよ話題を決戦下の国民の死生観に転じ、次のように述べている。

死を覚悟すると云ふことは、武士道や兵法の道ばかりではない。平生に於ても、殊に現代のやうな苛烈なる戦時下に於て死を覚悟することは、われ〳〵全国民の重大事でなければならない。むかしから多くの宗教は、われわれに死の覚悟をつけるために道を説いたのである。天地と同化して死生を超越することは、禅宗などの教である。が、これを日本的に考へれば、皇国の大生命と同化して、個人の生死を超脱することが、日本人としての死の覚悟であらう。これは、死の覚悟でなくして、却つて永久の生命を獲ることである。（二〇六頁）

宮本武蔵の兵法に基づく死生観は、菊池の手にかかればこのようにすんなりと決戦下の国民に対する死の覚悟を説くメッセージへと変換されてしまう。しかもこうした菊池の考えは、先に見てきたように宮本武蔵の精神そのものを称揚した決戦下のメディア報道のあり方と合致していたのである。

以上のように、宮本武蔵に関する異説、伝説を白日のもとに曝し「事実」と「虚構」を峻別した菊池の評伝は、『毎日新聞戦時版』の読者であった産業戦士にとっての慰安のみならず、武蔵の生涯から決戦下の死生観を導こうとする啓蒙的な国策文学の役割をも果たしたのだ。それは同時におよそ一二年前の論争で主張した「武蔵偉人説」を再び示し、その決着を果たそうとした点においても、戦時下でありながら菊池寛の作家的欲望を満たした仕事となったのである。

## 三　溝口健二の『宮本武蔵』

菊池寛が吉川版『宮本武蔵』の虚構性に対する批判の具体例として最初に標的としたのが、架空の人物とされるお通や朱美といった女性の存在であったことは既に見てきたとおりである。『剣聖武蔵伝』では彼女らの存在を否定する根拠について、菊池は「武蔵は凄愴苛烈な武人で、その顔を見ただけでも、小娘などは悲鳴をあげて逃げ出すのではないかと思ふ。その性格や、行動から考へて、紅一点などがつきまとう余地はないのである」(二五二頁)と述べており、さらに、菊池は武蔵の「凄愴苛烈な武人」の風貌を示すもうひとつの具体例として「千恵蔵扮するやうな好男子でもない。月形龍之介の顔を、もつと大きくし、思ひ切つて凄みを加へたならば、武蔵の面影をいくらか伝へ得るのではないかと思つてゐる」(二五二頁)と、映画化された際に武蔵を演じた片岡千恵蔵と小次郎を演じた月形龍之介に触れている。

宮本武蔵を題材とした映画作品は、一九〇八年から製作されており、戦前に製作された数は二五本にのぼる。吉川英治の『宮本武蔵』の連載開始によって、宮本武蔵を題材とした映画作品が増え、一九三六年から一九四四年までに一三本が製作されたが、そのうち、吉川英治原作の映画化作品は、八本を占める。そこで、嵐寛寿郎はじめ様々なスター俳優が主人公の武蔵を演じたが、特に人気が高かった俳優が、片岡千恵蔵であった。菊池が『剣聖武蔵伝』の中で、片岡千恵蔵の名前を挙げたのは、いかに片岡千恵蔵が、吉川英治がつくりあげた宮本武蔵を体現していたかのあらわれであるといえる。つまり、吉川版『宮本武蔵』が何度も映画化され、そのなかでも片岡千恵蔵演じる武蔵の人気が高まることで、千恵蔵＝武蔵のイメージが定着し、吉川版『宮本武蔵』のイメージのさらなる普及に貢献したのである。[21]

『剣聖武蔵伝』は、一九四四年三月から執筆が開始され、連載終了後早々と映画化が決定されたものの、菊池寛自身が社長をつとめる大映ではなく、別会社の松竹によって、一九四四年八月に企画・製作された。[22]松竹は新聞広告の文面で、監督の溝口健二ではなく原作者の菊池寛の名前を映画のタイトルの前に記載する異例の宣伝方法を行ったのだが、それは、吉川英治の宮本武蔵のイメージを払拭し、菊池寛による新しい宮本武蔵をアピールする腹づもりだったにちがいない。

当時の映画雑誌も、「宮本武蔵の『五輪書』をテーマとし、兵法求道者武蔵を通じて、日本精神を描き顕示せんとするもの[23]」とこの作品の製作意図を紹介しながら、「日活、大映で撮り尽した後に今さら武蔵でもあるまいが、溝口健二の演出、前進座の総出演と云ふところに、本篇への期待がかかる[24]」と述べるなど、菊池寛が企図した求道者としての宮本武蔵という国策的なテーマの意義を認めている。当時の映画をめぐる言説のなかでは、映画スターではない前進座の河原崎長十郎の武蔵と、演出にあたった溝口健二に、これまでの片岡千恵蔵主演の娯楽時代劇[25]とは全く対照的な国策映画「宮本武蔵」が期待されたのである。

よく知られているように、日本映画史では、戦時下の溝口健二は不振であったとするのが定説となっているが、それは国策映画に要請された題材と溝口の持つ作風とがうまくかみ合わなかったことが主な原因とされている。虐げられた女性たちに代わって男性本位の社会を告発する映画をもっとも得意とした溝口の作風[26]は、戦時下では不要不急のものとされてしまい、そこで窮余の策として考えられたのが、「芸道もの」[27]というジャンルであった。「芸道もの」の定型は、国民に自己犠牲と国家への忠誠と戦争に勝つための技術の訓練とを要求する政府の方針と矛盾することはなかったため、政府はこの種の映画を積極的に奨励はしなかったが、容認した。[28]

溝口健二は、一九三九年の『残菊物語』を手はじめに、『浪花女』（一九四〇年）、『芸道一代男』（一九四一年）の「芸道三部作」を作り、同じく「芸道もの」である『団十郎三代』（一九四四年）の前に『元禄忠臣蔵　前後編』（一九四一・四二年）を演出した。ところが、『元禄忠臣蔵　前後編』は、これまでの赤穂浪士の討ち入りを大団円とした娯楽時代劇ではなく、「松の廊下」をはじめ原寸大のセットにこだわり、武士道という日本精神を描いた真山青果原作の「歴史映画」であったものの、興行的には惨敗してしまったのである。この『元禄忠臣蔵』の失敗からも推察されるように、溝口健二は、武士はもとより〈男性的なるもの〉[29]が物語の中心を占める世界を描くことに長けた映画監督ではなかったのだ。

だが、『元禄忠臣蔵　前後編』の失敗によって、それまでの溝口の巨匠としての名声が完全に瓦解したわけではもちろんない。中国に取材した『甦へる山河』の企画が頓挫し、溝口は、『団十郎三代』を演出した後、『剣聖武蔵伝』の映画化に取り組むことで、『元禄忠臣蔵』に連なる〈男性的なるもの〉に回帰することになったのだが、しかし、溝口は、彼の特長とされる、男女の内面世界の描写の巧みさを「兵法」という精神世界の描写へと転換させることによって、さらなる飛躍を期待されたのである。[30]

## 四　女性の復活と仇討の否定

菊池寛が『剣聖武蔵伝』のなかで「小説らしい筋はない」と明言しているように、史実や伝説と、それらに対する菊池の解釈を加えた評伝である『剣聖武蔵伝』は、そもそも映画化が非常に困難であった。しかし、脚本を引き受けた川口松太郎は、上映時間が六六〇〇尺以内という尺数制限があるなかで[31]、一乗寺下がり松と巌流島の決闘というふたつの決闘を取り入れるという離れ業を成し遂げてしまう。さらに川口は、本来ならばまったく別のこれらの決闘に因果関係を持たせるために、『剣聖武蔵伝』にはない要素を取りいれているのだ。それが映画『宮本武蔵』のために用意された田中絹代演じる野々宮信夫《しのぶ》という女性である。

吉川版『宮本武蔵』におけるお通のような女性の存在は、菊池が批判の筆頭にあげたものだったが、吉川英治が描いた青年期の武蔵にとっては、むしろ必要不可欠な要素であった。なぜなら、武蔵がお通への恋慕を断ち切り、剣の道に生きることは、剣、精神ともに発展途上の主人公が修業を成し遂げるためにはそれなりに説得力があったからだ。しかし、映画『宮本武蔵』の場合、主人公の宮本武蔵は原作の『剣聖武蔵伝』に倣い求道者として精神的に完成された人格であることが前提となっており、菊池寛がいうように、本来ならば物語に女性が介入する余地はない。しかし、この作品が耐乏生活に苦しむ銃後を慰安する正月映画である点を考えれば、溝口健二の『浪花女』(一九四〇年)『団十郎三代』(一九四四年)に主演した、松竹随一の人気女優である田中絹代の起用は無理もないところだろう。[32] そこで、映画『宮本武蔵』のシナリオでは、親の仇討のために剣術指南を請う母子が登場し、武蔵がその息子を指導したという『剣聖武蔵伝』のなかのエピソード(二六八頁)が、父親の仇討を決意する野々宮信夫と野々宮源一郎(生島喜五郎)の姉弟が、武蔵の指導のもとに剣術に励むストーリーに改変されたのである。

映画『宮本武蔵』で興味深い点は、田中絹代が、『浪花女』と『団十郎三代』では、物語の差こそあれ、芸道ものにおける典型的な女性に扮していたのに対し、この作品では、武蔵に剣の指導を受け、果敢に敵に斬り込む女性を演じていることである。田中が扮した信夫のような女性像は、吉川版『宮本武蔵』のお通に見られる、武蔵の帰還を待ち続けひたすら忍従を強いられる女のイメージとは対照的である。この傾向は、溝口の次回作である『名刀美女丸』にも受け継がれており、主役に扮した山田五十鈴が同じく剣を持って闘う女性を演じている。これまでの時代劇にも闘う女性は登場したが、マイナーな存在であった。[33] この作品が公開された一九四四年末は、「本土決戦」がメディアで盛んに提唱され、銃後の女性も竹槍などの武器を持って戦うことが奨励されて久しい時期であった事実に留意すれば、『宮本武蔵』、『名刀美女丸』における、武器を持って闘う女性の主人公は、一九四四年末という「決戦下」の〈現実〉が配慮された新しいキャラクターといえるのではないだろうか。

ところが、映画『宮本武蔵』では、このように剣を持って闘う野々宮信夫を登場させたにもかかわらず、武蔵は、野々宮姉弟に剣術の指導はするものの、一貫して彼らの仇討を否定するのだ。兵法者武蔵の仕合が「破邪顕正の剣の為」と規定されるならば、個人的復讐は当然否定されるべきであり、それは製作意図の「兵法求道者武蔵を通じて、日本精神を描き顕示せんとするもの」という国策にも叶っていることから、川口は、武蔵の剣術指南を授かる野々宮姉弟に対しても意趣遺恨（＝仇討）の禁止を適用したのであろう。一方、脚本を事前に検閲した情報局も、「佐々木小次郎との試合は、意趣遺恨試合ではなく兵法道完成のための試合であるといふ意味合ひをよく描出してほしい。それが完全に描き出さるればこの映画は平凡な娯楽映画の域を脱して、多少とも高いものを持ち得ることにならうと考へられる」[34] と述べている。つまり、国家は、これまでの「平凡な娯楽映画」である千恵蔵主演の「宮本武蔵」シリーズと、溝口の『宮本武蔵』とを分かつ点を、意趣遺恨試合の禁止とみなし、溝口の『宮本武蔵』の製作を許可したのだろう。というのも、同時期に大映で企画された吉川英治原作の『宮本武蔵』は製作許可が下りなかったからである。[35]

しかしながら、溝口の『宮本武蔵』では、この「意趣遺恨試合の禁止」をめぐって、「兵法求道者」である武蔵の性格を徹底させたために、肝心の「兵法求道者」武蔵の性格に矛盾が生じてしまった。それは、野々宮姉弟の仇敵である左本兄弟と、佐々木小次郎が卑怯な手段で野々宮源一郎を斃すところからはじまる。小次郎の奸計を信夫から知らされた武蔵は激怒し、それがクライマックスの巌流島の決闘へと発展していくのだが、しかし、当の武蔵は、弟を殺された野々宮信夫に対して仇討を最後まで思いとどまらせているのである。だがその一方で、小次郎が野々宮源一郎を死に至らしめた張本人であることを認識していながら、巌流島での小次郎との仕合を意趣遺恨ではないとする理由を充分説明していないため、「武蔵の人格が完全に把握されていない」と批判されてしまったのである。[36]

## 五　問題のラストシーン

映画『宮本武蔵』では原作の持つ「兵法求道者としての武蔵」の主題は継承されるどころか、武蔵が生きた時代であれば、正当化されていた野々宮姉弟の仇討までもが否定されるなど、さらに強化されてしまった。それがもっとも先鋭化されたのが、巌流島での決闘を終えた武蔵を信夫が出迎えるラストシーンであり、ここで彼女は驚くべき行動を取る。信夫は武蔵の傍に駆け寄り、祝福の言葉を述べるのだが、武蔵はこれに応えて「武蔵の剣にも迷いがあった。曇りなしとは言い難い。修業が足らん、修業が足らん。兵法道一生の修業、別れますぞ」という。その言葉を聞いた信夫は、「兵法道に一生を捧ぐるお師匠様の足手まといにならぬよう、父、弟の菩提を弔って仏の道に入りまする」といい、頭部を被っていた布を取り、髪をおろしてしまった姿を武蔵に見せるのである。武蔵は、この信夫の姿に驚き、「よくぞ、よくぞ、武蔵も生涯娶らぬ。心の妻と思って過ごすぞ」という台詞を口にした後、毅然としてその場を立ち去り、この映画は終る。

映画『宮本武蔵』で注目すべき点は、溝口が、武蔵と信夫の画面のなかの位置関係を大体において規定しており、武蔵を画面奥、信夫を武蔵の前方に位置づけていることである。彼らが位置を変えることはほとんどなく、とりわけ信夫は、畳目や敷居といった、武蔵との間に想像的に引かれた境界線を踏み越えることは出来なかった。なぜなら、境界線の向こう側は、女性との交渉を拒む「兵法」の道に通じているからである。ところが、ラストシーンでは、この原則が破られることになる。信夫は、はじめは武蔵の左側に位置していたにもかかわらず、武蔵の背後に回りこんで位置を変え、武蔵と同じ側に立っている。これは彼女が仇討を断念し出家という兵法に準じる道を選択したことによって、武蔵と同じ側に並ぶことが許されることになるからである。

ここで重要な点は、ラストシーンにおける信夫の出家と武蔵の愛の告白は、事前に提出された川口の脚本には記載されていないことが当時指摘されていたことである。現存する脚本では、ラストシーンは次のように書かれている。

シーンNo八五 下の関桟橋

武蔵が立つてゐる。
待ち構へてゐた信夫が、安堵の色を全身にみなぎらせて迎えつゝ
信夫「お目出度うございました。お喜びを申し上げます」
武蔵それには答へず
武蔵「武蔵の剣にも迷ひはあつた。曇りなしとは云ひ難い（と己れを叱る心にて）修業が足らん、修業が足らん」
信夫「先生！」
武蔵「兵法道一生の修業（と信夫へ）別れますぞ」
と云ふが否や、身を翻して、さつと走り出す。信夫の、呆然とそれを見送るうちに、下の関海沿ひの松原を一散に遠去り行く兵法求道者の姿。

――終(37)――

これを読むと、剃髪したことを語る信夫の台詞と、信夫を「心の妻と思って過ごす」という武蔵の台詞がすっぽりと抜け落ちてしまっている。そうすると、ラストシーンは、撮影段階で監督の溝口健二が即興的に演出し、検閲官や川口松太郎をも出し抜こうとした確信犯的な改変であることが充分考えられるのである。
一方、これとは反対に、脚本に記載され、演出がなされなかった箇所がある。(38) そのなかでも重要な

のは、弟の源一郎を殺された信夫が武蔵の館を訪ね、そこで、武蔵と信夫が見つめあい二人の恋愛関係を髣髴とさせるシーンであり、川口の脚本には次のように書かれている。

信夫は武蔵を見上げる。

武蔵「仇討ちの望みを棄てぬか。所詮は同じ人の行く末。仇敵の恨みを棄てゝおだやかに世を終る心にはならぬか」

信夫「はい（と、武蔵の面を見入つたまゝ）もし、先生が……そのやうにせよと仰せられまするならば……」

と、云ひつゝぢつと武蔵を見る。武蔵も信夫を見返す。月光美しく、虫の音しげく、見交す二人の眼に、言外の意深し。[39]

（傍点引用者）

しかし、実際の映画のシーンでの二人は視線を交わすことはない。このように考えると、脚本と映画における二つの相違点がいずれも武蔵と信夫との関係を示す箇所であることはおそらく偶然ではない。

溝口健二は、ラストシーンで菊池寛の主導した「求道者としての武蔵」の主題を逸脱するどころか、さらにそれを徹底し、国策に与するポーズをとっているかのように見えるのだが、それは溝口の戦略ともいえる。つまり、信夫が出家という女性の究極の自己犠牲を成し遂げることによって、はじめて兵法者の武蔵から愛の言葉を引き出すことが可能となったという点を考慮すると、このラストシーンに限っていえば、溝口が得意とする、女性の誠心に生きる日本精神のけだかさを具現した[40]「芸道もの」の変奏に他ならないのだ[41]。

映画『宮本武蔵』は、先述したように、川口の脚本には武蔵と信夫の視線のからみ合いが描かれていたにもかかわらず、これまで武蔵と信夫が視線を交差させることは一切なかったのだが、その原則が破られるのも、またこのラストシーンであり、二人はようやく視線を交わし、曲がりなりにも男女の愛を表象する。つまり、溝口の、国家権力に寄り添いながら作家性を確保するという、一見すると矛盾に満ちた背反性がここで明らかにされる。ラストシーンにおける武蔵の愛の告白は、これまでの兵法者としての武蔵の性格とは矛盾するため、映画『宮本武蔵』の「失敗作」たる所以となってしまったのだが[42]、失敗の主たる原因は、溝口健二自身が意識的につくり上げたものなのである。

## 六　「求道者」としての宮本武蔵

戦時下の宮本武蔵のイメージが、吉川英治の『宮本武蔵』一辺倒ではなかったことはこれまで見てきたとおりである。吉川版『宮本武蔵』の人気に乗じてメディアにあらわれた武蔵に関する言説は、次第に吉川が提示した、成長途上の若者像から離れ、当時の国民の最大の関心事であった戦争に結び付けられる傾向に転じていった。とりわけ「決戦下」と呼ばれたメディアで引用された宮本武蔵像は、兵法求道者としての精神がことさら顕彰され、それが銃後の国民の忍従や皇軍兵士の死生観にすり替わっていった。このように考えると、アジア・太平洋戦争たけなわの一九四四年という時期に『毎日新聞戦時版』で連載された菊池寛の『剣聖武蔵伝』は、兵法求道者としての武蔵の精神に具体的に踏み込んだという点で、戦時下で理想とされた宮本武蔵像に見事に符合したのである。

菊池寛は『剣聖武蔵伝』の冒頭で吉川英治の『宮本武蔵』を名指し、具体例をあげてそれらが史実に基づかないことを明らかにすることによって、それまで国民から圧倒的に支持されてきた吉川版『宮本武蔵』の解体を試みた。この異議申し立ては、評伝という形式を採ることで、「慰安」と「啓蒙」を必要とする『毎日新聞戦時版』の読者であった産業戦士を対象とした、格好の国策文学となったのである。また、武蔵に関するあらゆる資料を駆使し「正史」を構築しようとした菊池の姿勢は、およそ一二年前に直木三十五や斎藤茂吉らと交わした「宮本武蔵」論争への返答であった。

一方、映画『宮本武蔵』においても、前進座の河原崎長十郎を主役に、演出を溝口健二に据えることで、菊池寛の「求道者としての武蔵」の主題が引き継がれたのだが、それは、これまで量産されてきた吉川英治原作、片岡千恵蔵主演の娯楽時代劇に代わる国策映画を製作し得る主題であるとみなされたからである。菊池寛は、戦時下の宮本武蔵像の変容を敏感に嗅ぎ取り、これまでの武蔵に関する講釈や小説の虚構性を批判する手だてとして、評伝という形式を採ることによって、国策に協力するのみならず、かつての論争の決着という個人的な欲望をも達成した。しかし、原作の『剣聖武蔵伝』、そして川口松太郎の脚本を経由して製作された映画『宮本武蔵』の場合、溝口健二は作家的欲望を行使したくとも、菊池寛のようにことは簡単には運ばなかったはずである。そこで、溝口はラストシーンで、「求道者としての武蔵」の主題を転用し、武蔵を慕う女性による出家という究極の自己犠牲を国家に捧げることで、これまで暗示すらされなかった武蔵と信夫との恋愛関係を浮かび上がらせ、最終的に自らの作家性を誇示したのだ。

このように考えると、決戦下において、菊池寛が提唱した「求道者としての武蔵」という主題は、菊池当人のみならず、溝口健二にとっても、都合が良かったといえるだろう。「小説らしい筋を作るのが不得手であった」(43) 菊池寛と、「兵法」という〈男性的なるもの〉に取り組まざるをえなかった溝口健二両人にとって、「求道者としての武蔵」こそが、メディアや内容の相違を超えて、不得手を得手に転換しオルタナティブな宮本武蔵像の可能性を拓いていったのである。

**注**

(1) 戦後、宮本武蔵を題材とした映画作品は、一二本が製作されているが、そのうち吉川版『宮本武蔵』を原作とした作品は、九本を数える。テレビドラマの場合も、吉川英治原作の番組が圧倒的に多く、また、一九九八年から『モーニング』(講談社)で連載され、数々の漫画賞を受賞した『バガボンド』(井上雄彦)も吉川英治の原作を基にしている。

(2) もちろん、吉川英治の『宮本武蔵』以前にも、真龍斎貞水《しんりゅうさいていすい》(一八九五年)、伊東陵潮《りょうちょう》(一九二九年)などによる講談本の『宮本武蔵』が刊行されていた。櫻井良樹によると、それまでに書かれた講談本の武蔵は、仇討を主題とする単なる天才的な剣術使いであったのに対し、早川貞水(真龍斎貞水と同一人物)による一九一五年に大江書房から刊行された版は、大正修養主義の影響を受けており、もともと講談の中に存在した、忠義心や孝行心の側面が強調されはじめたという。そこで、櫻井は、吉川版『宮本武蔵』が、満洲事変後の時勢や思想状況に大きく影響を受けたものであるという従来の説に反し、日露戦争後の大正教養主義から芽生えた、忠義心や孝行心を基層とする精神主義的側面から生じたものであると論じている（櫻井良樹『宮本武蔵の読まれ方』吉川弘文館、二〇〇三年、三六―四五頁）。

（3）尾崎秀樹監修『歴史・時代小説事典』有楽出版社、二〇〇三年、三三頁。

（4）尾崎秀樹監修、前掲書、三三頁。

（5）尾崎秀樹監修、前掲書、三四頁。他にも、吉川英治は「空中戦と剣道座談会」（『読売新聞』一九四三年一二月一一日付）の司会を務めるなど、『宮本武蔵』の著者として戦争関連のイベントに参加した。

（6）戦後の吉川英治と『宮本武蔵』の批判に関しては、櫻井良樹、前掲書、六三―八二頁、を参照されたい。

（7）『都新聞』一九三八年一二月二二日付。

（8）この記事の他に宮本武蔵と戦争を関連付けた記事は次のものがある。星哲臣「みそぎと武道」（『読売新聞』一九四一年六月三〇日付）、安岡正篤「大国の政治」（『読売新聞』一九四二年七月五日付）、中山博道「必殺必生の境地」（『読売新聞』一九四四年六月二五日付）。

（9）『朝日新聞』一九三六年九月一一日付。

（10）櫻井良樹、前掲書、三二頁。

（11）『朝日新聞』一九三六年九月一一日付。

（12）『読売新聞』は、真珠湾攻撃の前後に、「今日への言葉」と称して武蔵の格言を二度引用した（『読売新聞』一九四一年一二月四日付、一二月一七日付）。

（13）一九四三年七月一九日、陸軍輸送船神龍丸の船長木村準二が、神龍丸を喪失した責任を取って割腹自殺した事件が、メディアによって大きく報道された（『読売新聞』一九四三年七月二〇日付）。メディアは、木村船長の死を〝殉死〟と書きたて、そこに「武士道」精神を見出したのだが、木村船長の遺書に宮本武蔵の『独行道』が引用されていたことから、武蔵は「武士道」を体現した偉人として称揚されることとなった（「風塵録」『読売新聞』一九四三年七月二四日付）。

（14）この講演会では「二天一流の型」、「居合及び試切り」の実演の他、日本ニュースと『宮本武蔵　一乗寺決闘』（日活、一九四二年、稲垣浩監督）の映画が上映された。

（15）一九四一年一二月八日の太平洋戦争勃発以後、新聞事情は大きな変容を余儀なくされ、戦時国内体制が進む一九四二年二月に、新聞の統制機関として、日本新聞会が政府の指導のもとに設立された。政府は同年七月に全国新聞社の整備統合の方針を発表、一県一紙制を実施し、一二〇〇社近くあった日刊新聞はわずか五四社に統合させられるとともに、一九四三年一二月には大手五社間で、戦時災害を被り新聞発行が不能に至った場合の印刷代行、共同新聞の発行など、非常事態に対する相互援助協定が結ばれた。一九四四年に入ると新聞用紙の生産は大幅に減少し、各社とも朝夕刊セットの発行をつづけることが困難となり、全国いっせいに夕刊の廃止が断行された。このような状況下で発行されたのが、一九四四年三月一日創刊の「戦時版」なのである。

（16）日本新聞会は情報局と協議の結果、国家総力体制によって、工場、鉱山、農・山・漁村などで働く、「産業戦士」を対象とした読みやすい小型新聞を発行し、あわせて極端な紙不足により制限されていた日刊新聞の需要を補填することを大手新聞社に要請している。この要請に応じたのは、「毎日」「読売」「中部日本」「大阪」「西日本」の五社であった（羽島知之「銃後の産業戦士に読まれた「戦時版」新聞」『毎日新聞　戦時版』大空社、一九九三年）。

（17）『読売新聞』一九三二年一〇月二七日―二八日付。出席者は、菊池寛、佐々木味津三、直木三十五、長谷川伸、吉川英治の五人であった。

（18）この座談会における論争が吉川英治の『宮本武蔵』執筆の動機であったとされていたのだが、近年の研究ではそうでないことが明らかにされている。たとえば、吉川英治は『宮本武蔵』の連載以前に『雄弁』第一六巻七号（一九二五年）に「武蔵負けたる事」を執筆していた（櫻井良樹、前掲書、四七頁）。

(19)菊池寛は一九二九年の『講談倶楽部』一月号に宮本武蔵に関するエッセイを書き、その後、斎藤茂吉、直木三十五らと武蔵に関する論争を引き起こした。
(20)日高昭二「幻の『剣聖武蔵伝』を収録　一刀両断で安易な肖像を吹き払う」『週刊読書人』第二九九〇号、七頁。
(21)片岡千恵蔵主演の『宮本武蔵』の映画は、一九三七年の『宮本武蔵』(日活、尾崎純監督)を皮切りに、一九四〇年の『宮本武蔵』三部作(第一部　草分の人々、第二部　栄達の門、第三部　剣心一路、日活、稲垣浩監督)、一九四二年の『宮本武蔵　一乗寺決闘』(日活、稲垣浩監督)、一九四三年の『二刀流開眼』(大映、伊藤大輔監督)『宮本武蔵　決闘般若坂』(大映、伊藤大輔監督)の計五本だが、吉川英治原作以外では、一九二九年に林義子原作の『宮本武蔵』(千恵プロ、井上金太郎監督)に主演している。
(22)菊池寛は、一九四三年三月に、大映初代社長に就任したが、決戦下の映画界では、映画会社三社(松竹、東宝、大映)の製作・技術協力が行われていたため、原作提供もその一環にあると考えられる。
(23)『新映画』一九四四年一一月号、八六頁。
(24)同右。
(25)片岡千恵蔵主演の一連の『宮本武蔵』は、チャンバラ娯楽映画でありながら、当時の検閲ではさしあたって問題視されなかった。先述したように、吉川版『宮本武蔵』に描かれた、保守的な世界観や忍従の精神が、当時の国策に共鳴するものがあったことが理由として考えられる。
(26)佐藤忠男『日本映画史　第二巻』岩波書店、一九九五年、一七九頁。
(27)「芸道もの」とは、歌舞伎、文楽、舞踊など、日本の伝統芸術にうちこむ俳優や演奏者や舞踊家を主人公や女主人公にする映画のことであり、修業の厳しさを強調し、また芸の神髄に達するためにはただ技術の訓練だけでなく、苦しい生活に耐えて人格を鍛えたり、私生活の幸福を犠牲にしたりすることが必要だと主張されることが多かった。
(28)佐藤忠男、前掲書、一八〇頁。

(29) 男性、あるいは男性を中心とした家父長制を肯定するような作品を意味しており、たとえば、溝口の「芸道もの」の傑作のひとつといわれる『残菊物語』は、二代目尾上菊之助が主人公ではあるものの、菊之助の芸をきわめるために妻のお徳が身をひくという女性の自己犠牲が主題となっているため、〈男性的なるもの〉の系譜の映画ではない。

(30)『日本映画』一九四四年第一六号、三三頁。

(31) 一九四三年四月の第二次非常措置令により、劇映画は一本六六〇〇フィート以内(約一時間四〇分)に限定された。

(32) 一九四四年後期の映画界では、「映画の娯楽的使命が改めて強調されはじめ、戦時的活動に奔命する大衆に疲労を忘れさせる必要性が説かれるやうになりさういふ趣旨に基づく娯楽映画が一方において相当数製作された」という(東京国立近代美術館フィルムセンター所蔵/監修『戦時下映画資料』日本図書センター、二〇〇六年、一五頁)。溝口健二の『宮本武蔵』も、これまでの片岡千恵蔵主演の娯楽映画とは趣旨が違うものの、巷間に知られた素材と、スター女優が出演していることから、娯楽的傾向をある程度加味された正月映画として位置づけられよう。

(33) 主にサイレント期の時代劇で、闘う女性を演じたヴァンプ女優の存在については、拙稿(志村三代子「ヴァンプ女優論——鈴木澄子とは誰だったのか」『時代劇伝説——チャンバラ映画の輝き』森話社、二〇〇五年)を参照されたい。

(34)『日本映画』一九四四年第一二号、一九頁。

(35) 大映が提出した『宮本武蔵』の企画は「梗概ソノ他再提出ノ上改メテ審査スルモノ」とされた(『日本映画』一九四四年第六号、一〇頁)。

(36)『日本映画』一九四四年第一六号、三五頁。

(37)『宮本武蔵』脚本、国立近代美術館フィルムセンター所蔵。

(38) 映画『宮本武蔵』は、川口松太郎の脚本にほぼ沿って演出されているが、尺数制限の関係から削除された主なシーンは次の二点である。①武蔵と野々宮姉弟が、剣術稽古の合間に休憩しているところを、一筋の矢が彼らに向けられ、矢を放った者と思しき男を捕らえると、それは野々宮姉弟の敵の左本蔵人の従者の才八であった（イ一六―一八）。②信夫は、捕らえられた才八とともに剣術稽古に励む源一郎を眺めながら、左本兄弟への仇討の正当性を訴え、才八から左本兄弟の隠れ家を聞き出す（イ―二〇）。なお、源一郎が左本兄弟と佐々木小次郎に不意打ちに遭うシーンは、映画では唐突にみえるが、脚本ではまず才八が野々宮姉弟に左本兄弟の隠れ家を知らせに行くところを、左本兄弟らに尾行され、先に才八が左本兄弟に殺された後、源一郎が標的にされることになる（『宮本武蔵』脚本、国立近代美術館フィルムセンター所蔵）。だが、これらのシーンがカットされたために、「全体話の筋は通つてゐる筈なのに、あまり切りつめすぎたためか、事件が断続してしまつて流れるものがない」という指摘がなされた（『新映画』一九四五年一月号、四一頁）。

(39)『宮本武蔵』脚本、ロ―六。

(40)「『団十郎三代』解説」『新映画』一九四四年六月号、一二頁。

(41) だが、これまで武蔵と信夫の恋愛関係を示唆するシーンが一切無かったにもかかわらず、ラストシーンの唐突な信夫の出家と武蔵の信夫に対するプラトニックな愛の告白に対し、「ラストに至つて急に人間味を伺わせる武蔵と思い合わせて武蔵といふ人間への親近感を失わせ、無理な形にしたと思う」と厳しい意見が述べられた。

(42) 戦後の回想で溝口自身も「戦争もガタガタしてた時でね、ついこんなものしか撮らせなくなったのだ」と述べているように、溝口にとっても満足のいく作品ではなく、また現在においてさえも『宮本武蔵』は、戦時下における尺数制限があるなかでの拙速作品であり、宮本武蔵という人物造型に矛盾をはらんだ「失敗作」とみなされてしまっている。

(43) 日高昭二、前掲書。

# 第九章
# 映画のなかの天皇
## ——『かくて神風は吹く』（1944 年）——

『かくて神風は吹く』（1944 年）スチール写真
（早稲田大学演劇博物館提供）

## 一　戦時下の時代劇

前章で取り上げた映画『宮本武蔵』は、これまでの吉川英治版の宮本武蔵の国民的人気と、「求道者としての武蔵」という決戦下の国策に適った主題が背景にあったからこそ、製作が許可された時代劇であったといってよい。戦時下の国策映画の主流は、あくまで『西住戦車長伝』のような現代劇であり、日中戦争が勃発した一九三七年以降の時代劇は不振をきわめていたからである。

もちろん、時代劇ばかりがそうした困難に直面したわけではなく、戦時下における国策映画の支配は、現代劇の分野においても混乱を招き、そうしたなかで映画人たちは国家権力に対し、恭順や屈服あるいは抵抗等、様々な態度を示すこととなった(1)。とはいえ、現代劇の場合、舞台設定が現代である以上、製作者の対応如何にかかわらず、戦争映画をはじめ国策に則った作品を製作することは可能であった。ところが、時代劇に関していえば、そうではなかった。そこには時代劇の形式にかかわる根源的な問題がはらまれていたからだ。そもそも、時代劇の主なジャンルとは、剣戟ヒーローややくざなどが活躍する「チャンバラ娯楽映画」であるが、映画製作が国家によって管理されていた戦時下にあって、こうした時代劇の形式が当時の時局に沿うはずはない。それらが本質的に荒唐無稽なものである限りにおいて、時代劇はほとんどなす術がなかったのだ。

方向転換を強いられた時代劇は、新たな活路を見出すこととなる。それが歴史映画と呼ばれたジャンルの開拓である。歴史教育が国家主義教育の核であった時代にあって、歴史映画は、歴史を真剣に考えることこそがそのまま国家主義の強化につながるであろうとの観点から、一種の国策映画として奨励されたからである。[2] 戦時下の歴史映画のはじまりは、一九三七年に公開された『新撰組』（監督＝木村荘十二、東宝）、『阿部一族』（一九三八年、監督＝熊谷久虎、東宝）などであり、その後代表的なものとして、『出世太閤記』（一九三八年、監督＝稲垣浩、日活）、『歴史』（一九四〇年、監督＝内田吐夢、日活）、『江戸最後の日』（一九四一年、監督＝稲垣浩、日活）、『川中島合戦』（一九四一年、監督＝衣笠貞之助、東宝）、『鳥居強居衛門』（一九四二年、監督＝内田吐夢、日活）、『元禄忠臣蔵』（前後編、一九四一年―一九四二年、監督＝溝口健二、興亜映画）などが製作された。ところが、これらの歴史映画は、その多くが興行的には失敗することとなり、[3] 当時の批評も歴史映画製作の意義を認めはするものの、作品評価にいたっては賛否両論であった。

戦時下の歴史映画は、たんに歴史的人物を描写するのみならず、もっぱら「現代への生きた関係」を取り入れることが要請された。それは歴史的事件を換骨奪胎し戦時下の時局へと連繋させることを意味していたが、しかし実際には、当時の歴史映画は歴史的事件の単なる羅列にとどまるものがほとんどであり、たとえ過去の出来事と時局的内容を接続することに成功した作品であっても、これら二つの接合に齟齬をきたしているものが多かった。また、当時の観客もそのようなぎこちない「国策的時代劇」にそっぽを向いてしまったのである。こうした国策的時代劇不振の大きな理由の一端が、もともとチャンバラ娯楽映画から歴史映画への転換自体が強いられたものであったため、映画製作の当事者たちもそうした時代の変化にただちに順応できなかった点にあっただろうことは、想像にかたくない。

評伝『剣聖武蔵伝』を書き上げた手腕をあげるまでもなく、菊池寛がすぐれた歴史小説の書き手であったことは周知の通りである。こうした歴史小説家としての菊池の才能は、創設されたばかりの大映の屋台骨を支える上では、きわめて有効であったにちがいない。なぜなら、日活時代劇の伝統を汲んだ大映は、松竹、日活よりも剣戟スターを多く抱えており、時代劇に活路を見出す他に選択肢がほとんどなかったからである。

そうしたなかで、菊池寛が、大映社長に就任し、菊池による〈工房〉で生み出された『かくて神風は吹く』（丸根賛太郎監督）は、不振が続いた歴史映画のなかでは注目すべき作品であった。というのも、この作品は、時代考証などを厳格に行った真面目な内容の歴史映画であったにもかかわらず、一九四四年度の興行成績第一位を獲得したからだ(4)。歴史映画の全般的不振のなかで、いったいどうしてこの映画だけが、それほどまでに観客を惹き付けることができたのだろうか。しかも、この作品は商業的成功を収めたものの、当時の批評は必ずしも芳しいものではなかったのだ。それらを考えるうえで、この作品における天皇・皇室表象の独特なありかたを考察することは、きわめて重要だと思われる。

よく知られているように、戦前・戦中の日本映画には、不敬罪とのかかわりから皇室に関する描写はほとんどなかった(5)。そうしたなかで、『かくて神風は吹く』は、皇室を直接に連想させるような表象を随所にちりばめている点で、他に例を見ない作品ということができるだろう。この作品は、タイトルが指し示す通り、「元寇」という歴史的事件を取りあげているのだが、そもそも、元寇自体、当時の皇室が、元軍撃滅を祈願して「敵国降伏」の宸翰《しんかん》（天子の直筆の文書）を筥崎《はこざき》八幡宮に納めた史実などに見られるように、天皇・皇室の主題を呼び寄せるのにきわめて好都合な題材だったといえる。

もちろん「弾丸」と呼ばれた戦時下の日本映画は、国体のプロパガンダの道具であり、とりわけ歴史映画の本来の目的が、日本の歴史と現在の国体を折衷し、映画の持つリアリズムとスペクタクルによってそれらを啓蒙することであるならば、国体の中心である天皇の存在を避けることは出来なかったはずである。まして、戦時下の天皇がまぎれもなく現人神であり、そのことが自明であった以上、皇室の神的な起源を歴史的にさかのぼって権威づけることは、むしろ当時の歴史映画にとって自然なことであっただろう。

だとすれば、戦時期の歴史映画は、過去の天皇・皇室の事績の歴史的描写へと焦点をずらすことによって、明治以降の近代における天皇・皇室の直接的描写にかんするそれまでのタブーを巧妙に破る、いわば絶好の機会であったといっていい(6)。もちろん戦時下の歴史映画は、当時の皇室に対する過度の畏れから完全に自由になったわけではない。しかし『かくて神風は吹く』においては、天皇・皇室の表象は、元寇という遠い歴史的過去を主題化することで、国策映画の他のジャンルとは比較にならないほどの生き生きした煽情性やドラマ性を獲得しえたのであり、この作品が歴史映画のなかで例外的ともいえる人気を獲得したのも、けっしてそのことと無関係ではないだろう。そこで、本章では、この作品がいかに当時の国策と折り合い、また天皇・皇室にたいする厳しいタブーのなかで、いかにして皇室を描いていったのか、その過程を明らかにしていきたい。

## 二　「国難」の時代

『かくて神風は吹く』ほど、当時の日本の情勢に適った歴史映画は珍しい。というのも、この作品が公開された一九四四年一一月は、遂にアメリカ軍による本土空襲が現実となった時期であったからだ。(7)こうした「外敵」による侵略を「国難」と捉え、日本の現況が元寇という歴史的事件になぞらえられたのが、この『かくて神風は吹く』なのである。たとえば、この作品のシナリオの冒頭では、次のような製作意図が記されている。

元寇と日露戦争と大東亜戦争は肇国以来の三大国難である。いまや皇国興廃のわかる、大決戦の秋、思ひを元寇の昔に致し、われらの祖先が挙国一致神州護持の大精神を発揚し、神明の加護と御陵威のもと奮戦力闘元軍を覆滅せしめた歴史を顧み、感激を新たにすることは最も意義あることでなければならぬ。わが社はこの雄渾なる主題に取組み総力を結集して本映画を製作し一億時宗たれの烈々たる士気を振起して、米英撃滅の一途に不退転の闘魂を燃え立たしめようとするものである。(8)

元寇は、一九四四年の国家危急の時期以前から、島国日本が外敵と戦い、見事外敵を退散させたという理由から、戦時下で好んで取り上げられた題材であった。たとえば、一九三三年に新潮社から刊行され計一一巻が上梓された『日本精神講座』[9]では、元寇に関する言及が三度も取り上げられている。第二巻口絵の矢田一嘯筆による「蒙古襲来」、陸軍少将・竹内栄喜による「元寇の役」、そして、第一一巻の山中峯太郎による「蒙古襲来」である。

これらの記事に共通しているのは、国難による外敵の侵略を機に、群雄割拠していた人民が皇室を中心に一致団結する点であり、それらは「国難に際し、常に帰趨を誤らずして発揮せらるゝところの、尊い日本精神の顕はれといふべき」[10]と称揚された。とりわけ、亀山上皇が「敵国降伏」を期して、「御自ら岩清水八幡宮に三箭し、宿祷七日に亘らせたまうた」点を、「精神的挙国一致」、「無形的国防充実」と表現し、上皇の積極的関与が強調されている。

このように、日本の非常時を元寇になぞらえることは、歴史的観点から日本の現況を肯定し、また天皇を中心とする日本精神を普及、啓蒙するにはまことに都合が良かったのだが、ここで留意しておかなければならないことは、当時の元寇に関する言説は、元軍撃退の主たる原因である「神風」を「大颱風による天の佑」と述べてはいるものの、あくまで勝因は「人の和、即ち熱誠を傾け尽す挙国一致の力こそ、戦勝の根源であり、天の時、地の利はその次ぎに数ふべき条件たるに過ぎない」と主張していることである。神風を人為が及ばない暴風雨のみに帰することなく、天皇を中心とする挙国一致がそれに先行することを念押ししているのだ。「神国」である日本が、自然現象を引き起こすことが可能な神業を戦勝の二義的要因とするのは奇妙な気もするが、それは当時の国民に対する精神的テコ入れとして、天皇を中心とする挙国一致を「元寇戦役教訓の第一義」と規定することが優先されたからだろう。

元寇と日露戦争、そして、大東亜戦争を「三大国難」と定義し、元寇の映画化の中心的な役割を果たしたのは、菊池寛である。[11] 既に論じたように、『かくて神風は吹く』は、一九四三年三月に大映社長に就任した菊池寛が、映画オリジナルの原作を手がけた最初の作品[12]となるのだが、雑誌『日本映画』の一九四三年八月号には、菊池寛を筆頭に、歴史家の秋山謙蔵、元寇の専門家である池内宏[13]などを交えた「脚本〝北条時宗〟を繞《めぐ》る」の座談会が開催され、入念な時代考証が事前に行われていた。そして、大映で正式に製作が決定となった後、企画に情報局、後援に陸軍省、海軍省、軍事保護院が参加するなど、製作当初から鳴り物入りの「蒙古来大歴史映画[14]」の様相を呈することになったのである。

## 三　シナリオ構成

『かくて神風は吹く』の製作は、雑誌『日本映画』における菊池寛らによる座談会の後にも、「菊池寛企画」と冠された筋書が発表されるなど、周到な準備がなされた。この筋書は、菊池寛主宰のシナリオ研究会のメンバーである松田伊之助の手によるものであり、さらに松田は、館林謙之助と共同でシナリオを担当した。菊池は、大映社長となってからすべての大映の企画・シナリオに目を通していることから、この作品のシナリオは、原作者である菊池の意向に基づいているものと判断して差し支えないだろう。

『かくて神風は吹く』のシナリオは、テーマ小説の創始者である菊池寛らしく、今までの歴史映画に対する批判を踏まえた形となっている。歴史映画に対する批判のなかでもとりわけ大きく取り上げられていたのは、歴史映画が史実の描写にのみ専念し、人物描写が不足しているため、結果的に歴史的事件が劇的葛藤として表われてこないという問題であった。そこで、『かくて神風は吹く』のシナリオでは、九州の御家人と地元の海賊将軍との対立と和解を縦糸に、北条時宗を中心とした鎌倉方の動静を横糸に、これらふたつが元寇という国家的危機を契機に一つになっていく過程が描かれている。元軍に対抗する中央（鎌倉）の描写のみならず、九州の守護側の人間模様をつぶさに描くことによって、挙国一致に邁進する様々な人物の姿を描くことに苦心しているのである。

この作品の中心人物は、阪東妻三郎演じる河野道有を中心とした伊予の津和地島の武士たちである。物語は、父の名代で三島明神に参拝する道有の娘・水緒（四元百々生）が、犬猿の仲である忽那重義（嵐寛寿郎）の臣下たちの嫌がらせをうけ、すんでのところで重義の弟・重明（原健作）に助けられる場面から始まる。(15) その後、鎌倉で修行中の嫡男・道忠（片山明彦）の伊予帰国によって、元軍の威嚇を案じる鎌倉勢の動向が報告され、河野家は御国奉公のために元軍撃滅を誓うことになる。一方、河野道有と対立する、海賊将軍と異名を持つ忽那重義は、弟の重明の再三の説得にもかかわらず、河野家との和解を拒否し、私利私欲に偏した頑迷な武士として描かれる。

このように、『かくて神風は吹く』は、九州における河野・忽那両家の対立が、紆余曲折を経ながらも元軍来襲によって解決に向かい、それに北条時宗（片岡千恵蔵）や日蓮（市川右太衛門）らの鎌倉勢が加わり挙国一致体制を固めた結果、クライマックスの神風が吹き荒れ、見事元軍撃退に成功するまでが描かれることになるのである。この挙国一致、すなわち国民精神総動員の描写を重視することが、この作品でも当然求められており、また、クライマックスの神風の到来は、あくまで国民精神総動員の結果の恩恵として捉えられていたのだ[16]。ところが、現存するシナリオと映画作品では、これらの点にかんしては明らかな違いが散見される。もちろん、シナリオが完成台本である確証はなく、撮影現場での変更は取り立てて珍しいことではない。

だが、ここで重要なのは、シナリオが変更された結果、映画作品が戦時下における元寇を取り上げた本来の目的から逸脱してしまっている点である。それでは、シナリオと映画作品はどこが違っており、またどのように変容してしまったのだろうか。順を追って説明していこう。

## 四　剣戟スターと天皇

『かくて神風は吹く』の冒頭は、怒涛に屹立する巨岩を背景に、伴林光平による「君が代はいはほと共に動かねば砕けてかへれ沖つしら波」の歌の字幕で始まる。次に、「元！」の大文字の字幕の後に、「世界史上最大の帝国　元！」の文字が続く。砂漠を疾駆する元軍の精悍な姿とともに、「外蒙古より起り支那・満州・朝鮮を攻略……西方に向かへば中央アジアを征服」、「ロシアを席捲　ポーランド・ハンガリイを蹂躙　欧州を戦慄せしめた元！」「しかも飽くなき元首フビライは日本征服を企てた！」の一連の字幕が続き、それに行進する元軍の映像がオーバーラップされている。その後、「時に文永十一年秋」の字幕と、侵攻する元軍の船団が映される。

この黒々とした大きな旗をなびかせる元軍の船はいかにも強力であり、船上で銅鑼や太鼓を打ち鳴らす元軍は、この作品を見た当時の観客からすれば、異様に見えたのかもしれない。「壱岐・対馬に上陸　住民を虐殺せる後九州博多に猛然来襲！」、「されどわが神州男児の勇戦はよく神国を護りぬきその大群を撃退した」、「然れども元の野望衰へず再び神州を襲はんとして着々戦備を整ふこと七年」、「弘安四年春」と次々に展開する字幕の後、波打ち際の彼方に富士山があらわれる。広大な平原を背景とした強大な元の行軍と軍船の威容の後にあらわれる富士の秀峰は静謐な趣きを漂わせ、それは文永の役を克服した日本の平和を象徴しているかのようである。冒頭の伴林光平による短歌が一九四二年に発表された「愛国百人一首」のなかの一首であることからも明らかなように、富士山が当時の国体、すなわち天皇を中心とする国家の表象であることはおそらく間違いないだろう[17]。

このように、『かくて神風は吹く』は、冒頭から天皇の象徴ではじまっており、この冒頭のシーンにかんしていえば、シナリオと映画作品の異同はほとんどない。だが、文永の役で暴風雨が吹き荒れたにもかかわらず、この文永の役についての字幕説明のなかに「神風」に関する言及がないのはきわめて示唆的である[18]。繰り返すが、戦時下に元寇を取り上げた目的の第一が「挙国一致」である以上、神風による恩恵の強調は却って国民の団結力を萎えさせてしまう危険性があるからだ。

前述したように、この作品は一九四四年度の興行成績第一位を獲得したが、それは阪東妻三郎を筆頭に、片岡千恵蔵、市川右太衛門、嵐寛寿郎という時代劇の四大スターの競演が観客動員に大きな役割を果したしたからである。一九四二年の映画会社の統制による大映の誕生は、本来ならば別会社に所属していた時代劇の大スターたちが一堂に会すことを可能にさせたが、それは同時にスターシステムの後退を意味していた。スターシステムは、時代劇の弊害として常に挙げられていた批判の一つである。一国一城の主でもある時代劇スターは、作品の構成要素としての存在があまりにも大きいゆえに、しばしば監督の権限をも凌駕してしまうほどの強大な権力を（少なくとも映画会社やプロダクションのなかで）持っていた。それは、時代劇の大衆的な人気が、それを演じるスターの人気を基盤としていたからに他ならない。

とりわけ、剣戟ヒーローを演じた彼らは、刀を振るって敵を斬る格好良さと編集によって生み出された超人的な力によって、現代劇の男性スターとは比較にならないアウラを身につけていたのである。少年を中心とする観客にとって、勧善懲悪という直截的なヒロイズムを提供した彼らはまさしく〝神〟であった。そのような状況では、一作品にスターは一人で充分である。剣戟スター同士の競演は、スクリーン内でスター同士が牽制し合うことによって、逆に彼らの魅力を減じさせてしまいかねないからだ。『かくて神風は吹く』の場合、そうした危惧を考慮したのか、四人の共演場面は、敵対していた阪東妻三郎の河野道有と嵐寛寿郎の忽那重義が海辺で和解する場面を除いては皆無といってよい。

その一方で、彼ら四人がそれぞれ重要な人物を演じているのだが、興味深いことにシナリオと映画作品との相違点が、スターたちが登場するシーンに集中しており、それが作品の欠陥をはからずも露呈してしまっているのである。

たとえば、市川右太衛門が演じる日蓮上人についていえば、本来、日蓮は元軍撃退の祈祷等を行っておらず、当初は登場人物としては想定されていなかった[19]。おそらく、製作が大映に決定した時点で、右太衛門のために加えられた役柄であることが推察される。日蓮の登場回数は他の三人に比較するときわめて少なく、現行の映画作品ではたったの二場面にとどまっている。日蓮の最初の登場は、民衆に辻説法をする場面である。この場面での市川右太衛門の台本は「鎌倉のとある辻に烈々たる口調で諸民《ママ》に叫びかけて居る巨顔巨躯の僧侶あり」と書かれており、ト書きは「烈々」と「口調」に赤い丸印が記されている。

もちろん、この場面は日蓮のもとに集まった民衆を鼓舞する演説であり、こうした台詞回しは重要ではあるのだが、ことさら彼のスターとしての存在感を強調してしまう結果となった。四大スターの一人でありながら、右太衛門の出番が極端に少ないために、他の三人とのバランスが考慮された結果、スター性をことさら強調するこのような台詞回しになってしまったのかもしれない。また、日蓮の庵室に訪れた父子を相手にする場面では台詞の追加が見られる。この台詞は、もともと「日蓮は皇国の民じゃ」という一言しかなかったにもかかわらず、映画作品では「鎌倉殿も日蓮も等しく皇御国の民。処々の確執は国難の前には水のごとく流れさったのじゃ」と変更されることによって、日蓮と時宗の和解、そして皇室との協調がシナリオよりも強く示されることになる。

片岡千恵蔵が演じる北条時宗の場合、皇室との関連はさらに深い。元の使者の処遇をめぐって時宗が決断を迫られる場面において、時宗は、考えあぐね空を仰いで思考する。時宗の視線の先には富士山が見えている。その直後に、六波羅探題からの書状が届く。「公のご意向」を待っていた時宗は、元の使者を斬首することを決心するが、もとのシナリオでは、元の使者の処刑は時宗個人の判断に委ねられていた。一方、映画作品では、富士山を仰ぎ、時宗への全権委任を指示した書状に彼が深く感激することによって、幕府の執権から皇室の臣下としての時宗へと変貌しているのである。

元の使者を処刑したことから、元軍の来襲が避けられないと覚悟した時宗は、数多の臣下を前に、挙国一致を説く演説を披露する。その後、民衆による弓矢の製造、田畑の耕作、木の伐採、そして船の建設の場面が次々と映し出される。富士山への視線と「公のご意向」によって発動された時宗の元軍撃滅の決意表明は、庶民の決起と彼らによる一連の労働を誘導する。ここで『かくて神風は吹く』は国策映画のジャンルの一つであった「生産力増強映画」の側面を担うことになっていくのだ。このように、時宗の激励によって民心が動かされ生産力増強へと導かれていくさまは、スターの個性が最大限に活用されており、大スター・片岡千恵蔵の面目躍如たるところではある。しかし一方で、「時宗や日蓮が登場するたびに、力点がそちらに行ってしまひ、折角の劇的感激が、バラバラに四散する」[20]という当時の指摘にもあるように、彼らに要請された演技は物語のバランスに破綻をきたしてしまっていたのである。

## 五　特攻精神の導入

次に嵐寛寿郎（アラカン）と阪東妻三郎（阪妻）の場合を見ていこう。アラカン演じる忽那重義は、四大スターのなかでは最も強烈な個性の持ち主として描かれている。シナリオでは、重義は、元軍がいよいよ来襲するとの報をきっかけに、河野家との和睦に応じる。ところが、映画作品の重義は、和睦を結ぼうとする河野道有の使者に対し難癖をつけ一蹴したために、弟・重明を激怒させ、その結果重明から絶交を言い渡され、一部の家来も離反してしまう。重義は、独自に兵を構えて元軍来襲に備えるが、壱岐・対馬において、元軍による虐殺が行われたとの報告を知ると、俄然、今までの河野家に対する敵対感情を捨て、船を率いて河野道有の軍に加わり、ここに和解が成立する。

この壱岐・対馬の虐殺場面は、空にハゲタカが舞うショットではじまり、「女こども」らの悲惨な姿が映し出される。「仇を取ってくだされ！　頼みましたぞ！」と悲痛な叫び声をあげる住民たちの声にオーバーラップし、元軍撃退の決意を固めた重義の姿がそれに続く。この一連の場面は、映画作品で新たに加えられたシーンである。忽那重義が比較的容易に河野道有との和睦に応じたシナリオに対し、映画作品では壱岐・対馬の虐殺があってはじめて重義が改心するというプロットを採用することで、「敵愾心昂揚映画」としての側面が加えられることになるのである。

『かくて神風は吹く』は、従来の敵愾心昂揚映画のふたつの弱点を克服している。第一に『南方発

展史　海の豪族』（一九四二年、荒井良平監督）、『マリア・ルーズ号事件、奴隷船』（一九四三年、丸根賛太郎監督）といった、これまでの敵愾心昂揚映画では、本来の「敵」は米英人であるにもかかわらず、それを演じる俳優が日本人であったため、その風貌の明らかな違いから「如何に扮装しても、如何に演じても、日本人は日本人である」[21]等の批判があとをたたなかったことである。だが、『かくて神風は吹く』の場合、元軍を演じる俳優は日本人ではあったものの、同じ東洋人であるため当然ながら敵を敵らしく見せることに成功している。また、従来の敵愾心昂揚映画には、「敵を打倒して観客に痛快を味ははしめることによつて敵愾心を帳消しにしている」との批判があった。真の敵愾心昂揚映画とは、ドイツ映画の『世界に告ぐ』のように「敵の残忍野蛮性を遺憾なく暴露したものでなければならない」と主張されていたが、『かくて神風は吹く』は、壱岐・対馬における「鬼畜の如き」元軍の虐殺の有様を描写することによって今までの批判を克服しているともいえよう[22]。

この壱岐・対馬における虐殺をきっかけに、アラカン扮する重義が国民精神総動員体制に組み込まれるが、さらに驚くべきことに、その後重義は、夜間の焼き討ちに自ら赴き、火をつけた干草を搭載した船に乗り込んで元軍の船に突撃するのだ。この壮烈な体当たり直前にクロースアップで捉えられたアラカンの表情は、決死の覚悟に溢れている。ここで国家体制に最も頑固に抵抗していた者が、最期に体当たりという作戦によって滅私奉公を果たすことになるのだが、このアラカンによる体当たりは、シナリオには見当たらず撮影の際に追加されたシーンであると考えられる[23]。

こうした生還を前提としない突撃は、もはや当時の日本の「現実」となってしまっていたことに注意しておきたい。『かくて神風は吹く』の撮影は、九月いっぱいにかけて撮影され、当初は一〇月第三週に公開が予定されていたが、実際には一一月八日に公開された。神風特別攻撃隊による攻撃が報道された一〇月以降、彼らの動向は連日メディアに掲載されており、社会的な衝撃は大きかった[24]。この作品の撮影が一〇月までずれ込み、そこで現実の特攻隊による攻撃が周知の事実になっていたならば、このアラカン演じる忽那重義の体当たりは、本土決戦も想定されるなか、現実に遂行された特攻隊を強く意識して新たに加えられた可能性もあるだろう[25]。

## 六　過剰なる「神」

時代劇四大スターの真打は、登場回数が最多の河野道有に扮した阪東妻三郎である。河野道有は、先の文永の役で充分な働きが出来なかったのを悔い、元軍撃退の暁まで武士の証である烏帽子を被らないと誓う、血気盛んな愛国武士として描かれている。さらに、彼は信心深い武将としての側面を持っており、それは、嫡男の道忠、娘の水緒とともに神棚に祈る場面からもうかがえる。そうした信心深さが鮮明にあらわれてくるのは、元軍との船上戦で右肩を負傷した後である。苛烈な船上戦の後、場面は負傷した道有を見舞う本陣へと移行するが、最初に映されるのは「三島明神」と書かれた旗である（図9―1）。その後、カメラはゆっくりとパンし、道有と彼を囲む臣下たちを捉える。

道有が負傷し、兄重義を失い九州の守護勢が絶体絶命のなか、弟の重明は兄同様の夜間の焼き討ち

図 9—1

図 9—2

図 9—3

図 9—4

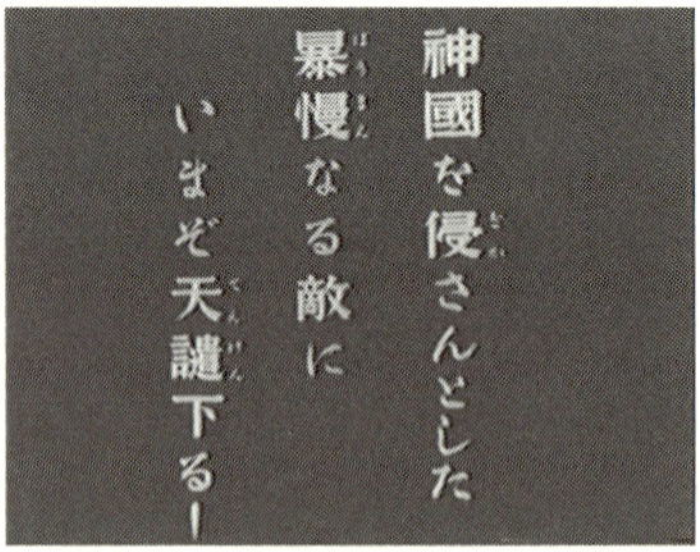


図 9—5

を計画する。だが、台風と思しき突風に阻まれ、作戦を遂行出来ず地団太を踏むこととなる。「天は我たちを見捨てたもうたか。兄者！　兄者！　この風を止めてくだされ！」と重明は悲痛な叫び声をあげる。画面は変わり、突風が吹き荒れる波打ち際のショットの後、彼方を見つめる道有の思いつめたような顔のミディアム・クロースアップ（図9―2）に続き、カメラは不自然にパンしながら、またもや三島明神の旗を捉える（図9―3）。その直後に「時！」「弘安四年閏七月一日！」の字幕があらわれる。

そして、屋敷の屋根瓦、海岸を吹き荒れる暴風雨のショットの後に、道有の顔を映したショットが続き、今度は三島明神の旗が単独で映された後（図9―4）、遂に「神国を侵さんとした暴慢なる敵にいまぞ天譴下る！」の字幕が登場する（図9―5）。神風の到来である[26]。この字幕は、当初のシナリオにはなく、編集の際に加えられたものだが、三度にわたって映された三島明神の存在こそが神風の到来を招いたことが明らかにされているのだ[27]。

神風は吹き、元軍の船団は壊滅し、九州の軍勢は事なきを得る。翌朝、重明は興奮した面持ちで「何という神業！　敵船悉く、海の藻屑と消え去ってござる」と道有に報告し、道有は「神風じゃ！　まさに神風じゃ！」と咆哮する。その後、道有は傷ついた身体に鞭打ち、臣下ともども身体を「都の方」に向けさせ、「かたじけなくも畏くも、皇祖皇道の神霊が、わが皇道を護らせたもう。（中略）まさにわが国は神国でござる」と唱えながら地面にひれ伏して敬礼し、その後ミディアム・クロースアップで捉えられた涙を流す道有の顔が続く。

場面は変わり、時宗が臣下の前で神風の到来を報告するシーンとなる。「皇御国を護らんとする。四千余の敵船、一夜のうちに覆滅しさる。これはみな、伊勢におわします皇祖神霊の御神業ただただありがたき。しかして、万民悉くは力をあわせ、大君のため御国のために立ち上がるなら皇祖神霊の御加護あり。第二、第三の国難、日本国を襲うとも、何恐れることあらん！」と時宗は絶叫するのである。そして、冒頭にも現れた富士山をバックに「人毎に力の限り尽してぞ。今こそ吹かめ伊勢の神風」の松平忠敏の歌でこの映画は終わる。

## 七　天皇の不在とスターの焦点化

この作品のなかで最も重視された「挙国一致」という側面は、当時においても強く感じられていた。たとえば、山田風太郎は、一九四四年一一月一〇日の夜、友人とともに中野の映画館で『かくて神風は吹く』を観て、以下のような感想を日記に綴っている。

菊池寛が社運を賭する大作品と宣伝したるほどのものにあらず。歴史映画などにては断じてなし。米の供出、産業戦士、女子挺身隊、船の不足、サイパンの玉砕（壱岐対馬の全滅）等を結びつけたるもの、かかるしろものにて果して士気昂揚になるなど国民を甘く見るや、人をばかにするなといいたき映画なり。俳優みな極度にまずく、ただ神風のシーン、東宝特殊撮影のみちょっ

図9—6 『かくて神風は吹く』ロケ現場視察（菊池寛記念館提供）

と見どころあり。(28)

山田風太郎は、『かくて神風は吹く』に登場する産業戦士や女子挺身隊などを連想させるあからさまな主張に辟易していた。しかもこうした感想を漏らしたのは山田一人ではなかった。たとえば、雑誌『日本映画』の「劇映画企画紹介」を担当した評者は、『かくて神風は吹く』の今日的意義を認めつつも、この作品のなかの「現代風なあしらひ」は「ある程度は成功しているのであるが、あまりに現代を思わせるような扱ひ方になつてしまった為に作品に深みと味とが無くなつてしまった」と述べている。しかも、この評者によれば、こうした部分は最初の脚本にも無かったところであり、また完成後にも協会（大日本映画協会）よりそのような部分をできる限り削除するように要望があったにもか

かわらず、そのままになってしまった部分が多かったというのである。(29)

この「現代風なあしらひ」が、「生産増強」と「敵愾心昂揚」を想起させる場面を指すことは明らかだが、弓矢の製造から船の建造にいたる一連の労働場面(＝生産増強)はもとのシナリオにもあることから、大日本映画協会が削除を申し入れた箇所はシナリオに記載されていなかった壱岐・対馬の虐殺(＝敵愾心昂揚)の場面を指しているのだろう。協会による削除要請の理由は明らかではないものの、冒頭の文永の役の場面において、元軍が壱岐、対馬に上陸した件を字幕で説明しているにもかかわらず、弘安の役で再び壱岐・対馬の虐殺を取り上げている点が問題とされた可能性もある。なぜなら、弘安の役では元軍による壱岐・対馬の虐殺は行われていないからだ。この作品の映画化に際し有識者を招いて座談会まで開いた菊池ならば、このような歴史の極端な歪曲を潔しとはしないだろう。だが、完成した『かくて神風は吹く』は、それまでの歴史映画への批判を意識するあまり、過去と現在との接続に対して過敏になりすぎたといえる。

しかし注意しなければならないのだが、山田風太郎や雑誌『日本映画』の評者などの、いわゆる識者たちが見出したのは、「生産増強」、「敵愾心昂揚」などのあからさまなスローガンだけではなかった。当時、より悪評だったのは、山田も「俳優極度にまずく」と指摘した、四大スターの演技の稚拙さであり、「時宗外重要人物の「演説」は徒らに失笑を買ふ」(30)ことになってしまったのだ。彼らスターたちによる、何かに憑かれたように読み上げられる台詞は、もちろん、もとのシナリオに書かれた台詞から大幅加筆されたものであった。また、神風が降臨するラスト近くでの、執拗に反復される三島明神の旗、彼らが声高々にうたい上げた「神業」、「皇御国」、「皇祖神霊」、「皇道」等の言葉の氾濫には目を見張るものがある。

しかもじつは、スターたちによる、皇室を強調するこうした過剰な言葉の数々は、映画の意図そのものにさえある転倒を生じさせてしまっている。『かくて神風は吹く』は、当初から最も重要なテーマとして「挙国一致」を掲げていたにもかかわらず、スターたちが神風による国難の回避を最終的に宣言してしまうことで、むしろ奇跡が前景化され、「挙国一致」という大義名分は後景に退いてしまう。『かくて神風は吹く』の本来の製作目的は、挙国一致＝国民精神総動員体制の強化であったにもかかわらず、クライマックスにあたる神風の場面でスターたちを使った皇室の主題の過剰な反復によって、それは本来の製作方針から逸脱し、むしろ暴風雨という自然現象を引き起こす神＝皇室の存在を浮かび上がらせてしまっているのである。

これまで、『かくて神風は吹く』の皇室の表象について、シナリオと映画作品の差異に注目しながら見てきたように、祈願を行ったとされる実在の亀山上皇は、映画作品では字幕に記載されるだけであり、上皇の姿が描かれることは遂になかった。[31] ところが、この作品では、対象そのものに触れるのを回避する代わりに、スクリーンは富士山、神社の大鳥居、三島明神の旗などの類型的なモティーフで埋め尽くされている。

もちろん、天皇を象徴的な代理物へとおきかえて間接的に視覚表象化するこうした方法は、それだけならば、戦時下の現代劇でも繰り返し用いられた陳腐なものにすぎない。だが、注意しなければならないのは、『かくて神風は吹く』において、天皇はたんにこうした紋切り型の代理的な表象においてのみあらわれるわけではけっしてない、ということである。こうした一見紋切り型の代理的な天皇表象の過剰は、この作品においてはつねに、さらに別種のより直接的な天皇・皇室表象と連繫したかたちで姿を現す。それを解く鍵となるのが、この作品における四大スターたちの描かれ方なのである。

この作品におけるシナリオと映画作品の根本的な違いは、四大スターたちと皇室をめぐる描写にある。この作品においても、上皇そのものが描かれなかった点ではそれまでの映画における天皇・皇室表象と違うところはないのだが、しかし、これまで述べてきたように、映画化された際に、シナリオでは当初意図されていなかった、四大スターたちの台詞を通した皇室＝神の主題への焦点化が行われている。映画作品においては、スターたちによる皇室に関する台詞は、シナリオよりも一層饒舌となり、それが情緒的に皇祖神の信仰へとつながっていく。『かくて神風は吹く』を見る観客は、皇祖神の姿を直接に眼にしなくとも、スターたちの「演説」によって感情を高ぶらせ想像することによって、いままさに彼らの目線の彼方に降り立った神の不可視の姿を「目のあたり仰ぐ」ことが可能になるのだ。『かくて神風は吹く』のなかのスターたちは、不可視の神と交信する一種の巫女のような役割を果たしているが、それはかつて彼らもスクリーンのなかの〝神〟であったからこそなせる技なのかもしれない。このように、スターたちによって召喚された不可視の神は、スクリーンに降臨しつつも、いまだ姿を現さない、至高の聖なる現人神を表象する図像となるのである。(32)

以上のように、『かくて神風は吹く』においては、菊池寛が自身の〈工房〉で監修を手がけたシナリオ段階では、当初から最も重要な国策として国民精神総動員が企図されていたにもかかわらず、ラストシーンの神風の恩恵が、スターや視覚像によって作品のすみずみにまで遍在化された天皇＝神の過剰な代理表象化に接続されることで、むしろ皇国日本の神的性格がより強調される結果となったのである。

だが、こうした皇室＝神の存在を肯定したのはなにもこの『かくて神風は吹く』だけではなかった。この作品が撮影されていた一九四四年九月は、日本の宗教界全体が、大団結の上で日本の勝利を祈願する「宗教国策」を受け入れた時期にあたっている。それに先立つ八月二八日には「寇敵撃滅神洲奉護の祈願」が行われ、「驕敵を一挙撃滅し、神洲を奉護する祈願を、諸神社で一斉に行え」という訓示が内務大臣によって発令された。「苦しいときの神頼み」がまさに現実となっていたのだ。[33]『かくて神風は吹く』は、本土決戦さえ想定されるなか、もはや「大和魂」などの精神力を鼓舞することでしか戦争を持続しえなかった一九四四年の日本の状況そのままであった。そして、スターたちを使って神を積極的に描こうとしたのも、こうした抗いがたい苦難に満ちた現実から逃走するためであり、一九四四年後期という厳しい現実を楽天的に超克しようとするものであった。だからこそ観客はこの映画を支持したのかもしれない。かくて戦時下の歴史映画は、外敵の襲来という「現実」が神の加護によって一掃される虚構のユートピアを希求し、終息へと向かっていったのである。

## 注

（1）太平洋戦争の勃発以後の劇映画は、一九四二年に五六本、一九四三年に六一本、一九四四年に四六本、一九四五年の敗戦までに二六本が製作されたが、これらの映画作品で国策映画の枷から逃れたものはほとんどなかった。国策映画の代表作は、日本軍による真珠湾攻撃及びマレー沖海戦を題材にした『ハワイ・マレー沖海戦』（一九四二年、山本嘉次郎監督、東宝）である。この作品は戦時下の国策映画のなかでも最大のヒット作となった。一方、映画人の「抵抗」が考えられる作品として、『戦ふ兵隊』（一九三九年、亀井文夫監督、日活）、『陸軍』（一九四四年、木下惠介監督、松竹）などがあげられる。前者は行軍する兵隊の描写が厭戦的という理由から上映禁止となり、監督の亀井文夫は二年後、治安維持法違反の容疑で逮捕、投獄された。後者はラストシーンの息子の出征を見送る田中絹代演じる母親の表情が厭戦的であるとして検閲官の不評を買った。

（2）佐藤忠男『日本映画史　第二巻』岩波書店、一九九五年、一七九頁。

（3）こうした歴史映画の不振は、当時の映画界で物議を醸し、特に皇紀二六〇〇年記念に製作された『歴史』の興行的失敗は大きな論争を巻き起こした。とはいえ、戦中の時代劇は、歴史映画一辺倒ではもちろんなかった。映画製作が激減した一九四二年以降も、東宝で製作された長谷川一夫と山田五十鈴主演の『待って居た男』（一九四二年、マキノ雅弘監督）、『伊那の勘太郎』（一九四三年、滝沢英輔監督）などの娯楽時代劇や、『成吉思汗』（一九四三年、牛原虚彦監督、大映）や『阿片戦争』（一九四三年、マキノ雅弘監督、東宝）などの、いわゆる「外地もの」が製作されている。だが、長谷川、山田コンビの娯楽的要素が強い時代劇の興行的成功は、国策に直接には貢献しておらず、また、肝心の歴史映画が不振だったことから、映画界内外の時代劇に対する風当たりが増幅されていったと考えられる。なお、長谷川一夫と山田五十鈴の戦時下のコンビ映画については拙稿「長谷川一夫と山田五十鈴――戦時下におけるロマンティシズムの興隆」（岩本憲児編『日本映画とナショナリズム』森話社、二〇〇四年）を参照されたい。

（4）『日本映画』一九四五年一月一五日号、一一一頁。

（5）横光利一原作の『日輪』（一九二五年、衣笠貞之助監督、マキノ・聯合映画芸術家協会）は、卑弥呼が皇室の祖先と示唆する字幕があったという理由で検閲処分となっている。それ以後も不敬罪とのかかわりから、映画界が劇映画のなかで皇室を直接描くことはほとんどなかった。

（6）戦時下において、「御真影」以外にも昭和天皇に関する写真撮影は増加しており、新聞紙面に天皇の写真がもっとも多く掲載されたのは一九四二年と四三年であった。川村邦光は、新聞紙上に掲載された天皇の写真を不可視の天皇像、上半身像、馬上の全身像、歩く全身像と四つに分類し、戦時下の天皇像の変遷を論じている（川村邦光『聖戦下のイコノグラフィー』青弓社、二〇〇七年）。また、文化映画の分野でも、『皇道日本』（一九四〇年、製作総指揮＝池永浩久、東宝）などの皇室紹介の映画が製作されていることから、戦時下の皇室報道は皇民教育の観点からむしろ積極的になされていたのである。

（7）一九四四年七月にはアメリカ軍がサイパン島に上陸し、翌月にはテニアン島とグアム島が連合軍に占拠され、太平洋における制海権が奪われることになった。そして、東京では一一月二四日、軍需工場である現在の武蔵野市の中島飛行機工場に対しB29によって初の戦略爆撃による空襲が行われた。

（8）『かくて神風は吹く』のシナリオは、日蓮上人を演じた市川右太衛門が、早稲田大学演劇博物館に寄贈した資料のなかに含まれていたものである。これが完成台本であるかは定かではないが、本人によると見られる書き込みがあることから、撮影現場で用いられた台本であると推察される。

（9）『日本精神講座』は、日本学の組織的研究を網羅した研究書でありながら平易な文体で書かれているため、大衆に啓蒙可能な書籍であるとして、当時はまだ貴族院議長であった近衛文麿と徳富猪一郎（蘇峰）が推薦している（「日本精神講座を薦む」『日本精神講座　第一巻』新潮社、一九三三年）。

（10）竹内栄喜「元寇の役」『日本精神講座　第二巻』新潮社、一九三三年、六九頁。

（11）菊池寛は、対米英宣戦一周年を機に、映画雑誌『日本映画』のエッセイ（「思ひつくまゝ」一九四二年一二月『菊池寛全集　補巻』武蔵野書房、一九九九年、四六四―四六五頁）のなかで、「日本の歴史二千六百年のあひだで、外敵がもたらした国家の重大時期といふのは、元寇と日露戦争と、今度の大東亜戦争の三度だ」と述べていた。また、時宗の偉業を称え、「「北条時宗」なども、映画の人物になつていゝ」と発言している。この発言をきっかけに、まず松竹の池田義信が菊池寛主宰のシナリオ研究会にシナリオを依頼し、松竹と大映の二社でそれぞれ映画化が具体的に進められていたが、菊池の大映の社長就任を機に、正式に大映の企画となった。

（12）無類の歴史好きで、それまで多数の歴史小説を発表していた菊池寛も、一九三六年に『オール讀物』に「北条時宗」、一九四〇年に「新日本外史」（元寇撃退）、一九四一年に『講談倶楽部』に「物語日本史」と三回、元寇に関する作品を発表している。

（13）池内宏は、映画雑誌『日本映画』が企画した「脚本〝北条時宗〟を繞る」（一九四三年八月号）への出席を予定していたが、座談会当日に都合が悪くなり、出席しなかった。

（14）「脚本〝北条時宗〟を繞る」『日本映画』一九四三年八月号、五九頁。

（15）この忽那重明と河野水緒の出会いとその後の展開は明らかに『ロミオとジュリエット』を意識したものだが、さしたる効果もなく、元軍来襲以後は、水緒の存在は跡形もなく消えてしまう。

（16）「観客をして些さかでも神風に依頼する気持を起させるやうなことがあつてはならない、いたづらに神風は吹かぬ。われわれのすべてが最善を尽した時に、初めて神風は吹くのである」（「劇映画企画紹介」『日本映画』一九四四年九月一五日号、八頁）。

（17）富士山を国体の象徴とみなす考えは、戦時下の他の芸術においても浸透していた。たとえば日本画では、横山大観の『日出処日本』（一九四〇年）、『耀く大八洲』（一九四一年）、『正気放光』（一九四二年）などがあげられる。

（18）市川右太衛門のシナリオでは、文永の役のみならず、弘安の役後に吹き荒れた暴風雨に対する臣下の台詞「七年前の文永の役の最後の夜とちやうど同じだ」の台詞も削除されている。

（19）「脚本〝北条時宗〟を繞る」、前掲書、六一頁。

（20）「「かくて神風は吹く」評」『新映画』一九四四年一二月号、四二頁。

（21）「時代劇と敵愾心」『新映画』一九四三年七月号、三六頁。

(22)もちろん、本作の「敵愾心昂揚映画」の性格上、「敵愾心」を差し向ける相手は、蒙古人ではなく、アメリカを中心とした連合国である。この場面では、残虐な蒙古人を直接描く代わりに惨劇の後を示すことで、現在の連合国による日本への仕打ちを示唆している。加えて、蒙古人をあからさまに「敵」と描いてしまうことに対する検閲側の懸念があったのではないかという指摘もある。なぜなら、いくら「元寇」という史実を扱っているとはいえ、『かくて神風は吹く』における蒙古人表象は、満州国建国の際に唱和された「五族協和」の精神に抵触するからである。大映は、『かくて神風は吹く』の前年に『成吉思汗』(牛原虚彦監督)を製作し、元を建国した英雄としての成吉思汗を描いている。

(23)市川右太衛門のシナリオによると、忽那重義の夜襲は、神風のために頓挫し、最後まで重義は戦死することはない。

(24)一九四四年六月のマリアナ沖海戦で、日本海軍の空母機動部隊が壊滅した後、同年七月二一日の大本営(軍令部)は「大海指第四三一号」によって、特攻作戦を採用している。特別攻撃隊には、一九四四年三月に計画した「回天」、「桜花」、「震洋」と(後になって)呼称される特攻兵器も含まれており、たとえば、桜花を配備した特攻隊神雷部隊の編成は、一九四四年九月に始まっている。つまり、一九四四年一〇月の航空特攻の実施以前に、航空機、人間爆弾、人間魚雷など、様々な特別攻撃隊を準備することが決定していた。

(25)同年一二月に特攻隊を描いた『雷撃隊出動』(山本嘉次郎監督、東宝)が公開されることになる。一方、『かくて神風は吹く』は、記録映画『神風特別攻撃隊』と同時上映された。『かくて神風は吹く』の製作企画に協力した歴史家の秋山謙蔵は、その光栄を「私も亦ひそかに喜ぶ」と記している(秋山謙蔵「神風頌　記録映画『神風特別攻撃隊』を見て」『映画評論』一九四五年一・二月合併号、一三頁)。

(26)『ハワイ・マレー沖海戦』の成功以後、スペクタクルシーンが重視され、こうした特殊技術が『かくて神風は吹く』で定着したとされている。神風のシーンは、東宝の特殊撮影が技術協力している。これは、一九四四年九月一日に大日本映画協会の指導の下に「劇映画聯合製作会」が結成され、松竹、東宝、大映三社の「劇映画の総合企画並《ママ》に製作調整」や「従業員の相互交流」などが可能となったためめである。なお、この神風のシーンの撮影では、撮影所が所有する大型扇風機ではなく、海軍の水上飛行機が使われたために、大規模な「風」を作りあげることに成功したという（二〇〇七年四月二七日の筆者による片山明彦氏（河野道有の嫡男・道忠役）へのインタビューより）。

(27) シナリオでは「三島明神の軸が揺れてゐる」と単に記されているのみである（市川右太衛門保管シナリオ、早稲田大学演劇博物館所蔵、シナリオ二―三八頁、ショット一一八）。

(28) 山田風太郎『戦中派虫けら日記――滅失への青春』未知谷、一九九四年、三四七頁。

(29)『日本映画』一九四四年第一六号、三五頁。

(30) 同前。

(31) 山中峯太郎の「蒙古襲来」では、「亀山上皇敵国降伏の勅使を伊勢大廟に発し給ふ」の挿絵があり、亀山上皇の姿がきわめて小さいながらも描かれている（『日本精神講座　第一一巻』新潮社、一九三五年、三八頁）。

(32) 川村邦光、前掲書、四九頁。

(33) 荒俣宏『決戦下のユートピア』文春文庫、一九九九年、二五一頁。

# 第十章
# 連続する映画
## ――敗戦前後の大映作品を中心に――

『最後の攘夷党』における嵐寛寿郎と市川春代

## 一　戦局の悪化と「話の屑籠」

『かくて神風は吹く』では、剣戟スターたちの過剰な演技によって、シナリオに記載された「神国日本」の表象が一層饒舌に語られてしまったことは、前章で確認した通りである。『かくて神風は吹く』の原作を手がけシナリオを監修した菊池寛が、こうした事態をどのように受けとめたのかは定かではないが、この作品にあらわれた「生産増強」や「敵愾心昂揚」といった当時の国策への過度な偏向については、検閲官や山田風太郎のような一部の識者からの不評を買ってしまった。だが、たとえ本来の国策からは逸脱してしまったにせよ、『かくて神風が吹く』が、決戦下の危機的な日本の姿を投影しているのは明らかであった。この頃の日本の情勢は、一九四二年六月のミッドウェー海戦での大敗以来、日本軍の撤退が相次ぎ出口なしの状況にあったのだ。そうしたなかで、菊池寛の『文藝春秋』の連載エッセイ「話の屑籠」の内容は、「輝かしい戦果」の賛美、「聖戦完遂」の強調、そしてそれに基づく一面的な時局論、日本論へと急速に旋回しており、それは、さながら『かくて神風は吹く』における剣戟スターたちの必死の咆哮のようであった。たとえば、一九四三年七月におこった山本五十六の戦死とアッツ島の玉砕について次のように述べている。[1]

山本元帥の戦死とアッツ島の全軍玉砕とは、我々日本国民に戦争に対する所存の臍を堅めさせた。我々はふかく、哀悼するが、しかしこのために、神経質になつては申しわけがない。逞しい感情と勁靭なる神経とを以て、一路戦争遂行に邁進することが、英霊に報いる所以の道である。親の屍を踏み越えよう、子の屍をふみこえよう、不撓不屈撃ちてし已まむのみだ。

（中略）

二大強敵を相手にしての生死の戦ひである。此方丈は、無傷で勝たうなどゝ云ふのは、無理である。肉を切らせて骨を切り、骨を切らせて、敵の内臓を抉ぐらなければならない。（斬りむすぶ太刀の下こそ地獄なれ身を捨てゝこそうかぶせもあれ）だ。あらゆる困苦や悲しみを克服する捨身必死の努力の上にこそ、勝利はほゝゑむのだ。必勝の信念以外莫妄想だ。

（「話の屑籠」一九四三年七月）

「必勝の信念以外莫妄想だ」などの激烈な言葉には、菊池が戦時下で主張し続けた国民への「鼓舞奨励」のさらなる強化がうかがえるのであり、またそれは、『かくて神風は吹く』に横溢する、スターたちが演じた登場人物の意気軒昂さとも共通している。

一九三一年から『文藝春秋』で連載された「話の屑籠」は、社会、文化全般にわたる菊池の幅広い関心が率直に綴られたエッセイであったにもかかわらず、遂に、一九四三年一二月号では、「今後紙面の関係もあり、時々書くことのないときは、休載することにしたいと思つてゐる。この頃は、戦争について以外は、かく気がしないし、だん〳〵書くことがなくなつて来たのである」（五二五頁）と書かれてしまった。一九四四年三月に『文藝春秋』が総合雑誌から文芸雑誌へと変更されるのを機にこのエッセイも終了することになるのである。

## 二　連続する映画1——『最後の帰郷』における特攻隊への哀悼

前節で確認した通り、戦局の悪化にしたがって菊池のエッセイ「話の屑籠」、「思ひつくまゝ」は戦時色一辺倒になってしまったが、それに呼応するかのように、菊池は、文藝春秋社社長の仕事を半ば放棄してまでも、自身の〈工房〉での映画製作に傾斜を深めていった。

菊池寛が情熱を傾けた〈工房〉で生み出された作品の中でも、敗戦前後に相次いで製作された『最後の帰郷』と『最後の攘夷党』の二作品はとくに重要である。なぜなら、両作品は同時期に製作されたわけでもなく、また、物語設定もそれぞれ相違しているにもかかわらず、敗戦前後にめぐらされた菊池の思考の変遷が投射された結果、『かくて神風は吹く』の主題であった「神国日本」をめぐる〈連続もの〉のような印象を観る者に与えるからである。これらの作品を順に見ていくことで、大映社長の菊池寛が手がけた映画の特徴を検討していきたい。

『最後の帰郷』が公開された一九四五年七月二六日は、日本に無条件降伏を要求するポツダム宣言が発表された日であり、日本の敗戦がほぼ決定的になっていた時期にあたる。このような絶望的な状況のなかで製作された『最後の帰郷』は、タイトル通り、陸軍特別攻撃隊を題材とした作品であり、『かくて神風は吹く』の中で描かれた特攻精神が、この作品でもまた反復されている。

『最後の帰郷』は、隊長の水戸中尉（宇佐美淳）と片野伍長（片山明彦）を除く、四人の隊員がそれぞれ故郷に帰り、風光明媚な自然を背景に、特攻隊員として出征することをそれぞれの肉親や恋人に告げ、別れを交わす物語である。(2) 出征する兵士の家族の悲しみを表出させる演出が検閲で規制されていた当時、この作品においても別れを惜しんで涙を流す場面はほとんどなく、とりわけ死を間近にした兵士たちの表情は明るい。

しかし、『最後の帰郷』が重要なのは、戦時中の特攻隊の存在を肯定し、隊員と家族との永遠の別れを努めて明るく描こうとしてはいるものの、物語が進むにつれて、次第にその明るさが哀しみへとシフトしていってしまう点なのであり、それが象徴的にあらわれているのが、片山明彦演じる片野伍長をめぐるエピソードである。片山明彦は、前作の『かくて神風は吹く』では、阪東妻三郎の河野道有の嫡子の道忠に扮し、元軍に突撃する際に、父親の道有に向かって「父上、良い死に場所が出来ましたな！」と意気揚々と叫ぶ血気盛んな若武者であったのだが、『最後の帰郷』では、同じく兵士でありながら、一人息子である自分が特攻隊として死んでいくのを知った際の母親が悲しむさまを見るのが辛いため、母親と最後まで会おうとしない純真な若者に扮している。

原作者の菊池がもっとも共感を寄せて描いているのが、少年兵とも見紛う片野伍長であることはおそらく間違いない。たとえば、他の隊員たちのエピソードはそれぞれ二場面で構成されているのに対し、片野伍長の場合は、その三倍の六場面(3)を数えており、具体的には、「最後の帰郷」を頑なに拒む片野伍長をめぐって三人の登場人物の視線が交錯することになるのだ。

まず、一人目は、片野伍長の上官である水戸中尉である。水戸中尉は、片野伍長が帰郷しないことを不審に思うのだが、片野の忘れ物を届けた際に、寝台の傍の棚に飾られた母親の写真に気づき、その直後に飛行場でひとり母を想う和歌（「故郷を遠く離れて想うかな。わがたらちねはいかにおわすぞ」）をうたう片野の姿を捉えることで、彼の本心を悟り、片野の母親に電報を打つのである。その後、水戸中尉が、片野の母親の来訪を告げると、片野はそれでも会いたくないというのだが、そうした彼の気持ちを汲み取った水戸中尉は「母親に泣いてもらえ」といって、母親との面会に行かせるのだ。

二人目は、片野が搭乗する飛行機の整備兵である。発動機の調子が悪いことを案じる片野に対し、整備兵は、「整備点検は自分に任せて帰郷してほしい」というのだが、片野はなかなか承知しない。そこで、整備士は「機体の方は我々に任せてください。見事目標に突っ込んでください」という。これに対し、片野は、「それもこれも任務だ。よくやってくれたなあ。みんなの魂がこの機体のすみずみまで同乗していくんだ。一人で行くとは思ってないよ」と応えるのである。

三人目は、浦辺粂子演じる片野の母親である。中尉の計らいでこの母子はようやく再会するのだが、片野は、母親に対して「特攻隊」とは言わず、ただ「前線に行きます」とだけいう。しかし、母親との再会に思わず涙を浮かべる片野に対し、母親は一人息子が特攻に任命されたことを察知し、「正一、特攻隊なんだろ」といい、うつむいてしばし無言になるのだが、母親は下を向いており、しかも彼女の上体は荷物の陰に隠れてしまっているため、表情が見えない。その後母親は「おめでとう、皆さんに遅れを取らないようにね」と笑顔でいい、息子もそれに笑顔で応える。だが、この母親は、「一目だけあんたの乗る飛行機を見せておくれ」といって、二人で飛行場に向かう。母親は、これまで一度も息子の身体に触れなかったのだが、ここで飛行機の翼を愛おしそうに撫でる母親の手がミドルショットで捉えられ、続いて手を合わせる母親と、それを見つめる片野の後ろ姿が映し出される。

このように、片野伍長は、上官、部下、母親という三人の人物に見守られながら「最後の帰郷」を飛行場で果たすのである。その後、片野の母親も交えて、突撃前の宴会が開かれるのだが、特攻隊員たちは、宴会の席上で、自ら「肉親以上」と称することによって、家族以上のつながりを示すことになるのである。

いよいよ六人の特攻隊員たちが南方に向けて出発するシーンでは、出撃前に、部隊長が「諸君は大事に生き、現在に死し、永遠に生きるのだ」と特攻隊の意義を演説する。その後、大勢の見送りの人間が国旗を振るなか、「最後の帰郷」を果たせなかった水戸中尉は、中尉の真意を慮った部下の計らいで、故郷から見送りにやって来た両親に気づき、彼らに向かって笑顔で敬礼する。片野への思いやりを示した上官もまた、別の部下によって恩返しを受けるのだ。

『最後の帰郷』のラストシーンでは、勇壮な音楽を背景に、一機また一機と特攻機が飛び立っていくのだが、ここで片野伍長の母親がまた焦点化される。彼女の顔には笑顔はなく、飛び去った息子の飛行機に向かってそっと手を合わせる。さらに、四人の整備士たちが後ろ向きに並んでいるショットに切り替わるのだが、ここで異変が起きる。三人の整備士は帽子を右手に掲げて見送っているのに対し、おそらく片野の搭乗する飛行機の担当であっただろう整備兵の一人だけが、帽子も取らないまま呆然と立ち尽くしそのうち堪らずに膝を崩してしまうのである。

『最後の帰郷』は、特攻隊を肯定した映画作品であるものの、特攻隊員を見送るラストシーンでは、手を合わせて息子に祈りを捧げる母親と、膝を崩しおそらく泣き崩れている整備士が前景化されることによって、死出の旅へと出発する若者たちへの限りない愛惜が描かれてしまっている。これまで『ハナコさん』(一九四三年、マキノ雅弘監督)や『陸軍』(一九四四年、木下惠介監督)など、出征する家族を見送る際に見せる、女性の喜びとも悲しみとも判断し難い曖昧な表情が検閲で問題とされていたが、敗戦直前に公開された『最後の帰郷』の場合、このような検閲はもはや機能しなかった、むしろ、そうした余裕すらなかったといった方がより正確であろう。

以上のように、八カ月前に公開された『かくて神風は吹く』と、『最後の帰郷』では、同じ特攻精神を描いてはいるものの、『最後の帰郷』には、出撃を喜び合う特攻隊員や突撃前の宴会のシーンなど、前作の『かくて神風は吹く』ではあれほど強調された「鼓舞奨励」精神はわずかしか見出せず、とりわけラストシーンの溌剌とした音楽とはおよそ不釣合いな母親の表情と祈りには、年若き特攻隊員たちに対する鎮魂が、そして、膝を折る整備兵の後ろ姿には、敗戦が想定された絶望が投影されているかのようであり、これまで肯定してきたはずの特攻隊(精神)に対する逡巡が見て取れるのである。

## 三　連続する映画2――『最後の攘夷党』における「神風」の否定あるいは「殺陣の禁止」の実践

そして、敗戦。菊池寛の映画界における戦後最初の仕事は、GHQとの折衝からはじまった。一九四五年九月二二日に、GHQは「今後の映画の政策方針」を通告し、民間情報教育局（CIE）が約四〇名の映画会社の重役、製作者、監督、政府の役人を前に、「今迄のいっさいの日本政府による映画統制組織を解散し、改めて日本の民主化に協力する意向のある者に限って映画製作の再開を許可する。そして日本の民主化に映画が協力する具体的方針を明示し」[4]、一〇項目の奨励指令をはじめて明らかにした。このように、映画製作の一切がCIEの指導・監督のもとに進められることが通告されたのだが、四〇名の映画人たちが驚き困惑したのは、CIEが示した「奨励指令」よりも、「歌舞伎のテーマであり伝統的価値観である忠義や復讐に対して、米国の検閲官は強い反感をもち、そうしたものが軍国主義や全体主義と結びついたとして、映画から追放しなければならないと考えた[5]」ことであった。この件について会合に出席した森岩雄は次のように述べている。

こう真正面から出られたのでは、映画の時代劇などは作れるものではなく、時代劇を柱にしていた〝大映〟は一番打撃をうける。そこで大映の菊池寛社長は、時代劇は大人の童話とも言うべき荒唐無稽のものであって、それを禁止するには当らないことを全部英語で反論した。しかし、

GHQ側は格別の反応を見せなかった。(6)

CIEによる、忠義や復讐の否定(7)に端を発した、いわゆる「殺陣の禁止」は、その後なし崩しに課されることになるのだが、大映社長として九月二二日の会合に出席し、日本の映画界の意見が通らないことを痛感した菊池は、自社の大映がもっとも打撃を受けるこの事態をいかにして受け止めたのだろうか。その回答は、〈連続もの〉の最後にあたる『最後の攘夷党』のなかで、早くも具体的に示されているのである。

『最後の攘夷党』は、一九四五年一一月二〇日に公開されており、監督の稲垣浩の撮影記録によると、「九月三〇日に原作を受け取る」と書かれていることから、菊池は九月二二日のGHQとの会合の直後わずか数日で原作を稲垣のもとへ届けていたことがうかがえる。

『最後の攘夷党』の原作は、一九三八年の『講談倶楽部』「春の増刊号」(五月一五日刊)に掲載された作品であり、その物語は、最も頑迷な攘夷思想の持主であった神風連の主人公が、米国の宣教師一家を襲撃しようとするが、逆に助けられ、明治の新思想に目覚めるというものである。この作品が既に日中戦争の勃発から半年以上が過ぎた「戦時下」に書かれたことを考慮すれば、アジア・太平洋戦争以前の、西洋思想を肯定するリベラリストとしての菊池寛の側面がうかがえる作品であるといえるだろう。

作品分析に入る前に、『最後の攘夷党』で主役を演じた嵐寛寿郎について簡単に紹介しておこう。

アラカンこと嵐寛寿郎（以下、アラカン）は、大河内伝次郎、阪東妻三郎、片岡千恵蔵、市川右太衛門らの人気に比肩する時代劇スターであり、とりわけ、「鞍馬天狗」「右門捕物帖」シリーズなどで、少年を中心とする時代劇ファンに絶大な人気があった。先述したように、戦時下の時代劇は、荒唐無稽なチャンバラ娯楽映画の製作が排斥されたのだが、アラカンの当り役である「鞍馬天狗」「右門捕物帖」は、戦時下において例外的に製作された。(8) 鞍馬天狗が、架空の人物であるとはいえ、幕府に抵抗する朝廷側に与していたこと、さらに一九四二年に公開された『鞍馬天狗』（伊藤大輔監督）は、外敵駆除を目的とし、これまでの鞍馬天狗にはない、時局を意識した配慮がなされていることも、戦時下に製作された理由の一端であるだろう。このように、戦時下でも、他の剣戟スターに比べると、主演作品に恵まれ、(9) チャンバラヒーローとしてのイメージを保ち続けたアラカンが、『最後の攘夷党』の主人公であるからこそ、この作品は大いに意味がある作品なのだ。

『最後の攘夷党』は、「日米親善映画」という名目で製作された作品であり、当時の製作意図には、「攘夷を叫んで起った神風連の残党の一人が米国宣教師の一家を襲って傷ついたが、かえって宣教師一家の暖かい愛の手によって救われ、始めて自分の考えの間違っていたことに気づき、身も心も更生するという物語を通じ現下の日本国民に大いなる示唆を与えんとするもの」とある。攘夷の急先鋒であった神風連の残党を主人公に据えることによって、攘夷思想の彼を改心させ、西洋文明に同化させる原作の内容を、映画版では、明治維新を敗戦直後の日本になぞらえ、敗戦下における思想の大転換を図ったドラマに改変されたのである。

『最後の攘夷党』の舞台設定は、明治九年の長崎である。「文明床」と看板のある床屋のショットに続き、「長崎は徳川三百年の鎖国にもたつた一個所だけ開かれてゐた日本の開港場でもあつた」という字幕が挿入され、西洋思想をいち早く取り入れ、国際貿易を行っていた長崎が紹介される。主人公は、「西洋の武器」に大敗を喫し、敗残兵となった嵐寛寿郎演じる神風連の残党の大葉慎吾である。彼は偶然、維新後に床屋となったかつての家来と再会し、「断髪は時の流れ」と髷を切落すことを勧められるが、頑なにそれを拒む。『最後の攘夷党』の重要なキーワードのひとつは、「文明」であり、またこの言葉と常に対比された「頑迷な乱暴者」である神風連の象徴が、時代錯誤の髷なのである。

映画版では、この「頑迷な乱暴者」を改心させるために、『最後の帰郷』における片野伍長と同じく、大葉慎吾に三人の人物（あるいは家族）を引き合わせ、彼らとの出会いを通じて、攘夷思想を捨てさせ、西洋思想に同化させていくプロセスを辿っていくのだが、まず、大葉が最初に出会う人物は、大葉が警察に追われて偶然逃げ込んだ長崎の居酒屋の常連客である画家の香西渡（笠智衆）である。香西は、江戸時代に図書館がなかった事実を嘆き、これまでの日本では特権階級のみに学問の機会が与えられていたことを批判するが、突然「元寇の役をどう思うか」と大葉に質問する。呆然とする大葉に対し、香西は「あのときの神風はまさに天佑だった」と断言するのだ。

このように、西洋思想を無批判に礼賛する香西に対し、大葉は、攘夷思想を唱える理由として、異人達が有色人種を侵略した事実を糾すと、香西は「我々は異人の跋扈するのを憤る前に、有色人種の無気力だったことに俺は驚くよ。我が日本国民が、異人に学び異人に負けぬ知識をまず養成しなきゃならんということをまず考えるよ」と答えて、大葉を挑発する。そのような西洋思想一辺倒の香西に対し、大葉は「異国の犬め！」と思わず詰ることになるのだが、逆に香西は激昂し、「若い者がそんな慇懃姑息な考えで、なんで新日本建設ができるか！」と、大葉がたじろぐほど松葉杖を乱暴に振り回すのである。

笠が演じた香西渡なる人物が興味深いのは、原作にはない映画オリジナルの人物であると同時に、彼の出身地が原作者の菊池と同じ香川県という設定であることだ。「神国日本」を信奉する神風連の人大葉に対し、「神仏を拝んで神仏を頼まず」という宮本武蔵の『独行道』を引用し、元寇における神風の偶然性を主張したこの人物には、『剣聖武蔵伝』を著し、自ら手がけた『かくて神風は吹く』における天佑を否認する、原作者の菊池寛との共通点が見出せるのである。

次に大葉が出会う人物は、長崎の「開港楼」の遊女小菊（市川春代）である。先述した香西と同じく、映画化する際に新たに加えられた人物であり、彼女は自らの危険もかえりみず、すんでのところで大葉を助ける。小菊は、もとは旗本の娘だが、親が上野の戦いで討ち死にし、兄が蘭学を学んでいたことから攘夷党に殺害されてしまった過去を持つ女性である。大葉の正体を知りながらも、小菊は自室でかいがいしく大葉を世話する。小菊は、お尋ね者でも世の中を走り回ることができる大葉の身の上を羨み、遊女という「籠の鳥」である自らの境遇について「日本の女はどうしてこんなに弱く育てられているんだろう」と嘆息する。こうした小菊の台詞は、ＣＩＥが掲げた「女性解放」の思想のあらわれであるともとれるだろう。

大葉が最後に出会うのは、アメリカ人神父のハッチンソン一家である。神社に参拝した大葉は、途中で幸福そうな外国人の家族を見かけ、彼らに殺意を覚え、刀を携えて屋敷に侵入するのだが、逆に銃で脚を撃たれて気絶してしまう。大葉が最初に出会った香西渡が杖をついていたことを思い出そう。傷を負った大葉も香西も敗戦国の男性であることが示されており、とりわけ自らの脚で立つことも出来ない大葉は、西洋文明による「治療」が必要とされるのだ。その後、大葉は、ハッチンソン一家によって丁重に介抱され、彼らの親切に当惑することになるのである。

ハッチンソン一家によって、徐々に心を開いていった大葉は、松葉杖をつきながらリハビリに励むのだが、ハッチンソンの娘から英語を習うことによって、西洋思想を徐々に吸収していく。その後、大葉は、ハッチンソン親娘のいたわりによって、松葉杖を取ることが許される。「松葉杖をとってごらん、西洋医学に間違いはありません」、「さあ歩いてごらん」という、彼らの言葉に励まされ、おずおずと一歩一歩足を踏み出す大葉の姿は、日本人（男性）が占領軍に導かれて国の再建に向かう隠喩であることはもはや指摘するまでもないだろう。

しかし、大葉は、ハッチンソン一家が自分に親切にするほど、かつての攘夷党の仲間が自決していったことに対する自責の念にさいなまれ、遂に自害を決意する。大葉は刀を取って自決しようとするところを、再びハッチンソン一家に阻止され、ハッチンソンに「自殺は罪悪です。あなたは生きてお国の人々のためにならなければならない」と諭される。大葉はこの言葉に涙を流しながら、手にした刀を取って、髷を切落し、切落した髷の傍らに刀を置く。

この場面が重要なのは、原作では、ハッチンソンの娘が、切腹しようとする大葉を間一髪で発見し、事なきをえる描写にすぎないのに対し、一方の映画版では、大葉の自害をめぐるハッチンソンの説得とその後の大葉の態度について、きわめて仰々しい演出がなされていることである。突っ伏して涙を流す大葉と、それを見守るハッチンソン親娘を捉えたミディアム・ロングショットの後、袋から取り出された小刀を映したミディアム・クロースアップに続いて、カメラがパンし、刀を頭部にあてる大葉が映される。それを見たハッチンソンの驚きの表情のショットの後、大葉は、髷を切り取って、オフスクリーンにいるハッチンソン親娘に向かって「分かりました」といいながら、刀と髷を床に置くのだが、カメラは再びパンで床に置かれた髷と刀だけを捉える。この演出は反文明の象徴であった髷と刀が同時に放棄されることによって、はじめて文明化された日本男性が立ちあらわれることを強調しているのだが、それと同時に、戦中もチャンバラスターとして活躍したアラカンが髷を切り取り、二度と持たないという決意さながらに刀を置く行為を演じることによって、CIEによって時代劇に課された「殺陣の禁止」を受け容れたことをも寓意しているのである。

大葉＝アラカンが生まれ変わった根拠として示されるのは、「それから一年大葉慎吾は第一歩を踏み出した」という字幕に続き、ハッチンソン一家と英語で語り合う洋装の大葉慎吾の姿である。大葉は、この一年の間に英語を勉強し、ボストンに留学するという。ボストンに留学する日、大葉は偶然香西に出会い、「攘夷ということについて反省することが出来たということ、日本の国民に再び俺と同じ間違いを起させぬために、アメリカから学べるだけのことは学んできたいと思っている」という台詞をいい、二人は固い握手を交わす。香西は波止場で大葉を見送る際に、「思えばあの男は最後の攘夷党の一人だったが、日本人のために働く最初の人となるかもしれん」とつぶやく。

〈連続もの〉の最終巻である『最後の攘夷党』は、教育の機会均等、女性解放、キリスト教に基づく隣人愛、西洋医学への信頼、自殺の禁止、義理人情と復讐の禁止など、後にCIEが奨励、あるいは禁止した項目に目配りしているのだが、なかでも重要なのは、『かくて神風は吹く』で、あれほど高らかに宣言された「神国日本」に対するゆるぎない信頼が、『最後の帰郷』であらわれた絶望を経て、『最後の攘夷党』では、神による奇跡が、香西渡＝菊池寛の発言によって否定されるとともに、「神国日本」を標榜する「頑迷な乱暴者」の神風連の残党を、大胆にも西洋文明への盲目的な同化へと「転向」させたことである。

『最後の攘夷党』は、「攘夷から直ちに民主平和論になれと云はれたとしたら、誰でも一応、うなづき難くなる様な其の不愉快さは作品全体の印象である」と酷評されたように、この作品を茶番劇とみなすことはたやすい。だが、「転向」の証として具体的に示されたのが、反文明の象徴である髷と刀の放棄であり、しかもチャンバラスターのアラカンがそれを演じることによって、この作品は、GHQの占領政策を日本国民に啓蒙することが目的のアイディア・ピクチャーであると同時に、時代劇に課された映画的「現実」をも描いているのである。

『最後の攘夷党』は、主人公が髷をつけた神風連であったために、戦後最初の時代劇とみなされているのだが、アラカンが、この作品の終盤で刀を放棄することで、占領期の「剣を抜かない時代劇」

の先駆けとしても位置づけられる。ＣＩＥによる「殺陣の禁止」によって、戦後の大映においても、「剣を抜かない時代劇」が製作されることになるが、こうした作品はあくまで例外であり、多くの時代劇俳優や監督は、占領期に沈黙せざるをえなかったのである。

菊池寛による〈工房〉で製作された映画作品のなかには、『かくて神風は吹く』のようにシナリオと実際の映像に齟齬をきたす作品もあれば、『最後の帰郷』と『最後の攘夷党』の両作品のように、原作者・菊池寛の色濃い影が見出される作品もある。とくに、『最後の攘夷党』では、大映時代劇の行く末を案じた菊池が、嵐寛寿郎演じる攘夷党の浪人に刀を放棄させることによって、大映社長として、占領下の時代劇の最も困難な命令であった「殺陣の禁止」に対する苦渋の決断を下したようにも見えてしまう。

戦後、東宝副社長として活躍した森岩雄が、菊池寛に関して「大映が設立して間もないのに業績を上げ、たちまち黄金時代を築き上げることが出来たのは、永田〔雅一〕さんの努力もあったが、菊池さんのストーリー第一主義の映画作りが成功したことに大きな原因があったと思う」と述べているように、菊池が一九四六年一二月に大映社長を退任したあとも、菊池のストーリー第一主義は、その後の大映において菊池の遺産として引き継がれていったのである。[10]

## 注

(1) 林健太郎「時代の体現者・菊池寛」『菊池寛全集　第二四巻』高松市菊池寛記念館、一九九五年、六七九頁。

(2) しかし、隊の責任者である水戸中尉は帰郷せず、故郷が遠方にある山本伍長を代りに自分の故郷に帰郷させる。

(3) 具体的には、①片野伍長が、自分が搭乗する飛行機の発動機の故障を整備兵とともに点検する場面、②水戸中尉に母親との面会を促されるが、試験飛行をしたいとそれを退ける場面、③飛行場でひとり歌をうたう場面、④水戸中尉が、再び息子に会いに来た母親との面会を促す場面、⑤母親が待つ官舎に向かって、片野伍長が走る場面、⑥母親との面会。

(4) 森岩雄『私の藝界遍歴』青蛙房、一九七五年、一七〇頁。

(5) 平野共余子『天皇と接吻』草思社、一九九八年、六三頁。

(6) 森岩雄、前掲書、一七〇頁。

(7) 一九四五年一一月一九日に日本映画に関する一三項目の禁止令として発表された。

(8)「鞍馬天狗」は、『鞍馬天狗』(一九四二年)、「右門捕物帖」は『御存知右門護る影』(一九四三年)の二本が製作された。

(9) アラカンと同じく、宮本武蔵を演じた片岡千恵蔵が戦時下でもチャンバラスターの地位を保ち続けた。

(10) 菊池寛以後の大映では、川口松太郎を専務に迎えた。森岩雄がいう菊池の「ストーリー第一主義」は、川口へと引き継がれた(菊池夏樹『菊池寛と大映』白水社、二〇一一年、二一六頁)。

## 終　章
# 映画人・菊池寛

『かくて神風は吹く』ロケ現場を視察する菊池寛
（菊池寛記念館提供）

## 一 菊池寛という「天才」

範囲は勿論限られているが、僕が会った文学者のうちでこの人は天才だと強く感じる人は志賀直哉氏と菊池寛氏だけである。取合せが妙に聞えるかもしれない、敬愛の念が僕の観察眼を曇らせているのかもしれない、が、兎も角これは僕の実感である。菊池氏の鋭敏さは志賀氏の鋭敏さと同様に当代の一流品だと思っている。鋭敏さが端的で少しも観念的な細工がないところが類似している。(1)

小林秀雄は、「数ある菊池寛論の中でも第一級」といわれる「菊池寛論」を一九三七年に上梓した。たしかに当時の小林秀雄が、菊池寛を批評の対象として取り上げたことは、奇妙に聞こえていただろう。事実、駆け出しの頃の小林は、小説家としての菊池を歯牙にもかけなかったと正直に告白しているからだ。小林は、「小説の神様」といわれた志賀直哉と菊池寛を同列に論じることによって、これまで看過されてきた菊池寛の鋭敏さの正体を明らかにしようとしている。そうでもしなければ、菊池寛の「天才」を説明することが困難であると考えたからだろう。

小林が菊池を評価するのは、菊池が「文学の社会性というものの重要さを、頭ではなく身体で、己れの個性の中心で感じた最初の作家」であるからだ。小林は、菊池寛が、「人間的興味《ヒューマンインタレスト》」の視点によって、現実社会から社会的価値を抽出し、それらを小説として構成する際に「読者を人間的興味の中心に招待する為に、面倒な技術は一切御免を蒙っている」点に菊池の独創性を見ていた。したがって、小林の解釈では、菊池文学に対する「修辞学的批評は殆ど無力」であり、「自画像を描くのに鏡を全く感じなかった」菊池は、私小説とは最初から無縁の「初めから新しい作家の型」であった。

さらに小林は、これまで誤解の多かった文芸作品における「内容的価値」を「内容的価値と言う代りに社会的価値と言えばよかった」と提案することで、「内容的価値」に対する菊池の意図がより明瞭になると論じている。菊池にとって「社会的価値」が文学にとって最も重要であるならば、極端にいえば「文学」である必要はない。要するに、菊池の着想が文学以外のメディアにおいてより有効に作用するのであれば、菊池は迷わず文学以外のメディアを選ぶにちがいない。実際、菊池の卓抜した着想によって「社会的価値」が抽出された菊池文学の本質は、時を待たずして文芸映画として映画界に移植されていったのだ。

円本ブームは、文学者たちに生活の安定をもたらしたが、さらに文芸映画が製作されるとなると、原作者に一定の収入が保証されることから、自著の映画化に難色を示す作家は少数派であるだろう。だが、小説が文芸映画に翻案される際、原作者が出来上がった映画作品に納得しないことは現在においてもさほど珍しくはない。おそらく原作者である作家は、小説が作家の手をとうに離れているにもかかわらず、小説内で想像した世界を再現しない点に我慢がならないからであろう。だが、菊池はこのようなメディア間の相克を充分に理解しており、原作と映画化作品との関係について次のように述べている。

　ストリイ《ママ》乃至テーマは、映画芸術の本質ではない。此のテーマなりストリイを、いかに表現するかゞ映画芸術の本質である。従つて、その文芸劇基礎丈を理解することに依つて、映画全体を理解し去らんとするが如きは、甚だしい迷妄であらう。(2)

　菊池寛は、他の文学者たちとは違い、自著のエッセンスを再現することなく表層のみを絡め取ってゆく、コマーシャリズムに根ざした映画製作のプロセスを諒解していたに違いない。つまり菊池は、『第二の接吻』の大ヒットによってはじまったメディア・ミックスがもたらす巨大なマーケットを見据えることによって、映画界との共犯関係を取り結んでいたのである。(3)

　川口松太郎もメディア・ミックスを考える際の重要な作家の一人である。蓮實重彦が、一九三五年に直木賞の第一回受賞者として川口の名前が明らかにされたとき「文学とは本質的に異なる何かが始まろうとしていた」（傍点引用者）と指摘しているように、川口は、自分自身の作品が他領域のメディアへ翻案されていくことには菊池以上に自覚的であり、むしろそれを良しとしていた。(4) 戦後、川口は大映の専務となり縦横無尽の活躍をすることになるのだが、とくに幼馴染の溝口健二の一連の映画作品では、川口が脚色を手がけており、川口を中心とした〈工房〉を彷彿とさせる点で、菊池寛のすぐれた嫡子であるともいえる。(5)

川口と菊池の違いは、蓮實重彥が川口を評して「悩みも逡巡もなく、何でもひたすら換骨奪胎して翻案してしまう超人間的な執筆装置」と形容するように、川口は必ずしも映画というメディアに執着しなかったことである。つまり、川口にとっての映画とは、自分自身が創造した素材を増殖させていくためのたんなる足がかりにすぎなかったのだ。ところが、菊池寛の場合はそうではなかった。菊池は川口よりも年長であり、何よりも出版ジャーナリズムの世界で様々な役職を兼務する名士として社会的地位も高かった。映画界は、戦時下において国策映画の製作をめぐって国家との折衝が求められたとき、文藝春秋社を率いるリーダーシップを持つ指導者として、あるいは数々の雑誌を軌道に乗せたすぐれたプランナーとしての菊池の手腕を必要としたのである。

## 二　戦時下における諸問題

菊池寛は、映画界からの要請に呼応するように、大日本映画協会の理事、雑誌『日本映画』の発行といった映画界の〈外部〉の活動を経て、次第に文壇から映画界〈内部〉へ歩を進めていった。たとえばそれは、大映社長就任時の菊池自身の発言（「『文藝春秋』のはうは居ても居なくてもいいのだから、大映専門にやってもいいと思ってゐる」）や敗戦直後の手記（「然し、僕個人としては、この十数年来、経営にも編集にも容喙したことはない。凡て人まかせであった。そういう点で無責任だと云われても仕方がないが、実際はそうであった」、「其心記」『文藝春秋』一九四六年四・五月合併号、八三頁）などにも確認されるが、とくに注目に値するのは、本来、「話の屑籠」は『文藝春秋』の読者のためのエッセイであり、映画及び映画界の話題を提供する場ではないにもかかわらず、戦局が苛烈になるにしたがって、映画界の話題が増え、菊池の映画界および映画製作に対する驚くほどの情熱がうかがえることである。[6] たとえば、菊池は一九四三年八月の「話の屑籠」と「思ひつくまゝ」で次のように述べている。

> 大映には入って三ヶ月になる。最初、考へたよりも、はるかによい会社であり、やり甲斐のある仕事だと云ふことが分つた。
>
> 自分が最初に標榜した通り、日本の映画をよくするのには、よい脚本の外にはないと云ふことを、いよ〳〵痛感してゐる。百の国策映画論よりも、一つのよき国策映画脚本が、効果的である。映画を論ずる人は多いが、よき脚本をかく人は極めて少い。少いと云ふよりも、殆ど皆無である。いくら、機構がよくなり技術が進歩しても、よき企画や脚本が出ない以上、映画は進歩しないのである。国策の宣揚、士気の鼓舞、人心の指導などもいゝ筋書がなければ、何うにもならないのである。大衆は、思想が面白いストーリイに具現されて、初めて感動を受けるのである。
>
> （「話の屑籠」）

> 国の運命は、刻々に凄じい大現実の真只中を、突きすゝんでゐる。だから、複雑な事柄が変転きはまりなく生起するのである。

このとき、日本人、映画人としての思慮分別で、刻々の国策に即応する題材を捉へて映画化し、国民を感動させるといふことは、出来上がりを待つてゐて云為するほど容易ではない。これだけは確かな事実である。

しかし、これを立派に成し遂げることは、映画人の任務である。これも亦、確かな事実である。われ〳〵日本の映画人は、讐敵米英映画と、すでに激烈な戦闘を展開してゐるのだ。わが陸軍海軍が、戦争で米英に勝つてゐるやうに、われ〳〵映画人も、映画作品をもつて、思想文化戦に勝ち抜かねばならない。

（「思ひつくまゝ」傍点引用者）

映画界は、一九四〇年の新体制以後、情報局をはじめとする国家や、映画評論家などの映画界の〈外部〉によって、国策映画の製作方針をめぐって常に批判に晒されてきた。菊池も、一九三五年に大日本映画協会の理事に就任し、翌年雑誌『日本映画』の刊行に尽力することによって、このような映画界の〈外部〉側の文化人として、国策映画の製作の打開策を提示してきたのだが、そこで菊池は、大映社長として自ら映画製作の陣頭指揮に立つことで、現場の映画人がこれまで〈外部〉から不当に貶められていた事実に気づき、[7]映画批評家などの〈外部〉に対する反論として、「百の国策映画論よりも、一つのよき国策映画脚本が、効果的である」、「出来上がりを待つてゐて云為する」といった言葉で応戦している。こうした反論は、およそ二〇年前に菊池が文壇で実践した「文学の社会化」を想起させる。菊池による「文学の社会化」は、著作権の確立や原稿料の引き上げ等で作家の経済的な基盤を保証したものであったのだが、一方の「映画の社会化」の場合、国家の介入を阻止するために、あくまで現場主義を掲げることで、映画製作に直接関与する映画人による「表現の自立」を構築させることが目的であったのではないだろうか。むろん、大映社長に就任した菊池は、名実ともに映画人であったわけだが、しかし、ここで菊池は、自ら「映画人」と名乗ることによって、文壇人としての大映社長ではなく、映画界〈内部〉の「映画人」としての立場を鮮明に示したのである。

一九四六年、菊池は、『新日本文学』誌上で、文壇の戦争責任者の筆頭にあげられ、戦争協力を糾弾された(8)。一九三七年の盧溝橋事件当初、菊池は中国との戦争に疑義を唱えていたにもかかわらず、日中戦争が長期化し、その後、アジア・太平洋戦争に突入するにしたがって、国家協力に突き進んでいった。たしかに、戦時中に右傾化したとされる『文藝春秋』の統括責任をはじめ、数々の文学者の扶助団体で指導的地位にあった菊池が、文壇の代表としての戦争責任を免れることはできない(9)。

戦時下の菊池寛は、当時の国家による言論界への協力要請と、言論統制という圧力の狭間で、最終的に国民精神総動員の気風を大衆に「鼓舞奨励」することを決意し、そのために国策文学の執筆や国策映画の製作に尽力したのだが、しかし、戦争責任を追及する側からみれば、それらが戦争協力とみなされるのも致し方ないことだろう。とはいえ、生粋の国家主義者であったというわけではなく、政治的には自由主義の立場にあった菊池が、なぜ戦争協力ではない別の道を考える選択肢を持たなかったのだろうか。

その点に関して、大江健三郎は、菊池の短編小説独特の性格を説明するにあたって、菊池の戦争協力について興味深い指摘をしている。大江は、一九三一年に書かれた短編『吉良上野の立場』を取り上げ、この短編小説が「大きな勢いで戦争へとなだれこんでゆく、そのなかで変質しもする「日本的なるもの」への、菊池らしい批判がよく出てい」る作品と評価しているのだが、その「菊池らしい批判」とは、この作品のラストで、赤穂浪士に囲まれ絶体絶命に陥った際に吐露された吉良の無念の心情が、赤穂浪士の一太刀によって断ち切られる描写にあるという。

大江は、これまでの映画や芝居の「忠臣蔵」のなかの、「いたるところでスピードがのろくなって、動きがとまってしまって、情緒的な義理と人情、忠義と愛というような思い入れがめんめんとつづく」さまを「思考停止」と呼び、「日本的な「思考停止」のみなもとは全部あそこに源があるのじゃないかと思えるほど」と指摘することで、アジア・太平洋戦争中に犯した日本人の誤りは、この「思考停止」にも一因があるとみなしている。一方大江は、『吉良上野の立場』におけるラストの描写で、菊池が「スピーディな行為にのせた早い思考と、それをたちきる暴力を提示」することによって、日本的な「思考停止」を拒否していると説明する。さらに、大江は、「日本人がそのようにゆがんで情緒的な「思考停止」を行なうかを知りつくしていた」菊池が、戦時中「かれ自身〔思考停止の〕とりこになってしまう」と捉えることで、菊池寛の戦争協力への道のりを、「まさに悲劇的なというほかない進み行き」であると嘆息しているのである。

大江は、戦時中の菊池の誤りをモデルケースとして、日本人の典型的な思考のあり方をそこに見ているのだが、しかし、戦時中の菊池が「思考停止」に陥った原因については明らかにしていない。それについては、一九三四年に書かれた青野季吉の「菊池寛論」がヒントを与えている。青野は、当時台頭しつつあった軍国主義（ファッショ）に対する菊池の現実主義的な立場に鑑みて、次のように述べている。

〔菊池寛は〕たとへばファッショ反対にしても、それが進歩的な役割を演じてゐるものだといふ確乎たる意識的な把握に立たない限り、あくまでそれを貫徹するや否やも疑問である。彼のリベラリズムは信用の出来るものだとしても、その基本的な気質の外に彼には実利主義的な、現実主義的な基本的気質がある。これは繰返し云つた通りである。

これはつねに大勢にたいする順応として現はれる。もしファッショ的なものが社会的・政治的に眼前の事態をリードするやうになれば、リベラリスト菊池が、ファッショ反対を取り下げ、さらにすすんではファッショ礼賛にすら転身しないと、誰が保証出来ようぞ。

しかしかかる局面が現出するまでには、多かれ少なかれファッショ勢力とブルジョア・リベラルの勢力との摩擦があるものと予想しなければならない。いな、それは摩擦と云ふ程度のものでなしに、公然の闘争といふ荒々しい過程をとるかも知れない。その場合菊池のリベラリズムはもちろんファッショとの闘争に結合するであらう。これは十分に予測し得ることである。とすればやはりそれは「信用」の出来るものだと云つていいであらう。(10)

しかし、青野が予想した「ファッショ勢力とブルジョア・リベラルの勢力との闘争といふ荒々しい過程」をとることは遂になく、この後、時を待たずにファッショ的なものが社会的・政治的に席捲した結果、「実利主義的な、現実主義的な」菊池は次第にファッショ礼賛に転身し、その協力の証に数々の国策文学・映画を手掛けていったことはこれまでに確認してきた通りである。

かつて菊池は、プロレタリア文学が流行したとき、公然と反旗を翻しプロレタリア文学陣営と闘った。むろん、その姿勢は戦時下においてさえ「今日、国家の文化政策は複雑多岐で、決して芸術や文化それ自体の為めのみではあり得ない。しかし、芸術を利用するといふやうな心構へでは、その国の芸術は少しも進歩しない」(「話の屑籠」一九四〇年六月)と主張することで、芸術の政治的利用を否定していたのだ。ところが、菊池は、この発言のわずか三カ月後に次のように述べている。

事変以来、文学や映画や演劇は、自動的にも他動的にも、各々の職能を時局に照応して発揮しようとして来た。
しかし、元来芸術といふものは、国民一般の思想や意識や教養や情操を土壌として、その上に自然発生的に芽生えるものである。芸術家だけが、いくらその場で努力して見ても、いくぶん教化的な効果は挙がつても日本民族の芸術を高めるといふやうな目標には何うにも及ばないのである。

しかし、新体制は、自然発生的に、しかも必然的に芽生えた国民の理念の上に創設されようとしてゐるのである。文学も映画も国家が前進する方向に基いた新しい構想と意図を盛つて、新体制の完成と国是の具現に協力するやうな作品活動を、強化しなければならない。

（「思ひつくまゝ」一九四〇年九月号）

注意しなければならないのは、この文章が書かれたのは、一九四〇年七月末からはじまった第二次近衛内閣による新体制運動[11]以後のことだということである。菊池は、新体制運動が国家による強制ではなく、国民の自発的な意思であると捉えることで、条件付とはいえ芸術の政治的利用を容認してしまったのである。つまり、青野のいう「大勢にたいする順応」は、菊池自身の保身のためではもちろんなく、国民の意思につき従った結果であり、それは常に大衆に向けて言説を発信し続けた菊池らしい姿勢であるともいえる[12]。

その後自ら発案した文芸銃後運動を経て、大衆動員力の限界を痛感した菊池が、国民を「鼓舞奨励」するためのもっとも有効なメディアとして最終的に行き着いたのが他ならぬ「映画」であった。しかし、菊池が大映社長に就任した一九四三年三月は、既に戦局は悪化の一途をたどっていた。前節で論じたように、『文藝春秋』のエッセイ「話の屑籠」の論調は戦争色一色となり、戦争完勝を説く精神論の記述が圧倒的に多くなっていく。このような状況下で、イデオロギー芸術を事実上容認した現実主義者・菊池寛は次のように述べている。

我々芸術家は、立派な芸術を創作することに依つて、国家に奉仕することが、本道であり、それが本格である。が、しかしそれは、平和の時の事である。かうした前古未曾有の時代に於ては、さうばかりも云つてゐられないのである。直接戦争に協力し得る芸術を作るのが、第一義である。また仮に、空襲が、連日のやうに来る場合に、小説や絵などを創作してゐられるかと云ふのである。国家あっての文化であり、芸術である。芸術などは戦争中不振であつても、差支へない。戦争に勝てば、勃然として興隆するに定まつてゐるからだ。

（「話の屑籠」一九四三年五月）

菊池が決戦下に出版界を事実上離れ、大映社長として辣腕を振るったのは、新聞・出版業界への用紙割当ての大削減という経済的事情もかかわっていたのだろうが、菊池にとって、連日のように空襲に見舞われ、死と隣り合わせの運命の最中では、小説や絵のような芸術は不要であり無力であったにちがいない[13]。「内容的価値論争」の発端となった「文芸作品の内容的価値」（『中央公論』一九二二年七月号）において、「文芸は経国の大事、私はそんな風に考へたい。生活第一、芸術第二」という末尾の有名な一文のなかの「文芸」を「映画」に置き換えてみよう。「空襲が、連日のやうに来る場合に、小説や絵などを創作してゐられるか」といわれた決戦下では、文学よりもはるかに恵まれた環境にあった[14]映画が、文学に代わって菊池の「内容的価値」の最適な受け皿となったのである。

それでは、戦争に協力し得る芸術である映画に、当時の菊池は、これまで繰り返し述べてきた映画の持つ大衆動員力以外に、一体何を見ていたのだろうか。それは、次の菊池の言葉によって明言されることになる。

映画といふ芸術は、文学や美術や演劇や音楽などと違つて、表現が即物的、現物的だから、繰り返して鑑賞するのは適しない。傑作といへども、二度でも三度でも見たい気持ちは、殆ど起きないのである。

表現技術もまた、文字通り日進月歩するから、古い作品はどうも流行おくれの感じがする。ところが、他の芸術は、何千年来の秀作傑作を遺してゐるのだが、映画に限つて、今日の作品でないと生命がないのである。そこに映画といふ新芸術の弱点があると思ふ。

先月の本誌で、中村武羅夫氏が書いてゐるやうに、映画はあまり過度に見ると、鑑賞力が向上するといふよりは、麻痺するといふのも、事実だと思ふ。

だから、映画は都会地の比較的ひまのある常連に向つて集中するのではなくて、映画の普及性を活用して、できるだけ広範囲に観せるべきである。(15)

この発言は、映画というメディアに対する当時の捉え方と、芸術の内容的価値を最も重視していた菊池寛という表現者の本質を見事に捉えている。菊池がいう、「表現が即物的、現物的」である映画には、「複雑な事柄が変転きはまりなく生起する」という決戦下の現実に「即応する題材」を捉へることが何よりも重視されていた。したがって、国策映画は、仮に傑作が生まれたとしても、題材そのもののアクチュアリティが最重要視される以上、「古い作品はどうも流行おくれの感じがする」ともいえるだろう。

このように考えるならば、映画は小説や美術などと違い、傑作といえども、何度も鑑賞するに堪えず、後世に残る作品を生み出すことは不可能な芸術であるとみなされるのは必定であり、前章で検証した、菊池寛の〈工房〉で製作された国策映画の原作に原本が存在しないのも、その辺りに理由があるのだろう。映画に関する菊池の主張は、現代の観点からすれば映画というよりもテレビの特性により近いといえる。[16] もっとも当時の映画作品は、週毎に上映される消耗品であり、また、映画の保存という概念がなかった事情を考慮すると、このような意見はやむをえないのかもしれない。

だが、映画は、国家のプロパガンダの道具であるのみではなかった。こうした機能に加えて、戦時下の窮乏生活に耐える銃後の国民に娯楽と慰安を与える「芸術」の役割をも担っていたからこそ、人気作家でもあった菊池は、国策映画の製作に賭け、大衆とともに未曾有の戦時期を乗り切ろうとしたのである。

## 三　文壇人から映画人へ

菊池が映画界に果たした影響についてこれまで述べてきたが、一方の映画は菊池に対してどのような影響を与えたのか。それを考えるにあたって、平野謙は、菊池寛という文学者について次のように述べている。

比較的はやい時期に純文学をすて、文藝春秋社を興し、一介の文士というより一個の社会的名士として菊池寛が成功したのは、好運ということもあらうが、なにごとにもイリュージョンをいだかぬ現実的な性格のしからしめたところだろう。葛西善蔵は肉親も友人も信頼していなかったかもしれぬが、芸術の光背だけは信じていたにちがいない。しかし、菊池寛は芸術についてもなんらの幻影もいだいていなかったようである。広津和郎が菊池寛を目して「自分で自分を躓かすような余計なもの」を持っていない人と批評したのは、やはりそれなりに正しいのである。

とすれば、日本の近代文学の枠の狭小を躬をもって破った唯一の人が菊池寛ということになるのかもしれない。さきに言及した小林秀雄の『菊池寛論』にはどうやらそういう気配がほのみえる。しかし、近代小説の実践的否定者としての菊池寛をそのまま肯定することは、いわば青年時代に血道をあげた文学をすて、卒業していった壮年の男というういちばん尋常なコースを肯定することにもなりかねない。文学青年が長じて実業家になったり、政治家になったりした事例はすくなくあるまい。無論、そういう事例と菊池寛とを同一に講ずることはできない。菊池寛は死ぬまで文学者だったにちがいない。しかし、小稿の冒頭に、菊池寛の文士ふうならざる挿話を紹介し[17]ながら、人間・菊池寛はつねに文学者・菊池寛の枠をはみだしていたのではないか、と疑ったの

も、一口にいえば、近代小説の実践的否定の過程そのものが私によくわからぬからである。(18)

平野は「人間・菊池寛はつねに文学者・菊池寛の枠をはみだしていたのではないか、と疑ったのも、一口にいえば、近代小説の実践的否定の過程そのものが私によくわからぬからである」と正直に告白するのだが、「近代小説の実践的否定の過程そのもの」の枝葉に「映画」を接木すると、そこから、菊池による近代小説の実践的否定の過程そのものの輪郭が見えてくるのではないだろうか。菊池は一九四六年一二月に大映社長を辞任するのだが、興味深いのは、文藝春秋社の解散の方が同年三月と一足早いことである。そして、翌一九四七年一〇月、占領軍司令部より公職追放の指令をうけ、さらに翌年の一九四八年三月六日、菊池は失意のうちに狭心症で逝く。

河上徹太郎は、菊池寛の追悼文のなかで以下のように述べている。

文学を離れても、菊池寛の理想主義は全面的に働いてゐる。日本の社会の道義的文化の向上だ。それは氏のあらゆる社会活動に現れてゐる。新聞小説のモラリティは、却つてその一つの応用的な現はれである。そしてすべてが氏の人格といふ、実践的な、巨大な焔と燃え上つて、あらゆるものを、細緻な網で掬ふといふよりは、無数の釣糸で一つ〳〵釣つたものを束にして、未開の魅力で以て引摺つてゆく。読者も、文士も、ジャーナリストも、他の社会的名士も、夫々違つた意味ではあるが、結局一団の支持者、追随者として、その後に従ふのである。

さういふ氏の新聞小説の延長が氏の映画界の活動であることは、いふを俟たない。こゝに菊池寛にだけ許された意味での「文学」の世界がある。それも可なり純粋な形でである。(19)

事実、映画界は、「菊池の人格といふ、実践的な、巨大な焔」によって牽引された。菊池は一九二〇―三〇年代の「菊池もの」の流行によってメディア・ミックスの発展に貢献し、戦時下では、国家と映画界との緩衝材として〈工房〉を主宰することで「映画の社会化」に尽力し、さらに大映では、菊池の陣頭指揮によって戦後の発展につながる製作基盤が築かれていった。同時に菊池自身も、文壇人でありながら映画人となることによって、戦時下においても筆を折ることなく自らの「文学」を立ち上げたのである。

本書では、「菊池もの」の生成過程を検証するなかで、文壇と映画界のヒエラルキーが次第に確立されてゆくさまを確認してきた。蓮實重彥によると、そのようなヒエラルキーは、一九三五年に菊池寛が自ら創設した直木賞の第一回受賞作に川口松太郎が選ばれた時点で実は崩壊していたという。川口の『鶴八鶴次郎』がアメリカ映画の『ボレロ』の翻案であることはよく知られているが、蓮實は、この出来事を「ながらく文学を映画の上位に位置づけてきた文化的ヒエラルキーは、その時点で崩壊せざるをえない」と指摘している。

たしかに、記念すべき第一回直木賞受賞作である『鶴八鶴次郎』がアメリカ映画の模倣であったことは、常に文学が映画の上位に位置づけられていた既存の文化的ヒエラルキーが転倒した事件として記憶されるべきである。だが、『東京行進曲』の映画化のプロセスで明らかにされたように、オリジナルの素材が複数のメディアを横断することで次々とかたちを変えながら増殖してゆくメディア・ミックスでは、最初にオリジナルと規定された文学の存在はもはや重要ではなくなってしまっていた。だとすれば、映画を中心としたメディア・ミックスが始動してゆく一九二〇年代半ば頃からヒエラルキーの瓦解は既にはじまっていたのだろう。だからこそ、本書で取り上げた数多の「菊池もの」は、「菊池寛原作」というラベルが貼られたたんなる「商品」となり、国家の厳重な管理下にあるはずの国策映画ですら菊池寛の原作を忠実に再現することはなかったのである。もちろんそれは「菊池もの」だけではない。映画を中心とした戦前のメディア・ミックスは、旧来の文化的ヒエラルキーを偽装しながら、オリジナルのブランドネームを利用しその表層のみを絡めとることで拡散していくメディアであったのである。

おそらく菊池寛はそのことを最初から見抜いていた。しかしそんなことは菊池にとって全て織り込み済みであったのである。

**注**

（1）小林秀雄「菊池寛論」『小林秀雄全作品9　文芸批評の行方』新潮社、二〇〇三年、四〇頁。
（2）菊池寛「映画と文芸」『映画時代』一九二七年七月号、一四頁。
（3）このような傾向に不満を漏らす映画批評家もいた。たとえば、大黒東洋士は、菊池寛の『貞操問答』

俗小説は「何れも甘くて愚劣で荒唐無稽なもの許り」であること、また原作者が自作が映画化されると「自分のことは棚に上げて」映画化作品を批判中傷することを指摘し、「一体、この種の通俗小説と、そして映画界にざらに転がつてゐる我々が愚劣と見る大衆受けのする映画と、何処に隔りがあるのだろう」と述べ、さらに、新聞、雑誌の宣伝力を担保に人気作家の通俗小説の映画化を企画する「映画界の卑屈と蒙昧さ」を批判している（大黒東洋士「優劣二題」『映画の友』一九三八年一月号、八〇―八一頁）。

（4）「自分自身の作品を文字通り換骨奪胎し、複数の異なる表象形式へと翻案する作業がいくえにも並行して演じられていたのだろう」（蓮實重彥「随想」『新潮』二〇〇九年二月号、二九八頁）。

（5）川口松太郎は、自分自身と菊池寛との共通点にかんして次のように述べている。「ぼくが先生と最も相通ずるものは、あの人の生活主義。生活が第一で芸術が第二ということなんだが、これをぼくがいうと、みんなに冷やかされそうでね、なるほど、お前の芸術は第二だよ、と言われると、それっきりだから、あんまり言わないけれども、腹の中では、芸術が第一で生活が第二であるべき筈がないと思ってるよ。それは年少のころから今日に及んでも、ぼくは一貫している。それをハッキリいい切ったのは、先生ただ一人だ。日本の文学史が始まって以来、先生だけだよ」（「解説」『菊池寛文学全集』文藝春秋新社、一九六〇年、五八七―五八八頁）。

（6）『文藝春秋』は、一九四四年四月以降、総合雑誌から文芸雑誌に転換したことにより、「話の屑籠」のタイトルも「其心記」に変更され、以後、一九四四年一二月号まで連載されるが、そのうち、映画界に関する話題は七回に及んでいる。

（7）たとえば、菊池は「思ひつくまゝ」で次のように批判している。「批評家が、詰らぬ映画ばかり相手どつて力んでゐるなどは、よそ目にも、このくらゐ決戦下らしからぬ風景はないと思ふ。（中略）えらさうなことを喋つたり、尤もらしい顔つきをして右往左往してゐる人間が、まだ〳〵映画体制の成層圏に地位を占めすぎるのである。百の国策理論よりも、一つの立派なシナリオである。千の批評家よりも、才能のあるストオリイ作家が大切である」(「思ひつくまゝ」一九四三年八月)、「これは分り切つた事だのに、まだ現在日本の映画体制では、映画の製作に近接し直接して働く者ほど地位が卑しめられてゐる。映画を作る上に何う役立つてゐるのか、何ういふ関係があるのか説明なしでは分らぬやうな地帯にゐる者が却つて映画人を見下してゐるのである」(一九四三年九月)。

(8)小田切秀雄があげた文学者二五名は、以下の通り。菊池寛、久米正雄、中村武羅夫、高村光太郎、野口米次郎、西條八十、斎藤瀏、斎藤茂吉、岩田豊雄(獅子文六)、火野葦平、横光利一、河上徹太郎、小林秀雄、亀井勝一郎、保田與重郎、林房雄、浅野晃、中河与一、尾崎士郎、佐藤春夫、武者小路実篤、戸川貞雄、吉川英治、藤田徳太郎、山田孝雄(小田切秀雄「文学における戦争責任の追求」『新日本文学』一九四六年第三号、六五頁)。

(9)文藝春秋社は、陸海軍に飛行機(文藝春秋号)を献納、また、一九四三年一月、雑誌書籍全般にわたり、用紙割当ての大削減が行なわれたが、菊池寛主宰の「航空文学会」は陸軍航空本部の肝いりで、『航空文化』という新雑誌を創刊した(『文藝春秋三十五年史稿』文藝春秋新社、一九五九年、一〇〇頁)。

(10)青野季吉「菊池寛論」『現代日本文学全集 二七』筑摩書房、一九五五年、四〇三頁。

(11)一九四〇年七月二二日に、第二次近衛内閣が組織された。七月二六日に「基本国策要綱」が閣議決定され、「皇道の大精神に則りまづ日満支をその一環とする大東亜共栄圏の確立をはかる」(松岡外相の談話)構想を発表。新体制運動を展開し、全政党を自主的に解散させ、八月一五日の民政党の解散をもって、日本に政党が存在しなくなり、議会制民主主義は終焉した。

(12)「氏は最初から自分の為にも文学の為にも書かなかった。批評家の為にも作家の為にも書かなかった。ただ一般読者の為に書いて来た作家なのだ」という小林の言葉もまた、菊池が当時の新体制に共鳴する大衆の代弁者であったことと符合する。

(13)注目すべきは、上記の発言と一九二三年九月におこった関東大震災後に書かれた「災後雑感」とに共通点が見出されることである。たとえば、菊池は、「災後雑感」で次のように述べている。「地震はわれわれの人生を、もっとも端的な姿で見せてくれた。人生は根本的には何が必要であるかを見せてくれた。人生につきまとっていた、いろいろな表面的な装飾的なものが、地震の動揺に依って、揺り落とされてしまったのだ。われわれは露骨な究極の姿で人生を見たのだ。われわれは、生命の安全と、その日の寝食との外は何も考えなかった。われわれはそれ丈で十分満足していた。一家が安全に、この災厄を切りぬけようと祈念する外は、何の心もなかった。それ以外のものは、われわれに取って、凡て贅沢だった。人は、つきつめると、パンのみで生きるものだ。それ以外のものは、余裕であり贅沢である。ひどい現実の感情に充ちているときは、芸術を考える余裕はない。烈しい失恋に悶えているときは、ゲーテもシェイクスピアもない。烈しい忿怒の念に駆られている時は、ストリンドベルヒもドストエフスキイもない。地震から来るいろいろな実感に打たれたものには、芸術的感興は容易に湧かないだろう。生々しい実感は、容易に芸術化をゆるさない。若し、当座に地震小説を書くものがあったら、ほんとに地震を体験していないものだ」(『菊池寛全集　補巻第二』武蔵野書房、二〇〇二年、一七六頁)。

(14) たとえば、菊池は「其心記」(一九四四年一〇月号)で次のように述べている。「自分が、映画界には入つた当時、映画人に対して、映画界が出版界に比して、どんなに恵まれてゐるかを説いてゐた」(『文藝春秋』一九四四年一〇月号、八五頁)。

(15) 菊池寛「思ひつくまゝ」一九四三年四月『菊池寛全集　補巻』武蔵野書房、一九九九年、四二七頁。

(16) 井上ひさしは、菊池寛がテレビ時代にまで生きていたら、テレビ会社の社長になっていただろうと興味深い指摘をしている(『菊池寛の仕事――文芸春秋、大映、競馬、麻雀……時代を編んだ面白がり屋の素顔』ネスコ、一九九九年)。

(17) 小島政二郎の小説『菊池寛』の最後のところで、一九三八年の武漢攻略に従軍したときの、死を決して深夜ただひとり肌につけるものを洗っていたという菊池寛の姿を描写している箇所を指す。

(18) 平野謙『平野謙全集　第六巻』新潮社、一九七四年、一五六―一五七頁。

(19) 河上徹太郎「菊池寛」『群像』一九四八年第三巻第五号、五四頁。

# あとがき

本書を執筆することになっためぐり合わせは、修士課程に入って間もなくの頃、銀座の並木座で観た溝口健二の『西鶴一代女』に言葉が出ないほど感動したことが最初であったように思う。その後、溝口健二に関心を持った私は、戦後の溝口作品の多くが大映の作品であったことを知り、興味の対象が溝口から大映へと移っていった。溝口の友人であり名プロデューサーでもあった大映社長の永田雅一に関する著作を読み進めるうちに、永田が自著の中で何度も言及し師と仰いだ菊池寛に行き着いた。小説家であり文藝春秋社の創設者であった菊池寛については知っていたが、大映の初代社長として、大映の映画づくりの基盤を築いた功績についてはほとんど知らなかったのだ。当時の私は博士課程に進んだものの、修士論文のテーマに限界を感じており、肝心の博士論文で何を取り上げるかについては思いあぐねていた。そんな折に出会ったのが、十重田裕一先生が担当されていた日本文学とその映画化作品の関係を取り上げた演習である。菊池寛と映画についておぼろげに考えていたことを、自己紹介の時に「菊池寛と大映について興味を持っています」と言語化し、十重田先生に関心を持っていただいたことによって、ようやく研究の出発点に立てたのであった。

日本映画の黄金時代といわれた一九五〇年代には、日本文学の映画化作品が大きな比重を占めており、その本数はおよそ二千本に迫るという。なかでも大映は、人気作家の川口松太郎を専務に据えて積極的に日本文学の映画化に乗り出した。小説はもとよりマンガの翻案が常態化しているこんにちの映画界を指摘するまでもなく、日本映画の歴史は間違いなく先行する文学、演劇が紡ぎ出す物語を拠り所にしてきたのだ。ところが、過去に飯島正先生の『映画のなかの文学　文学のなかの映画』などが出版されてはいるものの、日本映画と日本文学との関係を体系的に論じた書籍はほとんど皆無といってもよい状態であり、菊池寛と映画界との関係を調べようと目星をつけたものの、手探りで資料にあたる羽目になってしまった。

「映画人・菊池寛」という本書のタイトルを、構想段階から念頭に置いてはいたが、一本の博士論文としてまとめるには大変な困難をともなった。なぜなら、分析対象として菊池寛原作の映画化作品の製作過程に焦点を定めたものの、「原作＝菊池寛」というラベルが貼られた映画作品は、それぞれ製作年代、映画会社、そして監督が違っており、本来ならばまったく異質のメディアである映画と文学を繋ぎあわせて論じることに戸惑ってしまったからだ。もっとも、論文を執筆するよりも調べることが好きな私にとって、図書館でマイクロフィルムを一枚一枚確認しながら製作過程を調べ上げ、仮説を立てながら論証を加えていく作業や、予想外の資料を発見した時の興奮などは忘れがたい思い出である。四章と八章で、『東京行進曲』と『宮本武蔵』といった溝口健二作品を取り上げることができたことも幸運であった。

菊池寛と映画界の関係を探るにあたって強く実感したのは、菊池寛の人間的魅力である。菊池寛は、『半自叙伝』をはじめとする自伝の他に、『文藝春秋』で連載していた「話の屑籠」などのエッセイを数多く上梓しているのだが、その時々の思いを率直に綴ったこれらのエッセイを渉猟するにつれ、あらためて菊池寛という人物のスケールの大きさに圧倒された。それだけに、日中戦争の勃発からアジア・太平洋戦争へと怒涛のようになだれ込んで行く際に見せる彼の変化には胸がしめつけられた。戦後、菊池寛は戦争責任を厳しく糾弾されたために、現在では戦前の菊池の栄光ですら過小評価されてしまっている。従来の菊池寛像に映画という分析軸を導入した本書が、菊池寛再評価の機運を促す糸口の片鱗でも提示できれば望外の喜びである。

なお、本書の各章は以下の各論文を初出とするが、一冊の書籍にまとめるにあたり、全面的に改稿をおこなった。

序　章　書き下ろし
第一章　「菊池寛の通俗小説と恋愛映画の変容――女性観客と映画界」岩本憲児編『家族の肖像――ホームドラマとメロドラマ』森話社、二〇〇七年
第二章　「『第二の接吻』あるいは『京子と倭文子』――恋愛映画のポリティクス」『演劇研究センター紀要』Ⅵ、早稲田大学21世紀COEプログラム、二〇〇六年一月
第三章　書き下ろし
第四章　「輻輳されるメディア――『東京行進曲』の映画化をめぐって」『演劇研究センター紀要』Ⅶ、早稲田大学21世紀COEプログラム、二〇〇七年一月
第五章　「映画女優とスキャンダル――『美しき鷹』と女優志賀暁子をめぐって」『演劇映像学2008第一集』演劇博物館グローバルCOE紀要、二〇〇九年三月
第六章　書き下ろし

第七章　「想像された〝昭和の軍神〟――『西住戦車長伝』の生成過程」『演劇映像学2007第一集』演劇博物館グローバルCOE紀要、二〇〇八年三月

第八章　「決戦下の「宮本武蔵」――菊池寛作『剣聖武蔵伝』と溝口健二の『宮本武蔵』をめぐって」『映像学』81号、日本映像学会、二〇〇八年一一月

第九章　「『かくて神風は吹く』――歴史映画のなかの天皇」岩本憲児編『映画のなかの天皇』森話社、二〇〇七年

第十章　「大映社長・菊池寛の戦中・戦後」十重田裕一編『横断する映画と文学』森話社、二〇一一年

終　章　書き下ろし

本書の刊行には多くの方のご協力をいただいた。記して感謝を申し上げたい。二〇〇二年からはじまった早稲田大学演劇博物館21世紀COEでは、客員研究助手として勤務し、さらにグローバルCOEに継承されて以降、約一〇年にわたって研究に関わったが、前館長の竹本幹夫先生はじめ専門を異にする愉快な同僚たちとの交流は研究を進めていく上で得がたい体験となった。研究助手時代からの敬愛する上司であり、博士論文の主査を引き受けてくださった小松弘先生には、特に一次資料を読解することの大切さと、外国映画への関心をいざなっていただいた。博士論文のテーマの道筋を示してくださった十重田裕一先生と、「映像の社会学」を聴講してからずっと憧れていた長谷正人先生が副査を引き受けてくださったことも大きな励みになった。博士論文の序論にあたる論考を添削してくださった伊津野知多さん、博士論文の全文を読んでいただき的確なコメントをくだ

さった斉藤綾子先生、研究発表の機会を与えてくださった四方田犬彦先生、ご多忙のなか戦時中の全体主義思想の世界的動向についてご教示いただき、さらに悪文まで添削してくださった貝澤哉先生にもお礼を申し上げたい。そして岩本憲児先生には、二〇〇七年に早稲田大学を退職されてからも、常に気にかけていただいた。先生とお会いする度に、遅々として進まない博士論文に対する返答に窮していたが、それでも寛大に見守っていただいたことに心から感謝の言葉を申し上げたい。年表の作成でお世話になったのは二松学舎大学学部生の野中大幹さんと渡谷美帆さんである。

池部良さんと淡島千景さんに初の単著となる本書を進呈することが叶わなかったことはかえすがえすも残念である。本書の内容とは直接関係ないが、日本国内では依然としてマイナーな学問である映画学のモチベーションを高めてくれたのが、何よりもお二人の存在があったからだ。愛してやまない研究対象が現前しているという奇跡に何度も立ち会えたことが生涯の宝物であっただけに、どうしてもっと早く本書を完成させることが出来なかったのだろうかと悔やまれる。後悔先に立たずとはまさにこのことをいうのだろう。

本書の出版にあたっては藤原書店が主催する河上肇賞本賞の受賞がきっかけとなった。博士論文を執筆し始めてから河上肇賞を常に意識していたが、毎年八月末の締切を迎える度に、「今年も書けなかった……」と落胆していたことが懐かしく思い出される。奨励賞をいただければ上出来だと思っていたが、二〇一一年秋に編集者の刈屋琢さんから受賞の報を電話でいただいたときは、我が身に起ったこととは俄に信じがたいほど嬉しかった。この場を借りて藤原良雄社長ならびに選考委員の諸先生方、そしてこれまでの研究を一冊の書物のかたちにしてくださった刈屋琢さんにお礼を申し上げたい。

最後になるが、夫・隆則にはいくら感謝をしてもしきれないほどである。孤独な研究生活のなかで弱音を吐いたことは数え切れないが、寛容な夫の協力なくして本書は到底完成の日の目を見られなかったにちがいない。

二〇一三年七月

著　者

# 菊池寛映画化作品一覧（1926.1.22-1946.3.7）

| 公開年月日 | 映画タイトル | 発表媒体 | 発表年月日 | 製作会社 | 監督 |
|---|---|---|---|---|---|
| 26・1・22 | 『京子と倭子』 | 『東京朝日新聞』『大阪朝日新聞』 | 25・7・30—11・4 | 聯合映画芸術家協会 | 伊藤大輔 |
| 4・22 | 『京子と倭子』 | 『東京朝日新聞』『大阪朝日新聞』 | 25・7・30—11・4 | 松竹蒲田 | 清水宏 |
| 4・22 | 『京子と倭子』 | 『東京朝日新聞』『大阪朝日新聞』 | 25・7・30—11・4 | 日活大将軍 | 阿部豊 |
| 9・12 | 『陸の人魚』 | 『東京日日新聞』『大阪毎日新聞』 | 24・3・20—26・7・14 | 日活大将軍 | 阿部豊 |
| 12・12 | 『受難華』 | 『婦女界』 | 25・3—26・12 | 松竹蒲田 | 牛原虚彦 |
| 27・3・1 | 『火華』 | 『東京日日新聞』『大阪毎日新聞』 | 22・3・26—8・23 | 松竹蒲田 | 賀古残夢 |
| 3・29 | 『父帰る』 | 『第四次新思潮』 | 17・1 | 松竹蒲田 | 野村芳亭 |
| 5・6 | 『新珠』 | 『婦女界』 | 23・4—10 | 聯合映画芸術家協会 | 鈴木謙作 |
| 5・8 | 『新珠』 | 『婦女界』 | 23・4—10 | 松竹蒲田 | 島津保次郎 |
| 5・26 | 『真珠夫人』 | 『東京日日新聞』『大阪毎日新聞』 | 20・6・9—12・22 | 松竹蒲田 | 池田義信 |
| 9・15 | 『慈悲心鳥』 | 『母の友』 | 21・5—22・6 | 日活大将軍 | 溝口健二 |
| 10・26 | 『海の勇者』 | 『第四次新思潮』 | 16・7 | 松竹蒲田 | 島津保次郎 |

| | | | | | |
|---|---|---|---|---|---|
| 28・1・21 | 『結婚二十奏』前後篇 | 『報知新聞』 | 27・3・13―7・16 | 日活大将軍 | 村田實 |
| 29・5・31 | 『東京行進曲』 | 『キング』 | 28・6―29・10 | 日活太秦 | 溝口健二 |
| 6・14 | 『新女性鑑』 | 『報知新聞』 | 28・5・5―9・18 | 松竹蒲田 | 五所平之助 |
| 10・17 | 『不壊の白珠』 | 『東京朝日新聞』『大阪朝日新聞』 | 29・4・22―9・6 | 松竹蒲田 | 清水宏 |
| 11・15 | 『明眸禍』 | 『婦女界』 | 28・1―29・10 | 松竹蒲田 | 池田義信 |
| 30・3・1 | 『時勢は移る』 | 『中央公論』 | 26・1 | 松竹下加茂 | 冬島泰三 |
| 4・25 | 『母』 | 『婦女界』 | 29・11―12 | 日活太秦 | 長倉祐考 |
| 5・15 | 『父』 | 『婦人倶楽部』 | 不明 | 松竹蒲田 | 佐々木恒次郎 |
| 5・15 | 『恋愛結婚制度』 | 『婦女界』 | 30・1―2 | 東亜京都 | 根津新、久保義郎 |
| 9・12 | 『赤い白鳥』 | 『キング』 | 27・1―28・4 | 帝キネ | 印南弘 |
| 12・5 | 『忠直卿行状記』 | 『中央公論』 | 18・11 | 千恵プロ | 池田富保 |
| 31・3・14 | 『壊け行く珠』 | 「菊池寛原作」 | 不明 | 松竹蒲田 | 野村芳亭 |
| 4・3 | 『有憂華』 | 『報知新聞』 | 30・10・24―31・4・14 | 松竹蒲田 | 清水宏 |
| 7・4 | 『姉妹　前篇　後編』 | 『キング』 | 31年臨時増刊「全部読切面白づくめ」号 | 松竹蒲田 | 池田義信 |
| 10・30 | 『心の日月　烈日篇　月光篇』 | 『キング』 | 30・1―41・12 | 日活太秦 | 田坂具隆 |
| 10・31 | 『青春図会』 | 雑誌『朝日』 | 30・10―36・12 | 松竹蒲田 | 清水宏 |
| 32・3・18 | 『勝敗』 | 『東京朝日新聞』『大阪朝日新聞』 | 31・7・25―12・31 | 松竹蒲田 | 島津保次郎 |
| 4・15 | 『時の氏神』 | 『婦女界』 | 24・7 | 日活太秦 | 溝口健二 |
| 5・12 | 『仇討兄弟鑑』 | 不明 | 不明 | 正映マキノ映画 | 後藤岱山 |

| 公開年月日 | 映画タイトル | 発表媒体 | 発表年月日 | 製作会社 | 監督 |
|---|---|---|---|---|---|
| 5・27 | 『蝕める春』 | 『婦人倶楽部』 | 31・1—12 | 松竹蒲田 | 成瀬巳喜男 |
| 11・17 | 『花の東京』 | 『報知新聞』 | 32・4・11—8・25 | 日活太秦 | 畑本秋一 |
| 12・15 | 『敵討愛慾行』 | 『講談倶楽部』 | 31・10—11 | 宝塚キネマ | 堀江大生 |
| 12・15 | 『受難華』 | 『婦女界』 | 25・3—26・12 | 日活太秦 | 山本嘉次郎 |
| 12・31 | 『仇討兄弟鑑』 | 不明 | 不明 | 松竹京都 | 二川文太郎 |
| 33・4・6 | 『真珠夫人』 | 『東京日日新聞』『大阪毎日新聞』 | 20・6・9—12・22 | 松竹下加茂 | 畑本秋一 |
| 5・4 | 『未来花　前後篇』 | 『キング』 | 32・1—33・5 | 日活太秦 | 牛原虚彦 |
| 6・22 | 『結婚街道』 | 『読売新聞』 | 33・2・12—6・4 | 松竹蒲田 | 重宗務 |
| 6・30 | 『返り討崇禅寺馬場』 | 『講談倶楽部』 | 31・8 | 松竹下加茂 | 秋山耕作 |
| 11・9 | 『蒼眸黒眸』 | 『富士』 | 33・1—11 | 日活太秦 | 鈴木重吉 |
| 34・5・3 | 『妖麗』 | 『講談倶楽部』 | 32・1—33・2 | 新興 | 田中重雄 |
| 6・28 | 『3家庭』 | 『東京朝日新聞』『大阪朝日新聞』 | 33・11・13—34・3・22 | 日活多摩川 | 熊谷久虎 |
| 35・1・15 | 『日像月像』 | 『キング』 | 33・10—34・12 | 協同映画＝日活多摩川 | 阿部豊 |
| 2・1 | 『貞操問答　高原の巻』 | 『東京日日新聞』『大阪毎日新聞』 | 34・7・22—35・2・4 | 入江プロ | 鈴木重吉 |
| 2・14 | 『貞操問答　都会の巻』 | 『東京日日新聞』『大阪毎日新聞』 | 34・7・22—35・2・4 | 入江プロ | 鈴木重吉 |
| 7・21 | 『奮恋』 | 『講談倶楽部』 | 34・7 | PCL | 矢倉茂雄 |

| | | | | | |
|---|---|---|---|---|---|
| 9・19 | 『望郷の唄』 | 『父なれば』（映画小説） | — | 日活多摩川 | 大谷俊夫 |
| 10・8 | 『父帰る母の心』 | 『第四次新思潮』 | 17・1 | 第一映画 | 寺門静吉 |
| 36・6・4 | 『結婚の条件』 | 『婦人倶楽部』 | 35・1—36・5 | 松竹大船 | 池田義信 |
| 6・11 | 『処女花園』 | 『日の出』 | 35・1—3 | PCL | 矢倉茂雄 |
| 6・18 | 『街の姫君』 | 『キング』 | 35・1—36・10 | 新興東京 | 曽根千晴 |
| 6・18 | 『恋愛と結婚の書　恋愛篇』 | 『婦人サロン』 | 31・3—5 | 日活京都 | 阿部豊 |
| 7・1 | 『慈悲心鳥』 | 『母の友』 | 21・5—22・6 | 日活多摩川 | 渡辺邦男 |
| 10・1 | 『恋愛と結婚の書　結婚篇』 | 『婦人倶楽部』別冊付録「実用結婚学」 | 36・2・1刊 | 日活京都 | 阿部豊 |
| 10・29 | 『仇討禁止令』 | 『オール讀物』 | 36・8 | 日活＝太秦発声 | 益田晴夫 |
| 11・30 | 『新道　前篇朱実の巻』 | 『東京日日新聞』『大阪毎日新聞』 | 36・1・1—5・18 | 松竹大船 | 五所平之助 |
| 12・2 | 『新道　後篇良太の巻』 | 『東京日日新聞』『大阪毎日新聞』 | 36・1・1—5・18 | 松竹大船 | 五所平之助 |
| 37・4・1 | 『母の夢』 | 『婦人倶楽部』 | 37年「春の臨時増刊」号 | 松竹大船 | 佐々木康 |
| 5・21 | 『日本女性読本』 | 『東京日日新聞』『大阪毎日新聞』 | 36・10・13—10・28、36・10・13—12・4（「現代娘読本」）、37・1・6—4・3（「現代人妻読本」） | PCL | 山本嘉次郎、木村荘十二、大谷俊夫 |

| 公開年月日 | 映画タイトル | 発表媒体 | 発表年月日 | 製作会社 | 監督 |
|---|---|---|---|---|---|
| 9・1 | 『結婚への道』 | 不明 | 不明 | 新興東京 | 田中重雄 |
| 10・1 | 『禍福　前篇』 | 『主婦之友』 | 36・9—37・10 | PCL | 成瀬巳喜男 |
| 10・1 | 『美しき鷹』 | 『東京日日新聞』『大阪毎日新聞』 | 37・4・16—9・12 | PCL | 山本嘉次郎 |
| 10・1 | 『美しき鷹』 | 『東京日日新聞』『大阪毎日新聞』 | 37・4・16—9・12 | 新興東京 | 田中重雄 |
| 10・1 | 『美しき鷹』 | 『東京日日新聞』『大阪毎日新聞』 | 37・4・16—9・12 | 日活多摩川 | 千葉泰樹 |
| 11・11 | 『禍福　後篇』 | 『主婦之友』 | 36・9—37・10 | PCL | 成瀬巳喜男 |
| 38・1・21 | 『人生競馬』 | 『日の出』 | 不明 | 東宝映画東京 | 萩原耐 |
| 2・1 | 『新家庭暦』 | 『婦人倶楽部』 | 不明 | 松竹大船 | 清水宏 |
| 2・23 | 『現代の英雄』 | 不明 | 不明 | 新興東京 | 田中重雄 |
| 5・1 | 『藤十郎の恋』 | 『大阪毎日新聞』 | 19・4（11回） | 東宝映画東京 | 山本嘉次郎 |
| 6・9 | 『時勢は移る』 | 『中央公論』 | 22・1 | 松竹下加茂 | 古野栄作 |
| 39・2・1 | 『女性の戦ひ』 | 『婦人倶楽部』 | 38・1—39・5 | 松竹大船 | 佐々木康 |
| 3・1 | 『結婚天気図』 | 『主婦之友』 | 38・1—39・4 | 松竹大船 | 蛭川伊勢夫 |
| 5・18 | 『愛憎の書』 | 『キング』 | 38・3—39・8 | 新興東京 | 久松静児 |
| 12・25 | 『わが子の結婚』 | 『サンデー毎日』 | 不明 | 松竹大船 | 大庭秀雄 |
| 40・6・13 | 『女性本願』 | 『東京日日新聞』『大阪毎日新聞』 | 40・1・10—6・10 | 新興東京 | 田中重雄 |
| 11・29 | 『西住戦車長伝』 | 『東京日日新聞』『大阪毎日新聞』 | 39・3・7—8・6 | 松竹大船 | 吉村公三郎 |

| | | | | | |
|---|---|---|---|---|---|
| 44・1・3 | 『剣風練兵館』 | — | — | 大映京都 | 牛原虚彦 |
| 1・14 | 『菊池千本槍　シドニー特別攻撃隊』 | — | — | 大映京都 | 池田富保、白井戦太郎 |
| 11・8 | 『かくて神風は吹く』 | — | — | 大映京都 | 丸根賛太郎 |
| 12・28 | 『宮本武蔵』 | 『毎日新聞戦時版』 | 44・3・1—4・26 | 松竹京都 | 溝口健二 |
| 45・7・26 | 『最後の帰郷』 | — | — | 大映 | 田中重雄、吉村廉 |
| 12・20 | 『最後の攘夷党』 | 『講談倶楽部』 | 38年「春の増刊号」（5・15刊） | 大映京都 | 稲垣浩 |
| 46・1・3 | 『明治の兄弟』 | 『キング』 | 40・6 | 大映京都 | 松田定次 |
| 3・7 | 『女生徒と教師』 | — | — | 松竹大船 | 佐々木啓祐 |

＊映画化作品は、「菊池もの」といわれた一九二六年以降の作品に限定した。

# 文学・映画事情と菊池寛関連年表（1888-1948）

＊太字は菊池寛関連事項を示す。

| 西暦（歳） | 文学／映画事情 | 社会動向 |
| --- | --- | --- |
| 一八八八（〇歳） | 【文学】7『東京朝日新聞』創刊。11初の児童総合雑誌『少年園』創刊、後続誌出現の気運を生む。金港堂、春陽堂など相次いで文芸雑誌を発刊、文学界に活況を呈す。**12・26香川県高松七番丁（現高松市天神前）父武脩、母カツの四男として生まれる。本名―寛** | 4枢密院設置、初代議長に伊藤博文任命さる。6高島炭鉱事件起こり、世論沸騰。12東京美術学校創立。 |
| 一八八九（一歳） | 【文学】2書き下ろし小説シリーズの先駆、『新著百種』（吉岡書籍店）の刊行が始まり、以後流行。10『文学評論　しがらみ草紙』が創刊され、森鷗外、戦闘的啓蒙活動を開始。この年秋頃より、西鶴調雅俗折衷体流行し、言行一致体やや衰微。 | 2大日本帝国憲法発布。11歌舞伎座開場。この年、甲武鉄道一部開通、東海道線は全通。 |
| 一八九〇（二歳） | 【文学】5「浮城物語」を中心に、文学極衰論争起こる。11新聞『国会』が発刊され、幸田露伴、石橋忍月、のちに斎藤緑雨らが参加。この年、『読売新聞』を舞台に尾崎紅葉、幸田露伴が活躍、紅露時代始まる。 | 7第一回衆議院議員総選挙。9立憲自由党結成。10教育勅語発布。11第一回帝国議会の召集。 |
| 一八九一（三歳） | 【文学】6『日本人』終刊、後続誌『亜細亜』により志賀重昂、田岡嶺雲ら評論活動を推進。10『早稲田文学』（第一次・坪内逍遥編）創刊。坪内逍遥、森鷗外間に没理想論争起こる。この年、『読売新聞』の「江戸紫」欄設置、『千紫万紅』や大阪『葦分船』の創刊など、硯友社同人の活躍の場を得る。 | 5津田三蔵、ロシア皇太子を傷害（大津事件）。9上野―青森間鉄道開通。10濃尾大地震、死者九千七百人にのぼる。 |

| | | |
|---|---|---|
| 一八九二（四歳） | 【文学】前年に続く逍遥鷗論争、幸田露伴「五重塔」、尾崎紅葉「三人妻」の連載など、紅露逍鷗時代の感深くなる。「厭世詩家と女性」など、北村透谷の批評活動活発となる。この年、探偵小説流行の気ざし見える。 | 2第二回臨時総選挙、選挙干渉で各地で騒乱。11大井憲太郎、東洋自由党を結成。 |
| 一八九三（五歳） | 【文学】5森鷗外、『衛生療病志』に「傍観機関」欄を設け、医界の反動勢力と闘う。この年、教育と宗教の衝突論争、人生相渉論争など、宗教や文学の本質をめぐっての論争行われる。 | 4集会及政社法、出版法、版権法公布。10文官任用令公布される。 |
| 一八九四（六歳） | 【文学】7『日本昔噺』の刊行始まる。8森鷗外従軍のため、『しがらみ草紙』廃刊。この年より、戦争文学さかんになる。 | 6高等学校令公布、高等中学校を高等学校と改称。8日清戦争開始。 |
| 一八九五（七歳） | 【文学】この年、『太陽』『文芸倶楽部』『帝国文学』など新雑誌発行され、新しき文学の場となる。この年、川上眉山、広津柳浪、泉鏡花、樋口一葉ら、〈観念小説〉〈悲惨小説〉を発表、時代の暗部をえぐり出す。<br>【映画】12・28フランスのリュミエール兄弟がパリの「グラン・カフェ」で『ラ・シオタ駅への列車の到着』ほか一一本の映画を入場料一フランで一般公開。映画の誕生といわれる。<br>**四番丁尋常小学校に入学（現四番丁小学校）** | 4日清講和条約調印される。仏独露三国、清国への遼東半島返還を日本へ勧告（三国干渉）。5台湾に総督府を設置。 |
| 一八九六（八歳） | 【文学】9小栗風葉「寝白粉」で差別された兄妹の近親相姦を描き、発禁。10『国民之友』誌上に社会小説出版予告載り、しだいに社会小説論議盛んになる。尾崎紅葉「多情多恨」を連載、新たな文学昂揚期を迎える。<br>【映画】11・17神戸のリネル商会、初めてエジソン発明のキネトスコープを輸入。神戸の鉄砲商高橋信治と大阪の時計商三木福助が購入し、神戸で映写。『神戸又新日報』が「11・17小松宮活動写真御覧」と報ずる（「活動写真」の語使用の初め）。 | 3立憲改進党、立憲革新党など合同し、進歩党を結成。6韓国に関する日露議定書調印。三陸地方に大津波、死者二万七千余。 |

| 西暦（歳） | 文学／映画事情 | 社会動向 |
| --- | --- | --- |
| 一八九七（九歳） | 【文学】この年、『ほとゝぎす』創刊され、俳句革新運動の基盤できる。また『抒情詩』『若菜集』が刊行されるなど、小説がしだいに衰退し、韻文の時代を迎える気運生ず。<br>【映画】1東京・浅草の花屋敷で、キネトスコープ封切。9小西本店がイギリスから活動写真撮影機一式をわが国に初めて輸入。12浅野四郎がわが国最初の映画『日本橋の馬車鉄道』を製作。 | 10貨幣法による金本位制を実施。この年、米価騰貴し、米騒動続発、また年末松方内閣総辞職するなど、世情不安。 |
| 一八九八（一〇歳） | 【文学】この年、政界などの波乱に対応して、政治小説、社会小説の論議さかんになる。『文學界』（一月）『青年文』（一月）『国民之友』（八月）『早稲田文学』（一〇月）と雑誌の廃刊あいつぎ、ひとつの文学的季節の終わりを象徴した。<br>【映画】3東京・浅草のパノラマ館開館。6小樽で「活動大写真」（ヴァイタスコープ）興行。観客二〇〇〇人の盛況、解説は駒田好洋。 | 6進歩・自由両党合同し、憲政党結成。大隈重信、初の政党内閣を組織。12地租条例改正公布。この年、政党問題や地租増徴問題などで、政界乱れる。 |
| 一八九九（一一歳） | 【文学】この年前後、「己が罪」をはじめとして、いわゆる家庭小説盛んとなる。翌年にかけて、坪内逍遥、綱島梁川、高山樗牛の間で歴史画論争。<br>【映画】6東京・歌舞伎座で『日本率先活動大写真』公開。ニュース映画の初め。9際物映画『稲妻強盗捕縛の場』公開。11柴田常吉、歌舞伎座上演の九代目市川団十郎、五代目尾上菊五郎共演の『紅葉狩』を活動写真に撮影。 | 3著作権法公布される。中国山東省で義和団蜂起。7改正条約実施され、外国人の内地雑居を承認、また治外法権徹廃される。 |
| 一九〇〇（一二歳） | 【文学】12『明星』八号、裸体画掲載で発禁。この年、根岸短歌会に左千夫、節が入門、また新詩社に晶子、登美子らが入社、『明星』創刊されるなど、新派和歌運動盛ん。『新人』『新仏教』『聖書之研究』など宗教雑誌創刊。<br>【映画】10義和団事件の記録映画『北清事変活動大写真』が神田の錦輝館で封切。戦争の実写が評判となる。 | 3集会及政社法廃止され、治安警察法公布。5義和団蜂起し、北清事変起こる。10立憲政友会結成され、伊藤博文総裁となり、第四次伊藤内閣成立。 |

| | | |
|---|---|---|
| 一九〇一（一三歳） | 【文学】この年、高山樗牛の極端な天才主義、主我主義、ニーチェ主義への批判強く、坪内逍遥は『読売新聞』「馬骨人言」で熾烈に批判。この年、鉄幹、晶子をはじめ、数多くの詩歌句集刊行、韻文の時代。【映画】11東京市村座の沢村訥子、舞台劇の『眉間尺』の一部に映画を使う。連鎖劇のはしり。 | 1内田良平主幹の黒竜会創立される。5山陽線全通。12田中正造、足尾鉱毒問題で天皇に直訴。この年、第一回ノーベル賞。 |
| 一九〇二（一四歳） | 【文学】11島崎藤村「旧主人」、風俗壊乱の理由で発売禁止。この年、「はやり唄」「重右衛門の最後」「地獄の花」など、新しい写実主義の作品見られのち前期自然主義と称されるようになる。【映画】1興行師・白井松次郎と大谷竹次郎兄弟が経営する京都・明治座開場。『大阪朝日新聞』が二人の組み合わせを「松竹」と書き、これが呼称となった。4アメリカ初の映画館がロサンゼルス市にオープン。 | 1日英同盟協約、ロンドンで調印。12小学校教科書裁定をめぐっての疑獄事件起こる。この頃より自転車普及しはじめ、またこの年女学生の間に庇髪流行する。 |
| 一九〇三（一五歳） | 【文学】1夏目漱石、英国より帰国。徳富蘆花、黒潮社設立。10尾崎紅葉死去。旧時代文学の終わりを象徴。11堺利彦、幸徳秋水ら平民社を創設。【映画】6東京・歌舞伎座で着色活動写真会開催（17〜19日）。10東京・浅草の電気館が活動写真の常設館に（初の常設館）。**県立高松中学校入学（現県立高松高等学校）** | 3専門学校令公布。4国定教科書制度成立。8東京電車鉄道、新潟・品川間営業開始（路面電車の始め）。12はじめてポイント活字を用いる。 |
| 一九〇四（一六歳） | 【文学】10大町桂月、『太陽』誌上で与謝野晶子の「君死にたまふこと勿れ」を、〈危険思想〉として批判。11『平民新聞』、「共産党宣言」を訳載、発禁。【映画】5吉沢商店製作の日露戦争実写映画、神田錦輝館で上映し好評、以後、実写映画次々に製作。 | 1日露戦争開戦。4煙草専売法公布。8黄海海戦。日韓協約調印、日本実権を握る。9遼陽大会戦。12二〇三高地占領。 |
| 一九〇五（一七歳） | 【文学】この年夏目漱石「吾輩は猫である」をはじめとして、「倫敦塔」「幻影の盾」などを発表、作家的出発を遂げる。「海潮音」「春鳥集」など日本象徴詩の成果が刊行されるなど、韻文の時代とも目すべき明治三〇年代を印象づける数多くの詩歌集刊行される。 | 1旅順開城。9日露講和条約調印される。12朝鮮統監府設置される。この年、アインシュタイン、相対性理論発表。 |

| 西暦（歳） | 文学／映画事情 | 社会動向 |
|---|---|---|
| 一九〇六<br>（一八歳） | 【文学】3島崎藤村「破戒」を自費出版。岩野泡鳴、処女作小説「芸者小竹」を発表、以後自然主義的思潮へ独自の活動を始める。この年、『早稲田文学』『文章世界』『趣味』などが復刊、創刊され、新文学の気運醸成される。<br>【映画】7東京・歌舞伎座でキネオラマの初興行。12東京座で天然色活動写真上映。<br>**『讃岐学生会雑誌』懸賞作文で二等。成績は首席。** | 6日露講和条約により南樺太を領有。文部大臣牧野伸顕文部訓令を出し、青年子女の風紀頽廃、過激な言論などについて教育関係者の注意を促す。 |
| 一九〇七<br>（一九歳） | 【文学】4夏目漱石、朝日新聞社入社。6藤村「並木」でモデル問題発生。<br>【映画】7大阪千日前の当栄座開業、大阪最初の映画常設館となる。<br>**東京の『日本新聞』の課題作文「博覧会」に入選、その特典で初めて上京。** | 2足尾銅山鉱夫、待遇改善問題で暴動。3尋常小学校義務年限、四年より六年に。4新刑法公布。 |
| 一九〇八<br>（二〇歳） | 【文学】2生田葵山「都会」、風俗壊乱で告訴。3平塚明子、森田草平の塩原情死行未遂（いわゆる「煤煙」事件）。11『明星』一〇〇号をもって廃刊。<br>【映画】1吉沢商店の河浦謙一が、東京・目黒の行人坂にわが国初の映画撮影所開設。4東京・神田の錦輝館でフランス映画『月世界旅行』公開。空想科学映画の第一号。<br>**推薦で東京高等師範学校〈元東京教育大学〉入学。** | 4第一回ブラジル移民。6赤旗事件起り、堺利彦や大杉栄ら逮捕される。10戊申詔書発布。 |
| 一九〇九<br>（二一歳） | 【文学】4樋口龍峡、後藤宙外らの反自然主義的文学団体文芸革新会発足。この年、永井荷風『ふらんす物語』『歓楽』、鷗外『キタ・セクスアリス』等発禁相継ぐ。<br>【映画】6日本初の映画雑誌『活動写真界』創刊。12尾上松之助第一回主演作『碁盤忠信源氏礎』（横田商会、牧野省三）公開。横浜・長者町にわが国初の洋画封切館、オデオン座開館。<br>**放縦不羈を理由に高師を除籍。明治大学法科へ入学するが約三ヶ月で退学、第一高等学校文科への入学準備をはじめる。** | 5新聞紙条例廃止、新聞紙法公布され、内相に発売禁止権を与える。10伊藤博文、ハルピン駅頭にて暗殺。 |

| | | |
|---|---|---|
| 一九一〇（二二歳） | 【文学】9堺利彦、大杉栄ら売文社設立。この年、『白樺』『三田文学』『新思潮』など新雑誌創刊相次ぎ、耽美的あるいは理想主義的な文学思潮が台頭。この年、『中央公論』『ホト、ギス』『屋上庭園』『自然と印象』『新思潮』など発禁相次ぎ、官憲の言論に対する弾圧ますます激しくなる。<br>【映画】7福宝堂創立。<br>**受験準備のため正則英語学校で英語を学ぶ。徴兵猶予のため一時早稲田大学に籍をおく。第一高等学校文科に入学。** | 6幸徳秋水、大石誠之助ら逮捕され、大逆事件の検挙行われる。8韓国併合に関する日韓条約結ばれ、朝鮮総督府を置く。 |
| 一九一一（二三歳） | 【文学】9『青鞜』創刊され、新しい女性運動起る。10立川文庫発刊。<br>【映画】3東京・丸の内に「帝国劇場」が開場。10米・ハリウッドに初の映画撮影所が設立される。11東京・浅草の金竜館でフランスの犯罪映画『ジゴマ』が封切られ、大ヒット。のちに上映禁止となる。 | 1大逆事件。8東京市内電車、市営に。10辛亥革命。この頃、イルミネーション装飾、広告急速に普及。レコード、蓄音機普及。 |
| 一九一二（二四歳） | 【文学】この年、メーテルリンク、オイケン、ベルグソンらの紹介盛んとなり、また『モザイク』『聖杯』などが世紀末芸術の紹介につとめる。<br>【映画】6横浜・オデオン座、外国物新作映画の上映を「封切」と称する（この語の初出）。浅草・国技館でわが国初の公式記録映画『日本南極探検』公開。9吉沢商店、横田商会、M・パテー商会、福宝堂の四社、トラストに参加し、日本活動写真㈱（日活）設立。映画会社の創始。 | 2清朝が滅亡、袁世凱が臨時大統領に就任。7明治天皇が崩御、大正と改元。米価急騰、下層民の生活が困窮。この年、政治の民衆化の傾向が顕著に。 |
| 一九一三（二五歳） | 【文学】8岩波書店創業。12雑誌『スバル』廃刊。平塚らいてうに端を発し、〈新らしい女〉論議高まる。<br>【映画】7文部省、通俗図書認定規定、幻燈映画及び活動写真（フィルム）認定規定を公布。政府の映画行政の開始。10映画雑誌『フィルム・レコード』創刊（のち『キネマレコード』）。<br>**友人の窃盗事件に巻き込まれ、卒業三ヶ月前に退学。京都帝国大学英文科入学。短編小説「禁断の木の実」が『万朝報』の懸賞に当選。理髪店の主人に将棋を習う。** | 1護憲運動がたかまる。2護憲派の民衆が政府系新聞社や交番を襲撃、第三次桂内閣が総辞職する。10袁世凱が中華民国大総統に正式に就任。この年、化粧品の広告がさかんとなる。 |

| 西暦（歳） | 文学／映画事情 | 社会動向 |
|---|---|---|
| 一九一四（二六歳） | 【文学】この年、大杉栄と相馬御風との間に革命についての論争がおきる。『アカギ叢書』（七月）『新潮文庫』（九月）など廉価文庫の刊行が始まる。【映画】3小林喜三郎ら、天然活動写真㈱（天活）を創立。4東京シネマ、定期ニュース映画の製作を開始。10日活向島映画『カチューシャ』大当り。権田保之助著『活動写真の原理及応用』刊行。**同人雑誌第三次『新思潮』に参加、菊池比呂士、草田杜太郎の筆名で翻訳物、戯曲を発表。** | 7オーストリア、セルビアに宣戦布告、第一次世界大戦開戦。日本、ドイツに宣戦布告し、第一次世界大戦に参加。 |
| 一九一五（二七歳） | 【文学】2〜3第十二回総選挙に文壇関係者が立候補、樋口龍峡、柴四朗ら当選、茅原華山、馬場孤蝶、与謝野寛ら落選。10『大阪朝日』、『大阪毎日新聞』、夕刊を発刊。この年、吉井勇、近松秋江、久保田万太郎、長田幹彦らの情話文学が流行する。【映画】芝居と映画をつないだ連鎖劇が流行し、山崎長之助一座のような専門館も現れる。高知市、盛岡市に初の活動写真館誕生。 | 1中国政府に対華二十一か条要求を出す。4武蔵野鉄道（のち西武鉄道）、池袋・飯能間が開通。この年、ギンブラという言葉が使われ始める。 |
| 一九一六（二八歳） | 【文学】4日本著作家協会発足。森鷗外、軍医総監を辞し予備役に（4月）。夏目漱石も歿し（12月）、明治期の一つの終焉。この年白樺派が全盛、雑誌『トルストイ研究』『トルストイ叢書』が刊行される等トルストイブーム。【映画】3東京・浅草の帝国館で初めて映画プログラム『第一新聞』を発売。7ユニヴァーサル日本支社、業務開始（外国映画社の日本支社開設の初め）。8文部省が推薦映画制度を敷く。10小林喜三郎が小林商会を創立、活動写真の製作を開始する。**第四次『新思潮』を創刊。戯曲「屋上の狂人」発表。京都帝国大学を卒業、時事新報社に入社、社会部の記者となる。** | 9労働条件を規定する工場法が施行される。10憲政会が結成され、政友会との二大政党時代始まる。この年、街頭に婦人の洋装が見られる。 |

| | | |
|---|---|---|
| 一九一七（二九歳） | 【文学】志賀直哉、里見弴、有島武郎らの活躍が著しく、文壇の地位を確立、また佐藤春夫、広津和郎も文壇に進出、所謂〈十人十色〉の傾向が顕著となる。芥川龍之介、里見弴らの作風が〈新技巧派〉とよばれ、その作風の是非が論議される。この年、伝統主義論争、民衆芸術に関する論争が活発。<br>【映画】1下川凹天ら、天活（天然色活動写真株式会社）にて日本で最初のアニメーション映画を作る。7警視庁、活動写真興行取締規制公布。<br>**戯曲「父帰る」等発表。同郷の奥村包子と結婚。「暴君の心理」ではじめて稿料を受ける。** | 1中華民国に文学革命運動が始まる。3ロシアに二月革命が起きる。9孫文、広東に軍政府を組織。11十月革命が起き、ソヴィエト政権が樹立。この年、大戦による好景気でインフレが進行。 |
| 一九一八（三〇歳） | 【文学】11武者小路実篤らの新しき村が宮崎県木城村に建設。この年、葛西善蔵が文壇に登場。<br>【映画】5帰山教正が映画劇運動を提唱。8シベリア出兵でニュース映画が人気を呼ぶ。9日活向島撮影所が初めて人工光線を使用。<br>**長女瑠璃子誕生。『中央公論』に「無名作家の日記」「忠直卿行上記」等を発表し文壇での地位を確立。** | 8米騒動、全国に広がる。日本、シベリア出兵を宣言する。9原敬内閣が成立する。 |
| 一九一九（三一歳） | 【文学】2『大阪毎日新聞』が社説に口語体を使用する。この年、『社会問題研究』『我等』『労働文学』ら労働関係の雑誌が次々と発行され、労働問題が表面化する。<br>【映画】9映画雑誌『キネマ旬報』が創刊される。日活特別作品『生の輝き』『深山の乙女』（帰山教正）封切。これらの映画で芸術座出身の舞台女優花柳はるみを採用し、女優第一号となる。<br>**「恩讐の彼方に」を発表。最初の短編戯曲集『心の王国』を刊行。時事新報社を退き、大阪毎日新聞社の客員となる。戯曲「藤十郎の恋」を発表。同年、中村鴈治郎が上演。** | 3万歳事件が起こり、朝鮮独立運動が広まる。5中国で五・四運動が起こる。6ベルサイユ講和条約が調印される。この年、労働組合数、同盟罷業件数が急増。 |

| 西暦（歳） | 文学／映画事情 | 社会動向 |
|---|---|---|
| 一九二〇<br>（三二歳） | 【文学】4久米正雄、中村吉蔵、山本有三、菊池寛らの発起で劇作家協会結成。この年、嶋田清次郎『地上』、賀川豊彦『死線を越えて』が大ベストセラー。<br>【映画】1国際活映㈱（国活）創立。2松竹、松竹キネマ合名社設立。4大正活動写真㈱（大活）創立。5帝国キネマ演芸㈱（帝キネ）創立。6松竹蒲田撮影所完成。日活向島が三部制を設けて女優を採用する。<br>**市川猿之助が「父帰る」を上演。絶賛を受け劇界に一時期を画する。新聞小説「真珠夫人」で成功。** | 1国際連盟が発足する。2八幡製鉄所の大争議おこる。5日本最初のメーデー、上野公園に一万余人が参加。12ターミナルデパートの先駆、白木屋阪神梅田駅出張所が開店。学生の間でクロポトキン、マルクス熱が高まる。 |
| 一九二一<br>（三三歳） | 【文学】倉田百三「愛と認識との出発」他、西田幾多郎、西田天香、江原小弥太らの宗教文学流行。「種蒔く人」によってマルクス・レーニン主義がわが国に定着、アナ・ボル論争が活発に。<br>【映画】5表現主義映画『カリガリ博士』が輸入される。6牧野省三、京都に牧野映画教育映画製作所を創立（等持院にスタジオを竣工）。<br>**7・16小説家協会を設立する。** | 11原敬が刺殺される。ワシントン軍縮会議が開催。この年休業、倒産あいつぎ、労働争議が全国的に頻繁となる。東京に自殺者増加。 |
| 一九二二<br>（三四歳） | 【文学】有島武郎「宣言一つ」が広津和郎、河上肇、片上伸らの非難を浴び、有島農場の解放も大きな反響をうむ。<br>【映画】1日本映画の全プロ興行がはじめて浅草松竹館で実施。10昼夜二回制興行が全国映画常設館で実施される。<br>**「文芸作品の内容的価値」をめぐって里見弴との間に論争が生じる。文学の階級性、文学と革命の問題の理論化をめぐって論争が活発となる。** | 7日本共産党が非合法に結成される。10イタリアでファシスト政権が成立する。12ソヴィエト社会主義共和国連邦が成立。 |

| | | |
|---|---|---|
| 一九二三（三五歳） | 【文学】1『文藝年鑑』（二松堂書店）の刊行始まる。雑誌『文藝春秋』が創刊。5北一輝が『日本改造法案大綱』を刊行。9震災により印刷機関のほとんどが壊滅、新聞や雑誌の休刊、廃刊あいつぐ。【映画】1栗島すみ子主演『船頭小唄』封切、主題歌ヒット、以後、小唄映画続出。4マキノ映画製作所設立。**文藝春秋社を創設し、雑誌『文藝春秋』を創刊。母死去。長男英樹誕生。** | 9関東大震災発生。関東に非常徴発令、戒厳令適用。朴烈事件、亀戸事件が起きる。震災以後、失業者急増、また婦人の洋装も増加する。 |
| 一九二四（三六歳） | 【文学】中村武羅夫、生田長江などの心境小説批判に対し、久米正雄、宇野浩二ら反論、私小説論議が活発となる。広津和郎、生田長江らの新感覚派批判に端を発し、新感覚派の評価が問題となる。【映画】5浅草・金竜館で漫画映画『ノンキナトウサン』（原作・麻生豊）を上映、大好評となる。8帝国キネマが小唄映画『籠の鳥』で巨利をあげる。**最初の狭心症の発作に襲われる。** | 1政友会、憲政会、革新倶楽部の有志による第二次護憲運動おこる。7メートル法が実施される。この年、丸ビル女のおしゃれ、話題となる。 |
| 一九二五（三七歳） | 【文学】1『キング』創刊、百万部突破。文壇は新感覚派、新人生派、プロレタリア文学派の三派鼎立。農民文学、コント文学が隆盛。『青空』『辻馬車』『朱門』『主潮』など同人雑誌ブーム。【映画】2国活解散。3直木三十五ら聯合映画芸術家協会設立。5内務省「活動写真フィルム検閲規則」公布（七月施行）。9阪東妻三郎、独立プロを興し『雄呂血』を撮影。時代劇映画ブーム。**次女ナナ子誕生。** | 4治安維持法が公布、発禁あいつぐ。5普通選挙法が公布される。7東京放送局本放送を開始、ラジオ普及する。お茶の水に文化アパート完成、都市にダンスホール流行。 |
| 一九二六（三八歳） | 【文学】11改造社、『現代日本文学全集』六三巻の刊行開始、円本時代到来。【映画】9尾上松之助没（一一日）。『狂った一頁』公開される。**小説家協会、劇作家協会を合併した文藝家協会を組織。報知新聞社の客員となる。** | 3労働農民党が結成される。12社会民衆党、日本労働党が結成される。大正天皇が崩御。 |

| 西暦（歳） | 文学／映画事情 | 社会動向 |
|---|---|---|
| 一九二七（三九歳） | ［文学］ 2芥川龍之介と谷崎潤一郎の間で「小説の筋」論争起こる。芥川龍之介自殺、多くの人々に時代の転換を印象づける。<br>［映画］ 大河内伝次郎、林長二郎（後の長谷川一夫）、片岡千恵蔵、嵐寛寿郎がデビューするなど、時代劇に新人台頭。12河合映画発足。<br>**誌上座談会を創出。『文藝春秋』に掲載。** | 3金融恐慌。銀行で取付け騒ぎ相次ぐ。5第一次山東出兵。12浅草・上野間に最初の地下鉄開業。日本ポリドール、日本ビクターなどレコード会社が設立。 |
| 一九二八（四〇歳） | ［文学］ 3全日本無産者芸術聯盟（ナップ）結成。6〜11大衆向けの面白さを求める方向を批判した中野重治に対し、蔵原惟人・鹿地亘・林房雄らが応じ、「芸術大衆化論争」。11横光利一「文芸時評」（『文藝春秋』）に端を発し「形式主義文学論争」。<br>［映画］ 6日本プロレタリア映画聯盟結成。プロキノの活動が活性化。<br>**衆議院議員候補として出馬するが落選。文藝春秋社を株式会社組織とし、取締役社長に就任。** | 2第一回普通選挙実施。3共産党員らの大検挙（三・一五事件）。6張作霖爆死事件起こる。7特別高等警察（特高）設置。11ラジオ体操放送開始。 |
| 一九二九（四一歳） | ［文学］ 日本プロレタリア劇場同盟（プロット）結成。日本プロレタリア作家同盟（作同、のちナルプ）結成。10中央公論社単行本出版を開始、「西部戦線異常なし」がベストセラーとなる。個人全集の刊行相次ぐ。<br>［映画］ 5米国の本格的トーキー『進軍』が新宿武蔵野館、『レッドスキン』が丸の内邦楽座で公開。10小西六（現コニカミノルタ）、初の国産フィルム「さくらフィルム」発売。<br>**『菊池寛全集』全一二巻を平凡社より刊行。** | 4日本共産党員の一斉検挙（四・一六事件）。10ニューヨーク株式大暴落、世界恐慌始まる。この年、就職難強まり、失業者増大。 |

| | | |
|---|---|---|
| 一九三〇（四二歳） | 【文学】4新興芸術派倶楽部、第一回総会を開催、マルクス主義に対抗する勢力に。7『新鋭文学叢書』（改造社）の刊行開始、林芙美子『放浪記』など計二七冊を刊行。【映画】3ミナトーキー『ふるさと』（日活、溝口健二）公開。9PCL設立。**文化学院に文学部が創設され部長に就任。『文藝春秋』の臨時増刊『オール讀物號』を刊行。翌年より月刊となる。** | 6大阪のカフェ東京に進出、濃厚サービスを見せ、「エロ・グロ・ナンセンス」流行。11浜口首相東京駅駅頭で愛国社社員に狙撃される。 |
| 一九三一（四三歳） | 【文学】6『岩波講座日本文学』刊行開始。11ナップ加盟十一団体が集まり、日本プロレタリア文化連盟（コップ）結成。『プロレタリア文化』が機関誌。【映画】2アメリカのトーキー映画『モロッコ』に日本語スーパー挿入、外国トーキー興行が安定。8松竹が東京・帝国劇場で、わが国初の本格的トーキー（土橋式）『マダムと女房』（五所平之助）公開。9新興キネマ㈱創立。 | 3桜会の将校ら軍部クーデターを企図したが未遂（三月事件）。5著作権法の一部改正が公布。9関東軍奉天で軍事行動開始、満州事変勃発。 |
| 一九三二（四四歳） | 【文学】3コップに対する大弾圧始まり、山田清三郎・窪川鶴次郎ら検挙。『コギト』創刊され浪漫的心情を見せる。10右傾の偏向をめぐり、プロレタリア文学内部の対立が強まる。【映画】3映画五社が『肉弾三勇士』を一斉に封切ったほか、ラジオ・出版・芝居などに三勇士ブーム。4浅草松竹系映画館でトーキー化による生活不安と弁士、楽士の解雇反対罷業。8東京宝塚劇場創立（社長・小林一三）。 | 1上海事変。3満州国建国、国際連盟は非承認を決定。5五・一五事件。10国防婦人会結成。 |
| 一九三三（四五歳） | 【文学】2小林多喜二検挙され、築地署で虐殺される。7徳田秋声・久米正雄らが中心となり、学芸自由同盟結成。10『文學界』創刊。11プロレタリア文学の衰退、新雑誌創刊等により、文壇が再び活気を呈し、「文芸復興」が叫ばれる。【映画】3J・Oスタジオ創立。「映画国策に関する建議」衆議院可決。熱河征戦による愛国熱で、軍事映画流行。6大都映画㈱創立。12PCL傘下にピー・シー・エル映画製作所設立。 | 1ヒトラー、ドイツ首相に就任。3日本対日勧告を拒否し、国際連盟を脱退。5京大で滝川事件起こる。8「東京音頭」（西條八十詩・中山晋平曲）流行。 |

| 西暦（歳） | 文学／映画事情 | 社会動向 |
|---|---|---|
| 一九三四（四六歳） | 【文学】1直木三十五ら警保局長松本学と会合、文芸懇話会を結成、戦時統制のはしりとなる。4改造社『文芸復興叢書』刊行開始。シェストフの影響で不安の文学の論議起こる。行動主義文学の主張高まる。【映画】2朝日新聞と東宝が提携、『東宝ニュース』製作、東京・日比谷映画劇場で定期上映。日本ニュース映画の定期上映の嚆矢。3日活、多摩川撮影所を買収、現代劇部の東京移転開始。8永田雅一、日活を退社、第一映画社創立。**山本有三、長谷川伸、吉川英治らと文芸懇話会を組織。直木三十五没。大阪毎日・東京日日新聞社の顧問。** | 3満州国、帝政実施。4帝国人絹の株買受けで疑獄事件（帝人事件）。10陸軍省いわゆる「陸軍パンフレット」を頒布し、広義国防を主張。12丹那トンネル開通。最初のプロ野球チームできる。 |
| 一九三五（四七歳） | 【文学】3『日本浪曼派』創刊。4横光利一の「純粋小説論」をめぐり論争。11日本ペンクラブ設立（会長島崎藤村）。【映画】3東京発声映画製作所設立。11大日本映画協会設立（映画の国家統制機関）。機関紙『日本映画』創刊。12日劇の地下に、最初のニュース・短編専門映画館、第一地下劇場開場。**芥川龍之介賞および直木三十五賞を設定。大日本映画協会の理事となる。** | 2美濃部達吉の天皇機関説問題となる。3衆議院で国体明徴決議案可決。8永田少将、皇道派の相沢中佐に刺殺される。 |
| 一九三六（四八歳） | 【文学】12講談社『岩見重太郎』『乃木大将』など絵本を創刊。小林秀雄と正宗白鳥ら、思想と実生活をめぐり論争。『鷗外全集』『大トルストイ全集』など全集刊行相次ぐ。【映画】1松竹大船撮影所が開所。3日比谷映画劇場で米映画『真夏の夜の夢』特別公開。国内初のロードショー。9経営難と永田雅一社長の新興キネマ入りにより第一映画社解散。10東京日日新聞社『国際ニュース』、日本初の天然色ニュース映画。**文芸家協会の初代会長となる。『文学界』を文圃堂より受け継ぐ。** | 2二・二六事件起こる。4国名を大日本帝国とする。5メーデー禁止。6不穏文書臨時取締法公布。国民歌謡の放送開始。8大陸・南方への進出を定めた「国策の基準」が首相ら五相会議で決まる。11日独防共協定、秘密裡に調印。 |

| | | |
|---|---|---|
| 一九三七（四九歳） | 【文学】8吉川英治・吉屋信子ら特派員として戦地視察。官民合同の日本文化中央連盟発足。9ローマ字、訓令式に。10出版懇談会発足。12山川均ら労農派を多数検挙（人民戦線事件）。【映画】8満洲映画協会（満映）、関東軍の指導下に設立。9東宝映画㈱設立。外国映画輸入制限実施。**東京市会議員に当選。芸術院会員となる。** | 3文部省『国体の本義』刊行。6第一次近衛文麿内閣成立。7盧溝橋で日中両軍衝突（日中戦争の発端）。10国民精神総動員中央連盟結成。11日独伊防共協定成立。12日本軍南京を占領、大虐殺事件を起こす。 |
| 一九三八（五〇歳） | 【文学】3石川達三「生きてゐる兵隊」所載の『中央公論』発禁。9商工省、雑誌用紙制限を通告、雑誌の再編成始まる。11旧唯物論研究会のメンバー検挙。岩波新書〈赤版〉刊行開始。この年、『日本浪曼派』『人民文庫』終刊。【映画】8日活映画『五人の斥候兵』伊国ヴェニス国際映画コンクールにて伊宣伝相賞獲得。**長女瑠璃子結婚。財団法人「日本文学振興会」を創設し、初代理事長となる。芥川・直木賞の基盤を確立する。従軍作家部隊として、久米正雄・丹羽文雄・菊池寛・吉川英治ら出発。** | 4国家総動員法公布。9勤労動員始まる。10日本軍、広東・武漢三鎮を占領。 |
| 一九三九（五一歳） | 【文学】2大陸開拓文芸懇話会結成。4大陸開拓国策ペン部隊出発。この年、戦争を扱った作品が一段と増え、大陸開拓文学・海洋文学などさまざまな国策文学が書かれる。【映画】10映画法施行。12外国映画の配給統制を実施。日満華合同出資の華北電影創立。**菊池寛賞を設定。大日本著作権保護同盟会長となる。** | 5日本軍と外蒙軍、ノモンハンで衝突。7国民徴用令公布。9ドイツ、ポーランドに進攻、第二次世界大戦に突入する。汪兆銘政権結成。 |

| 西暦（歳） | 文学／映画事情 | 社会動向 |
|---|---|---|
| 一九四〇（五二歳） | 【文学】5文芸家協会主催の文芸銃後運動の講演会始まる。新聞雑誌用紙統制委員会設置。11岸田國士、大政翼賛会文化部長に就任。【映画】1文化映画が六大都市で強制上映を実施（一九四一年一月に全国へ拡大）。4日本ニュース社設立。10ニュース映画が六大都市で強制上映を実施。12内務省の勧告により映画雑誌統合（『キネマ旬報』など廃刊、『映画旬報』など創刊）。 | 6フランス、ドイツに降伏。六大都市で砂糖・マッチの切符制開始。9日独伊三国同盟調印。10大政翼賛会発会式。11紀元二六〇〇年記念式典挙行。12内閣情報局発足。 |
| 一九四一（五三歳） | 【文学】2内閣情報局、総合雑誌編集部に執筆禁止者リストを示す。5日本文芸家協会、文芸銃後運動開始。日本出版配給株式会社創立。この年、雑誌の統合など出版物規制が一段と強まる。【映画】1六大都市で映画の二時間半興行制実施。ニュース映画強制上映。全国一斉実施となる。5日本映画社＝日映発足。9情報局の統制により、劇映画製作一〇社を松竹、東宝、大映（四二年一月設立）の三社に統合することを決定。12米国映画八社に閉鎖命令。米映画の上映も禁止。**岸田國士らと映画俳優学校設立の計画を立てる。樺太へ講演旅行をする。** | 3国民学校令公布。治安維持法改正公布、予防拘禁制始まる。4日ソ中立条約調印。7文部省教学局「臣民の道」を各学校に配布。10東条英機内閣成立。12ハワイ真珠湾を攻撃、太平洋戦争勃発。言論・出版・集会・結社等臨時取締法公布。 |
| 一九四二（五四歳） | 【文学】3日本出版文化協会、用紙統制により出版企画の承認制を決める。7情報局、一県一紙の新聞社統合を公表。11第一回大東亜文学者会議、東京で開催。情報局、日本文学報国会選定による愛国百人一首を発表。【映画】1日活の製作部門・新興キネマ・大都映画が合併し、大日本映画製作株式会社（大映）設立。2社団法人映画配給社（映配）設立。4映配業務開始により、全国二三五〇館の映画館を紅白二系統に分け一元配給。**日本文学報国会創立総会の議長となり、文芸家協会の解散を決議する。** | 2シンガポールの英軍降伏。衣料の切符制を実施。4第二一回総選挙（翼賛選挙）。6ミッドウェー海戦で敗北。12ガダルカナル島撤退を決定。 |

| | | |
|---|---|---|
| 一九四三（五五歳） | 【文学】 2国家総動員法による出版事業令公布。3日本出版会設立。大日本言論報国会発足。谷崎潤一郎「細雪」（『中央公論』）連載禁止。【映画】 3わが国初の長編アニメ映画『桃太郎の海鷲』（芸術映画社、瀬尾光世）封切。生フィルムの減配で映画の一週間興行が一〇日毎に。**大映株式会社社長となる。満洲文藝春秋社を創立、社長となる。** | 1ジャズレコード演奏禁止。9イタリア降伏。10学徒出陣壮行会、明治神宮外苑で挙行。11大東亜会議、共同宣言発表。 |
| 一九四四（五六歳） | 【文学】 1『中央公論』『改造』などの編集者を検挙（横浜事件）。3新聞夕刊を廃止。7『改造』『中央公論』に廃刊命令。この年『コギト』『文學界』『文藝文化』など終刊。【映画】 4第二次非常措置令により、劇映画一本六六〇〇フィート以内（約一時間四〇分）、平日興行三回、日曜四回に限定される。12映画配給会社、生フィルム欠乏のため、全国七三一の映画館（約四〇％）に配給休止を宣告。帝都空襲により日没後は閉館。**戦記文学賞を設定する。将棋五段となる。** | 1防空法による疎開命令発令。3中学生の勤労動員大綱決定。7サイパン日本軍全滅、グアム島にも米軍上陸。東条内閣総辞職、小磯内閣成立。8学童集団疎開始まる。10神風特別攻撃隊編成、フィリピン沖海戦。11B29東京初空襲。 |
| 一九四五（五七歳） | 【文学】 8文学報国会解散。9三木清獄死。GHQの統治開始、プレスコード公布。10安部磯雄ら自由懇話会結成。山本有三・志賀直哉・安部能成ら同心会結成。12『新生』『新潮』など雑誌の創刊・復刊目立つ。【映画】 3東京大空襲で映画館四五館焼失（8・15までに五一三館が焼失）。6映配と大日本映画協会を統合し映画公社設立。8・15より一週間、全国映画館興行休止。**長女英樹結婚。次女ナナ子結婚。** | 2米軍、硫黄島に上陸。3東京大空襲。5ドイツ、連合国に無条件降伏。6沖縄陥落。8広島・長崎に原子爆弾投下。日本、ポツダム宣言を受諾、太平洋戦争終結。マッカーサー、厚木に到着。12農地改革。 |

## は　行



## ま　行



## や　行

## さ 行



## た 行



## な 行

# 主要人名索引

注を除く本文から主たる人名を採り，姓名の
五十音順で配列した。

**著者紹介**

志村三代子（しむら・みよこ）
1969年大阪市生まれ。早稲田大学大学院文学研究科博士後期課程修了。博士（文学）。現在、玉川大学・二松学舎大学・日本大学・明治学院大学・早稲田大学非常勤講師、早稲田大学演劇博物館招聘研究員、国際日本文化研究センター共同研究員。
主な著書に『村山知義　劇的尖端』（共著、森話社、2012年）、『武智鉄二　伝統と前衛』（共著、作品社、2011年）、『スクリーンのなかの他者——日本映画は生きている 第4巻』（共著、岩波書店、2010年）、『淡島千景　女優というプリズム』（共著、青弓社、2009年）、『映画俳優　池部良』（共著、ワイズ出版、2007年）などがある。
本書の元となった論文「映画人・菊池寛」により第7回河上肇賞本賞受賞。

**映画人《えいがじん》・菊池寛《きくちかん》**

2013年8月30日　初版第1刷発行©

著　者　志村三代子
発行者　藤原良雄
発行所　株式会社 藤原書店
〒162-0041　東京都新宿区早稲田鶴巻町523
電　話　03（5272）0301
FAX　03（5272）0450
振　替　00160 - 4 - 17013
info@fujiwara-shoten.co.jp

印刷・製本　中央精版印刷

落丁本・乱丁本はお取替えいたします
定価はカバーに表示してあります
Printed in Japan
ISBN978-4-89434-932-2

## 7　金融小説名篇集

吉田典子・宮下志朗 訳＝解説
〈対談〉青木雄二×鹿島茂

ゴプセック――高利貸し観察記　*Gobseck*
ニュシンゲン銀行――偽装倒産物語　*La Maison Nucingen*
名うてのゴディサール――だまされたセールスマン　*L'Illustre Gaudissart*
骨董室――手形偽造物語　*Le Cabinet des antiques*

528頁　3200円（1999年11月刊）◇978-4-89434-155-5

高利貸しのゴプセック、銀行家ニュシンゲン、凄腕のセールスマン、ゴディサール。いずれ劣らぬ個性をもった「人間喜劇」の名脇役が主役となる三篇と、青年貴族が手形偽造で捕まるまでに破滅する「骨董室」を収めた作品集。「いまの時代は、日本の経済がバルザック的になってきたといえますね。」（青木雄二氏評）

## 8・9　娼婦の栄光と悲惨――悪党ヴォートラン最後の変身（2分冊）

*Splendeurs et misères des courtisanes*

飯島耕一 訳＝解説
〈対談〉池内紀×山田登世子

⑧448頁 ⑨448頁　各3200円（2000年12月刊）⑧◇978-4-89434-208-8 ⑨◇978-4-89434-209-5

『幻滅』で出会った闇の人物ヴォートランと美貌の詩人リュシアン。彼らに襲いかかる最後の運命は？「社会の管理化が進むなか、消えていくものと生き残る者とがふるいにかけられ、ヒーローのありえた時代が終わりつつあることが、ここにはっきり描かれている。」（池内紀氏評）

## 10　あら皮――欲望の哲学

*La Peau de chagrin*

小倉孝誠 訳＝解説
〈対談〉植島啓司×山田登世子

448頁　3200円（2000年3月刊）◇978-4-89434-170-8

絶望し、自殺まで考えた青年が手にした「あら皮」。それは、寿命と引き換えに願いを叶える魔法の皮であった。その後の青年はいかに？「外側から見ると欲望まるだしの人間が、内側から見ると全然違っている。それがバルザックの秘密だと思う。」（植島啓司氏評）

## 11・12　従妹《いとこ》ベット――好色一代記（2分冊）

*La Cousine Bette*

山田登世子 訳＝解説
〈対談〉松浦寿輝×山田登世子

⑪352頁 ⑫352頁　各3200円（2001年7月刊）⑪◇978-4-89434-241-5 ⑫◇978-4-89434-242-2

美しい妻に愛されながらも、義理の従妹ベットと素人娼婦ヴァレリーに操られ、快楽を追い求め徹底的に堕ちていく放蕩貴族ユロの物語。「滑稽なまでの激しい情念が崇高なものに転じるさまが描かれている。」（松浦寿輝氏評）

## 13　従兄《いとこ》ポンス――収集家の悲劇

*Le Cousin Pons*

柏木隆雄 訳＝解説
〈対談〉福田和也×鹿島茂

504頁　3200円（1999年9月刊）◇978-4-89434-146-3

骨董収集に没頭する、成功に無欲な老音楽家ポンスと友人シュムッケ。心優しい二人の友情と、ポンスの収集品を狙う貪欲な輩の蠢く資本主義社会の諸相を描いた、バルザック最晩年の作品。「小説の異常な情報量。今だったら、それだけで長篇を書けるような話が十もある。」（福田和也氏評）

## 別巻1　バルザック「人間喜劇」ハンドブック

大矢タカヤス 編
奥田恭士・片桐祐・佐野栄一・菅原珠子・山﨑朱美子＝共同執筆

264頁　3000円（2000年5月刊）◇978-4-89434-180-7

「登場人物辞典」、「家系図」、「作品内年表」、「服飾解説」からなる、バルザック愛読者待望の本邦初オリジナルハンドブック。

## 別巻2　バルザック「人間喜劇」全作品あらすじ

大矢タカヤス 編　奥田恭士・片桐祐・佐野栄一＝共同執筆

432頁　3800円（1999年5月刊）◇978-4-89434-135-7

思想的にも方法的にも相矛盾するほどの多彩な傾向をもった百篇近くの作品群からなる、広大な「人間喜劇」の世界を鳥瞰する画期的試み。コンパクトでありながら、あたかも作品を読み進んでいるかのような臨場感を味わえる。当時のイラストをふんだんに収め、詳しい「バルザック年譜」も附す。

文豪、幻の名著

## 風俗研究

バルザック
山田登世子訳＝解説

文豪バルザックが、十九世紀パリの風俗を、皮肉と諷刺で鮮やかに描いた幻の名著。近代の富と毒を、バルザックの炯眼が鋭く捉える、都市風俗考現学の原点。「優雅な生活論」「歩き方の理論」「近代興奮剤考」ほか。

**図版多数**〔解説〕「近代の毒と富」
Ａ５上製　二三二頁　**二八〇〇円**
（一九九二年三月刊）
◇978-4-938661-46-5

*PATHOLOGIE DE LA VIE SOCIAL*　BALZAC

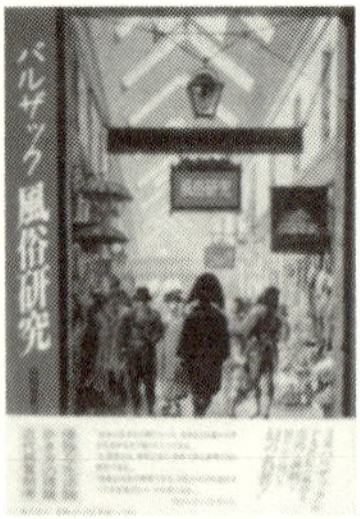


写真誕生前の日常百景

## タブロー・ド・パリ

画・マルレ／文・ソヴィニー
鹿島茂訳＝解題

パリの国立図書館に百五十年間眠っていた石版画を、十九世紀史の泰斗が発掘出版。人物・風景・建物ともに微細に描きだした、第一級資料。

厚手中性紙・布表紙・箔押・函入
Ｂ４上製　一八四頁　**一一六五〇〇円**
（一九九三年二月刊）
◇978-4-938661-65-6

*TABLEAUX DE PARIS*　Jean-Henri MARLET

全く新しいバルザック像

## バルザックがおもしろい

鹿島茂・山田登世子

百篇にのぼるバルザックの「人間喜劇」から、高度に都市化し、資本主義化した今の日本でこそ理解できる十篇をセレクトした二人が、今日の日本が直面している問題を、既に一六〇年も前に語り尽していたバルザックの知られざる魅力をめぐって熱論。

四六並製　二四〇頁　**一五〇〇円**
（一九九九年四月刊）
◇978-4-89434-128-9

十九世紀小説が二十一世紀に甦る

## バルザックを読む

Ⅰ対談篇　Ⅱ評論篇

鹿島茂・山田登世子編

青木雄二、池内紀、植島啓司、髙村薫、中沢新一、中野翠、福田和也、町田康、松浦寿輝、山口昌男といった気鋭の書き手が、バルザックから受けた〝衝撃〟とその現代性を語る対談篇。
五十名の多彩な執筆陣が、多様で壮大なスケールをもつ「人間喜劇」の宇宙全体を余すところなく論じる評論篇。

各四六並製　Ⅰ三三六頁　**二四〇〇円**
Ⅱ二六四頁　**二〇〇〇円**
（二〇〇二年五月刊）
Ⅰ◇978-4-89434-286-6
Ⅱ◇978-4-89434-287-3

**知られざるゾラの全貌**

〈ゾラ・セレクション〉プレ企画

# いま、なぜゾラか

〔ゾラ入門〕

**宮下志朗・小倉孝誠編**

金銭、セックス、レジャー、労働、大衆消費社会と都市……二十世紀を先取りする今日的な主題をめぐって濃密な物語を描き、しかも、その多くの作品が映画化されているエミール・ゾラ。自然主義文学者という型に押しこめられ誤解されていた作家の知られざる全体像が、いま初めて明かされる。

四六並製　三二八頁　**二八〇〇円**
（二〇〇二年一〇月刊）
◇978-4-89434-306-1

---

**ゾラは新しい！**

# ゾラの可能性

〔表象・科学・身体〕

**小倉孝誠・宮下志朗編**

科学技術、資本主義、女性、身体、都市と大衆……二十世紀に軋轢を生じさせる様々な問題を、十九世紀に既に濃密な物語に仕立て上げていたゾラ。その真の魅力を、日仏第一線の執筆陣が描く。

**アギュロン／コルバン／ノワレ／ペロー／ミットラン／朝比奈弘治／稲賀繁美／荻野アンナ／柏木隆雄／金森修／工藤庸子／高山宏／野崎歓**

Ａ５上製　三四四頁　**三八〇〇円**
（二〇〇五年六月刊）
◇978-4-89434-456-3

---

**“欲望史観”で読み解くゾラへの導きの書**

# 欲望する機械

〔ゾラの「ルーゴン＝マッカール叢書」〕

**寺田光徳**

フランス第二帝政期、驀進する資本主義のもと自らの強い“欲望”に突き動かされる一族の物語を解読。フロイトに先立ち、より深く、人間存在の根底の“欲望”と歴史、社会の成立を描いてみせた文豪ゾラ像を抉る。

四六上製　四二四頁　**四六〇〇円**
（二〇一三年三月刊）
◇978-4-89434-905-6

---

**文学史上最も有名な恋愛**

# 赤く染まるヴェネツィア

〔サンドとミュッセの愛〕

**B・ショヴロン　持田明子訳**

サンドと美貌の詩人ミュッセのスキャンダラスな恋。サンドは生涯で最も激しく情念を滾《たぎ》らせたミュッセとイタリアへ旅立つ。病い、錯乱、繰り返される決裂と狂おしい愛、そして別れ……。「ヴェネツィアの恋人」達の目眩く愛の真実。フランス映画「年下のひと」原案。

四六上製　二二四頁　**一八〇〇円**
（二〇〇〇年四月刊）
◇978-4-89434-175-3

*«DANS VENISE LA ROUGE»*
Bernadette CHOVELON

## ❺ ボヌール・デ・ダム百貨店 ——デパートの誕生

*Au Bonheur des Dames, 1883*　吉田典子 訳＝解説

ゾラの時代に躍進を始める華やかなデパートは、婦人客を食いものにし、小商店を押しつぶす怪物的な機械装置でもあった。大量の魅力的な商品と近代商法によってパリ中の女性を誘惑、驚異的に売上げを伸ばす「ご婦人方の幸福」百貨店を描き出した大作。

656 頁　**4800 円**　◇978-4-89434-375-7（第 6 回配本／ 2004 年 2 月刊）

## ❻ 獣人 ——愛と殺人の鉄道物語 *La Bête Humaine, 1890*

寺田光徳 訳＝解説

「叢書」中屈指の人気を誇る、探偵小説的興趣をもった作品。第二帝政期に文明と進歩の象徴として時代の先頭を疾駆していた「鉄道」を駆使して同時代の社会とそこに生きる人々の感性を活写し、小説に新境地を切り開いた、ゾラの斬新さが理解できる。

528 頁　**3800 円**　◇978-4-89434-410-5（第 8 回配本／ 2004 年 11 月刊）

## ❼ 金《かね》 *L'Argent, 1891*

野村正人訳＝解説

誇大妄想狂的な欲望に憑かれ、最後には自分を蕩尽せずにすまない人間とその時代を見事に描ききる、80 年代日本のバブル時代を彷彿とさせる作品。主人公の栄光と悲惨はそのまま、華やかさの裏に崩壊の影が忍び寄っていた第二帝政の運命である。

576 頁　**4200 円**　◇978-4-89434-361-0（第 5 回配本／ 2003 年 11 月刊）

## ❽ 文学論集 1865–1896 *Critique Littéraire*

佐藤正年 編訳＝解説

「実験小説論」だけを根拠にゾラの文学理論を裁断してきた紋切り型の文学史を一新、ゾラの幅広く奥深い文学観を呈示！　「個性的な表現」「文学における金銭」「淫らな文学」「文学における道徳性について」「小説家の権利」「バルザック」「スタンダール」他。

440 頁　**3600 円**　◇978-4-89434-564-5（第 9 回配本／ 2007 年 3 月刊）

## ❾ 美術論集

三浦篤 編＝解説　三浦篤・藤原貞朗 訳

セザンヌの親友であり、マネや印象派をいち早く評価した先鋭の美術批評家でもあったフランスの文豪ゾラ。鋭敏な観察眼、挑発的な文体で当時の美術評論界に衝撃を与えた美術論を本格的に紹介する、本邦初のゾラ美術論集。「造形芸術家解説」152 名収録。

520 頁　**4600 円**　◇978-4-89434-750-2（第 10 回配本／ 2010 年 7 月刊）

## ❿ 時代を読む 1870–1900 *Chroniques et Polémiques*

小倉孝誠・菅野賢治 編訳＝解説

権力に抗しても真実を追求する真の“知識人”作家ゾラの、現代の諸問題を見透すような作品を精選。「私は告発する」のようなドレフュス事件関連の文章の他、新聞、女性、教育、宗教、文学と共和国、離婚、動物愛護など、多様なテーマをとりあげる。

392 頁　**3200 円**　◇978-4-89434-311-5（第 1 回配本／ 2002 年 11 月刊）

## ⓫ 書簡集 1858–1902

小倉孝誠 編＝解説　小倉孝誠・有富智世・高井奈緒・寺田寅彦 訳

19 世紀後半の作家、画家、音楽家、ジャーナリスト、政治家たちと幅広い交流をもっていたゾラの手紙から時代の全体像を浮彫りにする、第一級史料の本邦初訳。セザンヌ、ユゴー、フロベール、ドーデ、ゴンクール、ツルゲーネフ、ドレフュス他宛の書簡を精選。

456 頁　**5600 円**　◇978-4-89434-852-3（第 11 回配本／ 2012 年 4 月刊）

## 別巻 ゾラ・ハンドブック

宮下志朗・小倉孝誠 編

これ一巻でゾラのすべてが分かる！　①全小説のあらすじ。②ゾラ事典。19 世紀後半フランスの時代と社会に強くコミットしたゾラと関連の深い事件、社会現象、思想、科学などの解説。内外のゾラ研究の歴史と現状。③詳細なゾラ年譜。ゾラ文献目録。

（次回配本）

2 **1947年** **解説・富岡幸一郎**

「占領下の日本文学のアンソロジーは、狭義の『戦後派』の文学をこえて、文学のエネルギイの再発見をもたらすだろう。」(富岡幸一郎氏)

**中野重治**「五勺の酒」／**丹羽文雄**「厭がらせの年齢」／**壺井榮**「浜辺の四季」／**野間宏**「第三十六号」／**島尾敏雄**「石像歩き出す」／**浅見淵**「夏日抄」／**梅崎春生**「日の果て」／**田中英光**「少女」

296頁 **2500円** ◇978-4-89434-573-7 (2007年6月刊)

3 **1948年** **解説・川崎賢子**

「本書にとりあげた1948年の作品群は、戦争とＧＨＱ占領の意味を問いつつも、いずれもどこかに時代に押し流されずに自立したところがある。」(川崎賢子氏)

**尾崎一雄**「美しい墓地からの眺め」／**網野菊**「ひとり」／**武田泰淳**「非革命者」／**佐多稲子**「虚 偽」／**太宰治**「家庭の幸福」／**中山義秀**「テニヤンの末日」／**内田百閒**「サラサーテの盤」／**林芙美子**「晩菊」／**石坂洋次郎**「石中先生行状記――人民裁判の巻」

312頁 **2500円** ◇978-4-89434-587-4 (2007年8月刊)

4 **1949年** **解説・黒井千次**

「1949年とは、人々の意識のうちに『戦争』と『平和』の共存した年であった。」(黒井千次氏)

**原民喜**「壊滅の序曲」／**藤枝静男**「イペリット眼」／**太田良博**「黒ダイヤ」／**中村真一郎**「雪」／**上林暁**「禁酒宣言」／**中里恒子**「蝶蝶」／**竹之内静雄**「ロッダム号の船長」／**三島由紀夫**「親切な機械」

296頁 **2500円** ◇978-4-89434-574-4 (2007年6月刊)

5 **1950年** **解説・辻井喬**

「わが国の文学状況はすぐには活力を示せないほど長い間抑圧されていた。この集の短篇は復活の最初の徴候を揃えたという点で貴重な作品集になっている。」(辻井喬氏)

**吉行淳之介**「薔薇販売人」／**大岡昇平**「八月十日」／**金達寿**「矢の津峠」／**今日出海**「天皇の帽子」／**埴谷雄高**「虚空」／**椎名麟三**「小市民」／**庄野潤三**「メリイ・ゴオ・ラウンド」／**久坂葉子**「落ちてゆく世界」

296頁 **2500円** ◇978-4-89434-579-9 (2007年7月刊)

6 **1951年** **解説・井口時男**

「1951年は、重く苦しい戦後、そして、重さ苦しさと取り組んできた戦後文学の歩みにおいて、軽さというものがにわかにきらめきはじめた最初の年ではなかったか。」(井口時男氏)

**吉屋信子**「鬼火」／**由起しげ子**「告別」／**長谷川四郎**「馬の微笑」／**高見順**「インテリゲンチア」／**安岡章太郎**「ガラスの靴」／**円地文子**「光明皇后の絵」／**安部公房**「闖入者」／**柴田錬三郎**「イエスの裔」

320頁 **2500円** ◇978-4-89434-596-6 (2007年10月刊)

7 **1952年** **解説・髙村薫**

「戦争や飢餓や国家の崩壊といった劇的な経験に満ちた時代は、それだけで強力な磁場をもつ。そうした磁場は作家を駆り立て、意思を越えた力が作家に何事かを書かせるということが起こる。そのとき、奇跡のように表現や行間から滲みだして登場人物や物語の空間を浸すものがあり、それをわたくしたちは小説の空間と呼び、力と呼ぶ。」(髙村薫氏)

**富士正晴**「童貞」／**田宮虎彦**「銀心中」／**堀田善衞**「断層」／**井上光晴**「一九四五年三月」／**西野辰吉**「米系日人」／**小島信夫**「燕京大学部隊」

304頁 **2500円** ◇978-4-89434-602-4 (2007年11月刊)

近代日本の根源的批判者

## 別冊『環』⑱
# 内村鑑三 1861-1930

新保祐司編

**I 内村鑑三と近代日本**
山折哲雄＋新保祐司／山折哲雄／新保祐司／関根清三／渡辺京二／新井明／鈴木範久／田尻祐一郎／鶴見太郎／猪木武徳／住谷一彦／松尾尊兊／春山明哲

**II 内村鑑三を語る**
**「内村鑑三の勝利」**（内村評）／新保祐司／海老名弾正／徳富蘇峰／山路愛山／山室軍平／石川三四郎／山川均／岩波茂雄／長與善郎／金教臣

**III 内村鑑三を読む**
新保祐司／内村鑑三**『ロマ書の研究』**（抜粋）**「何故に大文学は出ざる乎」**ほか

**〈附〉内村鑑三年譜（1861-1930）**

菊大判　三六八頁　**三八〇〇円**
（二〇一一年一二月刊）
◇978-4-89434-833-2

"真の国際人"初の全体像

# 新渡戸稲造 1862-1933

## 〈我、太平洋の橋とならん〉

**草原克豪**

『武士道』で国際的に名を馳せ、一高校長として教育の分野でも偉大な事績を残す。国際連盟事務次長としてはユネスコにつながる仕事、帰国後は世界平和の実現に心血を注いだ。戦前を代表する教養人であり、"真の国際人"新渡戸稲造の全体像を初めて描いた画期的評伝。

四六上製　五三六頁　**四二〇〇円**　**口絵八頁**
（二〇一二年七月刊）
◇978-4-89434-867-7

明治・大正・昭和の時代の証言

# 蘇峰への手紙

## 〈中江兆民から松岡洋右まで〉

**高野静子**

近代日本のジャーナリズムの巨頭、徳富蘇峰が約一万二千人と交わした膨大な書簡の中から、中江兆民、釈宗演、鈴木大拙、森次太郎、国木田独歩、柳田國男、正力松太郎、松岡洋右の書簡を精選。書簡に吐露された時代の証言を甦らせる。

四六上製　四一六頁　**四六〇〇円**
（二〇一〇年七月刊）
◇978-4-89434-753-3

二人の関係に肉薄する衝撃の書

# 蘆花の妻、愛子

## 〈阿修羅のごとき夫《つま》なれど〉

**本田節子**

偉大なる言論人・徳富蘇峰の弟、徳冨蘆花。公開されるや否や一大センセーションを巻き起こした蘆花の日記に遺された、妻愛子との凄絶な夫婦関係や、愛子の日記などの数少ない資料から、愛子の視点で蘆花を描く初の試み。

四六上製　三八四頁　**二八〇〇円**
（二〇〇七年一〇月刊）
◇978-4-89434-598-0